Vivien Shotwell
Die Schule der Liebenden

VIVIEN SHOTWELL

Die Schule der Liebenden

Roman

Aus dem Amerikanischen von
Andrea Stumpf und Gabriele Werbeck

LIMES

Die Originalausgabe erschien 2014
unter dem Titel »Vienna Nocturne«
bei Ballantine Books, New York.

FSC
www.fsc.org
MIX
Papier aus verantwortungsvollen Quellen
FSC® C014496

Verlagsgruppe Random House FSC® N001967
Das FSC®-zertifizierte Papier *EOS* für dieses Buch
liefert Salzer Papier, St. Pölten, Austria.

Der Limes Verlag ist ein Unternehmen der Verlagsgruppe Random House.

Erste Auflage

This translation published by arrangement with Ballantine Books, an imprint
of The Random House Publishing Group, a division of Random House, Inc.
Satz: Buch-Werkstatt GmbH, Bad Aibling
Druck und Bindung: GGP Media GmbH, Pößneck
Printed in Germany
ISBN 978-3-8090-2626-6

www.limes-verlag.de

Für meine Eltern,
Hudson und Janet

Der Kastrat

Zuerst sprach er über ihre Atmung, dann über ihre Haltung und ihre Kraft. Mit spielerischer Leichtigkeit und lebhafter Mimik führte er ihr vor, wie *er* atmete, wie man ihn gelehrt hatte zu atmen. Ohne einen solchen Unterricht wäre es im Grunde nicht möglich, sagte er. Aber er würde sich alle Mühe geben, wenn Anna es versuchen wolle. Und ob sie wollte.

Sie zählte die Sekunden, die er die Luft zischend aus seiner geweiteten, kräftigen Lunge entweichen ließ. Sie selbst konnte nicht so lange ausatmen, aber es war ein köstliches Scheitern, das sie eines Tages vielleicht überwinden würde. Er zeigte ihr auch die *messa di voce,* das Schwellen und Abschwellen der Stimme, bei der er einen einzigen Ton sang, erst ganz leise, dann immer lauter werdend und wieder leiser. Auch das vermochte sie nicht, aber er hatte sie bereits mitgerissen, das Feuer des Ehrgeizes bereits in ihr entfacht, und sie wollte alles lernen, alles meistern. Es sei ein wenig so, als würde man Akrobat, sagte Rauzzini. Als würde man lernen zu fliegen. Er zeigte sich schon jetzt zufrieden mit ihr, lobte ihre Auffassungsgabe und ihr Können. Er sagte, dass sie binnen Kurzem mit Tonleitern aus zwei Tönen beginnen würden, dann mit drei Tönen und schließlich mit so

vielen, wie mit einem einzigen Atemzug hervorgebracht werden konnten. Noch nie in ihren Leben hatte sie sich so leicht und beschwingt gefühlt. Sie war vollkommen entrückt. Er sang nicht viel, aber wenn er es tat, dann hüllte der Klang sie ein und durchdrang ihren Körper. Es war, als weitete sich ihre Seele vor Lebensfreude, und sie konnte gar nicht mehr verstehen, warum sie so aufgeregt gewesen war, und auch nicht, warum nicht noch viel mehr.

Man schrieb das Jahr 1776. Sie hieß Anna Selina Storace. Sie war elf Jahre alt. Sie konnte Harfe und Gitarre spielen und alles vom Blatt singen. Ihr älterer Bruder Stephen war ein außerordentlich begabter Geigenspieler, und man hatte ihn zum Studium nach Neapel aufs Konservatorium geschickt. Ihr Vater, ein Kontrabassist, stammte ursprünglich aus Italien und lebte seit zwanzig Jahren in London, wo er für die Marylebone Gardens italienische Burlesken arrangierte und die Libretti übersetzte. Er war ein optimistischer Mann und verlor ständig Geld. Seine unglückliche Frau, geborene Elizabeth Trusler, war die Tochter des Besitzers von Marylebone Gardens, einer Vergnügungsstätte vor den Toren Londons, freilich nicht so vornehm oder luxuriös wie Vauxhall oder Ranelagh, aber beliebt wegen Truslers einfacher, ländlicher Küche: Kuchen mit selbstgezogenem Obst, Käsekuchen, Sahne und Butter von den prächtigen Milchkühen, die auf den Wiesen hinter dem Theater grasten und gelegentlich muhten. Es gab Frühstücke, Bälle und Feuerwerke. Die Truslers waren nicht reich, aber sie waren auch nicht arm.

Solange sie denken konnte, hatte Anna in den väterlichen Burlesken in Marylebone gesungen und getanzt. Sie war ein lebhaftes, gewitztes Kind, das gefallen wollte. In ihren großen, dunklen, wachen Augen verbargen sich mehr Gefühl

und Verstand als in denen manch eines Erwachsenen. Ihrer dicken schwarzen Locken wegen lebte Mrs. Storace in beständiger Sorge, man könnte sie für ein Zigeunermädchen halten. Von Statur eher klein und zierlich, bewegte Anna sich äußerst anmutig, worin sie ihrer Mutter nachkam, die in Zeiten größeren Wohlstands Unterricht bei einem französischen Tanzlehrer gehabt hatte.

In der Nacht vor ihrer ersten Stunde bei Venanzio Rauzzini hatte Anna kaum schlafen können. Jede Viertelstunde war sie mit ängstlich klopfendem Herzen und viel zu heißen Füßen aufgewacht und hatte nachgesehen, ob es Zeit zum Aufstehen war, aber immer noch war es tiefe Nacht gewesen, und alle außer ihr hatten geschlafen. Endlich war der Tag angebrochen, und sie hatte Bridget in der Küche hantieren gehört.

»Na, schon auf?«, fragte Bridget.

Anna sah die gute Frau mit ernster Miene an. »Heute ist der wichtigste Tag in meinem Leben.«

»Dann solltest du noch ein wenig schlafen, Mädchen«, sagte Bridget, gab Anna aber dennoch ein Butterbrot und erlaubte ihr, sich zu ihr zu setzen.

Wie schon die Nacht zog sich auch der Morgen endlos hin, und dann war es plötzlich an der Zeit, sich anzuziehen und mit ihrem Vater zu Rauzzinis Haus in Covent Garden zu gehen. Als sie seine Wohnung betraten, kamen drei kleine Hunde auf sie zu, um sie zu begrüßen. »Nie wäre mir in den Sinn gekommen, dass er *Hunde* haben könnte«, flüsterte sie.

»Er hat eben keine Kinder«, erwiderte ihr Vater, fuhr sich mit der Zunge über die Lippen und rückte seine etwas zu kleine Perücke zurecht. An den Wänden hingen Spiegel. Anna hatte Sorge, sie könnte ärmlich aussehen. Der Diener, der sie eingelassen hatte, öffnete die hohe Flügeltür, und die

Hunde sprangen ihnen voraus in den ganz in Rot gehaltenen Salon. »Ich grüße Sie«, sagte Venanzio Rauzzini und drehte sich mit einer eleganten Bewegung zu ihnen um.

Er sprach Italienisch mit einer angenehm hohen und doch vollen Stimme. An jedem seiner Finger steckte ein Ring, und an die Brust hatte er sich eine Nadel in Form eines Phönix geheftet. Er trug einen eleganten blauen Rock, und seine Schuhe zierten mit Edelsteinen besetzte Schnallen. In seinen großen Augen mit den schweren Lidern stand ein ruhiger, verträumter Ausdruck, und sein Gesicht war rund und glatt wie das eines Jungen. Er war ungewöhnlich groß und hatte breite Schultern, lange Arme und lange Beine, und dennoch hielt er sich derart aufrecht und bewegte sich mit solcher Anmut, dass es hieß, er könne keinen Raum betreten, ohne dass sich nicht sogleich alle Blicke bewundernd auf ihn richteten.

»Du bist sehr jung«, sagte er.

»Ich bin nur klein«, protestierte Anna. »Ich bin schon elf.«

»Ach, schon?«, sagte er und betrachtete sie wohlwollend. »Ich hätte dich für keinen Tag älter als zehn geschätzt. Nun, dann komm mit mir. Wir lassen deinen Vater bei meinen Hündchen. Wenn du willst, kannst du später mit ihnen spielen. Die drei kommen von weit her, aus München.«

Sie folgte ihm ins Musikzimmer, in dem es nach Büchern und Zimt roch, und verspürte Erleichterung. Hierher gehörte sie, hier fühlte sie sich wohl. Im Kopf dieses Mannes steckte all das Wissen, das sie brauchte. Sie musste ihn nur davon überzeugen, dass sie besser und begabter als jedes andere Mädchen auf Erden war. Sie hatte ein Ziel vor Augen.

»Sie ist ein Juwel«, sagte sein Diener, nachdem Vater und Tochter Storace sich verabschiedet hatten.

Rauzzini sah den Mann an und lächelte. »Ja.«

Nach dem Besuch dieses Mädchens war er wie beseelt, er musste einfach die ganze Zeit lächeln. Man brauchte schließlich ein Ziel, eine Aufgabe. Und etwas zum Verzärteln. Er hatte alles, was er sich nur wünschen konnte, nur keine Kinder und keine Familie. Als Kastrat war man wie ein Mann von einem anderen Kontinent – und eigentlich nicht einmal ein Mann. Aber selbst ein Kastrat konnte Sehnsucht nach einem Kind verspüren. Mochte man auch reich sein und bewundert werden, mochte man sein Haus dekorieren und sich mit Hunden umgeben, gelegentlich befiel einen in dem schmuddeligen London und im Bewusstsein der gnadenlos verstreichenden Zeit doch eine quälende Melancholie. Sein Gesang – für den er lebte, für den seinem kindlichen Körper solche Gewalt angetan worden war – erlöste ihn jeden Tag aufs Neue von dieser Melancholie. Aber er würde nicht ewig singen können.

Er blickte an der Reihe von Spiegeln entlang. Er war ein Waisenkind gewesen, und bis er in Rom auf das Konservatorium kam – wie ein Stück Vieh kastriert und verkauft –, hatte er sein Gesicht nie genauer betrachtet. Doch dort hatten die Gesangslehrer ihn tagtäglich vor den Spiegel gezwungen, damit er keine Grimassen schnitt oder irgendein Zeichen der Anstrengung zeigte, während er die Tonleitern hinauf und hinunter kletterte. Bei seinem allerersten Blick in den Spiegel war ihm der Gedanke gekommen, dass in diesem fremden Gesicht die Gesichter seiner unbekannten Eltern vereint waren, ihre Lippen und Wangen und Augen. Er hatte gedacht, wenn er dieses Gesicht nur lange genug studierte, dann würde er sie eines Tages auf den Straßen Roms wiedererkennen und sagen: »Ich bin euer Sohn. Ich bin ein großer Sänger geworden.« Denn er glaubte, dass seine Mutter ihn aus Armut weggeben hatte.

Oft hatte er sie sich vorgestellt, wenn er nachts auf seiner schmalen Bettstatt lag. Das war die einzige Zeit im Konservatorium, in der er allein und alles um ihn herum ruhig war. Den ganzen Tag bis in die Nacht hinein mussten die jungen *castrati* singen. Morgens beim Anziehen, beim Waschen und auf ihren Gängen sangen sie Psalmen. Sie sangen bei nächtlichen Totenwachen. *Figlioli angiolini* nannte man sie – kleine Engel. Sie hielten Wache bei den Leichen von Kindern. Für diesen Dienst bekam das Konservatorium viel Geld. Auf einer solchen Totenwache hatte Rauzzini, damals nur wenig älter als die kleine Anna, sein Herz an den Gesang verloren. Mutterseelenallein hatte er in seinem weißen Chorhemd dagestanden, um die armen, toten Kinder, deren Schicksal noch viel schlimmer war als das seine, und ihre trauernden Angehörigen zu trösten. Das feierliche Ritual hatte ihm gefallen – die Kerzen, die späte Stunde, die Wichtigkeit seiner Aufgabe, die von niemand anderem erfüllt werden konnte, und die süßen Töne, die seiner geübten Kehle wie Schmetterlinge entstiegen. In diesem Moment begriff er, welche Macht er haben und wie viel Bewunderung er erfahren konnte.

Seine Stimme konnte den größten Saal füllen, von Berggipfel zu Berggipfel springen, und doch war sie so zart – nicht dass er überheblich war, es war einfach so –, dass er einen neben ihm schlafenden Säugling nicht damit geweckt hätte. Nicht einmal einer von hundert dieser *figlioli angiolini* war mit einer solchen Stimme und Technik begabt gewesen. Dieses Können verdankte er Gott und seiner eigenen Entschlossenheit.

Später feierte er größte Erfolge in Rom und dann in Mailand, wo der junge Wolfgang Amadeus Mozart ihm eine hübsche Motette schrieb. Von Mailand war er nach München gegangen, aber seine dortige Mätresse, die bezaubern-

de Elisabeth Bauer – gerade einmal siebzehn Jahre alt, mit einer Haut wie Seide und entzückenden Sommersprossen und Muttermalen –, hatte bei einem ihrer Rendezvous nicht die nötige Vorsicht walten lassen. Der alte Graf hatte sie in flagranti erwischt. Er war, gelinde gesagt, ein eifersüchtiger Mann, und von einem Kastraten Hörner aufgesetzt zu bekommen, war besonders beschämend. Die meisten wussten nicht, welches Vergnügen ein Mann wie Rauzzini einer Dame bereiten konnte, aber Elisabeth, das reizende Mädchen, wusste es. Sie hatte ein Muttermal an ihrer linken Hinterbacke, das er nie vergessen würde.

Am nächsten Morgen hatte sie ihm eine Rose geschickt und ihm mitgeteilt, dass ihr Mann beabsichtige, ihn umzubringen. So kam es, dass er nach London ging. Er mochte den Nebel. Seine Körpersäfte waren dick und heiß und ließen seine Gelenke schmerzen, so als habe die Mannesglut, die er für immer verloren glaubte, einen Weg zurück in sein Blut gefunden und es vergiftet. Er mochte alles, was kalt und beruhigend war.

Er hatte über die kleine Storace in der Zeitung gelesen und sich eigentlich nicht vorstellen können, dass etwas mit ihr anzufangen war. Zum Glück hatte er sich geirrt. Sie war ein Schatz, der nur gehoben werden musste. Er würde sie zu seiner Schülerin machen, sie würde in den Opern singen, die er komponieren wollte.

Er war ungefähr in ihrem Alter gewesen, als sein Leben auf den Kopf gestellt worden war. Die anderen Jungen im Konservatorium hatten die jungen Kastraten gehasst, weil jene Brühe, Eier und Fleisch zu essen bekamen, während sie, die bloß ein Instrument spielten, äußerst knapp gehalten wurden. Sie hatten die Schüler in zwei Gruppen eingeteilt, die *non integri* und die *integri*, die Versehrten und die nicht

Versehrten. Rauzzini vor dem Spiegel schüttelte den Kopf bei der Erinnerung. Kein Einziger von ihnen war nicht versehrt gewesen, dachte er. Der Mann, der ihn kastriert hatte, war ein einfacher Barbier gewesen. Die meisten kastrierten Jungen starben an Infektionen. Rauzzini hatte die Operation jedoch überstanden und war immer besser und hübscher geworden, und seine Stimme war gut, die Stimme eines Jungen im Körper eines Beinahe-Mannes, nur war sie voller als die eines Jungen, und er beherrschte sie meisterlicher, als jeder Junge es vermocht hätte. Anna dagegen musste nicht erst verletzt werden. Sie besaß alles, was sie brauchte.

Er hatte sie vom ersten Moment an ins Herz geschlossen. Das mochte seltsam erscheinen, aber es war so. Klugheit, Offenheit, Herzenswärme – diese Eigenschaften zogen ihn an, sie rührten an den Sinn und Zweck seines Lebens. Die höchste aller Künste war die Musik, und ihre reinste Form war das Lied. Die Stimme eines solchen Kindes brachte die Seele zum Überfließen. Man hatte ihn kastriert, um die Stimme seiner Kindheit zu bewahren. Aber das musste in diesem Fall nicht sein. Dieses Mädchen, dieses kleine Juwel, seine neue Tochter, würde zu einer vollkommenen jungen Frau heranwachsen. Ihr würde nichts genommen werden. Weder ihr Herz noch ihre Freude noch ihr Selbstvertrauen. Sie würde gefeiert werden. Sie würde alles besitzen, was er besaß, und darüber hinaus alles, was er nicht besaß.

Cupido

Das Innere des Royal Opera House erstrahlte in einem sanften Licht, die warme Luft war erfüllt von Rauch und lautem Raunen. Das Parkett war derart eng besetzt, dass keiner sich mehr rühren konnte, und doch gab es ein ständiges Geschiebe und Gerücke. Gelegentlich übergab sich jemand, und die Reste seines Abendmahls vermischten sich mit dem Sägemehl, wie der Gestank sich mit dem sonstigen Gestank vermischte. Taschendiebe und Essensverkäufer schoben sich durch die Menge. Auf jede Frau kamen drei Männer, und wenn einer eine Frau an sich drückte oder sonst wie betatschte, zog diese ihm eins über mit dem, was sie gerade zur Hand hatte. Die Zuschauer im Parkett wurden gegen die Absperrung am Bühnenrand gepresst, welche die Massen davon abhalten sollte, die Bühne zu stürmen, falls es zu Tumulten kam. Einstweilen warf man jedoch nur Orangenschalen auf die Bühnenbretter. Die Bühne stand in gleißendem, von Schwaden durchzogenem Licht. Sänger und Tänzer mühten sich im Schweiße ihres Angesichts ab, gewandet in Kostüme, die geschmückt waren mit Federn und billigem Tand und allem sonst, worin sich das Licht fangen könnte. Zehn, zwanzig Minuten vermochten sie das Publikum mit ihren Liedern, Arien oder Tanzeinlagen zu bannen, und zum Dank ernteten

sie tosenden Applaus. Aber es dauerte nicht lange, und das Interesse der Zuschauer flaute ab, dann flog wieder Essen auf die Bühne, Männer sprangen lautstark streitend auf die Bänke, und die adligen Herren vergnügten sich in ihren Logen, verborgen hinter Vorhängen, mit ihren Mätressen. Annas Mutter sagte, die Oper sei voller Dirnen. Wären die Schulden nicht gewesen, hätte sie Anna nie erlaubt, dort aufzutreten, zumindest nicht so jung. So kam es, dass Anna das erste Mal in ihrem Leben froh war über ihre Gläubiger, und sie verneigte sich vor ihnen und hätte ihnen am liebsten die Hand geküsst, denn sie wollte nirgendwo auf Erden lieber sein als in einem Opernhaus.

Sie war dreizehn. Das Cupido-Kostüm zeigte ihre Beine bis zu den Knien. Seit sie ein kleines Mädchen gewesen war, hatte sie ihre Beine nicht mehr gezeigt. Die Strümpfe waren weiß und die Kniehosen golden. Ihre weißen Beine würden in dem Licht erstrahlen, und alle würden sie ansehen. Ihre Mutter war über das Kostüm ganz und gar nicht begeistert, aber Cupido war nun mal ein Junge und konnte seine Beine schlecht unter einem Rock verbergen.

So etwas hatte Anna noch nie erlebt. Marylebone hatte selten mehr als einhundert Zuschauer, die Bühne war klein, die Musik schlicht und leicht zu singen. Vor ihrem Auftritt stand sie in der Seitenkulisse und atmete mit gestrafften Schultern tief ein und aus, wie Rauzzini es ihr beigebracht hatte. »Vertrau auf dein Herz«, hatte er gesagt. »Hülle dein Herz in die stärkste Seide, und lass nicht zu, dass irgendjemand sie zerreißt oder in Brand setzt.« Von der Bühne her hörte sie, wonach sie sich so sehr gesehnt hatte – das Orchester, die Begeisterungsrufe. Auf ihr Stichwort trat sie nach vorne und bemerkte aus dem Augenwinkel eine einsame Orangenschale, die nicht weggefegt worden war. Zuerst wollte sie sie mit

dem Fuß zur Seite schieben, aber das hätte Cupido sicher nicht getan. Also tat sie so, als sähe sie sie nicht. Vor ihr waren die Köpfe der Orchestermitglieder, darunter ihr lächelnder, hoffnungsfroher Vater am Kontrabass. Es war alles genauso wie bei den Proben, aber jetzt war Abend, es war heiß und verraucht, und in dem tiefen, gewölbten Zuschauerraum vor ihr waren zweitausend Männer und Frauen, die sich gegen die Absperrung drückten, auf Bänken wankten, sich über die Balkonbrüstungen lehnten, aßen, tranken, redeten und sich umarmten, und alle Gesichter wandten sich nun Anna zu, mit ihrem Pfeil und Bogen, ihren goldenen Kniehosen, silbernen Flügeln, leuchtenden Strümpfen. Zweitausend Herzen pochten im Takt mit ihrem, und sie wusste nicht, wo diese Seidenrüstung für ihr Herz war, von der Rauzzini gesprochen hatte. Sie merkte, dass ihre Beine wacklig waren und unsicher, spürte, wie sich die zweitausend Gesichter wieder von ihr abwandten.

Doch dann sah sie Rauzzini in der Seitenkulisse, ganz in Rot gekleidet, das Gesicht stark geschminkt. Er hatte eine Heldenrolle. Ihre Blicke trafen sich, und seine Augen sagten ihr, dass er ihr vertraute, und allein deswegen durfte sie ihn nicht enttäuschen. Sie sah auf Pfeil und Bogen in ihren Händen und nahm sie hoch. Sie ließ den Konzertmeister nicht aus den Augen, auch wenn sie ihn nicht hören konnte, und wartete auf ihren Einsatz. Sie erhob ihre widerstrebende Stimme über den Wall von Gesichtern, ließ sie mit den imaginären Pfeilen in die Höhe steigen, während Rauzzini zu ihr hersah, während die Seide Risse bekam und sich verschob, aber nicht abfiel. Sie wusste nicht, warum er ihr vertraut hatte. Ihr Gedächtnis war wie ausgelöscht, und sie erinnerte sich an nichts mehr. Doch dann holte die Musik sie zurück. Die Bühne schrumpfte zu einem kleinen schwachen

Lichtkreis, in dem sie sang und tanzte, ganz so als wäre sie allein. Plötzlich wurde ihr bewusst, dass sie ihre Aufgabe gut zu meistern schien, denn das Gemurmel und das Gescharre im Saal waren verstummt, aber noch wagte sie nicht, sich darüber zu freuen. Als sie mit ihrer Arie fertig war, brandete Beifall auf, und einen Moment lang fühlte sie die Verwirrung eines verurteilten Diebes, der am Fuße des Schafotts begnadigt wird. »Verbeug dich!«, rief Rauzzini aus der Seitenkulisse. »Nun verbeug dich doch endlich!« Er lachte. Immer noch klatschten die Leute. Anna gab sich einen Ruck, vollführte eine schwungvolle Geste mit dem Arm, zwang sich zu einem strahlenden Lächeln und verbeugte sich, ein Bein vor sich gestreckt, wie ein Junge. Dann rannte sie von der Bühne, in die Arme ihres Lehrers.

Neapel

Rauzzini sagte, in der Musik gebe es keine Beständigkeit. Man könne sie nicht in Händen halten. Man könne sie nicht schmecken und auch nicht sehen. Kaum sei sie erklungen, verflüchtige sie sich auch schon wieder. Musik sei ein Geschenk und ein Opfer. Nichts anderes bedeute das Singen. Es bedeute, das Publikum zu lieben, sich ihm mit Inbrunst hinzugeben, nichts zurückzuhalten. Erst dann entfalte die Stimme ihre volle Schönheit.

Anna verstand nichts von alldem. Sie war erst fünfzehn. Aber sie sagte, sie verstünde.

Er hatte ihr beigebracht, eine Notenzeile so zu singen, als würde sie sprechen, leise und laut zu singen. Er hatte ihr beigebracht, wie sie sich bewegen und welche Gesten sie machen sollte, und er hatte ihr die richtige Betonung der Worte, den richtigen Stil und die Modulation beigebracht. Alles, was nötig war.

Jetzt sei es an der Zeit, meinte er, dass sie in Italien sang. Die italienische Oper sei *die Oper* schlechthin, und Anna könne nur dann je als Primadonna singen, wenn sie sich dort einen Namen gemacht habe.

So kam es, dass sie gemeinsam mit Mutter und Vater England verließ. In Neapel würden sie endlich wieder mit ihrem

Bruder Stephen vereint sein, der das dortige Konservatorium besuchte.

»Versprich mir, auf dich aufzupassen«, beschwor Rauzzini sie ein paar Tage vor ihrer Abreise. Anna war zu einer letzten Unterrichtsstunde in sein Musikzimmer gekommen, das ihr zu einem zweiten Zuhause geworden war. Er musste sich ständig schnäuzen. »Versprich mir, dass du gut auf dich aufpasst und dich keinerlei Gefahren aussetzt und dich nicht mit schlechten Menschen umgibst.«

»Das verspreche ich«, sagte sie. Ihr Blick hatte dabei einen fast finsteren Ernst angenommen, wie er einem Mädchen von fünfzehn Jahren eigentlich nicht zu Gesicht stand. Sie hatte ihren Hut nicht abgesetzt. Ihr Gesicht war fleckig und verquollen vom Weinen. »Ich mag gar nicht Lebewohl sagen. Es ist so bedrückend. Wir müssen auf einem Schiff reisen, nichts ist gepackt und jeder ist in Aufruhr, und das alles nur meinetwegen.« Sie lächelte schwach. »Lassen Sie mich singen, Maestro. Ich habe Angst, dass ich auf der Reise das Singen verlerne.«

Sogleich nahmen sie ihren gewohnten Unterrichtsablauf auf, und ein unbeteiligter Beobachter hätte nicht bemerkt, dass dies ihre letzte Stunde war, abgesehen vielleicht davon, dass Rauzzini Anna weniger streng als sonst korrigierte. Er war unsagbar traurig. Sie sang wunderschön, mit echtem, unverfälschtem Empfinden. Ihre Wangen nahmen wieder Farbe an, und ihre Lieblichkeit kehrte zurück. Sie war erwachsen geworden. Ihre Figur mit der schmalen Taille hatte weibliche Formen angenommen. Mit ihren schwarz bewimperten Augen konnte sie den Menschen bis tief in die Seele blicken, das Spiel ihrer Brauen brachte Witz und Verstand zum Ausdruck. Ihre Lippen waren voll und verrieten Empfindsamkeit, und das Lächeln, das sie von ihrem Vater geerbt hat-

te, bezirzte einen jeden. Doch es war ihre Stimme, um die es Rauzzini ging; die Stimme, die er geformt hatte und die ihm so lieb geworden war wie die eines eigenen Kindes. Er verzichtete an diesem Tag darauf, sie zu korrigieren, weil er damit beschäftigt war, sich ihren Klang für alle Zeiten einzuprägen. Das war natürlich unmöglich, aber er wollte es wenigstens versuchen.

Die Reise nach Neapel förderte bei jedem das Schlimmste zutage. Die Luft war schlecht, die Matrosen ungehobelt, und die Quartiere ähnelten eher einem Siechenhaus als einem Schiff. Sie fühlten sich wie Gefangene. Nichts passierte. Nichts, das alles Nichts beendete. Sie wurden von der Mattigkeit derjenigen befallen, die sich nicht wie gewohnt bewegen konnten und nach einiger Zeit nicht mehr wussten, wie sich eine solche Bewegung anfühlte. Ein Tag war wie der andere, dazu kamen Bauchweh und schlechter Atem. Sie träumten von Gemüse.

Wenigstens hatte Anna ihre Gitarre, und wo eine Gitarre war, da waren Musik und Fröhlichkeit. Selbst Mrs. Storace gab zu, sie könnten dankbar sein, Annas Gitarre auf dem Schiff zu haben. Eine Stunde, in der sie Anna beim müßigen Spiel zuhören konnten, war eine Stunde, in der sie die Qualen der Reise vergaßen. Es sei eine Wohltat, sagte Mrs. Storace. Sie sei sehr froh, dass Anna ihre Gitarre mitgenommen habe.

Mrs. Storace war eine Frau, die der Überzeugung war, dass ihre Stellung im Leben nicht dem Grad ihrer Kultiviertheit entsprach. Immerzu las sie Bücher und Gedichte, und je moralisierender und langweiliger diese waren, so sagte lachend ihr Gemahl, desto mehr sagten sie ihr zu. Er war zwar fünfundzwanzig Jahre älter als sie, aber von ihnen beiden war

er derjenige, der von jugendlicher Unbekümmertheit und stets zu Späßen aufgelegt war, was sie wiederum mit Torheit verwechselte. Dort, wo bei anderen der Verstand säße, hätte er eine Schale mit Konfekt. Er wäre ein großer grinsender Marktschreier, ein Verführer und Schürzenjäger. Sie war überzeugt, dass er in London drei Mätressen zurückgelassen hatte. Gäbe es nicht ihre Tochter und ihren fernen Sohn, sagte Mrs. Storace, wäre sie schon längst ins Kloster gegangen.

Immerzu verzog sie missbilligend das Gesicht. Bevor sie eine ihrer spitzen Bemerkungen von sich gab, schnaubte sie gerne durch die Nase und starrte in die Ferne. Ihr Gemahl würde viel Wind machen, doch heraus käme nichts. Er ließe sich einfach fallen und erwartete, dass andere ihn auffingen. Wenn Mrs. Storace sich über Anna ärgerte, sagte sie, sie sei genau wie ihr Vater. Ihre Mutter liebte jedoch Musik und ließ sich davon stets versöhnlich stimmen. Sie hatte keine Ahnung, wie sanftmütig sie dreinschaute, wenn sie ihrer Tochter zuhörte – wie die Falten auf ihrer Stirn sich glätteten und ihr Atem ruhig wurde. Aber Anna sah es, und das brachte sie dazu, noch lieblicher zu spielen. Ihr machten die Umstände auf dem Schiff nichts aus. Es hätte sie auch nicht gekümmert, wenn die Reise doppelt so lange gedauert oder es überhaupt kein Essen gegeben hätte. Die Langeweile, die Unbequemlichkeit, die nach Rum stinkenden Matrosen, die Ratten und Flöhe, dass sie samt ihrer Kleidung schmutzig war – das alles zählte nicht mehr beim Anblick des Nachthimmels auf See. Wann immer sie seekrank war oder die Fassung verlor, musste sie sich außerdem nur ins Gedächtnis rufen, dass sie nach Italien fuhr und ihren Bruder wiedersehen würde, das half ihr sogleich. Für Undank hätte sie sich geschämt. Sie vermisste Rauzzinis Rat, seinen Witz und sein Lachen, aber eben wegen dieser Reise hatte er ihr so viel beigebracht. Er vertraute

ihr. Sie musste in Italien singen. Ihren Erfolg in London hatte sie ihrer Jugend verdankt, aber damit war es nun vorbei, und alle wollten nur noch italienische Diven hören. Keiner würde mehr dafür zahlen, eine Landsmännin zu hören, es sei denn, sie hätte auf dem Kontinent gesungen – in sämtlichen großen Opernhäusern. Anna solle so lange fortbleiben, hatte Rauzzini gesagt, bis ihre Landsleute vergessen hatten, dass sie Engländerin war.

Sie hoffte, Stephen würde sie ebenso lieben, wie sie ihn lieben wollte. Er hatte England verlassen, als sie zehn Jahre alt gewesen war. Sie erinnerte sich daran, wie sie miteinander gespielt hatten und wie geduldig und fröhlich er gewesen war, und sie wusste noch, dass er Geige geübt und den ganzen Tag hinter geschlossener Tür Tonleitern gespielt hatte, doch wenn sie sich an sein Gesicht zu erinnern versuchte, war da nur ein verschwommener Fleck. Sie besaßen von ihm nur das kleine Porträt, das Mrs. Storace gezeichnet hatte, bevor er aufgebrochen war. Ihre Mutter sagte, er sei darauf nicht schlecht getroffen, aber gut auch nicht.

Endlich trafen sie im Hafen von Neapel ein, und schon bald waren die Qualen der langen Reise vergessen. Annas Vater konnte überhaupt nicht mehr aufhören zu lächeln – er erinnere sich, sagte er, an alles hier, und das, obwohl er zwanzig Jahre nicht in Neapel war. Mrs. Storace streckte sich und spürte, wie wieder Leben in ihre Gliedmaßen strömte. Und Anna kam aus dem Staunen nicht mehr heraus. Sie waren da. Sie waren nirgendwo sonst. Es war eine andere Welt, und sie waren mittendrin.

Sie kamen bei Mr. Storaces älterem Bruder, einem Kaufmann, unter. Stephen wohnte im Konservatorium. Nachdem sie sich gewaschen und gestärkt hatten, schickten sie nach ihm. Alle waren aufgeregt. Bei dem kleinsten Geräusch

von der Straße sprang Mr. Storace auf und lief zum Fenster. Mrs. Storaces Augen in ihrem fahlen Gesicht leuchteten. »Ich fürchte, ich werde meinen eigenen Sohn nicht wiedererkennen«, sagte sie, an ihren Schwager gewandt, während ihr Gatte übersetzte. Mrs. Storace konnte ein wenig Italienisch, weigerte sich aber, es zu sprechen, weil sie sich ihrer Fehler schämte. »Und auch er wird mich nicht wiedererkennen, fürchte ich.« Ihr Schwager nickte verständnisvoll. Mr. Storace sprang erneut auf und eilte zum Fenster.

Auch Anna hielt es nicht auf ihrem Stuhl. Sie hatte kaum etwas von dem Essen hinuntergebracht. Am liebsten wäre sie zum Konservatorium gelaufen. Und dann war er plötzlich da. Stephen, ihr Bruder.

Einen Moment lang rührte sich keiner. Er stand in der Tür, gekleidet in die Uniform des Konservatoriums Sant'Onofrio mit weißem Rock und schwarzer Schärpe, die Locken fielen ihm auf die Schultern, und seine Augen glänzten erwartungsvoll, dieser Junge von siebzehn, den sie seit fünf Jahren nicht mehr gesehen hatten. Dann stürzten sich alle zugleich auf ihn, lachend und weinend, drückten ihn, bis ihm die Luft wegblieb, und erklärten, sie hätten ihn niemals wiedererkannt oder aber unter Hunderttausenden wiedererkannt, denn er hatte dasselbe liebe Gesicht, dieselbe Stimme und dasselbe Betragen, ein zartgliedriger, nachdenklicher junger Mann mit angenehmen Zügen, den Augen seiner Schwester und dem Wuchs seines Vaters, nicht zu groß und nicht zu klein.

Hundertmal riefen sie seinen Namen, »Stephen, Stephen«, und sahen ihm lächelnd ins Gesicht, berührten ihn, wie um sich zu versichern, dass er tatsächlich da war. Das Ganze kam ihnen wie Zauberwerk vor.

»Anna«, sagte er. »Erinnerst du dich noch an mich?«

Sie konnte sich überhaupt nicht von ihm lösen. Sie lachte und weinte gleichzeitig, bis sie Schluckauf bekam. »Stephen!«, rief sie. »Stephen!«, und er küsste sie auf die Wangen und erklärte, er hätte sie unter Hunderttausenden wiedererkannt.

Später musizierten sie füreinander. Zuerst spielte Stephen auf seiner Geige, mit dem Selbstvertrauen des wahren Meisters, und alle bewunderten ihn. Welche Töne, welche Melodien! Unter seinen Händen verwandelte sich das Instrument in eine menschliche Stimme. Sie konnten die Augen nicht von ihm lassen, von seiner ernsten Stirn, den schlanken Gliedern, der ruhigen Haltung. Stephen hatte nichts Prahlerisches, er war bescheiden und still wie früher. Sie fragten sich, wie sie ihn je hatten fortschicken und wie er allein hatte zurechtkommen können. Aber er hatte Reife und Anmut entwickelt. Es fiel Anna nicht schwer, ihrer Absicht gerecht zu werden. Sie liebte ihren Bruder von Herzen.

»Und jetzt musst du singen«, sagte er zu ihr, und sie fügte sich bereitwillig. Der Onkel hatte sein Cembalo gestimmt, auch wenn er meinte, es sei nicht viel besser als ein Haufen Kienholz, und sie begleitete sich selbst. Erfreut erklärte Stephen, es gebe in ganz Neapel keinen besseren Sopran. Alle fühlten sich erquickt. Mr. und Mrs. Storace lächelten und hassten sich nicht mehr. Mr. Storaces Bruder meinte auf einmal zu ahnen, wie es wäre, wenn er selbst Kinder hätte. Stephen schien ein Stückchen zu wachsen. Und Anna versuchte mit erweitertem Blick und geschärftem Ohr diesen Moment des Glücks, in dem ihre Familie endlich wieder vereint war, in sich aufzunehmen und in ihrem Herzen zu bewahren. Sie liebte ihren Vater mitsamt seinen Sprüchen, seinen schlechten Witzen und seiner Tollpatschigkeit. Sie liebte den fremden Onkel. Sie liebte ihre überspannte Mutter mit ihrer ewig

finsteren Miene. Sie liebte ihren Bruder, der dasselbe Gesicht hatte wie sie, aber nicht ihr Temperament, und mit dem sie manche Erinnerungen teilte und andere nicht. Rauzzini hatte er nie kennengelernt. Von diesem Abschnitt ihres Lebens und noch vielen anderen wusste er nichts, und so ging es ihr auch bei ihm. Aber er war ihr Bruder, ganz allein ihrer.

Am nächsten Tag besuchten sie Stephens Konservatorium. Er hatte sein Studium bereits abgeschlossen und unterrichtete mittlerweile einige der jüngsten Knaben und gab hier und da Konzerte. Er nahm Anna mit zu Giovanni Paisiello, einem berühmten Opernkomponisten, der am Konservatorium Gesang und Kontrapunkt unterrichtete. Anna sang ihm vor, und er zeigte sich angenehm überrascht. Er versprach, sie seinen Freunden zu empfehlen und sie für kleine Rollen in seinen Opern zu berücksichtigen. Wie sich jedoch in den folgenden Monaten erweisen sollte, waren das weitgehend leere Versprechungen. Sie sang ein paar Solo-Kantaten in der Kathedrale für ihn, aber die brachten nur wenig ein. Schließlich erklärte er, er könne nicht auf eine kleine Engländerin setzen. »Sie muss häufiger auf italienischen Bühnen singen«, erklärte er Mr. Storace. »Sie muss erst einige Jahre hier leben.«

»Wie soll sie auf italienischen Bühnen singen, wenn keiner in Italien sie hören will?«, fragte Mr. Storace.

Paisiello zuckte die Achseln.

Ihr Vater wollte, dass sie für Jommelli sang, der Farinelli unterrichtet hatte, aber Jommelli wollte sie auch nicht hören. Er sagte, er sei zu alt, um seine Zeit an eine Engländerin zu verschwenden.

Cimarosa hielt sich in Frankreich auf und würde erst im nächsten Jahr zurückkommen. Mr. Storace hatte mehrere von Cimarosas Opern übersetzt und stand in Briefver-

kehr mit ihm. Er hatte große Hoffnung auf ihn gesetzt, und Cimarosa hatte bei seiner Ehre versprochen, Anna zu helfen. Von Frankreich hatte er allerdings nichts verlauten lassen.

Bis auf Stephen erkrankte die ganze Familie an einer fiebrigen Magenverstimmung, und Anna hütete zwei Wochen lang das Bett. Dabei mussten sie essen und ihre Kleider in Ordnung halten, um sich, wie es eigentlich geboten war, Zugang zu adligen Kreisen zu verschaffen. Nur lud der Adel Anna nicht zu seinen Konzerten und in seine Salons ein, aber wie auch, wenn man sie nicht kannte. Und selbst wenn sie sie gekannt hätten, hätten sie angenommen, sie könne nicht singen, weil sie Engländerin war.

Im Frühling beschloss ihr Vater, nach England zurückzukehren, um Geld aufzutreiben. Er würde den größten Teil des Sommers fort sein. Während seiner Abwesenheit sollte die Familie Neapel verlassen und ihr Glück anderswo probieren. In Neapel hatten sie kein Bein auf den Boden bekommen. Es gab einfach zu viele Sängerinnen in der Stadt. Er war kein abergläubischer Mensch, aber er glaubte, dass sie anderswo mehr Glück haben würden; dass durch irgendeine Verwirrung oder Verirrung über diesem ganzen Jahr ein Fluch gelegen hatte. Doch dann starb er im fernen London an einem Infekt und ließ Mrs. Storace und ihre Kinder mit einem kaum nennenswerten Vermögen zurück, dafür einigen Schulden in Neapel und auch in London.

L'inglesina

Monatelang geschah nichts. Als es kühler wurde, fing Stephen, der für lächerlich kleine Summen Musikunterricht gegeben hatte, an, davon zu reden, seine Geige zu versetzen, während Mrs. Storace ihren bescheidenen Schmuck dreingeben wollte. Dann endlich erreichte sie ein Brief von Paisiello. Er hatte für Anna ein Engagement im Pergola-Theater in Florenz arrangiert. Das Wunder wurde wahr: Sie würde als *seconda donna* des *primo musico,* des berühmten Kastraten Ludovico Marchesi, singen. Stephen würde im Orchester das zweite Cembalo spielen und damit genügend Geld verdienen, um nach England reisen und den Nachlass des Vaters ordnen zu können.

»Das ist eine große Ehre«, erklärte Mrs. Storace ihrer Tochter. Der Tod ihres Gatten hatte sie tief getroffen. Sie aß wie ein Spatz und schien von Tag zu Tag weniger zu werden. »Du musst dir jede erdenkliche Mühe geben und darfst niemanden vor den Kopf stoßen.« Anna wäre zu keck, fand ihre Mutter nämlich, und ließe Respekt vermissen.

»Machen Sie sich keine Sorgen, Mama«, sagte Anna lächelnd. »Ich werde ein wahrer Engel sein.«

»Noch bist du nicht die Primadonna«, sagte Mrs. Storace. »Und die wirst du auch nie werden, wenn du dich weiterhin

so gebärdest. Alle halten dich für eine kleine Engländerin mit schlechtem Italienisch.«

»Mein Italienisch ist perfekt.«

»Dann muss es an etwas anderem liegen. Wie du dich bewegst. Du darfst keine so großen Schritte machen und nicht immerzu die Stirn runzeln.«

»Ja, Mama.«

Jeden Tag dachte Anna an ihren Vater, wie hoffnungsfroh und mutig er gewesen war. Er hatte sich für seine Kinder jene musikalische Laufbahn gewünscht, die ihm selbst versagt geblieben war, und da er ihretwegen zurück nach England gereist war, gab sie sich die Schuld an seinem Tod. Aber solche Gedanken durfte sie nicht länger hegen, sonst könnte sie niemals singen.

Kaum waren sie in Florenz und begannen mit den Proben, wusste sie, dass sie das Versprechen, das sie ihrer Mutter gegeben hatte, nicht würde halten können. Sie würde kein Engel sein. Wenngleich sie sich bemühte.

Bei jedem anderen hätte sie nichts dagegen gehabt, vor ihm zu knien. Aber Ludovico Marchesi hatte das nur verlangt, um sie zu demütigen. Dessen war sie sich sicher. In den wenigen Tagen seit ihrer Ankunft in Florenz hatte er alles getan, um sie zu ärgern. Er war ihr absichtlich auf die Zehen getreten, als er hinter der Bühne an ihr vorbeigegangen war. Er hatte ihr falsche Anweisungen und falsche Stichwörter gegeben und ständig vor aller Ohren ihr Können angezweifelt. Dabei hatte Anna ihm nichts getan. Aber Stephen meinte, er fühle sich durch sie bedroht. Marchesi war zwar einer der berühmtesten Sänger der Welt und wer in der Toskana etwas auf sich hielt, kam, um ihn singen zu hören, aber es gab immer weniger Kastraten. Gewinne würden die Theater bald

nur noch mit der komischen Oper erzielen, der *opera buffa*. Kastraten waren dafür nicht zu gebrauchen, sagte Stephen. Für sie gab es nur Rollen im ernsten Fach. Sie spielten Götter und Heroen, keine einfachen Leute. Einfache Leute klangen nicht wie *castrati*. Abgesehen davon hielten die Franzosen die Kastration von Jungen für verabscheuungswürdig, und diese Meinung griff immer mehr um sich.

»Sie müssen weiter hinunter, wenn ich das singe«, sagte Marchesi zu Anna. »Sie müssen knien.«

»Aber Signor«, sagte sie mit einem süßen Lächeln. »Ich wüsste nicht, wie Sie noch größer erscheinen könnten.«

Aus dem Orchester war leises Gelächter zu hören. Der Inspizient machte einen beunruhigten Eindruck. Marchesi funkelte sie an. »Das Libretto besagt, dass ich auf einem Berg stehe«, sagte er betont gelangweilt. »Das heißt, Sie müssen weiter unten sein.«

Anna sah ihn treuherzig an. Sie dachte an ihren Vater. Sie war jetzt sechzehn. Sie lebten von Wasser und Brot. Also neigte sie brav den Kopf und kniete mit bauschenden Röcken und Schleifen nieder.

»Na also!«, rief Marchesi. Er breitete die Arme vor dem Orchester aus. »Endlich können wir anfangen.«

Anna schluckte die Galle hinunter und hielt den Blick gesenkt. Seine Stimme war weder so schön wie die von Rauzzini noch annähernd so geschmeidig, allerdings besaß sie einen brillanten Klang und trug weit. Geschmack hatte er leider auch nicht. Alles an ihm wirkte übertrieben und gespreizt. Nichts an ihm war natürlich, wahrhaftig, schlicht. Seine Artikulation war schlampig und unverständlich. Er beherrschte nur Vokale – verschliffene, schlampige Vokale – und vergaß die Konsonanten, die Akzente gesetzt hätten. Bei all seinen Trillern und Intervallsprüngen konnte man kaum noch die

Melodie ausmachen. Er sang in einer Weise, wie es schon längst nicht mehr in Mode war. In Annas Ohren klang es pompös und lächerlich.

Sie hob die Augen, um zu sehen, wie er den Schluss sang, den Teil, für den er am meisten gepriesen wurde, eine derart dramatische und gewagte Kadenz, dass man sie nach ihm benannt hatte, *La bomba di Marchesi*, die Bombe des Marchesi – eine schwindelerregende *voletta* von Oktaven, die in Halbtönen bis zum hohen C hinaufkletterte. Ein Wunder von einer Kadenz, ein Meisterstück, das kein Mensch sonst vollbringen konnte. Und in diesem Moment kam ihr eine Idee.

»Das darfst du nicht tun«, flüsterte Stephen. »Du hast es nicht geprobt. Man wird uns aus der Stadt jagen.«

Sie waren beim ersten Interludium. Auf der Bühne tanzte ein Ballett, und nach dem Ballett würde ein kurzes komisches Intermezzo folgen. Das gesamte Abendprogramm dauerte etwa fünf Stunden. Die halbe Toskana saß im Theater und vielleicht auch Zuschauer von noch weiter her – unter anderem, so war es Anna zu Ohren gekommen, ein Impresario von der Mailänder Scala.

Marchesi hatte im ersten Akt seine *bomba* gesungen und zwanzigminütige Ovationen erhalten. Den Rest des Aktes war er nonchalant und gelangweilt über die Bühne geschlendert, als befände er sich zu Hause in seinem Salon. Er hatte eine Prise Schnupftabak genommen und mit Freunden im Publikum geredet. Während der ersten Arie von Anna hatte er die ganze Zeit geplaudert, so als würde sie überhaupt nicht singen – als wäre sie überhaupt nicht da. Schlimmer noch, auch das Publikum hatte sich während ihrer Arie unterhalten. Das konnte sie den Leuten allerdings kaum zum Vorwurf machen. Die Figur, die sie verkörperte, tat nichts, sagte

nichts, wusste nichts, und die Arie war affektiert und dazu ermüdend repetitiv und klang daher auch nach nichts. Ihr eigentlicher Zweck bestand darin, dass Marchesi währenddessen seiner Kehle ein wenig Erholung gönnen konnte. An der Arie ließ sich nichts verbessern – nicht mit einem solchen Text und solcher Musik und wenn alle redeten.

Marchesi sollte einen in Ketten gelegten Häftling darstellen, aber er trug einen federgeschmückten Goldhelm und war sorgfältig geschminkt und gepudert. Seine Rolle sah vor, dass sein einer Arm verletzt war, aber er gestikulierte heftig damit herum. Während ihrer Arie hatte er keine Sekunde zugehört. Er war ihr auf den Fuß gestiegen. Und die halbe Toskana hatte es gesehen.

»Du musst nicht mehr tun, als die Kadenz zu halten und dafür zu sorgen, dass der Cellist auf mich wartet«, sagte sie zu Stephen. »Er passt sowieso nicht auf.«

»Ludovico Marchesi ist der berühmteste Kastrat der Welt«, beschwor ihr Bruder sie, als müsste er den Teufel abwehren.

»Sorg einfach dafür, dass der Cellist wartet.«

Das Pergola-Theater in Florenz war kleiner und eleganter als das Royal Opera House in London. Die Adligen entzündeten in den Logen ihre eigenen Kerzen und taten sich gütlich an Speisen, die sie selbst mitgebracht hatten. Die Damen fächelten sich mit Spitzenfächern Luft zu. Nirgendwo sonst schätzte man die Sangeskunst so hoch wie in Italien. Das italienische Publikum sprach von einigen Sängern, als wären sie Götter.

Jahrelang hatte Anna es versucht, aber nie war es ihr gelungen, Rauzzini überzeugend nachzuahmen. Sie war eine gute Schauspielerin, aber seine Stimme hatte eine völlig andere Klangfarbe als ihre, und sein Gebaren war schwer zu fassen. Marchesis Worte und Bewegungen waren jedoch allesamt so übertrieben, dass er ein leichtes Ziel abgab.

Gegen Ende des letzten Aktes stand sie allein auf der Bühne. Wie aus großer Ferne hörte sie das Orchester mit der Introduktion zu ihrer Arie beginnen. Ich bin Ludovico Marchesi, dachte sie, und in ihrem Kopf erklang seine honigtriefende Stimme. Sie hatte keine Zeit zum Üben gehabt. Bestimmt hätte auch jemand Verdacht geschöpft. Aber sie hatte sich genau vorgestellt, wie es sich anhören und wie es sich anfühlen würde.

Noch bevor sie zu singen begann, spürte sie, wie sich die Atmosphäre im Saal veränderte, sich eine gewisse Spannung verbreitete. Sie tat so, als nähme sie eine Prise Schnupftabak. Jemand lachte. Dann lachten alle. Sie hatte sie. Sie war Marchesi und sie war es nicht, sie war charmant und heiter, und sie hatte sie. Sie konnte ihre Aufmerksamkeit fesseln, solange sie wollte. Träge schlenderte sie über die Bühne. Sie sang ohne Konsonanten. Während des Ritornells des Orchesters beklagte sie sich in ihrem perfekten, volltönenden Italienisch laut darüber, dass sie heute Abend nicht gut bei Stimme sei – dass sie zu viel Rumpudding gegessen habe. Sie sang extravagante, übertriebene Koloraturen, und wenngleich sie lächerlich waren, waren sie doch perfekt, technisch makellos und rein. Dann war es an der Zeit für die Kadenz. Sie straffte die Schultern und legte endlich das nonchalante Gehabe ab, dann stolzierte sie an den Rand der Bühne. Stephen, dem der Angstschweiß über die Schläfen lief, saß am zweiten Cembalo und hob eine Hand, um den Cellisten innehalten zu lassen. Anna holte tief Luft und breitete die Arme aus. Jetzt kam ihr Triumph. Sie sang eine eigene *voletta*, noch nie in ihrem Leben hatte sie eine gesungen, eine *bomba di Storace*, so schnell und akkurat wie Ludovico Marchesi höchstpersönlich, ihre Stimme schraubte sich in Halbtonschritten über die Oktaven bis zum hohen C, ein großartiger triumphierender Schrei,

so als habe sich ihre Schädeldecke geöffnet und Licht würde aus ihrer Stirn emporstrahlen, und es war dieses Gefühl, das zählte, das Gefühl, ein Hohlkörper zu sein, durch den die Luft strömte, leer und gefüllt zugleich, und es war die Überraschung, die ungehindert hervorbrechende Freude im Gesicht ihres Bruders, die zählte, und das Wissen, dass Marchesi zuhörte, wie sie es ihm gleichtat und ihn lächerlich machte und noch übertraf, und dass letztlich alles gut werden würde, denn die Zuschauer waren aufgesprungen, die Florentiner, und sie stampften mit den Füßen und riefen ihren Namen, bis sie nichts anderes mehr hörte als »*Brava La Storace! Brava l'inglesina! Brava, brava!*«

Wie nicht anders zu erwarten, wurde sie sofort entlassen. Dem Theaterdirektor tat es leid, denn mochte sie auch frech sein, war sie doch vor allem ein enormer Erfolg gewesen. Aber Marchesi war nun einmal *primo musico* und hatte mächtige Freunde und Gönner. Anna ließ sich ihre Gage für die Abendvorstellung ausbezahlen – mehr Geld, als sie jemals an einem einzigen Abend verdient hatte. Marchesi hätte zehnmal mehr bekommen. Ihre Mutter vergoss bittere Tränen und weigerte sich, mit ihr zu sprechen. Stephen dachte, es wäre alles seine Schuld. Am nächsten Tag war Annas Name jedoch in allen Zeitungen und in aller Munde, und sie erhielt einen Brief mit der Einladung, im Frühling als *prima buffa* an der Scala zu singen.

Einige Monate darauf stach Stephen von Livorno aus mit dem Ziel London in See. Dort würde er ihre Schulden begleichen, sich um den Familienbesitz kümmern und das Haus verkaufen, wie Mr. Storace es vorgehabt hatte. Anna und ihre Mutter machten sich mit einigen Zwischenstationen auf den Weg nach Mailand, um Konzerte zu geben.

La Scala

Sie hatten in Mailand drei Treppen hoch zwei saubere Zimmer mit einem kleinen Salon in der Mitte angemietet. Neben ihnen logierte ein weiterer Sänger, ein irischer komischer Tenor namens Michael Kelly, den Anna in Florenz kennengelernt hatte. Er war ein schmächtiger junger Mann von etwa zwanzig Jahren, mit langen flachsblonden Haaren und einem Vogelgesicht, und er war abonniert auf, wie er sagte, »Lüstlinge, Schwätzer und Doktoren«. Er hatte sich bewusst das Zimmer neben ihnen ausgesucht und Annas Mutter vollmundig versprochen, diese vor Dieben und Halunken zu beschützen. Mrs. Storace lästerte, sie könne sich kaum vorstellen, dass er in der Lage sei, sich selbst zu beschützen, geschweige denn eine junge Frau. Michael sprach sehr schnell und kleidete sich extravagant und kostspielig, wofür er sogar auf die eine oder andere warme Mahlzeit verzichtete. Seine Stimme war laut und trug weit, wenn sie auch nicht besonders gefällig war, und er spielte gerne Karten.

»Ist es nicht großartig?«, fragte er Anna über einem Brathuhn in der Wirtsstube ihres Gasthauses. Ihre Mutter war oben geblieben, weil sie sich gleich mit dem ersten Schluck des Mailänder Wassers den Magen verdorben hatte. »Hier sind wir Könige und Königinnen. Ich glaube nicht, dass viele

meiner Altersgenossen aus meiner Heimatstadt sich hätten vorstellen können, an La Scala zu singen.« Er verschränkte die Arme hinter dem Kopf und grinste.

»Kennen Sie die anderen Sänger des Ensembles?«, fragte Anna. »Sind sie nett? Sind sie sehr alt?«

»O ja, sie sind ein vergnügter Haufen. Ich würde ihnen mein Leben anvertrauen. Da sind Mandini und Benucci, die sich recht ähnlich sind. Mandini ist nicht so gut wie Benucci, aber er ist ein aufrichtiger Mann, elegant, schlank. Benucci ist kolossal. Geradezu göttlich. Und sehr lustig. Wie alt, fragen Sie? Mittleren Alters. Höchstens. Dann ist da noch der Bass, Bussani, ein Bär von einem Mann, und seine hübsche kleine Frau Dorotea, sie ist die einzige andere weibliche Stimme in der Truppe, nicht viel älter als Sie, denke ich, aber nicht annähernd so gut. Sie liebt das Rampenlicht, mit ihrer Sangeskunst ist es jedoch nicht weit her. Aber zusammen mit Bussani geht es schon. Ansonsten sind da nur noch Sie und ich.«

»Ich hoffe, sie werden mich mögen«, sagte sie.

»Das muss man einfach, meine Liebe!«

»Ist Benucci der *primo buffo*?«

»Er oder Mandini. Sie werden neben beiden gut aussehen. Bei Mandini müssen Sie sich keine Sorgen machen, er hat eine Frau. Ach ja, die hätte ich beinahe vergessen, sie singt auch. Und Benucci – nun, der ist ein guter Kerl und singt wie ein Gott.«

Am folgenden Vormittag gingen Anna und Michael zur Scala, um mit den anderen Sängern den ersten Akt zu proben. Michael war bereits einen Monat hier und die anderen noch länger, nur die vormalige *prima buffa* war wegen eines anderen Engagements weggegangen. Es sollte eine Oper von Antonio Salieri aufgeführt werden, der aus Wien zu Besuch

war. Er kannte Annas Stimme nicht, sie hatte ihm jedoch ihren Umfang in Briefen beschrieben. Die Noten zu einer Arie hatte sie in Livorno mit der Post erhalten, aber alles andere würde sie heute das erste Mal hören. Die Premiere sollte in viereinhalb Wochen stattfinden, und die beiden anderen Akte mussten erst noch geschrieben werden.

Die *opera buffa* war die neue, moderne komische italienische Oper, die ihren Ursprung in der *commedia dell'arte* hatte. Die Melodien waren leicht und gefällig, und die Texte entstammten der Alltagssprache. Die *opera seria*, ihr ernstes Gegenstück, war im überhöhten alten Stil gehalten, mit komplizierter, oftmals mythologisch motivierter Handlung und gesanglichen Bravourstücken. In der *opera seria* boten die Sänger ihre langen, anspruchsvollen Arien abwechselnd dar, eine nach der anderen, ohne viele Zwischenspiele zur Erholung. Die Handlungsstränge der einzelnen Opern waren verworren, und oft glichen die Werke einander in einem Maß, dass die Zuschauer es nicht für nötig befanden, ihnen zu folgen, und die Worte wurden durch die enormen Sangesleistungen – Fiorituren und Koloraturen, Verzierungen und Kadenzen, die zu der großen Kunst der Kastraten gehörten – oft derart verunstaltet, dass man sie kaum verstand.

Inzwischen war diese hohe Kunst allerdings aus der Mode gekommen. Heute durfte man zum Lachen in die Oper gehen. Die Zuschauer sahen Leute von niederer Geburt auf der Bühne stehen, in nur allzu bekannten, oft komischen Situationen, wie man ihnen im Alltag begegnete. Der Mann von der Straße konnte ebenso unterhaltsam sein wie Zeus, befand man. Die Musik war schlicht, klar und melodiös; so wie Musik sein sollte. Sogar die Worte konnte man verstehen.

Anna war gerade zur rechten Zeit gekommen. Sie würde listige Mägde und Schäferinnen spielen, Bauernmädchen,

die sich in Edelmänner verliebten, all ihre Gegenspielerinnen ausstachen und glücklich bis ans Ende ihrer Tage lebten.

Mrs. Storace begleitete sie ins Theater, wenngleich es Anna lieber gewesen wäre, sie wäre zu Hause geblieben. Dennoch wären sie beinahe zu spät gekommen, nachdem sie von einem Fischkarren aufgehalten worden waren, und betraten deshalb schwer atmend den kleinen Probensaal, wo die anderen Sänger, der Inspizient und Salieri bereits auf sie warteten.

»Sind wir zu spät?«, rief Michael auf Italienisch mit unüberhörbarem irischem Akzent, Anna an der Hand hinter sich herziehend. »Da war dieser Fischkarren! Aber ich habe sie mitgebracht, hier sind sie, unsere neue Maid und ihre famose Mutter.«

Die Sänger hatten um das Cembalo herum Platz genommen, und als Anna und Michael auf sie zutraten – ihre Mutter setzte sich auf einen Stuhl an der Seite –, erhoben sie sich, um sie zu begrüßen. Anna, durcheinander und nervös, hatte den Eindruck, dass sie nett waren und laut und ungezwungen im Umgang miteinander; dass Mandini kultiviert war, dass es Bussanis junger Frau an Anmut fehlte, was ihren Reiz aber auf seltsame Weise nur erhöhte. Salieri hatte ein strenges Gesicht mit heruntergezogenen Mundwinkeln. Aber auch er wirkte freundlich, mehr oder weniger. Sie alle schienen erfreut, sie zu sehen, und sie war sogleich beruhigt. Doch als Francesco Benucci ihre Hand nahm, spürte sie, wie ihr Herz einen Schlag aussetzte – so fest war sein Händedruck und so warm –, und ihr stieg das Blut ins Gesicht.

»Sie müssen meine Dorina sein«, sagte er.

»Ach, bin ich das?«, fragte sie und die anderen lachten.

Sie begannen mit der Probe. Anna konnte fast alles vom Blatt singen, und Salieri war erfahren genug, nichts zu schreiben, was sie nicht hätte meistern können. Sie war sich be-

wusst, dass alle ihr genau zuhörten – sie würde die Hauptlast der Oper tragen müssen –, aber das beflügelte sie nur, ihr Bestes zu geben. Kaum hatte sie zu singen begonnen, sah sie, dass die anderen Sänger lächelten und sich etwas zuflüsterten, und da wusste sie, dass sie ihnen gefiel.

Alles, was folgte, war ein Spiel für sie, ein gemeinsames Spielen mit Worten und Klängen und Gesten. Sie waren allesamt hervorragende Sänger mit rascher Auffassungsgabe, sie waren eingebildet genug, um auf die Bühne zu wollen, und dabei verbissen genug, um sich den Weg dorthin gebahnt zu haben. Sie verdienten ihren Lebensunterhalt mit ihren Stimmen und ihren Körpern – mit einer Arbeit, die jeden Tag etwas Neues brachte, einer Arbeit, welche Mode und Geschmack ihnen jederzeit rauben konnten, aber jeder von ihnen liebte so sehr, was sie taten, dass er es nicht anders haben wollte.

Zuerst wagte Anna es kaum, Benucci anzusehen. Was Michael Kelly über ihn gesagt hatte, stimmte. Er hatte dichte, dunkle Augenbrauen und dunkle Haare, und seine flinken, freundlichen Augen standen ein wenig zu weit auseinander. Sein Gesicht war ausdrucksstark und intelligent. Er hatte ein kantiges Kinn, ein breites, gewinnendes Lächeln, das Grübchen zum Vorschein brachte, und ein schallendes, ansteckendes Lachen. Seine Stimme war ebenso schön wie kraftvoll, Hals und Brust waren breit und kräftig, ideal fürs Singen. Er war größer als Mandini, aber kleiner als der hünenhafte Bussani. Anna bemerkte, dass alle Benucci mochten, weil er sie zum Lachen und Strahlen brachte. Sie bemerkte, dass alle auf sein Urteil hörten, selbst Salieri.

Noch nie hatte sie eine Liebende spielen müssen, zumindest keine wie diese, und sie hatte noch nie einen Jungen oder Mann geküsst, wie es eine Liebende tat. Sie war ja noch nicht

einmal auf einem Ball gewesen. Und jetzt stand da Francesco Benucci neben ihr, mit seinem Lachen und seinem Lächeln, mit seiner Stimme, die zu den klangvollsten und schönsten natürlichen Männerstimmen gehörte, die sie je gehört hatte, und sie würde so tun müssen, als liebte sie ihn, als wäre sie seine Angebetete, sein Ideal.

Gegen Ende der Probe war sie schon etwas selbstsicherer, beinahe als wären sie alle alte Freunde. Aber jedes Mal, wenn Benucci sie ansah, schienen ihre Beine unter ihr nachzugeben.

»Wer war Ihr Lehrer?«, fragte er sie leise.

»Venanzio Rauzzini.«

Er nickte anerkennend und wippte auf den Fersen vor und zurück, die Hände in die Hüften gestemmt. »Ich lernte ihn in Rom kennen. Hervorragender Sänger. Hervorragende Ausbildung. Propora unterrichtete ihn. Er hat Meisterliches bei Ihnen vollbracht.«

»Sie kannten ihn?«, rief sie aufgeregt. »Wie war er damals?«

Er lächelte versonnen, bevor er jedoch antworten konnte, stürzte Dorotea auf Anna zu, um ihr in ihrer unbekümmerten Art zu sagen, wie gut sie gesungen habe und wie viel Spaß sie miteinander haben würden. »Sie sind nicht dumm«, erklärte sie und klopfte Anna auf die Schulter. Sie war eine wunderhübsche, hoch aufgeschossene junge Frau mit einem schmalen Gesicht und rötlichem Haar und strahlte etwas Unbeschwertes aus. »Sonst kriegen wir immer dumme Mädchen, die stocksteif auf der Bühne herumstehen, es ist grauenvoll, man kann nichts machen, außer ihnen zu helfen und darauf zu warten, dass es vorübergeht. Sie dagegen, Sie sind gewitzt, wir werden uns prächtig amüsieren. Sie wissen, wie man die Leute unterhält! Und darum geht es doch!«

Dorotea entstammte einer Familie von Wanderschauspie-

lern, und bei einer ihrer Vorstellungen, sie war gerade fünfzehn Jahre alt, hatte ihr zukünftiger Mann sie entdeckt. Der Altersabstand zwischen ihnen betrug fast dreißig Jahre. Er war einer der besten komischen Bässe und verfügte über eine dröhnende Stimme und einen beißenden Witz.

»Wundervoll«, sagte Stefano Mandini mit samtener Stimme und nahm Annas Hand, um sie zu küssen. Er hatte eine Adlernase und eine breite, steile Stirn. Alles an ihm wirkte überaus korrekt und zurückhaltend. Anna hatte sehr gefallen, wie er sang. Seine Stimme war nicht so schön wie die von Benucci und auch nicht so tragend, und er wirkte weniger leidenschaftlich, aber seine Technik war makellos. Mandini konnte wahrscheinlich alles singen, was er wollte, und er vermittelte dabei den Eindruck, dass er es nicht um der Unterhaltung willen tat, wie Dorotea, sondern weil es ihm zufällig ein Auskommen bot. »Ich denke, wir können uns glücklich schätzen, Sie bei uns zu haben«, sagte er. »Ich denke, Sie füllen perfekt eine Lücke aus.«

»Brava«, sagte Salieri mit einem schiefen Grinsen. »Als ich hörte, wie jung Sie sind, hatte ich Sorge, Sie könnten mich blamieren. Jetzt habe ich Sorge, dass ich Sie blamieren könnte.«

»Niemals!«, sagte Anna.

»Sehen Sie sich alles an, damit Sie mir morgen sagen können, ob irgendetwas geändert werden soll. Es ist nicht viel Zeit, aber sie sollte reichen.«

»Du hast sehr hübsch gesungen«, musste ihre Mutter ihr auf dem Heimweg zugestehen. »Und du sahst gut aus.«

»Sie war engelsgleich, Madam«, rief Michael Kelly. »Das hier sind die besten Buffa-Sänger der Welt, und Ihre Tochter muss sich wahrlich nicht vor ihnen verstecken.«

»Sie sind zu gütig«, sagte Mrs. Storace. »Ihre Arie hat mir

auch sehr gefallen. Sie haben eine sehr schöne irische Tenorstimme.«

»Ich danke Ihnen, Madam«, sagte Michael aufrichtig. »Ich bin weder ein besonders großer noch ein besonders beeindruckender Mann, aber ich hoffe, dass meine Stimme das wettmacht.«

»Was will man auch mehr«, erwiderte Mrs. Storace, und die beiden unterhielten sich den ganzen Weg bis nach Hause und auch noch während des Abendessens. Mrs. Storace genoss es, sich endlich einmal wieder mit einem Gentleman auf Englisch unterhalten zu können. Anna war froh, nichts sagen zu müssen, sie war müde vom Singen und hing Tagträumen nach.

Einige Tage darauf begannen sie mit den Bühnenproben für die Oper. Sie studierten ihre Rollen ein. Sie hatten alle ein geübtes Gedächtnis, und die Musik griff bekannte Motive auf. Manchmal änderte Salieri hier und da eine Kleinigkeit. Er war ein nüchterner, dünner Mann mit kantigem Gesicht und unablässig gerunzelter Stirn – ein Mann, der zugleich sanft und streng war –, er wirkte wie ein Asket und war dabei, zumindest Michael Kelly zufolge, keineswegs ein Kostverächter, was Frauen und Wein betraf.

Die Männer kannten sich alle von früheren Engagements und pflegten einen beinahe brüderlichen Umgang. Anna und Dorotea gegenüber verhielten sie sich überaus höflich. Nur Michael behandelte Anna wie eine Freundin, offen und ungekünstelt. Das hatte vermutlich damit zu tun, dachte sie, dass er eher hässlich war, wenngleich er jovial und jungenhaft wirkte. Bei ihm konnte sie sich jedenfalls ganz natürlich geben.

Benucci richtete nur selten das Wort an sie. Er ließ die anderen reden. Sie hatte den Eindruck, dass er ihre Nähe ganz

bewusst mied, und immer wenn ihr Blick seinen traf, fand er einen Grund, sich abzuwenden und etwas zu Mandini oder Bussani zu sagen.

Anna war sich seiner Gegenwart dennoch mit allen Sinnen bewusst. Er tätschelte ihr die Schulter und sagte: »gut gemacht« oder »sehr schön«, und wenn ihr für die Inszenierung eine passende Geste oder ein passender Satz einfiel, bekundete er ihr offen seinen Beifall. Wenn sie zusammen sangen, mussten sie ohnehin jede Zurückhaltung ablegen. Sie mussten sich in die Augen blicken, streiten und sich versöhnen, lachen, tanzen, weinen, einander ihre Liebe erklären, dann ihren Hass und schließlich die Liebesschwüre erneuern. Auf der Bühne harmonierten sie vollkommen, führten sie einen stillen, heimlichen Dialog, dem sie nirgendwo sonst nachgehen durften. Sie sprachen mit Blicken, mit kleinen Gesten und Mimik, mit Berührungen – und das vor aller Augen. Dorotea sagte zu Anna, sie habe noch nie zwei Hauptdarsteller gesehen, die sich in dieser Weise blind verstanden. Es sei gerade so, als würden sie sich schon lange kennen, sagte sie. So gut habe sie Francesco Benucci noch nie gesehen. Die anderen Sopranistinnen seien einfach alle zu dumm gewesen – sie hätten nicht gewusst, wie sie sich ihm gegenüber verhalten sollten.

Anna schüttelte den Kopf und widersprach ihr, aber im tiefsten Inneren wusste sie, dass es stimmte. Francesco Benucci hatte sein Gegenstück gefunden. Deshalb sprach er außerhalb der Bühne nicht mit ihr und deshalb schien auf der Bühne seine Hand ihre länger festzuhalten als nötig. Es war wundervoll und seltsam. Sie dachte nur noch an ihn, und all ihr Sinnen und Trachten drehte sich darum, besser zu werden – für ihn. Ihre Dorina würde funkeln, strahlen, vor Leben sprühen – denn nichts anderes verdiente er. Sie schlief

mit weit geöffneten Fenstern, und morgens war die Luft von Honig erfüllt. Dies konnte unmöglich das Leben sein, das ihr zugedacht war, überlegte sie – dass sie es so weit gebracht haben sollte! –, und niemand, nicht einmal ihre Mutter, hatte ihr bisher gesagt, dass sie zurück nach London müsste. Es war ungehörig, dass junge Damen von sechzehn Jahren ein solches Leben führten, in honigsüßer Luft gemeinsam mit Männern auf der Bühne standen und sangen. Und dennoch war es so.

Gefangene der Liebe

Im Bauch des Theaters befanden sich all die geheimnisvollen Seile und Zahnräder und Flaschenzüge der Bühnenmaschinerie, so kompliziert und fein aufeinander abgestimmt wie ein Uhrwerk oder die Takelage eines Kriegsschiffes. Dieses Räderwerk aus Holz und Hanf wurde von einer Legion von Bühnenarbeitern in Gang gesetzt – sie zogen und schoben und hielten fest, um die gemalten Kulissen zu bewegen und auf diese Weise die spektakulärsten Effekte zu erzielen. Es war ein finsterer, betriebsamer Ort, voller Männer, die so leise wie möglich ihre schwere Arbeit verrichteten und mit einem falschen Handgriff jemanden hätten töten können.

Dorthin gingen Anna und Benucci jeden Abend gegen Ende des letzten Aktes. Unten angelangt, zwängten sie sich in einen Holzkasten, den die Bühnenarbeiter vorsichtig durch eine Falltür in die Mitte der Bühne heben würden, und aus dem die beiden Liebenden schlussendlich in trauter Glückseligkeit wieder heraustreten konnten.

Aus Gründen der Sicherheit und des zeitlichen Ablaufs würden sie diesen Teil oft proben müssen.

Mit einem breiten Grinsen betrat zuerst Benucci den Kasten. Ein Gitter über der Tür ließ ein wenig Licht herein. Er nahm ihre Hand und half ihr beim Einsteigen, und sie dreh-

te sich um, sodass sie den Rücken gegen seine Brust lehnte. Er legte die Arme um sie. »Ist es so bequem?«, fragte er, und seine Stimme bohrte sich mitten in ihr Herz.

»O ja«, sagte sie.

Die Bühnenarbeiter schoben die Tür zu.

»Lehnen Sie sich nur gegen mich«, sagte er leise. »Wir sind gleich wieder draußen.«

Sie merkte auf einmal, dass sie stocksteif dastand, und auf seine Aufforderung hin ließ sie ihren Kopf mit einem Seufzer an seine Schulter sinken. Seine großen, schönen Hände hielten sie mit sanftem Griff. Er beugte sich leicht über sie, sodass sein ruhiger Atem zart über ihr Ohr strich.

Die Männer draußen sprachen leise miteinander. In dem Kasten war es dunkel und eng, und die Welt außerhalb schien in großer Ferne zu liegen. Anna konnte nicht anders. Sie nahm Benuccis Hand und legte sie auf ihre linke Brust. Ihr Herz klopfte so heftig, dass sie jeden Augenblick in Ohnmacht zu sinken meinte.

Keiner von beiden wagte, sich zu rühren. Schließlich umfasste er ihre Brust mit einem leisen Seufzen und drückte Anna an sich. Sie nahm seine Hand und schob sie unter ihr Mieder, wo er gierig ihre Haut erkundete, während seine andere Hand an ihrer Hüfte auf und ab strich. Noch nie war sie mit solch unverhohlener Leidenschaft gehalten worden, mit solcher Hingabe und Verzückung.

Plötzlich klapperte die Tür, und Benucci löste rasch seine Hände von ihr. Anna kicherte. Sie dachte, dass ihre Augen so groß wie die einer Eule sein mussten. Der Mann vor der Tür erklärte, dass man lediglich die Abläufe noch verbessern müsse und sie ganz beruhigt sein konnten.

»Sind Sie wohlauf dort drinnen, oder wollen Sie derweil lieber heraus?«, fragte er.

»Nein, nein, wir sind wohlauf«, antwortete Anna.

»Nicht dass dem Herrn ein paar zusätzliche Hände gewachsen sind«, sagte der Mann munter. »Das passiert bei Männern manchmal, so im Dunkeln, junge Dame.«

Sie lächelte und sagte: »Lassen Sie mal sehen, Signor Benucci, nein, ich zähle nur zwei.«

Die Tür wurde wieder geschlossen, und der Kasten wackelte ein wenig. Benucci senkte den Kopf, und willig bot sie ihm ihre Lippen dar. Keinen Laut gaben sie von sich, bis auf ein gelegentliches Rascheln und Seufzen und das zarte Schmeicheln hungriger Lippen, wenn sie sich trafen, verschmolzen und voneinander lösten. Plötzlich ertönte von draußen ein Ruf, und die Maschinerie setzte sich knirschend in Gang und beförderte den kleinen Aufzug in die Höhe. Das Gefühl der Schwerelosigkeit, als der Kasten in der Luft baumelte, versetzte sie kurz in Schrecken und gleich darauf in umso größere Erregung. Benucci presste sich an sie und glitt mit der Zunge über ihren Nacken, bis zur Schulter hinab, und sie vergaß, wo sie sich befanden oder was sie taten, vielleicht war es ihr auch egal, sie wünschte sich nichts sehnlicher, als dass es für alle Zeiten so bliebe. Sie war so leicht wie eine Feder, die in der Luft schwebte, auch wenn sie noch nie in einem so kleinen Raum eingesperrt gewesen war.

Hinauf und hinab fuhren sie, öfter als sie hatten hoffen können. Als sie dann endlich nach draußen traten, wagten sie zuerst nicht, einander in die Augen zu sehen, aber alle versicherten ihnen, wie gut, wie natürlich sie sich bewegten und sangen, so als wären sie ihr Leben lang zusammen aufgetreten. Und mehr als einen Monat lang durften sie beinahe jeden zweiten Abend in diesen winzigen Raum und waren fünf, zehn Minuten allein – allein mit ihrem Geheimnis –, bevor die Tür wieder aufging und sie unter lautem Beifall

lachend und mit roten Wangen heraustraten und ihr letztes Duett miteinander sangen und zum hundertsten, fünfhundertsten Mal miteinander verheiratet wurden, so wie alle Liebespaare es sich erträumen.

Briefe

Liebster Stephen!
Ich habe Dich nicht vergessen. Nur gab es so viel zu tun. Die Zeit reicht nicht einmal zum Essen, geschweige denn, um einen Gedanken zu fassen. Ich wünschte, Du wärest hier. Mit Schrecken vernehmen wir, wie schlimm es steht. Als Mama las, dass Du krank bist, wurde sie ganz bleich. Wir legen einige Banknoten bei. Bitte tu alles Nötige, und gib um Himmels willen auf Dich acht. Wenn Du stirbst, werde ich Dir das nie verzeihen und nie mehr ein Wort mit Dir reden.
Das Einzige, was mir zu meinem Glück fehlt, bist Du. Hier ist alles wie in einem Traum. Schick mir eine Zeichnung und ein englisches Lied. Das musst Du unbedingt tun.
Hast Du Maestro Rauzzini kennengelernt? Wenn Du ihn erst einmal kennengelernt hast, wirst Du mich besser verstehen.
Hier ist ein Buffo-Sänger, der recht drôle ist, er heißt Francesco Benucci. Wir singen ganz hervorragend miteinander. Du wirst ihn eines Tages kennenlernen. Er hat die schwärzesten Augenbrauen, die Du Dir vorstellen kannst – beinahe blau. Außerdem müssen wir immerzu lachen. Er ist der beste buffo, den ich je gehört habe. Wenn

Du ihn erst kennst, kannst Du ja eine Arie für ihn schreiben.
Deine törichte Schwester
Anna

Liebe Anna!
Wie bin ich froh, dass Du mich nicht vergessen hast. Was das Geschäftliche angeht, habe ich alles Wichtige bereits unserer Mutter geschrieben. Es gibt viel zu tun.
Es gefällt mir hier überaus gut, und am liebsten würde ich nie mehr weg. Ich bin und bleibe eben Engländer. Und Du? Du wirst wohl immer mehr zu einer Italienerin, nicht wahr? Ich traf Deinen Rauzzini und hörte ihn singen. Was für eine Stimme! Er sang etwas, das Mozart für ihn geschrieben hat. Da lernt man Demut. Er äußerte sich wohlwollend über mein Italienisch und sagte, dass Du und ich uns ähnlich sähen, und dann sagte er noch, dass ich aufrechter stehen und mich nicht immerzu entschuldigen soll.
Sei auf der Hut, was diesen buffo angeht. Wenn seine Stimme so gut ist, wie du sagst, und seine Augenbrauen so schwarz, dann traue ich ihm nicht. Denk an Deine Tugendhaftigkeit und daran, was Du wert bist. Du bist zu jung für einen buffo. Ich fürchte, du bist zu sanftmütig. Warum lehrte Dich Rauzzini nicht etwas von seiner Härte?
Dem Vater eines meiner Schüler habe ich ein Aquarell verkauft, und ich fühlte mich danach, als hätte ich den Ritterschlag erhalten. Ich lege eine Zeichnung bei und ein Lied.
Stets der Deine
Stephen

Liebster Stephen!
Mit Bestürzung lese ich, wie glücklich Du in England bist und wie heimisch Du Dich dort fühlst! So wirst Du nie zu uns zurückkehren. Mach Dir keine Sorgen wegen dieses buffo, er ist ein wahrer Gentleman. Rauzzini gab mir seine Phönix-Nadel, und die beschützt mich. Nächsten Monat werde ich siebzehn. Tom Linley war mit Mozart befreundet, weißt Du nicht mehr? In Italien, als sie beide Kinder waren.
Benucci ist wirklich wunderbar. Er bringt mich so sehr zum Lachen, dass mir der Bauch wehtut, und er hat eine Stimme wie ein Löwe. Nun muss ich schließen. Ich kann Dein Lied bereits auswendig und singe es Dir gerade vor. Hörst Du es?
In größter Zuneigung
Anna

PS: Rauzzini hat recht, Du darfst Dich nicht entschuldigen, wenigstens nicht für Dich. Für andere Sachen soll man sich natürlich entschuldigen, beispielsweise wenn man einer Dame auf den Fuß tritt oder sich sonst wie schlecht benimmt, aber für Dich selbst solltest Du Dich nicht entschuldigen – hast Du nicht gerade ein Aquarell verkauft? Dass Du es verkauft hast, stimmt mich aber ganz traurig, denn jetzt werde ich es nie zu sehen bekommen.

Ein neues Dienstmädchen

Benucci hatte ein dreimonatiges Engagement in Rom und würde daher für vier, fünf Monate abwesend sein. Seinen Platz als *primo buffo* an der Scala sollte zwischenzeitlich Mandini einnehmen. Anna hatte von Benuccis bevorstehender Abreise schon vor einer Weile erfahren, aber das machte es nicht weniger schlimm, und sie wusste nicht, was sie tun sollte. Mochten sie auch in geheimer Leidenschaft füreinander entbrannt sein und mochte sie auch das Gefühl haben, dass sie seelenverwandt waren, so sprachen sie doch kaum miteinander. Sie hatten auch kaum je Gelegenheit dazu – immer war jemand anderes da. Sie war überzeugt, dass zwischen ihnen ein Einvernehmen bestand und dass er sie liebte, auch wenn er es nie ausdrücklich gesagt hatte, nie erklärt hatte, dass er sie heiraten wolle. Nichts stand einer Heirat entgegen – nichts hielt sie beide davon ab –, und doch hatte sie Angst davor, die Sache voranzutreiben. Ihre Mutter würde sagen, sie wäre zu jung. Dorotea Bussani hatte bereits mit fünfzehn Jahren geheiratet, und sie war glücklich, aber Dorotea war auch arm gewesen.

Benucci war anders als Bussani. Sie hatte Angst, dass er sie vielleicht doch nicht liebte. Wenn sie mit anderen zusammen waren, tat er so, als bedeutete sie ihm nichts, und manchmal

kam es ihr auch so vor, als würde er nicht nur so tun. Also sagte sie nichts. Sie war verwirrt und unsicher. Ihre Zweifel waren mitunter so stark wie ihr Verlangen, und sie hatte niemanden, mit dem sie darüber sprechen konnte, hatte keine Vertraute. Sie würde ihn vier oder fünf Monate nicht sehen, womöglich nie wieder. Es war gut möglich, dass er nicht zurückkehren wollte.

Doch dann trat eine plötzliche Wendung ein: Die gesamte Opera-buffa-Truppe der Scala wurde eingeladen, die Salieri-Oper beim Karneval in Venedig zu singen. Nach Benuccis Rückkehr aus Rom würden sie alle dorthin reisen. Er würde mit ihnen singen. Alles fügte sich zum Besten. Zwar erschien es Anna unerträglich, dass sie nahezu ein halbes Jahr voneinander getrennt sein würden, aber wenigstens wären sie danach wieder vereint – in Venedig, der reichsten und sinnenfreudigsten Stadt, die es gab, und wenn er sie wiedersah, würde sie weltgewandt und schön und stolz sein, und er würde verblüfft sein und bezaubert.

»Darf ich Ihnen schreiben?«, fragte sie ihn. Es war die letzte Vorstellung vor seiner Abreise. Sie standen hinter der Bühne, auf der Mandini und Dorotea gerade ihr Duett sangen.

»Sie wollen mir schreiben?« Er lächelte. »Was würden Sie mir denn sagen?«

Sie biss sich auf die Lippe. »Nun, was man in Briefen eben so sagt.«

Er seufzte und umfasste ihre Taille. »Briefe bedeuten mir nichts.«

»Oh«, sagte sie und trat einen Schritt zurück. In diesem Augenblick kam Dorotea von der Bühne zu ihnen gelaufen und wollte sich ihren Beifall abholen.

Anna drängte die Tränen zurück. Als sie dann gegen Ende des Schlussaktes ein letztes Mal nach Benucci in den Kas-

ten trat, nahm er sie wie immer in den Arm und küsste sie und flüsterte ihr ins Ohr, dass sie sich in Venedig wiedersehen würden, und sie konnte nicht anders, als ihrem Herzen zu folgen. Er bedeutete ihr alles. Sie würden sich in Venedig wiedersehen, und in Venedig wäre sie eine andere Frau, er würde sie kaum noch erkennen. Sie würde ihre Mutter überreden, ihr mehr Freiheiten zu lassen.

Nach der Abreise Benuccis war Stefano Mandini ihr neuer *primo buffo*. Er war schon lange auf der Bühne zu Hause, sang mit großer Klarheit und war auch ein guter Schauspieler, nie musste man ihm etwas zweimal sagen. Sie begannen mit den Proben zu einer neuen Oper von Sarti, die ohne Aufzug auskam, und so gab es keinen Grund, allein mit ihm zu sein. Zudem war Mandini seiner Frau treu. Sie konnte also unbesorgt sein. Ihre Gedanken kamen zur Ruhe, und sie musste auch nicht mehr ständig ihre Gefühle im Zaum halten. Sie schlief besser und unterhielt sich unbeschwerter mit den anderen Sängern. So vergingen die fünf Monate wie im Flug, und schließlich verließen sie Mailand und erreichten Venedig, einige Wochen bevor Benucci dort eintreffen sollte. Als Anna die wunderschöne Stadt sah, eine Stadt wie ein Gemälde, da dachte sie, dass sie vielleicht gar nicht nur für ihn lebte. Sie war fast achtzehn und hatte im letzten Jahr mehr verdient, als sie sich jemals erträumt hätte.

Eines Abends bald nach ihrer Ankunft ging Anna mit Michael und ihrer Anstandsdame Valeria aus, und in einem der Casinos fiel ihr ein Mädchen auf, das in einer Ecke des Saals Gitarre spielte und Volkslieder sang. Sie war groß, hatte ein schmales Gesicht, ein spitzes Kinn und dunkle Haut. Ihre Karnevalsmaske war schmucklos und ihr Kleid schlicht. Anna

hätte nicht sagen können, ob sie hübsch war. Aber ihre Stimme war bezaubernd.

»Einen guten Abend wünsche ich dir«, sagte sie freundlich, als sie an das Mädchen herangetreten war, und stellte sich vor. Das Mädchen lächelte sie scheu an und sagte, sie wisse, wer Anna sei.

Anna lachte. »Tatsächlich?«

»Jeder kennt Sie.«

»Ach, das meinen die Leute nur. Wie heißt du? Du hast eine entzückende Stimme.«

Die Augen lagen hinter der Maske im Schatten. Das war schließlich auch der Reiz der Masken, dass sie die Menschen mit einem Geheimnis umgaben. »Lidia Martellati.«

»Das ist doch gewiss nicht dein richtiger Name, oder?« Martellati bedeutete *kräftiges Staccato* und bezeichnete eine bestimmte Gesangstechnik, das schnelle Singen der Tonleitern. Und auch Lidia war kein besonders verbreiteter Name.

»Die Nonnen wollten mich Mariateresa nennen.«

»Die Nonnen?«

Das Mädchen sah sich um und zuckte die Achseln. »Ich komme aus einem Musikkonservatorium. Ich konnte entfliehen.«

»Ganz allein? Und wo ist dein Beschützer?«

»Ich habe keinen.«

Anna biss sich auf die Lippe. »Dann bist du … dann bist du vermutlich jemandes Mätresse, nicht wahr?« Das Wort Dirne wollte sie nicht einmal denken, das Mädchen sah auch nicht danach aus.

Lidia lächelte anmutig. »Aber nein, wo denken Sie hin? Ich spiele und singe, und des Tags arbeite ich für eine Näherin. Außerdem hat mir eine Base geholfen.«

»Ach so«, sagte Anna und errötete. »Ohne dir zu nahetre-

ten zu wollen: Könntest du dir vorstellen, in meine Dienste zu treten? Ich habe schon ein Dienstmädchen, aber ich kann sie nicht leiden. Sie steht dort drüben. Sie ist meine Anstandsdame. Sie lässt mich auf den Festen nicht aus den Augen und schläft in meinem Bett. Aber sie schnarcht. Schnarchst du? Du gefällst mir nämlich. Ich weiß, dass wir uns nicht kennen, aber ich glaube … ich wage zu behaupten, dass wir Freundinnen sein könnten. Ich wüsste nicht, wie ich dich nicht mögen sollte, wo doch deine Stimme so schön ist. Wollen wir es nicht für ein paar Wochen versuchen? Du würdest bei mir wohnen und dich mit mir unterhalten und mir beim Entkleiden helfen und die Nadeln aus meinem Haar ziehen. Für alles andere ist gesorgt.«

Nachdem dieser Wortschwall auf sie niedergegangen war, wusste Lidia im ersten Moment nichts zu erwidern. Schweigend presste sie die Hände aneinander und sah auf einmal ganz schmal aus. Dann lächelte sie, legte die Hand auf ihr Herz und sagte: »Das würde ich sehr gerne machen.«

Anna klatschte in die Hände. »Ausgezeichnet! Dann komm doch morgen Nachmittag zu uns. Hier ist meine Karte. Aber du musst möglichst ernst und mürrisch sein. Das mag meine Mutter, und alles Weitere hängt von ihrer Zustimmung ab.«

Lidia war im Infanta-Waisenhaus in Neapel aufgewachsen. Dort hatte sie Unterricht in Gesang, Gitarre, Cello und Violine erhalten. Sie hatte im Mädchenorchester gespielt und Duette und Trios gesungen und hatte eine schöne Altstimme. Mit einer besseren Atemtechnik hätte sie auf der Bühne singen können, aber sie sang nicht gerne laut, und sie mochte es auch nicht, wenn alle Blicke auf ihr ruhten. Da nun aber Musik das Einzige war, was sie konnte, und da sie keine Nonne werden wollte, aber auch kein Mann eine Waise, die so

groß und knochig war, zur Frau nehmen würde, hatte sie allen Gefahren getrotzt und war allein von Neapel nach Venedig gereist, um dort ihr Glück zu versuchen. An dem Abend, an dem Anna sie ansprach, hatte sie schon seit drei Tagen keine anständige Mahlzeit mehr zu sich genommen.

Mrs. Storace musterte Lidia von Kopf bis Fuß und erklärte, sie sei schlecht genährt und habe die dunkle Haut einer Bäuerin. Jedoch gefielen ihr Lidias gerader Wuchs und ihre schlichte Kleidung. Anna beklagte sich über Valerias Schnarchen und erklärte, dass Lidia Italienisch, Lateinisch und Französisch lesen könne und gerne Englisch lernen würde.

Mrs. Storace sagte: »Sie scheint ein gutes, braves Mädchen zu sein. Weder ist sie zu laut noch verhuscht. Offenbar hat sie keine Angst vor mir, ohne aber deswegen frech zu sein. Du wächst zur Frau heran, Anna. Eines Tages wirst du einen ganzen Haushalt führen müssen. Ich vertraue also deinem Urteil, aber wenn sie nicht hält, was sie verspricht, dann wehe euch beiden.«

»Mama«, sagte Anna lachend. »Sie lesen zu viele Romane.«

Mrs. Storace schüttelte den Kopf. »Gib mir einen Kuss, und dann hole mir meinen Fächer aus dem anderen Zimmer. Ich denke, ich werde mit dir zusammen essen. Du gehst heute nicht aus. Du hast länger nicht geübt, und im tiefen Register war deine Stimme am Freitag recht schwach, auch wenn dir die letzte Kadenz gelungen ist. Und du weißt, dass ich nie Komplimente mache. Aber vergiss das Üben nicht.«

Dann gähnte sie und fächelte sich Luft zu und wünschte ihnen einen schönen Nachmittag.

Lieber Stephen!

Ich wünschte, ich könnte dir Lidia vorstellen. Sie ist tugendhaft und ernst, aber sie liebt mich von ganzem Herzen,

glaube ich. Nicht, dass ich das verdienen würde! Wirklich, ich bin ein so törichtes Ding! So töricht! Gestern kehrten wir erst um vier Uhr morgens nach Hause zurück, und heute sehe ich aus wie der wandelnde Tod. Aber die Götter meinen es gut mit mir, und so muss ich heute Abend nicht singen. Voller Überraschung entnahmen Mama und ich Deinem letzten Brief, dass Du aufs Land gezogen bist. Als Nächstes schreibst Du wohl, dass Du Mönch wirst. Wie kannst Du mein Bruder sein und mir doch so unähnlich? Wie töricht ich bin. Es war sehr böse von mir, so lange auszubleiben. Das sagte Mama jedenfalls.

Ah, da kommt Lidia mit meinem Tee! Die liebe, süße, braunäugige Lidia! Und kerzengerade! Wie gut sie mich umsorgt, mich törichtes, albernes Ding. Ich würde sie ja bitten, diesem Brief eine Zeile hinzuzufügen, damit Du ihre Handschrift sehen kannst und sie auf diese Weise kennenlernst, aber sie ist so bescheiden, eher würde sie sich im nächsten Mauseloch verkriechen.

Heute Abend dinieren wir mit Benucci und Michael Kelly. Benucci ist gerade zurückgekehrt, und wir nehmen unsere Oper wieder auf. Ich habe meinen Titta vermisst und er seine Dorina. Jetzt schau nicht so finster, ich liebe ihn doch nicht, wenigstens als Benucci nicht, als Titta durchaus. Titta ist meine große Liebe. Und Michael ist mein bester Freund, abgesehen von Lidia und Dir selbstverständlich. Untersteh Dich und werde Mönch. Das darfst Du mir nicht antun. Ich brauche Dich zu sehr. Und jetzt der Tee!

Deine Dir treue

Anna

Kolumbine

Die Venezianer sangen ebenso viel, wie sie redeten, sie sangen bei der Arbeit, beim Liebeswerben und im Schlaf, in Gondeln und Kähnen, auf Marktplätzen, trunken von Wein und Gesellschaft und ihrer im Wasser gelegenen Stadt, die bei Nacht wach war und am Tag schlief, die Torheit höher schätzte als Vernunft und keine Mäßigung kannte, sondern um der Schönheit und des Vergnügens willen alles aufs Spiel setzte. Venedig war eine Stadt, deren Bewohner Masken trugen, sodass Freunde sich als Fremde begegneten und Fremde als Freunde.

An den Abenden, an denen Anna nicht auftrat, konnte man sie beim Pharospiel im Ridotto finden, die von dunklen Wimpern umkränzten Augen hinter einer goldenen Halbmaske verborgen, eine Kolumbine. Manchmal sang sie am Spieltisch – in Venedig sangen schließlich alle –, und an ihrem Gesang erkannte man sie, selbst mit Maske, selbst unter den vielen Menschen im Ridotto. Jeder, der im Dezember 1782 in Venedig etwas auf sich hielt, kannte die Stimme von Anna Storace, die so süß und lieblich war, so berührend und betörend. Die Namen, die man ihr gab, erfüllten die Luft wie die Gerüche der Lagune und die Lieder der Gondoliere: La Storace, L'inglesina …

Sie spielte Pharo mit Leidenschaft, riskierte jedoch niemals zu viel. Ihre Mutter fand, sie sei zu jung dafür, doch Anna beharrte darauf, dass es aus taktischen Gründen notwendig sei. Sie musste die Gesellschaft ihrer Gönner und Wohltäter suchen und sich in der Öffentlichkeit zeigen. Sie genoss das Spiel, weil sie sich dabei so lebendig fühlte wie auf der Bühne, ihr Herz begann schneller zu schlagen, inmitten der wogenden Menge, und inmitten ihrer gut gelaunten Mitspieler erlebte sie, dass Furcht und Faszination in ihrer Brust im köstlichsten Widerstreit lagen. Nicht minder gefiel es ihr, dass jeder am Tisch sie kannte und ihr Komplimente machte und dass ihre Anwesenheit den einen oder anderen sogar erröten ließ. Junge Herren, die es müde waren, ihr Geld selbst zu verschleudern, vertrauten Anna ihre Börse an, beugten sich über ihre Karten und drängten sie, weitere hundert zu setzen, weitere tausend, bis sie nichts mehr hatten.

Wenn sie nicht im Ridotto war, konnte man sie im privaten Casino eines Freundes oder Gönners finden, in einem kleineren und erleseneren Kreis den gleichen Spielen frönend. Hin und wieder bat man sie zu singen. Um drei oder vier Uhr morgens machte sie sich mit Lidia auf den Nachhauseweg. Schläfrig trieben sie in ihrer Gondel auf den überfüllten, von Fackeln erleuchteten Kanälen dahin und stiegen vor ihrer Wohnung aus, wo Annas Mutter auf sie wartete, nahmen dort ihre schweißfleckigen Masken ab (Lidia trug eine Bauta mit Kapuze), und anschließend half Lidia, ein Gähnen unterdrückend, Anna beim Entkleiden, streifte ihr das Nachthemd über den Kopf, kämmte ihr das dunkle, duftende Haar, und Anna, müde und beschwipst, lehnte sich an Lidias flache Brust, als könnte sie nicht mehr stehen, und dann fielen sie wie Schwestern nebeneinander ins Bett und schliefen bis in den Nachmittag hinein.

Nach ihrer Ankunft in Venedig einige Wochen zuvor hatte Anna beschlossen, nicht mehr an Francesco Benucci zu denken, ihn mit Verachtung zu strafen und leiden zu lassen, doch in dem Moment, als er das Theater betrat und sie auf die Wangen küsste, sie einhüllte mit seinem Duft und seiner Berührung und seiner Wärme, in dem Moment, als er mit seiner wohltönenden, unverkennbaren Stimme das Wort an sie richtete, war sie rettungslos verloren.

Auf seinem Gesicht erschien ein breites Lächeln, sein Blick glitt spielerisch über ihr Gesicht und ihren Körper. »Haben Sie mich vermisst?«

»Keinen Gedanken habe ich an Sie verschwendet«, antwortete sie und rümpfte die Nase. Dann lief sie lachend davon, bevor er sie zu fassen bekam.

Schon bald sangen sie wieder ihre Salieri-Oper, aber dieses Theater verfügte nicht über die gleiche Bühnenmaschinerie wie die Scala. Am Ende der Oper traten Anna und Benucci einfach von der Seite her auf. Nie waren sie allein, und Annas Verlangen steigerte sich in einem Maße, dass es an Wahnsinn grenzte. Sie fürchtete, er könnte eine andere lieben. In Venedig wimmelte es von schönen Frauen, weitaus schöner als sie. Zudem wusste sie nicht, wie er ihr seine wahren Absichten offenbaren sollte, wo sie doch nie allein waren und er eine Abneigung gegen das Briefeschreiben hatte.

Doch ungeachtet dessen war sie noch nie so glücklich gewesen. Benucci verstand sie wie kein anderer, weil sie der Gesang so eng verband. Sie wollte seine Bewunderung erringen. Obwohl er beinahe im gleichen Alter wie ihre Mutter war, behandelte er sie als ebenbürtig. Stets hatten sie etwas zu lachen. Sie waren sich ähnlich in ihrer fröhlichen, freundlichen Art, befanden sich beide auf der Höhe ihres Könnens und gaben auch sonst ein hübsches Paar ab. Sie vertraute ihm

wie dem Boden unter ihren Füßen, der Sonne auf ihrem Gesicht. Mit dem Finger schrieb sie seinen Namen in die Luft. *Francesco.*

»Liebe, liebe Lidia«, sagte sie eines Nachts, nachdem die junge Frau seit einigen Wochen bei ihr war, »du weißt, dass ich dir alles anvertraue, doch es gibt etwas, das ich dir bislang nicht anvertraut habe.«

Es war spät, sie hatten die Kerzen gelöscht und konnten einander nur mehr in dem schwachen Lichtschein sehen, der durch die Fensterläden fiel. Anna hatte an diesem Tag gesungen und war zwar müde, aber viel zu aufgeregt, um zu schlafen. Jeden Abend sang sie mit Benucci, und jeden Abend loderte ihrer beider Leidenschaft heißer. War es da ein Wunder, dass sie die Sensation von Venedig waren? Man konnte es ihr von Weitem ansehen, dessen war sie sicher, man konnte es ihrem Gang anhören.

Die beiden jungen Frauen saßen in ihren Nachthemden auf dem Bett, die Haare fielen ihnen über die Schultern, Lidias zu einem schweren Zopf geflochten, Annas offen und lockig. Manchmal wickelte sie sie auf Papilloten, aber heute Nacht hatte ihr die Geduld dazu gefehlt. Sie saßen einander im Schneidersitz gegenüber, ihre Knie berührten sich, und sie hielten sich an den Händen. Das Mondlicht, das durch die halboffenen Fensterläden schien, malte blaue Streifen auf die Falten ihrer Hemden. Sie waren beide so müde, dass sie die Köpfe hängen ließen wie Blumen im Regen, und dennoch legten sie sich nicht hin. Sie wollten nicht schlafen.

Lidia hatte große, knochige Hände. Sie sorgten für Anna und machten ihr das Leben angenehm. Bevor Lidia zu ihr gekommen war, hatte Anna nicht gewusst, wie sehr sie sich nach der Gesellschaft einer jungen Frau in ihrem Alter sehnte; einer Frau, die sich um sie kümmerte und ihr eine Freun-

din war. Wenn sie das Blattgold war, dann war Lidia die hölzerne Unterlage, die es hielt.

Der Ausschnitt von Annas Nachthemd war ihr ein Stück über die Schulter geglitten, und die dunklen Locken fielen weich über ihre bloße Haut. Ihr Gesicht war von Schminke und Puder befreit und glänzte leicht von dem feinen Öl, mit dem Lidia es eingerieben hatte. Ohne die grelle Schminke, die sie für die Vorstellung getragen hatte, sah sie im blassen Licht des Mondes jünger und verletzlicher aus, als ihr selbst bewusst war. Ihre gesenkten Wimpern warfen Schatten auf ihre Wangen, ihre Lippen lächelten für Benucci.

Sie hakte ihre Zeigefinger in die von Lidia und lehnte sich nach hinten, bis die Verankerung nachzugeben drohte. »Du weißt, dass mein Herz Signor Benucci gehört«, flüsterte sie. »Es steht in Flammen, Lidia. Wann immer ich an ihn denke, wann immer ich seinen Namen höre, seine Stimme! Du hast ihn gehört. Lässt sie nicht auch tief in dir etwas erzittern?«

»Er hat den wundervollsten Bass, den ich jemals gehört habe«, pflichtete Lidia ihr bei. Sie löste ihre Finger aus denen Annas und ließ ihre Hände neben ihren Beinen auf das Bett sinken.

Anna ließ sich zur Seite fallen und zog Lidia zu sich herunter. »Ich ertrage es nicht. Ich verliere den Verstand.« Sie nahm Lidias Hand und legte sie auf ihre Wange. »Du musst mir helfen«, sagte sie und sah Lidia in der Dunkelheit in die Augen. »Wir müssen ein Rendezvous arrangieren.«

»Liebt er Sie denn auch?«

»Von ganzem Herzen. So weit zu gehen, wie wir gegangen sind – wie weit, habe ich dir nie erzählt –, ist mehr, als irgendeine Frau ertragen könnte. Du musst mir helfen, du musst, du *musst.*« Sie nahm Lidias Hand und bedeckte sie mit Küssen.

»Will er Sie nicht heiraten?«

»O doch, aber das muss noch warten.«

»Weinen Sie etwa?«, rief Lidia.

»Ach! Nur weil ich so erschöpft bin, du Liebe, und so müde.« Anna rieb ihr Gesicht an Lidias Schulter. »Heute Abend habe ich gesungen, als ginge es um mein Leben.«

»Sie waren unvergleichlich«, sagte Lidia. Behutsam fuhr sie mit den Fingern durch Annas Haare. »Hören Sie auf zu weinen. Sie machen mein Hemd ganz nass.«

»Ich bin eine Närrin, ich habe den Verstand verloren, ich kann nur noch an Benucci denken. Du musst mir helfen, du musst.«

Lidia schwieg einen Moment. Sie strich Anna die Haare aus der Stirn. »Ich glaube, das wäre nicht recht.«

Anna stützte sich auf einen Ellbogen und lachte. »Alles ist recht, solange es niemandem schadet und jemanden glücklich macht. Arme besonnene Lidia! In diesem Waisenhaus haben sie dich ja gründlich verdorben. Wir müssen rasch auch für dich einen Gentleman finden.«

»Wer sollte mich schon wollen«, murmelte Lidia mit müder Stimme. Ihre Hand lag auf Annas Rücken.

»Du musst nur selbst daran glauben, dass du wunderschön bist«, sagte Anna leichthin. »Das ist das Einzige, was es an dir auszusetzen gibt, Lidia. Du bist viel zu *alto.* Du solltest mehr wie ich sein.«

»Das ist unmöglich«, sagte Lidia lächelnd.

Anna gab ihrer Freundin einen Kuss auf die Wange. »Gute Nacht, liebste Lidia. Der morgige Tag wird der glücklichste meines Lebens werden.«

Sie schliefen auf der Seite, die Gesichter einander zugewandt, ihre Arme und Beine einander berührend. Lidia lag jedoch noch eine Weile wach. Sie spürte Annas Atem auf ih-

rem Gesicht, und ein, zwei Mal zuckte Anna im Traum mit den Beinen. Lidia lachte leise, als sie daran dachte, mit wem sie das Lager teilte, eine solch reizende, hilflose Herrin, und dass sie ihr schon jetzt in bedingungsloser Liebe zugetan war, was am Ende nur zu Leid führen konnte. Aber ihr Lebensweg war bislang derart seltsam verlaufen, dass sie auch darüber beinahe lachen konnte.

Die Liebenden

Zwei Stunden lang saß Lidia mit ihren französischen Gedichten und ihrem Wörterbuch da und lauschte auf Anna und ihren Geliebten. Hin und wieder wurde es ganz still, und das war jedes Mal unerträglich, weil dann das kleinste Geräusch, jedes noch so leise Seufzen oder Ächzen oder Stöhnen, in ihrem Kopf zu einem gewaltigen Dröhnen anschwoll. Aus Furcht, sie könnte ebenfalls ein Geräusch verursachen, erstarrte sie dann förmlich in ihrem Sessel.

Francesco Benuccis Wohnung in Venedig sah genau so aus, wie man es von einem Mann wie ihm erwartete: groß, unordentlich, vollgestopft mit Dingen, die zwar teuer waren, aber lieblos verstreut, ohne jeden Sinn für Harmonie. Auf dem Tisch neben ihr flackerten zwei Kerzen. Sie versuchte, in ihrem Buch zu lesen. *Pour elle je cultive et j'enlace en festons …*

Niemals würde sie Paris sehen. Von dem Preis des Sessels, in dem sie saß, hätte sie zwei Jahre lang Kost und Logis bezahlen können. Sie nahm eine Näharbeit zur Hand, aber es war zu dunkel, und sie konnte nicht herumlaufen, um mehr Licht zu machen. Sie war froh, dass keine anderen Dienstboten da waren. Sie hätte nicht gewusst, worüber sie sich mit ihnen hätte unterhalten sollen.

Sie hatte Anna in allen Stadien des Entkleidens gesehen.

Sie kannte ihren Leib, ihre Stimmungen, ihre Bewegungen. Die Liebe, von der sie erfüllt war, hatte nichts Oberflächliches, war keine vorübergehende Laune, auch wenn sie neu war, auch wenn sie nicht erwidert wurde. Es war eine Liebe wie Paris. Sie kannte Annas Gestalt, ihre Brust, ihre Berührung. Sie kannte die dunklen Augen, die sie ganz aus der Nähe anlachten. Es war nicht schwer, sich die beiden vorzustellen, Anna und Benucci. Vielmehr fiel es ihr so leicht, dass sie hätte weinen können.

Pour elle je cultive et j'enlace en festons …

In Benuccis grässlichem Sessel kam sie sich riesig und unbeholfen vor. Ihr Rumpf fühlte sich an wie ein Reisigbündel, zusammengeschnürt und in einen Hautsack gestopft. Ihr Hals war ein Klumpen Lehm. Anna behauptete, sie müsse nur daran glauben, dass sie wunderschön sei. Aber sie glaubte es nicht.

Nachdem eine lange Zeit vergangen war, klopfte sie schließlich an die Tür, weil sie fürchtete, die beiden könnten eingeschlafen sein. Ihre Beine waren steif, und sie war den Tränen nah. Anna kam durch den Spalt geschlüpft wie ein Sonnenstrahl, schläfrig und benommen und von Benucci erfüllt. Sie ließ sich gegen Lidia sinken, als hätte jegliche Kraft sie verlassen, und sie war so liebreizend und freundlich, und man konnte gar nicht anders, als ihr alles zu verzeihen, auch wenn man immer noch am liebsten geweint hätte. Ihre Kleider lagen in einem Haufen auf dem Boden. Sie trug nichts weiter als ihr Unterkleid, und selbst das hatte sie nur nachlässig übergestreift. Sie sprach mit Lidia, aber in Gedanken war sie woanders, sie befand sich noch immer in diesem Zimmer bei Benucci. In ihrem ganzen Leben hatte Lidia noch nie einen Mann so gehasst wie ihn. Er hätte jede Frau haben können. Bei Männern wie ihm war das einfach so.

Aber das wusste Anna nicht. Schweigend und behutsam kleidete Lidia ihre geliebte Herrin an, schnürte ihr das Mieder, schloss Bänder und Knöpfe. Auch auf diese Weise konnte man seine Liebe zum Ausdruck bringen, durch Binden und Schnüren, Glattstreichen und Zurechtziehen.

»Deine Hände sind eiskalt, Lidia. Ich habe dich zu lange warten lassen. Du armes Lämmchen.«

»Verzeihen Sie – ich werde sie wärmen.«

»Es macht nichts. Ich bin so glücklich, die Kälte erfrischt mich, ich bin nur erst ein wenig erschrocken. Aber das ist gut, es ist gut, mich zu erschrecken. Oh, was würde nur mein Bruder sagen?«

Die Morgenpost

Als Benucci tags darauf am späten Vormittag erwachte, dachte er zunächst nicht an Anna. Er dachte daran, dass er Hunger und Durst hatte. Er summte ein wenig, um seine Stimmbänder zu lockern, und machte einige Freiübungen. Es war ein klarer, warmer Tag; er konnte das Fenster öffnen und die frische salzige Luft einatmen. Unten auf der Straße priesen Händler gegen das Rattern der über das Pflaster holpernden Karren hinweg ihre Waren an. Er sang ein paar Takte einer Arie, spülte seinen Mund aus, reckte die Arme, zog eine Hose an. Heute Abend führten sie wieder den Salieri auf, eine recht anstrengende Partie. Unter den Zuschauern würde sich ein Conte Durazzo befinden, der sie sich im Auftrag von Kaiser Joseph II. von Österreich ansehen sollte. Der Kaiser wollte für sein Burgtheater eine neue italienische Operntruppe zusammenstellen. Und dieser Durazzo würde heute Abend da sein, um sich den Salieri anzuhören. Eine verdammt lange Gesangspartie, ziemlich hoch. Zu schade, dass sie nicht den Paisiello gaben. Wien war neben Paris und London die größte und reichste Stadt der Welt. Möglicherweise übertraf Wien die beiden anderen Städte sogar noch. Benucci hatte sich sagen lassen, dass es keinen besseren Ort als Wien gab, um Musik zu machen. Und dieser Conte

Durazzo kam aus ebendiesem Wien hierher, im Auftrag von Kaiser Joseph.

Er verzog das Gesicht und rieb sich das Kinn, fragte sich, ob das mit Anna nicht ein Fehler gewesen war. Aber einer Frau wie ihr widerstand man eben nicht so leicht – nein, ganz und gar nicht. Nichtsdestoweniger wäre es vielleicht besser gewesen, es nicht so weit kommen zu lassen. Aber sie war ein liebes Ding. Sie war so leidenschaftlich gewesen. Noch keine Sopranistin hatte ihm besser gefallen, sei es auf oder hinter der Bühne. Aber in seinem Leben war kein Platz für eine Frau. Sein Leben war dem Gesang gewidmet, und der Gedanke an Kinder machte ihm geradezu Angst – und dennoch überkam ihn jetzt ein Gefühl von Ruhe und Zärtlichkeit, als er an die süße Anna mit ihren braunen Augen und dem wohlgeformten Busen dachte, ihre offensichtliche Hingabe an die Musik, ihre unschuldige Schwärmerei für ihn. Wie hätte ihm das auch nicht gefallen und schmeicheln sollen, weckte es in ihm doch müßige Phantasien von Dingen, die niemals sein konnten. Benucci hatte drei Ziele im Leben: zu Wohlstand gelangen, den Höhepunkt seines Könnens und seiner Fähigkeiten als Sänger erreichen und bis an sein Lebensende Junggeselle bleiben.

Das Dienstmädchen brachte ein Tablett mit seinem Frühstück, Schweinebraten mit Äpfeln, aus dem Wirtshaus nebenan. Daneben lagen zwei Briefe. Er las sie beim Essen.

Mein Geliebter!
Ich darf Sie doch so nennen, nicht wahr? Denn Sie sind es, Sie sind es! Ich bin so glücklich, dass ich kaum weiß, was ich sage. Mein Herzliebster. Ich bete Sie an, bis in alle Ewigkeit. Spüren Sie die Küsse auf diesem Brief? Hier sind sie, tausendfach, hier und hier und hier … Ich bete Sie an …,

ich wünschte nur, Sie könnten mich erröten sehen. Schreiben Sie mir. Schreiben Sie mir noch vor dem Abend. Ich verzehre mich nach Ihnen – ich fand letzte Nacht kaum Schlaf. Ist das der Himmel? Nie habe ich eine solche Seligkeit gekannt. Ein Leben lang, Francesco – oh, ihn zu schreiben, Ihren Namen! Meine Feder errötet und droht mir aus der Hand zu gleiten! –, ein Leben lang, mein Geliebter, habe ich diese Seligkeit besungen, ohne sie je zu erfahren, ohne dieses Gefühl kennenzulernen. Ich bin überwältigt, jegliche Kraft hat meine Glieder verlassen. Schreiben Sie mir noch heute Nachmittag, ich flehe Sie an. Wenn ich Sie sehen muss, ohne zu wissen … ohne zu wissen, ob Sie … Aber es kümmert mich nicht, nein, es kümmert mich nicht! Ich bete Sie an, mein Leben gehört Ihnen. Heute Morgen öffnete ich die Augen, und über Nacht war die Welt schöner geworden. Ich bin so glücklich und ich liebe Sie, ich liebe Sie und bin für immer die Ihre
in Liebe und Ergebenheit,
Anna

Die Buchstaben waren groß und flüchtig hingeworfen, das Blatt mit Tintenklecksen übersät. Hier und da war eine Stelle dreimal unterstrichen. Einige italienische Wörter waren falsch geschrieben, die Grammatik war jedoch korrekt. Abgesehen von der gestrigen Nachricht, war das der einzige Brief, den Benucci je von Anna bekommen hatte. Er mochte Briefe nicht.

Während er las, veränderte sich sein Gesichtsausdruck, und seine Kaubewegungen wurden immer langsamer. Schließlich legte er den Brief zur Seite und öffnete den zweiten.

Gnädiger Herr!
Gerade in Ihnen vermeinte ich einen Ehrenmann zu sehen. Inständig und bei allem, was mir heilig ist, bitte ich Sie, meine Herrin zu heiraten oder aber sie in Frieden zu lassen. Denken Sie an ihre Jugend. Es mangelt ihr an Besonnenheit und Urteilsvermögen. Ich habe meine Pflichten vernachlässigt. Ich werde alles tun, um ihre Unschuld wiederherzustellen und zu schützen. Wenn Sie sie weder heiraten noch in Frieden lassen, dann muss ich von alldem ihre Mutter in Kenntnis setzen. Ich bete darum, dass Sie ein besserer Mann sein mögen, als es den Anschein hat.
In aller Unterwürfigkeit,
Lidia Martellati

Er war ein Esel, ein willensschwacher Esel noch dazu. Er beendete sein Frühstück und suchte ein Café auf, um dort die Zeitungen zu lesen. An Tagen, an denen er singen musste, vermied er es nach Möglichkeit zu sprechen.

Ein überquellendes Herz

Er hatte nicht auf ihren Brief geantwortet. Hoffnungsvoll und fragend sah sie ihm in die Augen, doch er wich ihrem Blick aus. Dann wieder sah er sie an, als wollte er sie um Verzeihung bitten. Sie merkte, dass sie schneller sprach, dass ihre Stimme hoch und dünn klang.

Es war, als würde ihr überquellendes Herz gleich einem Wasserfall über eine Reihe von Felsvorsprüngen in die Tiefe stürzen. Manchmal hielt es nach einem Sturz inne, um sie neue Hoffnung schöpfen zu lassen, dann trieb es erneut davon, zum nächsten Vorsprung. Und so ging es immer tiefer hinab.

Dabei kannte sie ihn zu gut. Er war nicht er selbst, wusste nichts mit sich anzufangen, konnte kaum wie ein normaler Mensch sprechen.

Nach der Vorstellung klopfte sie an die Tür seiner Garderobe. Er teilte sie sich mit Stefano Mandini und Michael Kelly, und die drei Männer waren noch beim Umkleiden.

»Meine Liebe«, sagte Michael überrascht, »Sie waren wunderbar heute Abend. Ich bin mir sicher, dass ich Sie noch nie so feurig oder strahlend erlebt habe.«

»In der Tat«, sagte Mandini. »Dieser Durazzo wird sehr angetan sein.«

»Zum Kuckuck mit Durazzo«, sagte Anna.

»Ich fürchte, davon wäre er weniger angetan«, sagte Michael besorgt. »Was meinen Sie, Mandini, wollen wir kurz hinausgehen und uns vergewissern, dass er nicht herumschleicht und an der Tür lauscht?«

Mandini nahm seinen Rock und folgte Michael.

Benucci war gerade dabei, sich abzuschminken. Er wischte mit einem Lappen über seine Wange und legte einen Streifen Haut frei, dann tauchte er den Lappen in eine Schüssel mit Wasser.

»Ich liebe Sie nicht, Anna«, sagte er. »Ich werde Sie niemals lieben. Mir steht der Sinn nicht nach Heiraten. Es tut mir leid.«

»Was sagen Sie da?«, rief sie und schwankte leicht.

»Ich liebe Sie nicht, Anna.«

Darauf floh sie. Jemand sagte, der Conte Durazzo sei auf der Suche nach ihr, aber sie wollte niemanden sehen. Die arme Lidia wusste nicht, was sie tun sollte. Sie hatte Angst, ihre Herrin könnte ernstlich krank werden.

Ihrer besorgten Mutter sagte Anna, sie hätte Halsweh und bedürfte nur ein wenig der Ruhe. Sie blieb einen Tag im Bett, und am nächsten Abend war sie wieder im Theater.

Jeder Gegenstand, jede Ecke flüsterte ihr Francesco Benuccis Namen zu. Jede Note der Oper war im Takt zu den Silben von *Fran-ces-co* erklungen. Die Sprache, in der sie sang, bohrte sich jetzt wie ein Dolch in ihr Herz. Alles an ihr – Hände, Beine, Busen, Bauch, Hals, Augen, Wangen – war sein gewesen. Er hatte ihre Handgelenke geküsst, ihre Füße, ihr Haar. Er hatte sie in seinen Armen gehalten, sie an seine Brust gedrückt, als wäre das ihr Platz. Er hatte schöner und aufrichtiger zu ihr gesungen als sonst ein Mann auf Er-

den. Ihr Körper hatte ihm gehört, ihr Geist, ihre Stimme, ihr Herz. Er hatte ihren Atem in Besitz genommen. Jeder Gedanke war mit Schmerz verbunden, und doch lauerten überall Erinnerungen. Und noch immer musste sie mit ihm singen, so tun, als wären sie und er ein Liebespaar.

Wenn sie hätte davonlaufen können, wenn es irgendeinen Ort gegeben hätte, an den sie hätte fliehen können, dann hätte sie es auf der Stelle getan.

»Sind Sie wohlauf?«, fragte er sie. »Es hieß, Sie seien krank.«

Sie konnte ihn nicht ansehen. Auf der Bühne würde das ein Problem sein. »Bitte verbrennen Sie meinen Brief«, sagte sie leise.

Er zögerte kurz. »Das habe ich bereits getan.«

Seltsamerweise bereitete ihr das neuen Schmerz. Wahrscheinlich hatte er ihn sofort verbrannt, nachdem er ihn gelesen hatte. Sie schluckte und neigte steif den Kopf.

An seinem Gesichtsausdruck konnte sie erkennen, wie elend sie aussehen musste. »Es tut mir leid«, sagte er. »Mein Gott, es tut mir leid.«

Er wollte nach ihren Armen greifen, doch sie wich ihm aus, ihre Lippen zuckten. »Wir müssen nicht miteinander sprechen«, sagte sie. »Wir müssen nur so tun.«

Das Ensemble bekam mit, dass es ein Zerwürfnis gegeben hatte – in der Pause zog Anna sich in ihre Garderobe zurück, um zu weinen. Das Publikum jedoch merkte nichts davon. Und auch hier zeigte sich Annas und Benuccis Können, ihre hervorragende Ausbildung, ihre unnachgiebige Kraft und Willensstärke. Auf der Bühne waren sie noch immer das glücklichste Liebespaar, das jemals auf Erden wandelte. Sie scherzten und neckten einander. Sie zankten sich und feierten mit einem Kuss Versöhnung. Sie verzehrten sich

nach einander und beteten einander an. Ihre Stimmen klangen aufrichtig und fest, ihre Bewegungen waren lebhaft und anmutig. Sie waren nicht sie selbst, gerade wenn sie ganz und gar sie selbst waren. Sie waren Anna und Benucci – verwirrt, reuevoll, verletzt –, sicher in den Geschicken Dorinas und Tittas aufgehoben.

Doch nein, keineswegs so sicher, denn noch immer berührten seine Hände sie, noch immer blickten seine Augen lächelnd in die ihren, seine Stimme hallte wie zärtlicher Donner in ihrem Ohr, und es fiel ihr schwer zu glauben, dass er sie nicht liebte, dass ihr Glück nicht immer noch vollkommen war. Dann setzte erneut die Erinnerung ein, und sie brauchte all ihre Kraft, um weitersingen zu können.

Sie empfand Scham, Ernüchterung. Sie hatte an etwas geglaubt, das es nicht gab, auf etwas vertraut, das sich als Tagtraum, als reine Einbildung entpuppt hatte.

Briefe

Meine liebste Mutter und liebe Schwester!
Die Nachricht, dass Ihr bald nach Wien reisen werdet, erfüllt mich mit Stolz. Welch glückliche Fügung, dass der Kaiser gerade jetzt eine Opera-buffa-Truppe braucht, wo Du der hellste Stern am Opernhimmel bist. Wie man hört, gibt es für die Musik keine bessere Stadt als Wien. Zweifellos wirst Du dort leben wie eine Königin. Ich bin froh, dass Mr. Kelly und Signor Benucci Dich begleiten. Mögen sie gut auf Dich achtgeben und Dich beschützen. Ich nehme an, dass Du zu Beginn nicht viel tun musst … Du kannst die Opern singen, die Du bereits kennst …
Ich wünschte, ich könnte Euch zeigen, welch angenehmes Leben ich hier führe, wie friedlich und frei. Freiheit ist das größte Geschenk, das einem im Leben zuteilwerden kann. Hier kennt die Welt keine Hast. Jeden Morgen stehe ich noch vor Tagesanbruch auf und nehme ein Bad. Bei schönem Wetter gehe ich mit meinem Hut nach draußen und male. Bei Regen studiere ich meine Partituren und komponiere. Nachmittags reite ich auf meinem kleinen Pferd aus und suche meine Schüler auf. Ist das nicht ein beneidenswertes Leben? Ist das nicht das Leben eines rechten Mönchs?
Wien! Anna, Du weißt, dass Mozart dort ist. Du musst

unbedingt seine Bekanntschaft machen und mir berichten, wie er ist.
Im Vogelbad sitzt ein Rotkehlchen. Zehn Minuten lang stand es mit den Füßen im Wasser und rührte sich nicht von der Stelle. Trachtet es nach Höherem? Möchte es schöner sein, als es ist? Nein, es ist schön, so wie es ist, einfach weil es ist. Ich werde es in meinem Gedächtnis bewahren und heute Nachmittag malen.
Möget Ihr eine sichere und bequeme Reise haben. Berichte mir von dieser Welt. Ich hoffe, meine liebe Mutter befindet sich bei bester Gesundheit, und verbleibe
Euer Euch liebender und gehorsamer
Sohn und Bruder,
Stephen

Lieber Stephen!
Mama fürchtet um deinen Verstand, aber mir gefällt, was du über die Freiheit sagst. Selbstverständlich werde ich Mozarts Bekanntschaft machen. Ich freue mich schon sehr darauf. Wir treffen im April in Wien ein. Der Kontrakt gilt für ein Jahr. Aber wir sprechen schon jetzt davon, länger zu bleiben. Du musst so bald wie möglich nach Wien kommen. Wir werden in Palästen wohnen und bekommen Feuerholz und Kerzen et cetera gestellt. Es heißt, der Kaiser benehme sich wie ein gewöhnlicher Bürger, er trägt einfache Kleider und hält nicht viel von höfischem Gebaren. Ist das nicht ganz nach Deinem Herzen? Ich werde ihn aufsuchen und Dir eine Kommission verschaffen. Ich vermisse Dich schrecklich.
Deine Dich liebende
und vom Glück begünstigte Schwester
Anna

Meine liebe Anna!
Gab es jemals einen stolzeren Gesangslehrer als mich? Als ich von Wien las, musste ich Deinen Brief zur Seite legen. Ich ging hinaus auf die Straße. Ich wollte eine Kutsche herbeirufen und zu Dir kommen. Ich weiß keinen Grund, warum ich es nicht getan habe, außer dem, dass in Deinem Gepäck kein Platz für mich gewesen wäre. Den nämlichen Stolz muss wohl ein Vater empfinden, wenn ich so sagen darf. Dabei bin ich Dir von Herzen dankbar, das sollst Du wissen. Du bereitest mir große Freude, selbst aus der Ferne. Singe gut. Denke an das, was ich Dir beigebracht habe. Gib gut auf Dein Herz acht, auf Dein innerstes Herz. Schütze es und trage Sorge, dass es stark bleibt.
Ah! – welch einen guten Vater gäbe ich doch ab!
Ich verbleibe et cetera
V. Rauzzini

Anna und der Dieb

Joseph II., Herrscher über den größten Teil der zivilisierten Welt, musste mit einem steten Nachschub an Schokoladenbonbons versorgt werden, andernfalls verfiel er in Trübsinn. Er verlor seine gute Laune und seine beeindruckende innere Stärke, seine Aufgeschlossenheit und seine unkonventionellen Umgangsformen. Wien konnte sich köstlicher Schokoladen rühmen, und anders hätte Joseph es gar nicht ausgehalten, mochte er sonst auch wenig für Extravaganzen übrighaben. Jeden Morgen trank er zum Frühstück geschmolzene heiße Schokolade, serviert in hauchdünnem Porzellan, durch das sie hindurchschimmerte wie ein Dotter durch die Eierschale, wenn die Tasse leise zitternd auf seinem breiten Mahagonischreibtisch abgestellt wurde. Zu diesem Zeitpunkt war Joseph bereits seit Stunden wach, schrieb, dachte nach, und die köstliche dicke Schokolade, gewissermaßen eine Verkörperung des Himmels, wärmte und erquickte ihn.

In gewisser Weise war die Schokolade ein Ausgleich für die Enthaltsamkeit, die er sich sonst auferlegte. Der Kaiser trug das schlichte braune Gewand eines Bürgers, arbeitete bis spät in die Nacht und bemühte sich nach Kräften wiedergutzumachen, was seine Verwandten und Vorgänger angerichtet hatten. Er löste Klöster auf und eröffnete Krankenhäuser. Er entließ nutz-

lose Höflinge, ungeachtet ihres Standes oder ihrer Herkunft. Er förderte jede Art von Musik. Selbst sein neues Opernensemble kam dem Volk zugute. Schließlich konnte jeder ein Billett kaufen. Wurde der Saal nicht genutzt, überließ er ihn für ein paar Kreuzer seinen Lieblingsmusikern und -komponisten. Seiner Ansicht nach verbarg sich in der Musik die menschliche Seele. Er selbst musizierte jeden Tag und besuchte regelmäßig und ohne große Förmlichkeiten musikalische Salons. Oft hörte man ihn sagen, er habe seine Pflicht getan, wenn die Leute um ihn herum vergaßen, dass er der Kaiser war.

Die Taschen seines Wamses waren stets mit Bonbons gefüllt, in glänzendes buntes Papier gewickelt und wie Edelsteine funkelnd, und er aß sie bei jeder Gelegenheit – wenn er sich zwischen seinen Untertanen im Prater erging, wenn er sich mit seinen Ministern besprach, wenn er mit seinem Hund über den Rasen des Schlossparks spazierte oder wenn er sich im Theater eine von Shakespeares Tragödien ansah.

Das Publikum im kaiserlichen Opernhaus benahm sich bei Weitem nicht so laut und ungebührlich wie das in den italienischen Theatern. Über die Musik, das leise Getuschel, das Klappern von Absätzen auf blankem Holz und das Rascheln und Knistern von seidenen Gehröcken und Unterröcken aus Musselin hinweg konnte man mitunter hören, wie der Kaiser eines seiner Bonbons auswickelte, gefolgt von dem Schmatzen seiner vollen, weichen, roten Lippen, wenn er lutschte und kaute. Sein Appetit auf Schokolade spiegelte sein Interesse an der Aufführung wider. Zwanzig Bonbons oder mehr bedeutete, dass die Oper seinen Beifall fand. Am 22. April 1783, einem Dienstag, verspeiste der Kaiser anlässlich des Debüts des neuen italienischen Ensembles mit einer komischen Oper von Salieri sechsundzwanzig Stück, bevor der erste Akt zu Ende war.

Anna auf der Bühne hörte keinen Laut, so ruhig und gesittet waren diese Opernbesucher. Nach Italien kam es ihr vor, als befände sie sich in einer leeren Kirche. Niemand rief ihr etwas zu, niemand klatschte mitten in ihrer Arie, niemand warf mit Essen oder spuckte auf den Boden. Selbst das Theater nahm sich zurück, ein weißer Kasten, kaum ausgeschmückt, nirgendwo Gold oder Fresken, und so klein und intim, dass man meinen konnte, die Aufführung fände im Privatgemach des Kaisers statt.

Die venezianische Truppe war wohlbehalten in Wien eingetroffen: Bussani und Mandini mit ihren Frauen; Benucci, Michael Kelly und Anna. Sie waren der Ersatz für das aufgelöste deutschsprachige Singspielensemble, das einen kurzen Höhenflug erfahren hatte und dann wieder in der Versenkung verschwunden war.

In Wien wurde nicht auf der Straße gesungen. Es wurde nicht herumgeschrien. Selbst die Nebenstraßen waren mit Steinen gepflastert, die jedoch, wie es schien, absichtlich so behauen worden waren, dass man stolperte; die Hauptstraßen waren mit weißem Kies bestreut, der gewaltige Staubwolken aufsteigen ließ, sobald jemand darauf ging oder fuhr. Im Sommer war die Luft so voller Staub, dass sich die Leute ein Taschentuch vor den Mund halten mussten. Außerhalb der Stadt war die Luft jedoch frisch und sauber. An die inneren Stadtbezirke grenzte das frühere Jagdrevier des Kaisers, der Prater, den die Wiener Bevölkerung quer durch alle Stände aufsuchte, um spazieren zu gehen, Konzerten zu lauschen, Picknicks zu veranstalten und zu tanzen. Die Wiener tanzten ebenso gern, wie die Venezianer gesungen hatten.

Anna sagte sich, dass es gut war, in Wien zu sein. Hier war alles so ordentlich und so friedlich. In Venedig hatte sie die Leidenschaft kennengelernt. Wien würde sie neue Dinge leh-

ren und ihre Wunden heilen lassen. Auch wenn sie Benucci nahezu jeden Tag sehen würde, befand sie sich zumindest an einem anderen Ort und würde Deutsch lernen. Man hatte ihr bereits Komplimente für ihre Aussprache gemacht.

Nach der Premiere gab es einen Empfang in einem der kaiserlichen Ballsäle. Alles, was Rang und Namen hatte, war geladen, und man konnte den Kaiser höchstpersönlich Wein an seine Gäste ausschenken sehen.

Vor lauter Aufregung hatte Anna in der Nacht zuvor schlecht geschlafen. Sie hatte befürchtet, dass ihre Stimme sie im Stich lassen könnte, aber offenbar war alles gut gegangen. In einer Ecke scherzte Benucci mit ein paar Tänzerinnen. Sein Gesicht war gerötet und glänzte, und immer wieder war sein dröhnendes Lachen zu vernehmen. Eine der jungen Frauen hatte den Arm um seinen Hals geschlungen.

Anna wartete auf Lidia, die ihr ein Glas Punsch bringen sollte, doch sie ertrug es nicht, dazustehen und zuzusehen, wie Benucci mit den Chormädchen tändelte. Mit einer kleinen Verbeugung entschuldigte sie sich bei dem Herrn, mit dem sie sich gerade unterhalten hatte, und verließ fluchtartig den Saal, vorbei an den Tischen, an denen Pharo und Whist gespielt wurde, vorbei an dem unermüdlichen Kammerorchester und durch mehrere Glastüren hinaus auf eine Terrasse.

Vor ihr erstreckte sich ein geometrisch angelegter Garten mit einem daran anschließenden kleinen Obstgarten. Es war eine klare Nacht, wenngleich kühler, als sie es gewohnt war. Die frische Luft tat ihr gut. Leichtfüßig lief sie den Pfad entlang bis ans Ende des Gartens, wo sie unter einem Baum eine Bank und eine Statue entdeckte. An diesem verschwiegenen Ort wollte sie eine Weile sitzen und ihre Füße aus-

ruhen. Dann würde sie gefasst und mit einem echten Lächeln zu all diesen Fremden in den Ballsaal zurückkehren können.

Sie war gerade aus ihren Pantoffeln geschlüpft und streckte die Füße in die Luft, als sie bemerkte, dass im Schatten neben der Statue ein Mann stand. Er hatte sich so still verhalten, und sie war so mit ihrem Selbstmitleid beschäftigt gewesen, dass sie ihn zunächst nicht gesehen hatte. Sie stieß einen kleinen Schrei aus.

Er schoss aus der Dunkelheit hervor, schnappte sich ihre Pantoffeln und rannte davon.

»Elender Schurke!«, rief sie.

Er suchte Deckung hinter Büschen. Sie warf einen Blick zu dem hell erleuchteten Schloss und biss sich auf die Lippe. Womöglich war er ein Mörder. Andererseits konnte sie dem Kaiser nicht ohne Schuhe unter die Augen treten.

Ihre Strümpfe waren neu und aus Seide. Mit einem leisen Fluch streifte sie sie ab, stopfte sie in ihr Mieder und lief dem Dieb hinterher.

Der Boden war feucht und weich und fühlte sich kalt unter ihren Füßen an. Sie hob ihre Röcke, damit sie nicht nass wurden. Er wartete neben einem Springbrunnen, ein breites Grinsen im Gesicht, die Hände hinter dem Rücken verborgen.

»Meine Stiefel!«, sagte sie auf Deutsch, da ihr in der Aufregung nicht das richtige Wort für Schuh oder Pantoffel einfiel.

»Was für Stiefel denn?«, fragte er freundlich.

»Meine!«, sagte sie. Sie wollte noch mehr sagen, aber die vermaledeiten Wörter fielen ihr einfach nicht ein. »Elender Schurke!«, rief sie erneut auf Englisch und stampfte mit dem Fuß auf.

Der Mann war von kleiner Statur, er mochte etwa dreißig Jahre zählen, hatte einen dichten Haarschopf und eine große spitze Nase. Er war erlesen gekleidet – das erkannte sie

selbst in der Dunkelheit –, ein Edelmann, der seinen Spott mit ihr trieb.

»Ich verstehe Italienisch«, sagte er in ebendieser Sprache. Er hatte eine wohlklingende, geschulte Tenorstimme. Sie stürzte auf ihn zu, doch er war bereits lachend um den Springbrunnen geflüchtet, in jeder Hand einen Schuh. Die Kieselsteine bohrten sich schmerzhaft in ihre Fußsohlen, und keuchend gab sie die Verfolgung auf. Er bewegte sich auf die hohen Büsche zu und lachte sie an. Den Blick auf ihre Schuhe gerichtet, folgte sie ihm langsam, froh darum, dass sie vom Palast aus nicht zu sehen waren.

»Woher können Sie Italienisch?«

»Ich habe einige Zeit dort zugebracht.«

»Ihre Aussprache ist ausgezeichnet.«

»Ihre auch.«

»Danke.«

Erneut machte sie einen Satz auf ihn zu, und er hob die Arme, sodass sich die Schuhe außerhalb ihrer Reichweite befanden. Dabei war er nur wenig größer als sie.

»Ich werde schreien«, sagte sie.

»Bitte tun Sie das nicht, Mademoiselle. Dann würden bloß alle glauben, wir hätten hier ein Stelldichein gehabt.«

»Sie sind ein Grobian und ein Dieb.«

Das schien ihn zu verblüffen. »Ich bin kein Grobian. Ich habe Sie nicht angefasst.«

»Sie haben mir hinterherspioniert und meine Schuhe gestohlen.«

»Ich habe Ihnen nicht *hinterherspioniert*. Ich war schon da, als Sie kamen.«

»Bitte geben Sie sie mir zurück.«

Er blickte auf die Schuhe. Ein Paar hübsche Pantoffeln, spitz und mit goldenem Besatz, die ein Vermögen gekostet

hatten. »Gegen einen Kuss würde ich sie tauschen«, sagte er nachdenklich.

Nun hätte sie wirklich schreien sollen. Ihr Herz klopfte so heftig, dass sie fürchtete, es könnte ihr aus der Brust springen. »Na gut«, sagte sie. Sie standen inzwischen ziemlich dicht voreinander. »Für die Schuhe«, sagte sie und errötete.

Er sah sie fragend an. »Wirklich?«, fragte er lächelnd. »Für die Schuhe?« Äußerst behutsam, als hätte er Angst, Anna zu erschrecken, stellte er die Pantoffeln neben ihr auf den Boden. Ihr Atem ging rasch. Er richtete sich wieder auf und sah sich um. »Nur einen?«

»Nun ja«, murmelte sie, selbst erstaunt über ihre Kühnheit. »Das hängt davon ab, ob mir der erste gefällt.«

Erneut lachte er. »Sapperlot«, sagte er. »Darauf hab ich den ganzen Abend gehofft. Und jetzt bekomm ich es.« Er legte eine Hand um ihre Taille, strich ihr über die Wange und sah ihr tief in die Augen, und dann küsste er sie, sanft und zärtlich und sehr, sehr lange.

Im Vergleich dazu erschienen ihr Benuccis Küsse wie ein hastiges, ungeschicktes Herumtasten.

»Oh«, flüsterte sie.

»Noch einen?«

»Sie sind ein Grobian.«

»Den ganzen Abend«, wiederholte er. »Und plötzlich laufen Sie mir hinterher.« Er küsste sie noch einmal.

Sie wollte nicht wissen, wer er war. Sie wollte nicht zurück in den Ballsaal. Aber bestimmt wunderten sich schon alle, wo sie blieb. Sie zog die Strümpfe aus ihrem Mieder, und er half ihr, sie anzuziehen und die Strumpfbänder zu befestigen, und danach half er ihr, in ihre Pantoffeln zu schlüpfen. Seine Finger umkreisten ihre Knie und wollten höher wandern. Sie lachte und entwand sich ihm.

»Lauf«, flüsterte er und gab ihr einen kleinen Schubs.

Mit zögernden Schritten kehrte sie in den überfüllten Saal zurück. Während ihrer Abwesenheit schien die Zahl der Gäste weiter angewachsen zu sein. Endlich fand sie Lidia, die mit einem Glas Punsch auf sie wartete. Sie sah ihre Herrin vorwurfsvoll an. »Ich bin am Verdursten«, erklärte Anna und trank das Glas in einem Zug halb leer, derweil sie mit ihren Blicken die Menge nach dem Herrn aus dem Garten absuchte, der nach ihr hereingekommen sein musste.

»Hier sind Sie ja!«, sagte Benucci und trat mit einer Dame an jedem Arm auf sie zu. »Wir haben Sie überall gesucht. Das ist Madame Aloysia Lange. Sie ist eine wunderbare Sopranistin. Da sie nur wenig Italienisch versteht, müssen wir uns, so gut es geht, auf Deutsch behelfen.«

»Sehr erfreut«, sagte Aloysia geziert. »Sie haben heute Abend sehr hübsch gesungen, dieser Meinung waren alle.« Ihre Stimme war so glockenhell und hoch wie die eines Kindes. »Dies ist meine Schwester, Madame Constanze Mozart, ich glaube, Sie wurden einander noch nicht vorgestellt.«

»Guten Abend«, sagte Constanze. »Ich freue mich, Sie kennenzulernen. Ihr Gesang hat mir sehr gefallen. Mein Gemahl geriet geradezu in Verzückung. Er ist Komponist. Im Augenblick ist er unauffindbar, aber er konnte es kaum erwarten, Sie und Signor Benucci kennenzulernen, und er spricht ausgezeichnet Italienisch – er könnte für uns übersetzen.«

»Sie sind die Gattin von Herrn Mozart?«, fragte Anna. Eine leise Ahnung beschlich sie. Doch es befanden sich gewiss viele Herren hier, die hervorragend Italienisch sprachen.

»Ja, zu meinem allergrößten Glück«, erwiderte Constanze bescheiden. Sie war größer und fülliger als ihre Schwester – vermutlich war sie guter Hoffnung. Ihr Gesicht wirkte ein

wenig ausdruckslos, ein Zeichen für Schüchternheit oder einen Mangel an Leidenschaft. An ihrer Figur und ihrem Teint gab es nichts auszusetzen, ihre Schönheit war jedoch von einer etwas gewöhnlichen Art – sie hatte weder Aloysias volle Lippen noch ihre feinen Gesichtszüge noch ihre Taille.

»Es wäre mir eine Freude, Ihren Gatten kennenzulernen«, sagte Anna, immer noch auf Deutsch, obwohl sie sich nicht sicher war, ob man sie verstand. Constanze lächelte sie jedoch aufmunternd an. »Ich habe schon viel von ihm gehört.«

»Er ist unvergleichlich«, sagte Aloysia. »Da kommt er ja.«

Den Himmel um Beistand anflehend, drehte Anna sich um. Er war es. Er war es tatsächlich. Der Pantoffeldieb war Wolfgang Mozart.

»Wo waren Sie nur?«, fragte Aloysia. »Sie haben uns einfach allein zurückgelassen. Wir waren völlig verloren.«

Ein Anflug von Unmut zeigte sich auf seinem Gesicht. »Sie haben sich mit Herrn Gosta unterhalten. Ich kann Herrn Gosta auf den Tod nicht ausstehen.«

»Aber wo waren Sie denn?«

»Ach, hier und dort. Ich muss mich sehen lassen und die Leute daran erinnern, dass ich noch lebe. Ich habe mit diesem und jenem gesprochen, und dann bin ich auf die Terrasse gegangen, um etwas frische Luft zu schöpfen. Ich glaube, dort habe ich die Demoiselle gesehen«, sagte er und nickte Anna freundlich zu, »sie ist jedoch in den Saal zurückgekehrt, bevor ich Gelegenheit hatte, mich vorzustellen.«

»Sie waren doch nicht etwa allein dort draußen?«, sagte Aloysia, an Anna gewandt. »Ach, wie ungeheuer modern. Ich nehme an, es kümmert Sie nicht, was die Leute denken.«

»Nein, eigentlich nicht«, erwiderte Anna liebenswürdig. Aloysia lächelte.

»Sie alle haben heute Abend vortrefflich gesungen«, sagte

Mozart auf Italienisch zu Benucci. Dann wandte er sich mit einem Lächeln wieder Anna zu. »Gefällt es Ihnen in Wien, Mademoiselle?«

»Ja, sehr gut, danke.«

Er war gewiss noch keine dreißig. Später sollte sie erfahren, dass er siebenundzwanzig war. Er hielt sich stolz und selbstsicher wie ein Zauberkünstler oder Tänzer. Er strahlte Stärke und zugleich Unbekümmertheit aus, wie er sprach, wie er sich bewegte, gestikulierte. Er hatte ein rundliches, blasses Gesicht, eine markante Nase und volle Lippen. Und dazu ein gewinnendes Lächeln, das er gern und oft zeigte. Am beeindruckendsten fand Anna jedoch seine Augen, ungewöhnlich groß und leicht hervorstehend, von einem Haselnussbraun, das je nach Licht manchmal blaugrün und manchmal beinahe schwarz wirkte. Er trug keine Perücke, seine Haare – hellbraun mit einem Stich ins Rötliche – waren zu einem Zopf zusammengebunden und sahen etwas zerzaust aus.

Aloysia und Constanze, gelangweilt von der auf Italienisch geführten Unterhaltung, gingen zusammen mit Benucci, der immer noch Aloysias Arm umfasst hielt, weiter zu einem anderen Grüppchen. Lidia, die sich unter den vielen Menschen nicht wohlfühlte, zog sich zurück und setzte sich auf einen der am Rand des Saals aufgereihten Stühle.

»Schurke«, flüsterte Anna Mozart zu.

»Ich war wie von Sinnen, als ich Sie heute Abend singen hörte«, sagte er und trat näher zu ihr. »Ich war völlig von Sinnen. Sie dürfen nicht meinen – verstehen Sie, diese Dinge bedeuten mir sehr viel, natürlich tun sie das, ich will sagen, ich denke über diese Dinge nach, und sie beherrschen mein Leben und meine Träume … und mit Dingen meine ich, ich habe Sie gehört und gesehen, und ich war völlig von Sinnen … vor lauter Aufregung, verstehen Sie, und vor Freude.

Da träumt man sein Leben lang von einer Sängerin, die auf eine bestimmte Art singt … und Sie dann zu sehen, sie beinahe berühren zu können!«

Er sah sie mit weit aufgerissenen Augen an, und sie wusste, dass sie beide an die Strümpfe dachten. »Sapperlot!«, rief er aus. »Was würde ich nicht dafür geben, eine *opera buffa* für eine Sängerin wie Sie zu schreiben. Ich würde einen Fuß dafür hergeben. Nicht die Hände. Meine Hände brauche ich.«

»Sie waren mit Thomas Linley bekannt«, sagte sie. »Als kleines Mädchen habe ich für Thomas Linley geschwärmt.«

Linley, ein brillanter englischer Komponist, und Mozart waren sich bei einer Konzertreise in Italien begegnet, als sie beide noch Kinder gewesen waren. Vor einigen Jahren war er in einem See in der Nähe von Grimsthorpe Castle ertrunken, und seine besten Kompositionen blieben ungeschrieben.

»Tatsächlich?«, sagte Mozart und sein Blick wurde weich. »Er war mein Freund. Ein Genie.«

Auf einmal wurde sie sehr ernst und traurig. »Das war nicht recht von Ihnen, Signor. Sie sollten nicht so sorglos handeln. Wenn das hier ein Bühnenstück wäre, wäre ich jetzt womöglich fürs Leben gezeichnet.«

Interessiert hob er die Augenbrauen. »Ich wünschte, es wäre eins.«

»Bühnenstücke enden nie gut.«

»Doch, Komödien schon.«

Sie runzelte die Stirn und wandte den Blick ab. »Es ist keine Komödie, wenn Thomas Linley ertrinkt.«

»Dieses Stück ist vorbei. Jetzt sind Sie in Wien.«

»Ich bin in Wien, und Sie sind verheiratet«, sagte sie.

»Das ist wohl wahr«, erwiderte er. »Es tut mir leid. Ich bin, nun ja … Ich kann recht unbedacht sein, vor allem wenn ich schufte wie ein Ackergaul.« Er sah sich im Saal um und rieb

sich mit der Hand über den Oberschenkel. Stoff und Schnitt seiner Kleidung waren von größter Eleganz, sodass er stattlicher wirkte, als er war.

Der Kaiser hat uns zu Hause aufgesucht, schrieb Anna ihrem Bruder. *Er blieb eine halbe Stunde und spielte mit den Hunden. Mama wusste sich vor Entzücken kaum zu beruhigen. Beim Abschied hat er mir die Hand geküsst! Daran magst Du sehen, wie sehr man mich hier schätzt.*

Stephen schrieb zurück: *Ich kann mir nicht helfen, aber mit dem Handkuss übertreibst Du, nicht wahr? Hast Du schon Wolfgang Mozart kennengelernt?*

Ja, schrieb sie, *ich habe Mozart kennengelernt. Für jemanden, der nicht viel vollbracht hat, ist er recht eingebildet.*

Anna, schrieb Stephen, *er hat allen Grund dazu.*

Im Café Hugelmann

Im Juni gab die italienische Truppe ihre letzten Vorstellungen, bevor sich der Kaiser in seine Sommerresidenz zurückzog. Seit ihrer Ankunft in Wien hatten sie vier neue Opern aufgeführt. Vor kurzem war Mozarts Schwägerin Aloysia zu ihnen gestoßen, die früher in der deutschen Singspieltruppe gesungen hatte und jetzt die zweite Primadonna neben Anna übernahm.

Sie war fünf Jahre älter als Anna, und sie hatte ein fein geschnittenes Gesicht und Lippen wie Rosenknospen. Die männlichen Mitglieder der Truppe waren hingerissen von ihrem zaghaften, gebrochenen Italienisch und erklärten, das seien die reizendsten Versuche, ihre Sprache zu sprechen, die ihnen je zu Ohren gekommen seien. Alle erboten sich, ihr Italienischunterricht zu geben, im Handumdrehen würde sie eine von ihnen sein. Sie war mit Joseph Lange, einem hochgeschätzten Schauspieler und Maler, verheiratet.

»Nie habe ich mich geborgener gefühlt«, vertraute sie Anna an, »als in dem erhebenden Augenblick, in dem mich mein edler Gemahl zur Frau nahm.«

Sie saßen im Café Hugelmann, einem Gartenlokal auf einer Insel mitten in der Donau. Eine Brücke führte zum Prater mit seinen Lustbarkeiten, eine zweite zurück in die Stadt.

Boote trieben an ihnen vorbei. Der Garten war voller Blumen und Vögel. Die beiden Sopranistinnen saßen unter einem großen Sonnenschirm, aßen Cremetörtchen und tranken dazu Kaffee aus zierlichen Tassen. Sie unterhielten sich auf Deutsch, wobei Anna, noch immer unsicher in dieser Sprache, nur hin und wieder ein, zwei Worte einwarf, wenn sich die Gelegenheit bot. Sie kam sich vor wie ein Kind.

»Wie alle Welt weiß, ist er ungemein besitzergreifend und eifersüchtig«, fuhr Aloysia fort, »deshalb kommt niemand meiner Ehre zu nahe. Viele Männer haben mir den Hof gemacht – obschon ich sie nie dazu ermutigt habe. Aber was hätte ich tun sollen? Hat sich ein junger Mann erst einmal etwas in den Kopf gesetzt, ist er nicht mehr zu bändigen, und dann fangen die Leute eben an zu reden. Ihnen ist gewiss längst bekannt, wie schlecht die Leute von uns Sängerinnen reden. Mein teurer Gemahl hat alldem einen Riegel vorgeschoben, und ich habe mich nie tugendhafter und geborgener gefühlt als an dem Tag, an dem er mich zu der Seinen machte. Ich versichere Ihnen, mich seinem Willen zu unterwerfen war das Beste, was ich jemals getan habe.« Sie schob sich eine Locke aus der Stirn. »Es wundert mich, dass Sie noch nicht verheiratet sind, eine so hübsche junge Frau. Sie sind momentan sehr gefragt, nicht wahr? Ich wage nicht zu behaupten, dass ich Ihr Pensum verstehe. Selbst in meinen besten Zeiten«, sie klappte ihren Fächer auf und sah zur Seite, »habe ich nicht halb so viel gesungen wie Sie. Finden Sie es nicht ein wenig anstrengend? La! Ich würde um meine Stimme fürchten. Ich weiß wirklich nicht, wie ich es schaffen sollte, so viel zu singen. Nun, vermutlich sind meine Arien einfach um einiges anspruchsvoller als Ihre.«

Sie seufzte und biss in ihr Törtchen. Die gelbe Füllung, die an der Seite herausquoll, leckte sie mit der Zunge ab. »Mit

Ihren Schauspielkünsten beschämen Sie mich. Am liebsten würde ich jede Ihrer Bewegungen nachahmen, obschon es mir vermutlich nicht gelingt. Mein geliebter Gemahl ist ein bewunderter Mime, müssen Sie wissen, und er macht sich immerzu darüber lustig, wie unnatürlich ich wirke. Aber Sie werden mich kurieren, das weiß ich.«

»Oh«, sagte Anna, »Sie müssen nicht kuriert werden.«

»Doch, wenn ich weiterhin in Wien singen will.« Aloysia trank einen Schluck von ihrem Kaffee und lächelte. »Ich will ganz offen sein – für Schönrederei sind wir beide zu klug und zu erfahren. Sie haben mich usurpiert – nein, ich mache Ihnen das nicht zum Vorwurf, nur mir selbst! –, und wenn ich überleben und weitersingen will, dann muss ich versuchen – lassen Sie uns ehrlich sein –, Sie auszustechen. Ich flehe Sie an, nehmen Sie das nicht persönlich. Ich schätze Sie durchaus – und bewundere Sie –, Mademoiselle. Auch bin ich mir keineswegs sicher, ob es mir gelingen wird, Sie auszustechen, obschon ich durchaus über gewisse Fähigkeiten verfüge und überzeugt bin, dass ich die bessere *voce* habe. Aber natürlich hängt so viel vom Geschmack und der Gunst des Publikums ab, und Sie stehen momentan hoch in jedermanns Gunst!« Sie lachte kurz auf. »Doch auch wenn wir als Sängerinnen erbitterte Rivalinnen sein mögen, jenseits der Bühne können wir die besten Freundinnen sein.« Sie drückte Annas Hand. »Meine Liebe – darf ich Ihnen etwas anvertrauen? Ich habe kaum eine Vertraute.«

»Natürlich«, antwortete Anna beklommen.

Aloysia biss sich auf die Lippe und sagte mit leiser Stimme: »Francesco Benucci hat mich verführt.« Sie presste eine Hand gegen den Busen. »Ah! Jetzt sind Sie sprachlos. Aber gewiss haben Sie bemerkt, wie er mich vom ersten Moment an mit Blicken verschlungen hat. Natürlich habe ich nicht im Traum daran gedacht, dass ich schwach werden könnte, aber ande-

rerseits ist er wirklich stattlich, und seine Stimme, nun ja, sie könnte eine Heilige vom rechten Weg abbringen, und dann zankten mein Gemahl und ich uns fürchterlich …« Sie schüttelte den Kopf, als wäre sie selbst verwundert. »Und nun lebe ich in ständiger Angst! Mein Mann hegt keinen Verdacht, und wenn er es täte, würde er uns beide umbringen. Natürlich darf es nie wieder geschehen, aber, nun ja«, sie stieß einen Seufzer aus, »ich weiß nicht, ob ich ihm widerstehen kann. Er schickt mir durch mein Dienstmädchen unablässig Liebesbriefe. Einmal kam mein Gemahl ins Zimmer, als ich gerade einen dieser Briefe las, und ich musste ihn rasch verstecken. Ach, wie bin ich froh, Ihnen mein Herz ausschütten zu können, meine Liebe! Sie nehmen jede Last von mir! Ich habe mich so danach gesehnt, es jemandem zu erzählen, und Sie hören mir zu wie ein Engel, aber nichts anderes habe ich erwartet. Wir werden gute Freundinnen werden. Adieu also, bis morgen. Ich habe eine wundervolle Überraschung, aber vermutlich schadet es nichts, wenn ich Sie Ihnen schon jetzt verrate. Meine Arien in unserer Oper waren alle sehr anstrengend, wissen Sie, und sie entsprachen so gar nicht meiner Stimmlage und meinem Können, deshalb habe ich meinen Schwager Wolfgang gebeten, zwei andere Arien für mich zu schreiben. Und er hat es getan! Ich werde sie morgen singen. Als wir beide jung waren, war er rasend in mich verliebt. Bestimmt war es meine Stimme, in die er sich verliebte. Bei Musikern kommt das vor. Ich habe ihn jedoch nicht erhört, auch wenn er noch so gebettelt hat, und da hat er meine Schwester geheiratet! Was sagen Sie dazu? Ich war ja stets der Meinung, dass er ein wenig sonderlich aussieht, aber natürlich hat auch Constanze nicht so viele Vorzüge. Aber ich glaube, er liebt mich noch immer. Man merkt es an dem, was er für mich schreibt. In seiner Musik legt Wolfgang sein Herz offen.«

Ein geheimes Rendezvous

Verliebt oder nicht, auf jeden Fall kannte Wolfgang Mozart Aloysia Langes Stimme. Die Arien, die er als Ersatz für sie geschrieben hatte, ernteten an diesem Abend den meisten Beifall. Man konnte sich nicht einmal darüber ärgern, vielmehr freute man sich, dass er sie geschrieben hatte. Aloysias erste Arie war interessanter als Annas gesamter Part. Aloysia war im Siebten Himmel. Das änderte jedoch nichts daran, dass sie kein Schauspieltalent hatte, und ebenso wenig konnte sie überzeugend auf Italienisch singen, und wenn sie in tieferer Stimmlage sang, war sie über das Orchester hinweg kaum noch zu hören. Zumindest war Anna dieser Ansicht. Aber vielleicht war das ja die Art von Stimme, der Mozart den Vorzug gab, silberhell und hoch. Zwischen der deutschen Schule des Gesangs und des Komponierens und der italienischen bestand zweifellos ein gewaltiger Unterschied. Die Italiener verfügten über die Macht und den Einfluss der Tradition. Mozart war ein wenig zu verwegen, ein wenig zu neu für den herrschenden Geschmack, und er war ganz gewiss kein Italiener.

Als Anna Aloysia und Benucci an diesem Abend miteinander reden und scherzen sah – Benucci übte Deutsch –, wurde sie von ebenjener quälenden Eifersucht heimgesucht, die sie

so oft besungen, jedoch kaum jemals verspürt hatte. Sie presste die Lippen aufeinander und beschloss, sich innerlich zu wappnen. Sie empfand bereits genug Scham. Er liebte sie nicht und hatte sie niemals geliebt. Zwar begann ihr Herz bei seinem Anblick schneller zu schlagen, aber sein Herz gehörte nicht ihr. Es gehörte einer Frau, die in jeder Hinsicht das genaue Gegenteil von ihr war. Und sollte das nicht wiederum ihre Wertschätzung für ihn schmälern? War das bei einem Mann nicht Zeichen für Wankelmut, Leichtsinn und allgemein einen schlechten Charakter? Ihre Mutter hatte ihr einiges über Charakter und Treue beigebracht. Liebe oder Schmeicheleien, hatte sie gesagt, und erst recht ein hübsches Äußeres seien bedeutungslos. Das alles sei Schall und Rauch. Was zähle, seien Charakter und Ehre, die Herkunft eines Mannes, seine Familie, wie er sich verhielt und wie er sprach und seine Briefe formulierte. Das waren die Qualitäten, die von Dauer waren.

Es tat Anna weh, Aloysia zusammen mit Benucci zu sehen. Sie wusste, dass es Eitelkeit war, und dennoch schmerzte es sie. Bisher hatte es nie eine Aloysia gegeben. Wäre die zweite Sopranistin nicht so affektiert, so ehrgeizig, so offensichtlich ohne jedes Gespür für Anstand gewesen, hätte es Anna vielleicht weniger ausgemacht, sie an Benuccis Seite zu sehen. Aber dass er ausgerechnet *diese* Frau lieben sollte – dass er ihr tatsächlich *Liebesbriefe* geschrieben haben sollte, er, der sich nichts aus Briefen machte! Dass Anna einem solchen Mann vertraut hatte!

Und dennoch nutzte das alles nichts. Sie liebte ihn, und daran würde sich wahrscheinlich bis zu ihrem letzten Atemzug nichts ändern. Es gab keine Hoffnung. Er beherrschte ihre Gedanken, und sie konnte sich nicht einmal Lidia anvertrauen, weil Lidia nichts davon hören wollte.

Ein grauer Schleier legte sich über ihr Leben. Sie, die früher

andere mit ihrer Fröhlichkeit angesteckt hatte, konnte sich über nichts mehr freuen. Was immer sie tat, es erfüllte sie mit Unmut und Unzufriedenheit. Dann erfuhr sie, dass er Wien in Kürze verlassen würde, um einen früher geschlossenen Kontrakt in Florenz zu erfüllen, und sie begriff, dass sie handeln musste.

Zwischen zwei Akten bat sie ihn in ihre Garderobe und flehte ihn an, sie zu lieben. Nie zuvor war sie so kühn gewesen, nicht seit dem Tag, an dem Lidia sie in Venedig zu dem Treffen mit ihm begleitet hatte.

Er wollte nicht. Immer wieder sagte er, er liebe sie nicht und könne sie nicht heiraten, doch sie bettelte und küsste ihn. Waren sie nicht so vertraut miteinander, wie das nur zwischen Liebenden möglich war? Was dann folgte, traf sie jedoch tief. Nachdem er sich ein ums andere Mal geweigert hatte, drängte er sie unvermittelt rückwärts gegen den Tisch und schob brutal ihre Röcke nach oben. Es kostete sie all ihre Kraft, keinen Laut von sich zu geben, ihm nicht zu zeigen, wie weh er ihr tat. Auf seinem für gewöhnlich so heiteren Gesicht lag ein Ausdruck von Besessenheit: Er sah sie kaum an, und sie hätte beinahe laut aufgeschluchzt, nicht nur vor Schmerz, sondern auch weil sie spürte, dass sie ihm nie wieder so nah sein würde. Keiner von ihnen würde jemals wieder so töricht sein, das begriff sie in diesem Augenblick. Sie versuchte, alles so tief wie möglich zu empfinden, jede Berührung und jede Regung und jeden Atemzug in ihrem Gedächtnis zu bewahren.

Er ging ohne ein Wort. Sie brachte ihre Kleider in Ordnung und versuchte sich zu beruhigen – zu aufgewühlt, um einen klaren Gedanken zu fassen oder Reue zu empfinden –, und dann ging sie hinaus auf die Bühne, um ihre letzten Arien zu singen.

Auf der Bühne war er Titta, jovial wie immer, auch wenn er ihren Blick mied. Ihre Dorina war geistesabwesend und glanzlos, ihre Stimme schwach. Der Inspizient sprach sie auf die Veränderung an und bat sie, sich mehr Ruhe zu gönnen.

Den Sommer über löste sich die Operntruppe auf, der Adel zog sich aufs Land zurück, um dort seinen Vergnügungen zu frönen. Benucci reiste nach Italien ab, wo er ein oder zwei Monate verbringen würde, und wenngleich sie Tag und Nacht an ihn dachte, schickte sie ihm doch keinen einzigen Brief. Das verbot ihr der letzte Rest Stolz, den sie noch besaß. Sie dachte, dass es wohl nicht viele junge Frauen gab, die so standhaft geblieben wären. Hin und wieder, in düsteren Momenten, überkam sie der Wunsch, sich ein Leid anzutun. Aber sie tat es nicht. Sie sagte sich, so schlimm wäre ihr Kummer nicht.

Ein Besuch

Eines Nachmittags suchte sie Mozart auf, um eine neue Arie mit ihm einzustudieren. Er schrieb an einer Oper mit dem Titel *Lo sposo deluso* und hoffte, dass der Kaiser sie im Burgtheater aufführen lassen würde. Anna freute sich, ihm behilflich sein zu können. Sie hatte sich in letzter Zeit häufig matt gefühlt und erhoffte sich ein wenig Aufmunterung von ihm.

Mozart und seine Gattin wohnten im ersten Stock, über einigen Geschäften. In ihrem Haushalt herrschte ein lärmendes Durcheinander – Dienstpersonal und Schüler, denen sie Logis gewährten, alle möglichen Instrumente, stapelweise Partituren, die Constanze und seine Gehilfen kopierten. Anna meinte sich eher auf einem Jahrmarkt als in einer Wohnung zu befinden. Nach vorne hinaus gab es einen eleganten Salon mit einer hohen, mit Sternen und Cherubinen bemalten Decke, der groß genug war, dass man darin tanzen konnte, und es standen wohl an die dreißig Stühle sowie vier Kanapees darin, um den Zuhörern Platz zu bieten, wenn Mozart ein Hauskonzert gab. Es roch nach Kaffee und Rauch. Jemand spielte Geige.

»Er ist in dem Zimmer da hinten«, sagte Constanze. Sie strich sich die Haare aus der Stirn und hinterließ dabei einen

Tintenfleck an ihrer Schläfe. »Verzeihen Sie, wenn ich nicht aufstehe. Wir müssen das alles bis morgen kopiert haben.«

Anna bahnte sich einen Weg zwischen dem Mobiliar hindurch. Die Tür zu seinem Musikzimmer war geschlossen. Sie klopfte zaghaft, und dann stand sie da und fragte sich, ob er es gehört hatte. »Gehen Sie einfach hinein«, rief Constanze von nebenan. »Er weiß ja, dass Sie kommen.«

Mozart saß brütend am Klavier. »Ich kann heute nicht spielen«, sagte er. »Das ist alles Schmarrn. Hören Sie doch.« Er spielte ein paar Takte und schloss mit einem wütenden Akkord.

Sie lächelte nervös. »Sie können gar nicht schlecht spielen, selbst wenn Sie es versuchen.«

»Ich versuche es nicht. Himmelherrgott! Meine Finger wollen mir heute einfach nicht gehorchen.« Unvermittelt sprang er auf und küsste sie auf die Wange. Seine Hände berührten ihre Arme. Dann blickte er weg, als wäre ihm gerade etwas eingefallen. »In einigen Tagen gebe ich ein großes Konzert. Sie müssen es sich anhören.« Er runzelte die Stirn. »Ich freue mich, dass Sie gekommen sind. Sie sehen gut aus. Hier, so viel habe ich von der Arie. Es ist nicht viel mehr als ein Entwurf.«

Mit nichts war er zufrieden, ganz gleich, wie oft sie es sang. Er strich Noten durch, nur um sie dann erneut zu notieren. Immer wieder sagte er, wie grässlich er das Libretto finde.

Zu guter Letzt fragte sie vorsichtig: »Sind Sie vielleicht mit mir unzufrieden? Habe ich nicht gut gesungen?« Und obwohl sie es in einem leichten Ton sagte und dabei lächelte, zitterte sie innerlich, denn wenn es eines gab, das Anna nicht ertrug, dann war es, Missfallen zu erregen.

Er schüttelte den Kopf. »An Sie denke ich nicht einmal.«

Sie zuckte zusammen. »Oh.«

Er bedachte sie mit einem kurzen Lächeln und sprang erneut auf. Seine Blicke wanderten hierhin und dorthin, nur ihren Augen wichen sie aus. Er schritt vor dem Klavier auf und ab. »Nun gut. Ich begleite Sie hinaus.«

Einen Moment lang standen sie da, ohne einander anzusehen. Sie überließ es ihm, die Tür zu öffnen. Sie würde es nicht tun. Er stand dicht vor ihr, und sie fühlte sich zutiefst unwohl. Es war ein Fehler gewesen hierherzukommen, und dennoch wollte sie nicht gehen.

»Signorina«, sagte er zögernd. Er hatte eine sanfte Stimme. »Als wir … als ich Ihnen das erste Mal begegnete … Ich war recht betrunken. Ich weiß nicht, was über mich kam. Früher, als ich jung war, war das etwas anderes …, doch nun bin ich seit zwei Jahren verheiratet.«

Sie spürte ein Brennen in der Brust, ganz weit oben. Das alles war falsch. »Ich kann mich kaum noch daran erinnern«, sagte sie mit einem liebreizenden Lächeln. »Wir waren nicht wir selbst.«

Alles, woran sie Freude hat

Mit blassem Gesicht betrat Anna an einem der folgenden Morgen das Frühstückszimmer, in dem ihre Mutter mit einem aufgeschlagenen Buch im Schoß am Fenster saß. Anna setzte sich, schob ihr Frühstückgeschirr auf dem gedeckten Tisch hin und her.

»Du siehst krank aus, Anna«, stellte Mrs. Storace fest. »Und du isst nichts.«

»Mama«, sagte Anna. Es folgte ein kurzes Schweigen. Dann begann Anna zu weinen. »Ich muss Ihnen etwas sagen, Mama.«

Leise und stockend erzählte sie. Den Namen des Vaters wollte sie nicht preisgeben. Sie sagte lediglich, er brauche es nicht zu wissen und dass er sie niemals geheiratet hätte. Es war jedoch nicht schwer zu erraten, um wen es sich handelte. Der *buffo*. Dieser italienische Teufel.

»Du stürzt uns ins Verderben«, flüsterte Mrs. Storace.

Sie starrte ihre Tochter an. Schließlich erhob sie sich und begann, im Zimmer auf und ab zu gehen, jedes ihrer Worte war wie ein Peitschenhieb. »Entweder wir verlassen die Stadt und liefern uns der Gnade irgendeines Klosters aus, oder du musst heiraten. Falls jemand herausfindet, dass du eine Hure bist«, sagte sie mit fester, scharfer Stimme, »ist alles zu

Ende – alles, woran du Freude hast, die Bälle und deine Verehrer, dein hübscher Schmuck. Du dummes Kind. Entweder müssen wir dich verstecken, oder *du musst heiraten.*« Heftig warf sie das Buch auf den Tisch. Anna schluchzte laut auf und verbarg das Gesicht in den Händen.

»Hör mir zu«, fuhr Mrs. Storace fort, ohne Unterlass auf und ab gehend. »In der Stadt hält sich derzeit ein Herr auf, der mit deinem Vater bekannt war. Ein irischer Geiger, ein Virtuose. Ich erhielt letzte Woche einen Brief von ihm. Er hat dich darin erwähnt. Ein Virtuose und Witwer. Wir werden ihn zum Tee zu uns bitten, und du wirst dich von deiner besten Seite zeigen und zu Gott beten, dass er dich errettet. Hast du mich verstanden? Und diese Lidia muss noch heute aus dem Haus. Ich lasse es nicht zu, dass unter meinem Dach ein Weib lebt, das deine Ehre verkauft hat.«

»Aber Lidia hat nichts getan …«

»Gleich, was sie getan oder nicht getan hat«, fauchte Mrs. Storace, »ihre Pflicht hat sie jedenfalls nicht getan.« Nach diesen Worten nahm sie ihr Buch, hielt es umklammert wie eine Waffe, kehrte zu ihrem Platz am Fenster zurück und begann zu lesen, während ihre Tochter vor sich hin schluchzte.

Teurer F, meine Mutter hat sich fürchterlich aufgeregt und Lidia hinausgeworfen – warum, kann ich Ihnen leider nicht mitteilen. Lidia trifft keine Schuld. Können Sie sie bei sich aufnehmen, bis sich die Aufregung wieder gelegt hat? Ich weiß, dass Sie über ausreichend Zimmer verfügen. Sie ist arbeitsam und wird Sie besser versorgen als jede andere. Ich wollte sie zu Michael Kelly schicken, aber sie beharrte darauf, dass sie zu Ihnen möchte. Bitte, tun Sie mir den Gefallen. Ich liebe sie wie eine Schwester und verbleibe Ihre zutiefst betrübte A.

Benucci war erst vor kurzem von seinem Engagement in Florenz zurückgekehrt. Er musterte die Frau, die – fast so groß wie er – mit kläglicher Miene vor ihm stand.

»Du bist das«, sagte er. »Dich kenne ich noch aus Venedig. Ich dachte, du magst mich nicht.«

Lidia schniefte. »So war es auch.«

Er dachte an Anna. Er hatte ihretwegen ein schlechtes Gewissen, wusste jedoch nicht, wie er das alles wiedergutmachen sollte. Es schien nichts zu geben, was er tun konnte.

»Du bist hier willkommen«, sagte er schließlich. »Vorübergehend. Um deiner Herrin willen.«

»Das ist sehr gütig von Ihnen, gnädiger Herr«, presste Lidia hervor und schob sich an ihm vorbei. Sie hatte zwar nicht vor, Benucci zu vergiften, aber es erfüllte sie mit einer gewissen Befriedigung zu wissen, dass die Möglichkeit bestand.

Die Werbung

Gnädige Frau!
Gewiss werden Sie sich meiner nicht erinnern, und daher hoffe ich, Sie verzeihen mir die Vermessenheit dieser Zeilen, wenn ich Ihnen mitteile, dass ich in London die Bekanntschaft Ihres Gatten machte und dort Ihre Tochter, noch als ein kleines Mädchen, singen hörte. Schon damals wusste ich, wie gut sie sich machen würde!
Da Sie sich also meiner gewiss nicht erinnern, darf ich mich Ihnen erneut vorstellen. Ich bin, wenn man so sagen kann, ein Geigenvirtuose und traf kürzlich in Wien ein, nachdem ich ein Jahr durch Europa gereist war. Ganz ohne Freunde und Empfehlungsschreiben sehne ich mich nach der Gesellschaft von Landsleuten. Allein diesen Brief in unserer schönen englischen Sprache zu schreiben, öffnet mir das Herz!
Seit dem Tod meiner Gemahlin stehe ich allein in der Welt.
Ich bitte Sie, mir eine Nachricht zukommen zu lassen, so Sie erlauben, dass ich Sie und Ihre Tochter an einem der nächsten Nachmittage aufsuche, um mich ein wenig auf Englisch zu unterhalten. Ich erinnere mich an Miss Storace mit Bewunderung und Zuneigung und würde mich beschenkt fühlen, wenn ich sehen dürfte, wie sie herangewachsen ist.
Sie, gnädige Frau, sind sicher nicht gewachsen oder gealtert

seit dem letzten Mal, da ich Sie sah, wie Sie in Marylebone Gardens mit Puderzucker auf dem Kinn Pflaumenkuchen verkauften.
Erinnern Sie sich?
Ihr gehorsamster Diener
John Abraham Fisher

Am Sonntagnachmittag saß Mrs. Storace im Erdgeschoss des dreistöckigen Hauses, das der Kaiser ihnen zur Verfügung gestellt hatte, und las *Pamela* von Richardson. Es war ein verregneter kühler Tag Anfang August. Die beiden Schoßhündchen Bonbon und Fichout schliefen leise schnarchend vor dem Kaminfeuer. Es war dunkel im Zimmer. Bis nach Benuccis Rückkehr aus Italien im September *Der Barbier von Sevilla* wieder aufgenommen wurde, hatte Anna keine Vorstellungen im Burgtheater.

Das Dienstmädchen kam und kündigte John Abraham Fishers Besuch an. Erfreut sprangen Annas Hunde auf, um an seinen Stiefeln zu schnüffeln. »Guten Tag«, begrüßte er Mutter und Tochter mit unverkennbar irischem Akzent. »Welch Balsam für meine Seele, die Gegenwart zweier englischer Ladys genießen zu dürfen, die darüber hinaus die Musik lieben.« Munter blickte er zwischen ihnen hin und her.

»Seien Sie mir willkommen, Sir«, erwiderte Mrs. Storace. »Darf ich Ihnen meine Tochter vorstellen?«

»Sehr erfreut, Miss Storace.«

Er war ein großer, kräftiger Mann mit blondem, welligem Haar, das in einen Backenbart überging und seinem fülligen Gesicht etwas beeindruckend Löwenhaftes verlieh. Er vermittelte einen nicht unbedingt eleganten, dafür aber kraftvollen Eindruck. Anna spürte seinen durchdringenden Blick auf sich ruhen und sah nervös zum Kaminfeuer.

»Miss Storace«, sagte er lächelnd, »vergeben Sie mir, dass ich Sie so unverfroren anstarre, aber als ich Sie das letzte Mal sah, da waren Sie ein kleines Mädchen. Bestimmt erinnern Sie sich meiner nicht. Ich saß an jenem Abend auch nur im Zuschauerraum, doch kannte ich Ihre Frau Mutter und Ihren Herrn Vater noch aus der Zeit, als ich dem Orchester von Marylebone angehörte.«

»Sie haben ein ganz erstaunliches Gedächtnis, Sir«, sagte Mrs. Storace förmlich. »Als ich in Ihrem Brief von dem Pflaumenkuchen las, dachte ich, sieh an, das muss ein wahrer Freund aus längst vergangener Zeit sein.«

Fisher, dessen Augen unverwandt auf Anna geblickt hatten, drehte sich jetzt schwungvoll zu Mrs. Storace um und sagte mit seiner volltönenden Stimme: »Ihren Pflaumenkuchen vergessen, Mistress Storace? Wie könnte ich! Ich schwöre Ihnen, auf all meinen Reisen habe ich niemals etwas Köstlicheres zu essen bekommen.«

»Mr. Fisher. Sie schmeicheln mir. Wie viele Erinnerungen Sie in mir wecken.«

»Madam«, sagte er ernst. »Wäre es nicht unter Ihrer Würde und würde ich nicht vermuten, dass in dieser schönen Stadt gerade ein Mangel an Pflaumen herrscht, würde ich Sie sogleich bitten, mir einen Ihrer Kuchen zu backen, damit ich noch einmal diesen unvergleichlichen, pflaumigen, buttersüßen Angriff auf meine Sinne erfahren dürfte.«

»Danke, Sir. Sie sind ja geradezu poetisch.«

»Es ist wirklich ganz erstaunlich«, murmelte Fisher und wandte sich wieder Anna zu, »wie schnell aus dem Mädchen eine Dame wurde. Als ich Sie vor so vielen Jahren singen hörte, sagte ich mir, dass ich diesen Moment niemals vergessen dürfte, und tatsächlich, ich vergaß ihn nie. Ich meinte eine verwandte Seele in Ihnen zu sehen – ich spürte, nein, *erkannte* sie

an der Art, wie Sie sangen. Wir sind Gleichgesinnte, dachte ich. Wir sind Bruder und Schwester im Geist der Musik.«

Seine Augen waren von einem erstaunlichen Hellblau, man konnte sich kaum von ihnen lösen, so durchdringend waren sie. Seine Wangen waren gerötet, als wäre er eisigem Wind ausgesetzt gewesen. Er kleidete sich gediegen und zählte vielleicht vierzig oder fünfundvierzig Jahre. »Sie glauben mir nicht«, fuhr er mit einem traurigen Lächeln fort. Er blickte auf seine verschränkten Hände, die nicht wie die eines Geigers aussahen, sondern breit und kräftig waren. »Ich fürchte, ich bin ein wenig zu forsch. Aber was ich sagte, entspricht der Wahrheit, und wie sollte ich die Wahrheit für mich behalten, wenn ich Sie, Miss Storace, so erblüht sehe, meine Erinnerung um ein Vielfaches übertreffend und als Meisterin Ihres Fachs, wie ich es damals schon erahnte!«

Wahrscheinlich war ihr wegen des Kindes übel. Niemals würde sie Benucci von dem Kind erzählen. Eher würde sie sterben. Wenn sie es ihm erzählte, würde er sie womöglich heiraten wollen, und dann würde er sie für den Rest seines Lebens hassen und verabscheuen, so wie ihre Mutter ihren Vater gehasst und verabscheut hatte. Wenn er sie jedoch nicht heiraten wollte und sie verschmähte, würde sie das erst recht nicht ertragen. Deswegen konnte sie es ihm nicht sagen, auf gar keinen Fall. Angst und Stolz verhinderten es. Ihr Geheimnis erschien ihr wie ein verdorbenes Wachtelei mit rissiger Schale, das sie in ihrem Mund herumtragen musste. Sie presste es mit der Zunge nach hinten, und Speichel sammelte sich darum, und bei jeder Regung in ihrem Inneren drohte die Schale vollends zu zerbrechen und ihren schwefeligen Inhalt freizusetzen. Sie musste ihre Lippen fest verschlossen halten.

»Ich wollte Ihnen damals, als Sie den Cupido gesungen haben, gratulieren«, fuhr Fisher fort, »aber Sie waren umringt

von Freunden, und meine Gattin, Gott hab sie selig, war müde und wollte gleich aufbrechen. Es ist also ihre Schuld, dass Sie keine Erinnerung an mich haben und auf mein Wort vertrauen müssen, wenn ich sage, dass ich Sie seit jenem Tag bewundere. Was für ein Glück, Sie beide hier in dieser Stadt vorzufinden, wo ich mich unter lauter Fremden wähnte!«

»Warum sind Sie dann hergekommen?«, fragte Anna.

Er trank von seinem Tee. »Ich bin auf der Suche nach etwas.«

»Und das glauben Sie hier in Wien zu finden?«

»Vielleicht habe ich es schon gefunden.«

Anna stellte unvermittelt ihre Teetasse ab und rief die beiden Hunde, die den Kopf hoben und zu ihr trotteten. »Da seid ihr ja, meine kleinen Lieblinge«, sagte sie. Die Hunde rieben die Schnauze an ihren Händen, wedelten mit dem Schwanz und blickten sie fragend an. »Mögen Sie Hunde, Mr. Fisher? Ich liebe sie.« Sie hob eines der Tiere auf ihren Schoß. »Mein Gesangslehrer hatte ebenso hübsche Hündchen wie diese hier. Manchmal glaube ich, sie haben ein treueres Herz als Menschen. Sie sind weniger kompliziert. Rückhaltlos schenken sie uns ihre Liebe. Niemals zaudern oder schwanken sie.«

»Das sind bei einem Menschen ebenso bewundernswerte Eigenschaften«, sagte Fisher.

»Sie erinnern mich an Kinder – völlig abhängig von ihrem Herrn. So wie auch wir armen Frauen es sind, oder etwa nicht?«

»Nein, nein«, sagte Fisher lachend. »Hunde mit Damen zu vergleichen, dazu werden Sie mich nicht bringen, Miss Storace.«

»In Neapel besaß ich einmal eine Katze«, sagte Anna. »Erinnern Sie sich, Mama? Eine Streunerin. Eines Tages lief sie fort. Ich habe ihr nie etwas bedeutet – das wurde mir damals

klar. Daher trauerte ich auch nicht um sie – ich habe nicht einmal nach ihr gesucht.«

»Bestimmt ist sie unter die Räder eines Fuhrwerks geraten«, sagte Mrs. Storace. »Oder sie wurde von einem wilden Tier angefallen.«

»Hoffentlich«, sagte Anna. »Das treulose Wesen.«

»Was redest du da, mein Kind, dass du nicht trauertest«, tadelte ihre Mutter sie. »Ich weiß gar nicht, warum du so etwas sagst. Du warst verzweifelt. Du wolltest nichts essen, du wolltest nicht singen.«

»Nun ja«, sagte Anna leise und ernst, »wer nimmt es schon leicht, wenn er von jemandem, dem er in zärtlicher Liebe zugetan ist, verlassen wird.«

Fisher räusperte sich und beugte sich vor. »Ich hoffe, Sie erweisen mir die Ehre, Ihnen etwas vorspielen zu dürfen, Miss Storace, sodass Sie meine wahre Stärke kennenlernen. Ich bin kein Mann vieler Worte. Mögen Sie die Geige?«

Sie zwang sich, ihm in die Augen zu blicken, und sah ihn lächeln. »Sie ist mir das liebste Instrument.«

Er nickte. »Das wusste ich.«

»Ach ja? Und woher? Von damals, als Sie mich in London singen hörten? Haben Sie mir etwa bis in die Seele blicken können?«

Er hob die Augenbrauen und nickte ruhig. »So muss es gewesen sein. Sie waren damals zwar noch ein Kind. Aber ich glaubte Sie beinahe so gut zu kennen wie mich selbst.«

»Unsinn«, sagte Anna brüsk. »Sie reden blanken Unsinn. Sie erfinden das alles.«

»Doch, tatsächlich, ich dachte, Sie müssten sein wie ich«, beharrte er. »Was Ihre *musikalische* Seele betrifft.«

Sie seufzte. »Dann haben Sie sich wohl geirrt. Meine Seele kommt mir manchmal wie ein völlig verstimmtes Instrument

vor. Sie sollten Ihre Seele nicht beleidigen, indem Sie sie mit meiner vergleichen.«

»Genau das Gegenteil ist der Fall«, sagte Fisher. »Sie sind zu bescheiden.«

Anna scheuchte die Hunde weg. »Abgesehen davon haben Sie mich noch nicht wieder singen gehört, Mr. Fisher. Wer weiß, vielleicht befand ich mich damals ja schon auf dem Höhepunkt meines Könnens.«

»Mir wurde das Wundervollste von Ihren Sangeskünsten zugetragen«, sagte Fisher. »Warum sollte ich an diesen Berichten zweifeln? Ich kann Sie just in diesem Moment singen hören, Ihre Worte perlen wie eine Melodie von Ihren Lippen.«

»Ich bin nicht mehr dieses Kind«, sagte sie scharf und strich ihre Röcke glatt. »Nehmen Sie sich in Acht, sonst bringen Sie mich noch gegen sich auf.«

»Anna«, mahnte ihre Mutter sie.

»Doch, das sind Sie.«

»Nein, das bin ich nicht, Sir.«

Als sie sich erhob, sprang auch er auf. Er war groß.

»Auf Wiedersehen, Mr. Fisher. Hoffentlich können Sie Wien genießen.«

Er hob überrascht die Augenbrauen. »Nun sind Sie tatsächlich aufgebracht.« Er warf Mrs. Storace ein beruhigendes Lächeln zu. »Nun, ich hoffe, wir sehen uns wieder, wenn Sie etwas gnädiger gestimmt sind. Leben Sie fürs Erste wohl, Miss Storace.«

»Wenn du ihn verprellst«, bemerkte ihre Mutter später verbittert, »dann kann dir niemand mehr helfen.«

Anna starrte ins Leere. Ihr war so übel, dass sie sich am liebsten hingelegt hätte. »Ach, Mama. Dieser Mann lässt sich nicht verprellen.«

Rosina

Am nächsten Tag lud John Fisher Anna ins Burgtheater ein, wo *Hamlet* in deutscher Fassung gegeben wurde. Joseph Lange, Aloysias Gatte, spielte die Hauptrolle. Die Nähe zu Fisher, der neben ihr saß, verursachte Anna Übelkeit – seine Wärme, der Geruch seines Atems –, aber sie sagte nichts und wahrte die Form.

»Darf ich Sie wiedersehen?«, fragte er anschließend. »Gleich morgen?«

Sie schüttelte den Kopf. »Morgen singe ich für die Thun und Hohensteins.«

»Dann begleite ich Sie.«

Sie errötete. Mozart würde bei den Thun und Hohensteins sein, und sie hatte ihn bisher nicht spielen gehört. »Es ist ein privater Salon, Mr. Fisher.«

»Ich bin Ihr Gast, außerdem kann ich durchaus ein wenig Geige spielen. Nachdem ich bereits für die Zarin gespielt habe, werde ich für diesen Thun und Hohenstein wohl gut genug sein. Wer immer er ist.«

Er war verärgert. Sie drückte seinen Arm und warf ihm einen versöhnlichen Blick zu. »Ein andermal, Mr. Fisher. Übermorgen. Übermorgen können Sie über mich verfügen.«

Er zog die Augenbrauen zusammen. »Morgen also nicht.«

»Nein, morgen nicht.«

»Sie schämen sich wohl, mit mir gesehen zu werden.«

Sie schluckte und sagte: »Mein lieber Mr. Fisher, nichts könnte der Wahrheit ferner sein.«

Im Salon der Gräfin Thun, einer Frau, deren Schönheit, Geschmack und Eleganz Dichter jeden Alters inspiriert hätten, traf Anna am nächsten Abend allein ein. Sie war eingeladen worden, dort zu singen, aber es war für sie ebenso sehr ein gesellschaftliches Ereignis wie ein Engagement, und sie hatte sich schon lange darauf gefreut, mochte es in ihrem Leben auch gerade drunter und drüber gehen. Mozart war bereits da, als sie eintraf. Er begrüßte sie, nur um gleich wieder von jemandem weggeholt zu werden. Anna war ganz froh darüber. Sie hätte nicht gewusst, worüber sie mit ihm reden sollte. Ihn später spielen zu hören, war etwas anderes, denn dann würde sie ihn unverfroren betrachten können. Sie hatte sich gar nicht mehr recht an seine Augen erinnern können, genauso wenig wie an seine Blässe und den schmalen Wuchs, sie hatte beinahe vergessen, wie lebhaft sein Mienenspiel war, wie rasch es von Fröhlichkeit zu Versunkenheit wechselte. Und dann war es an der Zeit, dass sie sang.

Die Gräfin, strahlend in einem osterglockengelben Kleid, war eine hervorragende Pianistin und begleitete Anna zu den Arien aus Paisiellos überaus populärer Vertonung von Beaumarchais' Komödie *Der Barbier von Sevilla*. Zu ihrem eigenen Verdruss stellte Anna fest, wie sehr sie vor allen anderen Mozart gefallen und ihn beeindrucken wollte. Sie glaubte zu bemerken, dass er ihr aufmerksam zuhörte. Sie glaubte, dass er es genoss. Und über diesen müßigen Gedanken vergaß sie einen Moment lang den Atem von John Fisher. Der Raum war groß und hatte eine gute Akustik. Die Gräfin spielte so

versiert wie eine Konzertpianistin, und das Klavier war ein wunderbares Instrument aus der Werkstatt Steins.

Nach ihrem Vortrag kehrte Anna zu ihrem Platz zurück und nahm mit zitternder Hand ein Glas Sherry entgegen. Graf Thun, der glückliche Gatte der Gräfin, strahlte seine Frau an, die sich anmutig durch die Gästeschar bewegte, jede Geste schlicht, angemessen zurückhaltend und elegant, ihr Gesicht offen und milde. Freundlich nahm sie die Komplimente der Gäste entgegen und erwiderte in ihrem nahezu perfekten Französisch (das ihrem Deutsch kaum nachstand), dass sie sich glücklich schätzen konnten, eine Sängerin wie Mademoiselle Storace in ihrer Mitte zu haben. Sah man Anna und die bezaubernde Gräfin zusammen, kam einem sogleich in den Sinn, wie die kesse Rosina aus dem *Barbier von Sevilla* zu der melancholischen, vernachlässigten Gräfin Almaviva im zweiten Theaterstück von Beaumarchais wurde, *Der tolle Tag oder Die Hochzeit des Figaro.* Wobei Gräfin Thun frei von jeder Bitterkeit war. Niemand in ganz Wien hatte ein größeres Herz, niemand genoss mehr Zuneigung, und gedankt sei Gott für ihre Liebe zur Musik.

Mozart nahm am Pianoforte Platz und wartete, bis alle Gäste einen Stuhl gefunden hatten und Ruhe eingekehrt war. Er trug einen roten, mit Goldlitze besetzten Gehrock. Ein Jabot fiel wie ein kleiner Wasserfall aus Spitze über seine Brust. Noten hatte er keine mitgebracht. Er würde eine Sonate aus dem Kopf spielen und dann einige Zeit über ein beliebiges Thema, das man ihm nannte, improvisieren.

Der Raum schien sich um ihn zu schließen, das Kerzenlicht in den Ecken zu flackern und schwächer zu werden. Man meinte fast keine Bewegung an ihm zu sehen, während er in aufrechter Haltung spielte.

Anna hatte schon viele Virtuosen spielen gehört. Mozart

übertraf sie alle. Er atmete aus, und seine Hände zauderten keine Sekunde, während sie die lebendigsten Töne hervorbrachten. Er spielte so, wie sie stets singen wollte – wie sie sich vorstellte zu singen, wenn sie weniger erregbar und eifrig wäre und sich selbstvergessen ganz und gar der Musik anheimgeben könnte. Sogar sein Gesicht strahlte ruhigen Gleichmut aus. Er sah aus, als würde er einer Weissagung über das günstige Schicksal seiner Kinder lauschen. Mit offenem Blick nahm er alles um sich herum auf und sah dennoch nichts an. Das Lächeln auf seinen Lippen war kaum wahrnehmbar – es galt ihm allein, denn er musste das Publikum nicht mit der Zurschaustellung seiner Gefühle unterhalten. Er lenkte die Zuhörer nicht von seiner Musik ab, genauso wenig wie er deren Vollkommenheit durch Seufzer oder Fratzen störte. Er wirkte genauso würdevoll und ruhig wie ein Arzt, der ein auf wundersame Weise genesendes Kind behandelte, und bei aller Gelassenheit des Ausdrucks schien sich niemand mehr an seiner Kunst zu erfreuen als er selbst.

Nachdem er die Sonate beendet hatte, wandte er sich mit heiterer Miene an seine Zuhörer und fragte, über welches Thema er improvisieren solle. Graf Thun zwinkerte Anna zu und schlug das Thema ihrer berühmtesten *Barbier*-Arie vor.

»Das liegt zu nahe!«, rief Mozart. »Jeder wird denken, ich hätte es mir im Vorhinein ausgedacht.« In Ermangelung eines besseren Vorschlags gab er schließlich jedoch nach.

Es bestand kein Zweifel, dass er die Variationen in ebendiesem Moment ersann und ohne Innehalten oder Fehltritt neue und unbegangene Wege fand, das Thema zu erkunden und zu variieren, jede Wendung war unerwartet und hätte doch nicht anders sein können. Sein Erfindungsreichtum schien keine Grenzen zu kennen. Immer war das Thema he-

rauszuhören, und immer veränderte es sich. Kaum glaubte man, nun hätte er sich aber zu weit davon entfernt und würde nicht mehr zurückfinden, war die ursprüngliche Melodie wieder da, Annas Melodie, die geduldig an der nächsten Ecke auf ihn wartete, nahezu unverändert, nur tiefer und komplexer durch die verschiedenen Wendungen und Wechsel von Tonart und Rhythmus und Modus, denen er sie unterworfen hatte. Anna war völlig verzückt, und als er geendigt hatte, geradezu erschöpft. Hier war eine Intelligenz, eine Empfindungskraft am Werke, die über ihr Vorstellungsvermögen hinausging. Sie fühlte sich beschämt und gleichzeitig inspiriert, und am liebsten hätte sie ihre Arie auf der Stelle noch einmal gesungen, um ihm zu zeigen, was sie durch sein Spiel gelernt hatte – gleich darauf wollte sie sie nie wieder singen, weil sie nie so gut sein konnte wie das, was er vorgeführt hatte.

»Ist er nicht wundervoll?«, fragte Gräfin Thun. Sie bot Anna eine Platte mit köstlichen Pastetchen an. »Ich sagte ihm, er müsse uns den Vortritt lassen, sonst wären meine Finger gelähmt, wenn ich Sie begleite.« Sie sah sich mit Wohlgefallen um. »Heute hat er sich selbst übertroffen. Haben Sie je in Ihrem Leben eine derart gewagte Improvisation gehört? Bei jeder neuen Wendung spürte ich, wie mein Herz noch einen Takt schneller schlug und sich meine Brust weitete vor, ich weiß nicht was … Aufgeregtheit, Freude, Dankbarkeit …, wahrhaftiger Dankbarkeit und Erstaunen.«

»Ich bin sprachlos«, bekannte Anna. Sie lächelte und fühlte sich leicht wie eine Feder. In diesem Moment fiel es ihr nicht schwer, sich vorzustellen, dass es kein Kind und keinen John Fisher gab. Sie waren einfach weg, alles war wieder wie früher, so wie es sein sollte. Mozarts Spiel war wie ein frischer Wind durch ihren Kopf gefegt. Wo gerade noch Angst und

Konfusion geherrscht hatten, war nun Klarheit, eine ganz besondere, lebendige Klarheit. Alles würde gut werden. Dessen war sie sich beinahe sicher. »Ich hatte ihn noch nie vorher gehört.«

»Was sagen Sie da, meine Liebe? In all diesen Wochen haben Sie ihn nicht gehört? Das kann ich kaum glauben. Sie müssen durch etwas sehr Wichtiges verhindert gewesen sein. Nun, Sie können sich glücklich schätzen, Mozart heute Abend noch gesehen zu haben, weil er übermorgen Wien verlässt.«

»Er verlässt Wien?« Anna sah sich rasch um und entdeckte ihn am Whist-Tisch, wo er sich geduldig mit einer nicht mehr ganz jungen Dame unterhielt.

»Ist es nicht tragisch?«, erwiderte die Gräfin, die Annas Blick gefolgt war. »Es ist für uns alle ein großer Verlust. Er und seine Gattin besuchen seine Familie in Salzburg.«

»Für längere Zeit?«

»Ich fürchte, ja.« Die Gräfin lächelte. »Ich sehe Ihnen Ihre Enttäuschung an. Mir erging es nicht anders, als er es mir erzählte. Ich gehöre zu seinen größten Bewunderern, und deshalb meine ich einfältigerweise, ein gewisses Anrecht auf ihn zu besitzen. Doch er ist ein freier Mann und kann tun und lassen, was er will. Seien Sie also froh, ihn heute Abend gehört zu haben, auf der Höhe seiner Kunst!«

Kurz darauf näherte sich Mozart ihnen, und Anna konnte endlich mit ihm sprechen. Sie gratulierte ihm und bemerkte, wie glücklich und stolz er war, wie gut er von seiner Gattin sprach. Sie versuchte, ihm zu erklären, wie sehr sein Spiel sie bewegt hatte und dass er ihr Verständnis der Arie, die sie so gut zu kennen meinte, verändert hatte. Sie empfand eine gewisse Scheu, doch gleichzeitig hatte sie den Eindruck, er verstünde sie. Der gestrige Abend, an dem sie mit dem übel

riechenden John Fisher *Hamlet* gesehen hatte, war vergessen. Sie war wieder sie selbst, hatte ihren Frieden wiedergefunden.

»Haben Sie«, setzte sie zögernd an, »haben Sie das alles auf einmal gehört? Als Sie mich singen hörten, hatten Sie da all die Varianten bereits im Kopf?«

Er lachte. »Aber nein, das fällt mir während des Spielens ein. Ist nicht gerade das der ganze Spaß? Darf ich diesen Schritt wagen? Oder geht er zu weit? Oh, *jetzt* bin ich zu weit gegangen und muss schauen, wie ich den Weg zurück finde. Und jetzt, langweilt sich da hinten nicht einer, nickt beinahe ein? Ja? Dann aber hopp, schneller, lauter, die Höhen und Tiefen ausloten, die Tonart wechseln, dann das Ganze rückwärts, reck den Arsch in die Höh, und ist das nicht ein bisschen traurig, das will ich noch mal spielen, und jetzt das dazu, so, und leise, leise, leise, und schon geht es zurück zum Thema, dieses Mal in Moll, und die Melodie windet sich wie ein Faden durch alles, sie führt mich durch das Labyrinth. Wenn ich die verliere, bin ich verloren! Sie ist in meinem Herzen, tief in mir, und um sie dreht sich alles. Verstehen Sie? Aber einen Plan, den gibt es nicht. Gäbe es einen Plan, wäre es nichts weiter als eine Posse. Etwas ganz anderes.«

Sein Gesicht war vor Begeisterung gerötet, und seine Hände gestikulierten wild, als versuchte er, seine Gedanken in die Luft zu malen. Dabei blickte er sie so offen und mit einem solchen Strahlen in den Augen an, dass es ihr vorkam, als würde sie die Sonne über dem Meer aufgehen sehen. Anna nickte immer wieder und sagte, ihr würde es beim Singen nicht anders gehen oder zumindest versuche sie, dorthin zu gelangen. Sie waren eines Geistes. Sie war erleichtert, dass er bei seinem Spiel nicht ihren Gesang im Kopf gehabt hatte –

es war eitel gewesen, so etwas auch nur zu denken. Nein, es war alles sehr viel einfacher. Er hatte allein zu seinem Vergnügen gespielt und ihnen erlaubt, ihm dabei zuzusehen und zuzuhören. Und es war dieses Vergnügen und das Wagnis, das er dabei einging, das ihn vor allen anderen auszeichnete.

John

Als Anna John Fisher das erste Mal spielen hörte, bei einem Privatkonzert, suchte er bei jeder Pause und jedem Intervall ihren Blick. Er war ein ausgezeichneter Geiger, genauso gut wie ihr Bruder oder der arme ertrunkene Thomas Linley. Wenn er sich in sein Spiel versenkte, wurde sein Gesicht weicher, jünger, offener, er verlor seine Überheblichkeit, die Neigung zur Angeberei und ging ganz in der Musik auf. Seine Hände an dem glänzenden Instrument wurden anmutiger, sanft und leicht.

Nach Lidias Berechnung war Anna im zweiten Monat, aber das Kind blieb klein und still, als spürte es, dass niemand etwas von ihm wissen durfte.

John Fisher war ein Gentleman, weltgewandt und dazu ein guter Musiker. In seiner Jugend war er mit Annas Vater befreundet gewesen. Ihre Mutter hatte immer gewollt, dass Anna einen Mann von den Britischen Inseln heiratete, und wahrscheinlich wäre kaum jemand überrascht, wenn sich Anna diesem Wunsch fügte.

Sooft es ihr möglich war, traf Anna sich mit Lidia in einem Kaffeehaus oder Park. Lidia wollte, dass Anna weglief, aber Anna sagte, das sei unmöglich. Lidia gab sich die Schuld an Annas Schwangerschaft.

Anna und Fisher lasen gemeinsam Theaterstücke und musizierten, sie besuchten Konzerte und machten Picknicks. Mitte August lud Mrs. Storace John Fisher zum Tee ein und erklärte ihm, dass sie keinen Aufschub mehr dulde, Annas Ruf stehe auf dem Spiel. Er war zwar ein wenig überrascht, erklärte dann aber, dass ihm eine kurze Verlobungszeit auch lieb sei.

»Miss Storace«, sagte er bald darauf eines Nachmittags unvermittelt zu Anna, als sie durch den Prater spazierten. »Noch nie ist mein Blick auf etwas Reizenderes gefallen als Sie.« Er blieb stehen und nahm Annas Hände in seine.

Sie konnte ihn nicht leiden und wünschte sich in diesem Moment weit weg. Er hatte Pausbacken und stechende blaue Augen. Er redete schnell, als habe er Angst, sie würde Reißaus nehmen, bevor er geendigt hatte. Die Sonne schien ihm ins Gesicht, und er verzog es zu einer hässlichen Grimasse. Seine Hände waren feucht, sei es wegen seiner Nervosität oder wegen der Hitze. Sie entzog sich ihm, so gut es ging, und atmete auch nur ganz flach.

»Sie haben mich völlig verzaubert«, sagte er. »All die Jahre habe ich Sie nicht vergessen. Ich habe Ihren Vater geliebt.« Tränen stiegen ihm in die Augen, und sie dachte ungerührt, dass er sehr viel gefühlsseliger war, als er auf den ersten Blick wirkte. »Ich weiß, Sie kennen mich kaum«, fuhr er fort. »Genauso weiß ich, dass Sie jeden Mann haben könnten. Bei Gott, das weiß ich.« Damit hatte er nun leider nicht recht – kein echter Gentleman hätte eine Frau aus dem Bühnengewerbe geheiratet. »Aber ich liebe Sie«, sagte Fisher. »Ich würde alles, alles tun, teure Miss Storace, um Ihr Herz zu gewinnen.« Seine feuchten Hände drückten die ihren. Mit zusammengekniffenen Augen blickte er in die Sonne. »Aber warum sagen Sie denn nichts?«, rief er. »Bedeutet Ihnen meine Liebe nichts, Miss Storace? Willigen Sie nicht ein? Wollen

Sie mich nicht zum glücklichsten aller Männer machen und meine Braut werden?«

Alles Blut war aus ihrem Gesicht gewichen. Wie sehr sie sich wünschte, dass ihr jemand zu Hilfe käme. Aber es kam niemand.

»Doch«, flüsterte sie. »Doch, Mr. Fisher, ich will.«

»Liebste«, sagte er und drückte sie an sich. »John. Sie müssen mich John nennen. Meine Liebste!«

Und sie lächelte ihn an und ließ sich seine drängenden Küsse gefallen, und sie hatte dabei das Gefühl, dass sie einer dieser flachen, grob zusammengezimmerten Lastkähne war, die auf der reißenden Donau zu den Städten im Osten trieben, ohne die Kraft oder die Mittel oder den Willen zur Rückkehr zu haben.

Stephen schrieb:

Ich muss zugeben, dass ich überrascht bin. Doch auch wenn ich den Gentleman nie kennengelernt habe, so vertraue ich auf das Urteil meiner Mutter und das Deine, und wünsche Dir, liebste Schwester, meiner unvergleichlichen, zärtlich geliebten Anna, alles Glück und alle Freude, die der Himmel und dieser Mr. Fisher Dir bieten können. Richte ihm von mir aus, dass er eines der kostbarsten weiblichen Wesen in meinem Leben in Besitz nimmt. Er soll sie wie eine Göttin und eine Königin behandeln.

Benucci runzelte die Stirn und sah verwirrt drein. »Warum diese Eile?«

Anna lachte fröhlich. »Ja, es geht recht schnell, nicht wahr? Aber so wollen wir es eben. Er ist ein guter Mann und wird mich glücklich machen, und alle sagen mir ja auch immerzu, dass ich endlich heiraten soll.«

Darauf schwieg er lange, und wider besseres Wissen erwachte plötzlich Hoffnung in ihr. *Bitte*, dachte sie und lächelte ihn erwartungsvoll an. *Bitte, Francesco.* Aber dann zuckte er kurz, als erwachte er aus seinen Gedanken, strahlte sie an und küsste sie auf die Wangen. »Vergeben Sie mir. Ich bin nur überrascht. Gratulation. Das sind gute Nachrichten. Sie können jeden zum glücklichsten Mann auf der Welt machen.«

»Nun«, sagte sie und zwang sich zu einem neuerlichen Lächeln. »Nicht *jeden*.«

Er drückte ihre Schulter, als hätte sie nichts gesagt. »Und wir bleiben Freunde. Das ist das Wichtigste.«

Sie wandte sich von ihm ab und sagte: »Ja.«

Mut

Die Trauung fand in der holländischen Gesandtschaft statt. Anna trug ihr bestes Seidenkleid und war, wie ihre Mutter meinte, schöner denn je. Mrs. Storace trug eine hohe weiße Perücke und sagte nicht viel, aber es war klar, dass sie die Feier mit dem starren Zeremoniell und der Etikette genoss. Sie war mit John Fisher mehr als zufrieden. Er wusste sich zu betragen und war ein braver Christenmensch, seine Beständigkeit und Vernünftigkeit würden ihre Tochter zur Ruhe bringen. Selbst aus dem größten Unglück konnte also Gutes erwachsen, fand sie.

Sie wurden an einem Freitagmorgen getraut. Sonnenstrahlen fielen auf ihre Schultern. Annas Freunde waren da und einige ihrer Gönner. Benucci saß zu ihrer Linken, eine dunkelhaarige Gestalt am Rand ihres Gesichtsfeldes.

Fishers Gesicht war beherrscht und ernst, so als läge das Gewicht der Geschichte auf ihm. Sie gaben sich das Eheversprechen und setzten ihre Unterschriften unter die Urkunde, und dann sprachen alle ein Gebet. Ein Bläserquintett spielte auf, Freunde Annas aus dem Orchester, und es wurden Erfrischungen gereicht. Ihre Mutter vermied es geflissentlich, mit Benucci zu sprechen. Auch Anna wagte kaum, das Wort an ihn zu richten. Leise gratulierte er ihr, und dann ging er.

Er hatte Lidia mitgebracht, die Anna fest umarmte und ihr ins Ohr flüsterte: »Nur Mut, er ist ein guter Mann, alles wird gut«, weil sie sonst nichts zu sagen wusste.

Wie schrecklich, mit einem Fremden das Bett teilen zu müssen. Das Schlafgemach sollte ein behaglicher Ort sein, ein Ort der Liebe und Ruhe und Geborgenheit während des Schlafs, wo die Dunkelheit der Nacht den Schlafenden schützend umfangen sollte. Diesen Mann hier zu empfangen, seinen Forderungen und Zärtlichkeiten nachzugeben und in seinen schweren Armen einzuschlafen, erforderte von Anna wirklich allen Mut. Sie dachte an die Zukunft, an das »bis dass der Tod Euch scheidet«, und ein unvorstellbares Grauen überkam sie. Ihm den Tod zu wünschen, so weit wäre sie nicht gegangen, selbst wenn das für sie die Freiheit bedeutet hätte. Aber ihr Gemahl würde altern, eines Tages würde er bestimmt alt sein, und mit dem Alter würden glücklicherweise auch die Triebe nachlassen. Sie lachte bei dem Gedanken, dass das alles war, was sie erhoffen konnte, gerade sie, die es gewohnt war zu bekommen, was sie wollte. Und jetzt, da es zu spät war, wünschte sie mehr denn je, sie hätte es Benucci gesagt und ihn gebeten sie zu retten. In den schweren Armen von John Abraham Fisher verflüchtigte sich ihr Stolz.

»Jetzt bist du mein«, sagte er, als sei das alles, was er in seinem Leben jemals angestrebt hatte. Wie klein ihre Hand in seiner war. Seine Finger waren schwielig vom Druck auf die harten Saiten seiner Geige, genau wie die ihres Vaters und ihres Bruders, und an der linken Seite seines Halses war ein Fleck, fast wie eine Blase, rot und rau, an der Stelle, wo die Geige dagegenrieb. Als er sagte: »Du bist mein«, berührte Anna den roten Fleck mit dem Finger. Fisher schob ihre Hand weg. Am Morgen nahm er sie erneut. Sie hatte unruhig geschlafen und sich unwohl gefühlt, aber sie versuchte,

fügsam zu sein. Gut, dachte sie, dass sie so viel Widerwillen und Abscheu empfand, dass sie so eng gebaut war, er würde denken, dass sie Jungfrau war. Er kannte ihr Geheimnis nicht und würde es auch nie erfahren. Das Kind war nach wie vor klein und verhielt sich still.

Irgendwann am späten Morgen kamen Fichout und Bonbon, ihre Schoßhündchen, zur Tür gelaufen und winselten und kratzten, und sie stand auf, um sie hereinzulassen. Das versetzte Fisher aus unerfindlichem Grund in solchen Zorn, dass er im Nachthemd und mit bloßen Füßen aus ihrem Schlafgemach in sein Zimmer stürmte, wo er sich ankleidete und sein Frühstück kommen ließ. Nach einiger Zeit teilte er ihr mit, er dulde es nicht, dass sie die Hunde ins Zimmer ließ, ohne ihn um Erlaubnis zu bitten.

Am nächsten Morgen bat sie ihn also um Erlaubnis, und er sagte, sie müssten draußen bleiben. Sie lag im Bett und hörte die Hündchen winseln, und schließlich stand sie auf und schlüpfte in ihren Morgenrock und ihre Pantoffeln. »Was hast du vor?«, fragte Fisher hinter dem schweren Bettvorhang.

»Ich gehe«, sagte sie, »um ihnen zu erklären, dass sie draußen bleiben müssen. Sie können es sonst nicht begreifen.«

»Weil sie eben keine vernunftbegabten Wesen sind, meine Liebe«, entgegnete er. Aber er blieb liegen und hielt sie nicht auf.

Wann immer sie spazieren gingen, spürte sie Fishers Griff. Entweder nahm er ihren Arm, oder er legte seine Hand auf ihren Rücken, ihre Taille oder ihre Schulter, stets fasste er sie an, was, wie es den Eindruck machte, von seiner Liebe zu ihr herrührte, von seiner Freude darüber, dass sie endlich vor Gott vereint waren und seine Zukunft gesichert war. Anna wusste und hatte es von Anfang an gewusst, dass John Fisher nahezu mittellos gewesen war, als er sie das erste Mal besucht

hatte. Er gehörte nach eigener Aussage nicht zu jenen speichelleckerischen, unterwürfigen Idioten, die um des schnöden Geldes willen Kinder unterrichteten oder in einem Kammerorchester spielten. Mit Annas Einkommen, von dem sie selbst nicht wusste, was sie damit anstellen sollte, war er alle Sorgen los. So betrachtet, war es kein Wunder, dass er sie immerzu festhalten wollte. Sie war wie seine Geige, ein Instrument, das ihm Prestige und Lebensunterhalt sicherte.

Er mochte es nicht, wenn sie sang, da er zu den eifersüchtigen Ehegatten gehörte, genau die Sorte, von der Aloysia Lange vor einiger Zeit im Café Hugelmann geschwärmt hatte. Ob er denn nicht zwischen Wirklichkeit und Spiel unterscheiden könne, fragte sie ihn. Nein, das könne er nicht, antwortete er. Nicht, seit er sie kenne.

»Wenn das hier ein Bühnenstück wäre«, hatte sie an dem Abend, an dem Mozart sie im Schlossgarten geküsst hatte, zu ihm gesagt, »dann wäre ich womöglich fürs Leben gezeichnet.« Aber das konnten Küsse nicht, das wusste sie jetzt. Küsse hinterließen keine Spuren. Anders als Hände. Das erste Mal misshandelte Fisher sie im Bett. Er wolle sie strafen, sagte er, weil sie Benucci an diesem Abend in der Oper schöne Augen gemacht habe.

Am nächsten Morgen ging Anna zu ihrer Mutter hinunter und sagte, dass sie nicht mit John Fisher zusammenleben könne. Ihre Mutter sagte, dass Anna sich mehr bemühen und gefälliger und bescheidener und gehorsamer sein müsse und sich nicht so anstellen solle. Wenn sie Fisher hinauswerfe, gebe das einen riesigen Skandal, da hätte sie auch gleich das Kind als Bastard zur Welt bringen können.

Sie hörte auf ihre Mutter. Sie versuchte, gefälliger zu sein. Und das Kind blieb still in ihr und rührte sich nicht. Wenn sie Fisher von dem Kind erzählt hätte, wäre er vielleicht weniger

grob gewesen, aber noch konnte sie das nicht, sonst hätte er gewusst, dass es nicht seines war, noch war nicht genug Zeit verstrichen. Und dann brächte er sie womöglich um. Jeden Abend schloss sie die Augen und betete, dass das Kind möglichst lange klein blieb.

Sie versuchte, etwas von der Leichtigkeit in ihrem Leben zu bewahren, und sie fand sie in der Musik und im Singen. Sie besuchte Feste und Salons. Sie tat so, als wäre sie die alte Anna, die aus Mailand und Venedig, *La Storace, L'inglesina*. Sie versuchte sich Momente der Ruhe zu verschaffen, wusste diese nun, da sie so selten geworden waren, mehr zu schätzen. Sie liebte ihre Hunde zärtlich. Sie ging zu einem Baum auf dem großen Platz bei ihrem Haus und legte die Hände an seinen Stamm. Einmal lehnte sie sogar ihre Stirn dagegen. Der Baum wusste nichts von Ehegatten und Kindern und Skandalen. Er war einfach nur ein Baum. Er blieb ruhig und fest auf dem Boden stehen. Die Blätter wiegten sich in der leichten Brise. Dem Baum machte es nichts aus, dass sie ihre Stirn an seinen kühlen, unverrückbaren Stamm lehnte und sich vorstellte, er liebte sie. Und sobald sie auf der Bühne stand, das Orchester unter sich wie einen großen Ozean, ihre Stimme nach wie vor ihre Stimme, ihr Atem jeden Winkel ihrer Lunge ausfüllend, das arme Kind sicher und behütet in ihr, konnte sie alles andere vergessen und war ganz im Hier und Jetzt, von heiterer Gelassenheit erfüllt. Und auch wenn sie nicht immer sie selbst war, auch wenn sie manchmal Fehler machte, lachte das Publikum doch und applaudierte, weil es erwartete, dass sie gut sang, und den Unterschied überhaupt nicht bemerkte. Und wenngleich jenseits der Bühne, bei John, das »bis dass der Tod Euch scheidet« herrschte, die Beklemmung und die schreckliche Sinnlosigkeit, so fand sie in der Musik, ihrem Zufluchtsort, alles, was schön war.

Benucci machte sich Sorgen um sie. Sie merkte, wie er sie mit nachdenklich gerunzelter Stirn betrachtete. Dann versuchte sie ihm mit ihrem Tun und ihrem Lächeln zu zeigen, dass sie Mut gefasst hatte und er sich nicht um ihr Glück zu sorgen brauchte. Sie sagte sich mit fester Stimme, dass es nichts half, ihm ihren Kummer aufzubürden. Man hatte sie schließlich dazu erzogen, nicht zu klagen.

So süß wie Küsse

Joseph II. kam Anna Fishers Bitte um eine Audienz bereitwillig nach. Das letzte Mal hatte er vor ihrer Hochzeit mit ihr gesprochen, und als sie jetzt sein Studierzimmer betrat, gratulierte er ihr zu dem frohen Ereignis.

Seit damals schien ihm ihr Gesicht weicher geworden zu sein und ihre Augen dunkler, nach innen gekehrt. Sie war gekommen, um mit ihm über ihren Bruder zu sprechen, einen Komponisten, der in England lebte und in Wien eine Oper für sie schreiben wollte. Sie wirkte seltsam unruhig. Joseph lehnte sich auf seinem hart gepolsterten Sofa zurück – er mochte nicht allzu bequeme Möbel, damit er wach blieb, während er seinen Staatsgeschäften nachging – und überkreuzte seine langen Beine an den Knöcheln. »Meinen Sie nicht, dass es merkwürdig aussehen könnte«, sagte er, »wenn ich eine Oper bei einem Mann in Auftrag gebe, den ich nicht kenne und dessen Musik ich noch nie in meinem Leben gehört habe?«

»Ich habe eine Arie hier«, erwiderte Anna liebenswürdig. »Ich kann Sie Eurer Majestät vorsingen.«

Sie trat zum Cembalo, vielleicht ein wenig zu sehr um Haltung bemüht, und räusperte sich. Ihre Arme hingen herab, ihr Kopf war leicht geneigt, als könnte er das Gewicht der hochgesteckten Haare nicht tragen. Er sah, wie ihre Brust sich

abwechselnd weitete und zusammenzog, während sie sang. Ein Ausdruck der Freude oder des Friedens breitete sich auf ihrem Gesicht aus, als verschaffte ihr das Singen Trost und Erleichterung. Ihre Stimme war nach wie vor schön, hatte jedoch plötzlich etwas Raues, Müdes, das er nicht oft bei ihr gehört hatte. Vielleicht bemerkte er es jetzt auch nur, weil sie sich direkt vor ihm befand. Bei näherer Überlegung fand er, dass diese Kantigkeit oder Rauheit ihrer Stimme sogar noch mehr Pathos verlieh.

Aus einem Impuls heraus erhob er sich, um das Notenblatt umzublättern, und als er neben ihr stand, sah er wie in einem Traum, wie sich seine große Hand mit den vielen Ringen sanft auf ihren Rücken legte. Sein Zeigefinger berührte die weiche Haut über ihrem Ausschnitt, während sein gestreckter Daumen auf ihrem zart gebogenen Nacken ruhte. Kaum wahrnehmbar erstarrte sie kurz unter seiner Berührung, entspannte sich aber gleich wieder, schien sich sogar sachte gegen seine Hand zu lehnen. Er atmete tief aus und beugte sich vor, um die nächste Seite umzublättern, und dabei sog er ihren Duft ein – irgendein spanisches Parfüm – und blieb ihr danach nah genug, vorgeblich um die Noten mitzulesen, dass ihr Arm ein, zwei Mal den bestickten Latz seiner Hose streifte, während ihre Hände über die Tasten wanderten.

»Hübsch«, sagte er, als sie fertig war, und beugte sich erneut vor, um zurückzublättern. »Es ist schön komponiert, passend für Sie.«

»Ich bin heute leider nicht ganz bei Stimme«, sagte sie. »Ich bitte um Verzeihung.«

»Darf ich?«

Anna rutschte ein wenig, und er setzte sich neben sie. Er breitete die Partitur vor sich aus und betrachtete die ordentliche Notation. »Ja, sehr hübsch.« Er summte ein paar Takte

und begleitete sich dazu. »Sehr gekonnt. Sehr geschmackvoll. Man merkt kaum, dass er Brite ist.«

Die Bank war nicht groß, eher ein breiter Hocker, und ihr weiter Rock fiel auf der einen Seite über den Rand, auf der anderen lag er auf seinem Schoß. Ihre Schultern berührten sich. Wenn er die Pedale drückte, streifte sein Fuß gelegentlich ihren. Sie rührte sich nicht – sie schien ihm wie erstarrt. Sie gehörte zu jenen jungen Frauen, die sich stets drehten und flirrten und tänzelten. Jetzt aber zeigte ihr Gesicht dieselbe Ausdruckslosigkeit, die ihm seine Höflinge und Diener präsentierten.

Er hatte Anna während vieler Stunden auf der Opernbühne gesehen und sich von ihrem Spiel mitreißen und verzaubern lassen. Da war es kein Wunder, dass sie auch jetzt eine solche Wirkung auf ihn hatte. Noch einmal fand sein Fuß ihren, drückte sich an ihn, und dieses Mal schreckte sie nicht zurück. Es war nicht viel, und doch ließ es sein Herz schneller schlagen, ließ die Zeit einen Moment stehenbleiben.

Er nahm die Hände von den Tasten und legte sie in den Schoß. Die schweren Ringe – das königliche Siegel, ein Rubin seiner Mutter, andere, an deren Herkunft er sich nicht mehr erinnerte –, umschlossen eng seine Finger. Ihre gebauschten Röcke berührten seine Hände, doch er tat so, als bemerkte er es nicht. Ihr kleiner Fuß hatte seinen Platz nicht verlassen, traulich dicht stand er neben seinem. Ein Zittern der Erregung durchfuhr sein Bein, wanderte durch seinen Rumpf bis in seinen Kopf. Der Stoff ihres Kleides, blattgrüner Satin, war glatt und weich, und geistesabwesend strich er darüber.

»Sind Sie denn glücklich mit Ihrem Gatten?«, fragte er mit leiser Stimme.

Sie zuckte zusammen und wandte ihm den Kopf zu; ihr Fuß bewegte sich jedoch nicht. »Euer Majestät Sorge um mein Glück schmeichelt mir.«

»Ich habe gehört, dass er seine Launen hat.«

»Er ist Ire, Euer Majestät. Und auch ich habe meine Launen.«

»Ach ja?«, erwiderte Joseph amüsiert und neigte den Kopf, um sie anzusehen – eine Bewegung, die das Drängen seines Fußes eher verstärkte als verminderte. »Das muss unbemerkt an mir vorübergegangen sein. Sie erschienen mir immer als Inbegriff von Contenance.«

»Niemals würde ich es wagen, meine Launenhaftigkeit vor dem Kaiser zu zeigen.«

»Herr im Himmel«, rief Joseph. »Tu ich denn nicht alles dafür, damit mich die Leute wie einen ganz gewöhnlichen Mann behandeln?«

»Das wäre wohl nur möglich, wenn Euer Majestät ein ganz gewöhnlicher Mann wären.«

Joseph runzelte die Stirn. »Das bin ich, glauben Sie mir – mehr als Ihnen vielleicht klar ist.«

Sie sah ihn lange an. »Mein Bruder würde dem Hof Eurer Majestät zur Ehre gereichen.«

Joseph seufzte und wandte sich leicht verärgert wieder den Noten zu. »Es suchen schon zu viele Komponisten meine Aufmerksamkeit. Man kann nur eine gewisse Anzahl an Opern im Jahr in Auftrag geben.«

»Vielleicht mir zu Gefallen?«, fragte sie.

Sie hatte die Hände im Schoß gefaltet. Jetzt legte sich eine, wie ohne ihr Zutun, auf sein Knie, das von ihren Röcken bedeckt war.

»Ihnen zu Gefallen?« Er lachte. »Ich sehe, dass die Ehe Sie dreister macht, Madame Fisher. Was habe ich getan, dass ich Ihnen einen Gefallen schulde?«

Immer noch lächelnd, zog sie ihre Hand zurück. »Nichts, Euer Majestät. Es wäre ein persönlicher Gefallen, eine

Freundlichkeit, die ich nie erwidern könnte, größer als alles, was ich erhoffen dürfte.«

»So sehr lieben Sie Ihren Bruder?«, fragte er.

»Ja«, sagte sie, ohne zu zögern.

»Kann er mich nicht selbst aufsuchen und um diesen Gefallen bitten?«

»Ohne Kommission kann er England nicht verlassen.« Und plötzlich schien sie den Tränen nahe. Vielleicht war der Mann grob zu ihr, dachte Joseph – ihr Gatte, dieser große Ire. Warum sie ihn geheiratet hatte, war unverständlich. Sie war eine so charmante, kluge Frau.

Ein Klopfen an der Tür kündigte die morgendliche Tasse Schokolade des Kaisers an. Er löste sich von Anna, um sich an seinen Schreibtisch zu setzen und die Schokolade dort zu trinken. Auf dem Tablett stand nur eine Tasse, da man dem Diener nichts vom Gast des Kaisers gesagt hatte. Joseph trank einen Schluck von der dickflüssigen, bitteren Schokolade und seufzte vor Wonne. »Wollen Sie kosten?«, fragte er. »Es wäre allzu grob, Ihnen diese Schokolade vorzuenthalten. Kommen Sie, und nehmen Sie einen Schluck.«

»Oh, das kann ich nicht annehmen«, murmelte sie. Aber ihrem Gesicht, dachte er, war das Verlangen anzusehen.

»Stellen Sie sich vor, es wäre ein kaiserlicher Befehl«, sagte er mit einem selbstironischen Lächeln.

Röte stieg ihr in die Wangen, und sie trat zu ihm, ihr gewölbter Leib auf einer Höhe mit seiner mächtigen Habsburger Nase. »Setzen Sie sich«, sagte er.

Sie hätte sich einen Stuhl heranziehen können – oder den Raum verlassen –, stattdessen kniete sie sich mit einem ergebenen Nicken vor ihn, ihre Röcke um sich gebreitet, eine Hand auf die Armlehne seines Stuhls gestützt. Joseph, der normalerweise keinen Tropfen von seiner Schokolade geopfert hätte,

war in außerordentlichem Maße bewegt von diesem Anblick. Er nahm die weiße Tasse mit ihrem kostbaren Inhalt und bot sie wie ein Priester ihren geöffneten Lippen dar. Sein Finger am Rand der Tasse streifte ihre Lippe, ihr Kinn.

»Exquisit, nicht wahr?«, sagte er.

»Himmlisch«, erwiderte sie. Sie erhob sich nicht, sondern verharrte in ihrer Demutshaltung, und er genoss es. Fast sein ganzes Leben lang war er zutiefst einsam gewesen. Seine beiden Ehen – arrangiert, selbstverständlich – waren äußerst unglücklich gewesen, dafür aber erfreulich kurz. Sein einziges Kind, eine Tochter, war vor ihrem achten Geburtstag gestorben. Er pflanzte sich nicht so eifrig fort wie seine Mutter, und das war nicht der einzige Unterschied zwischen ihnen.

Mit dem winzigen Löffel rührte er die Schokolade um und trank erneut einen Schluck. Er meinte die Berührung ihrer Lippen am Rand der zerbrechlichen Tasse zu spüren.

»Ihr Bruder darf eine Oper für uns schreiben«, sagte er. »Sagen Sie ihm, er kann im Frühling kommen. Meine *prima buffa* soll ja schließlich nicht in Melancholie verfallen.«

Sie lächelte und senkte den Blick. »Ich danke Eurer Majestät. Ich verspreche, dass er Euer Majestät zur Ehre gereichen wird.«

»Dann soll er nicht zu früh kommen.«

Sie verharrte noch einen Moment, so als erwartete sie, dass er einen weiteren Wunsch äußerte, aber er schickte sie fort. Er wollte seine Schokolade in Ruhe austrinken, jeder Schluck ein Kuss, während die Erinnerung daran, wie er mit ihr gespielt hatte, noch als angenehmer Kitzel in seinem Inneren nachwirkte. Madame Fisher dazu zu bringen, sich zu erniedrigen, und sei es auch nur ein wenig, um ihr Ziel zu erreichen … Nun, sie sollte nicht glauben, er tanzte nach ihrer Pfeife, er hatte sich nur großzügig gezeigt.

Constanzes Medaillon

Kurz nach Annas Hochzeit waren Mozart und seine Gattin aus Salzburg zurückgekehrt, doch hatte sie seither nicht viel von ihm gesehen. Einige Tage nach ihrem Besuch beim Kaiser schrieb sie ihm und fragte, ob sie ihn aufsuchen dürfe. Sie wolle ihre Arie aus *Lo sposo deluso* proben. Eine schwache Ausrede: Sie hatten die Arie schon oft genug geprobt. Sie sang einfach gerne mit Mozart – manchmal dachte sie, dass das die schönsten Stunden in ihrem Leben waren. Er trieb sie zu Höchstleistungen an, ohne sie zu überfordern, und hörte ihr dabei zu, reagierte auf sie. Er gab ihr das Gefühl, besser singen zu können, als sie es tatsächlich vermochte.

Er antwortete ihr umgehend und lud sie für den Nachmittag ein.

»Sind Sie wohlauf?«, fragte er sie, nachdem sie mit der Arie durch waren.

Sie biss sich auf die Lippe. Offenbar sah sie leidend aus. Tatsächlich hatte sie schlecht geschlafen. Ständig war ihr übel. Dabei war sie bestimmt nicht weiter als drei Monate, vier sicher noch nicht. »Durchaus, nur der viele Staub in der Luft … nun, er lässt die schlechten Säfte steigen.«

»Meine Frau fährt manchmal nach Baden-Baden zur Kur.

Vielleicht würde es Ihnen dort auch gefallen. Es könnte eine Erholung von der Stadt sein. Und eine Abwechslung.«

»Ich kann nicht fort«, klagte sie. »Mit all den Konzerten und Festen und anderen Verpflichtungen bin ich hier gefangen. Als kleines Mädchen konnte ich sehr eigensinnig sein, und dann gab mir meine Mutter, die schon immer streng war, einen Klaps und ermahnte mich, dass die Welt sich nicht allein um mich drehe. Aber jetzt kommt es mir beinahe so vor! Wenn ich mich zurückzöge, dann würde alles zusammenbrechen … die Opern, mein Gatte …«

Mozart klopfte nervös mit dem Fuß auf den Boden. »Vielleicht sollten Sie den anderen einmal die Gelegenheit geben, es ohne Sie zu versuchen. Letztlich sind die Bedürfnisse eines Ehegatten doch bescheiden.«

»Ich liebe meinen Gatten zu sehr«, sagte sie.

Mit einer Grimasse, die beinahe einem Lächeln gleichkam, rieb er über den Tastendeckel. »Da habe ich etwas anderes gehört …«

Ihr stockte der Atem. »Tatsächlich?«, sagte sie. »Was haben Sie denn gehört?«

»Dass er ein ungehobelter Kerl ist.«

Einen Moment lang starrte sie ihn an, dann wandte sie sich ab und gurrte mit dem zahmen Star, den er großgezogen hatte. »Das ist unsinnig. Ich schwöre, ich war noch nie in meinem Leben so glücklich. Wirklich, ich mag ungehobelte Männer. Man sieht selbst so viel besser aus, wenn man mit ihnen zusammen ist.«

»Grundgütiger!«, rief er aus.

Sie zuckte zusammen, dann zwang sie sich zu einem Ausdruck von Milde und gleichzeitig Entschlossenheit. »Verehrter Herr Mozart«, sagte sie und drehte sich zu ihm, »sind Sie etwa eifersüchtig auf meinen Gatten?«

Er schüttelte verärgert den Kopf. »Sie tun gerade so, als stünden Sie auf der Bühne.«

Sie zuckte die Achseln. »Hätte ich keine Allüren«, sagte sie leichthin, »dann würden Sie mich nicht mögen.«

»Ich mochte Sie vom ersten Moment an«, sagte er. »Aber bilden Sie sich nicht ein, Madame, Sie wüssten, was ich mag und was nicht.«

»Sie waren halb betrunken. Erinnern Sie sich?« Sie lehnte sich gegen die Fensterbrüstung und sagte in heiterem Ton: »Es stimmt, mein Gatte ist launisch, zumindest im Umgang mit anderen, aber im Grunde hat er ein gutes Herz. Er betet mich geradezu an.«

»Warum sagen Sie das?«, fragte er und verzog das Gesicht wie ein Schuljunge, dem ein großes Unrecht angetan wurde. »Wissen Sie nicht, dass wir beide hier allein sind und Sie mir nichts vormachen müssen? Sie brauchen sich nicht zu verstellen, um Himmels willen, seien Sie einfach so, wie Sie sind. Sie reden einen rechten Schmarrn zusammen, das kann ich Ihnen sagen. Sie sind die entzückendste Frau, die mir jemals unter die Augen gekommen ist. Neben meiner Schwester kenne ich keine klügere. Die Welt liegt Ihnen zu Füßen. Sie können sich meiner Freundschaft und meiner Wertschätzung sicher sein.«

»Wie dem auch sei«, erwiderte sie, »mir geht es jedenfalls ausgezeichnet.«

»Die Leute sagen, er schlägt Sie.«

»Das sind bösartige Lügen.« Sie starrte ihn an, und dann, noch immer lächelnd, blickte sie auf ihre Hände. Sie sah, dass ihre Finger zitterten, und presste sie zusammen. Ein solches Zeichen der Schwäche gehörte sich nicht in der Öffentlichkeit. »Einmal«, gab sie zu, »hat er mich tatsächlich geschlagen – einmal, im Verlauf eines dummen Streits. Es war ebenso sehr mein Fehler wie seiner. Aber danach war er am Boden

zerstört und kaum zu beruhigen. Er verzieh es sich selbst nicht. Aber das ist jetzt vorbei. Jetzt geht es sehr friedlich bei uns zu. Es ist wirklich bemerkenswert, wie schnell derlei Gerüchte die Runde machen.«

Mozart lief rot an. »Ich bringe ihn um.«

»Sagen Sie so etwas nicht«, rief sie lachend. »Bitte. Denn dann müssten Sie auch sich selbst umbringen, und ich müsste irgendein Gift schlucken und über Ihrer beider Leichen tot zusammensinken. Und was würde dann aus Ihrer Gattin und Ihrem Kind werden? Glauben Sie mir. Sie müssen mir glauben. Wenn nicht, dann können wir uns nicht mehr sehen, und das wäre doch traurig, oder nicht?«

Sie erinnerte sich an den nur wenige Wochen zurückliegenden Abend vor seiner Reise nach Salzburg, als er die Variationen über ihre Arie gespielt hatte. Wie seine Gedanken und Empfindungen in die Tasten geflossen waren. Sie erinnerte sich daran, wie er sie in dem Garten geküsst hatte, als begehrte er nichts auf der Welt so sehr wie diesen Kuss. »Wenn Sie mich hätten retten wollen, dann hätten Sie das vor der Hochzeit sagen sollen. Jetzt ist es zu spät. Das Beste für uns alle ist, den Umständen entsprechend unser Glück zu suchen.«

In diesem Moment stürmte lachend Constanze ins Zimmer. Ihre Wangen glühten. »Oh! Seid ihr noch nicht fertig?«

Mozart warf Anna einen nüchternen Blick zu. »Doch, genau in diesem Augenblick fertig geworden, meine Liebe«, sagte er. »Diese Dame singt wie ein Engel und ist so willig und gehorsam, dass ich nicht eine Note ändern muss.«

»Sie haben ja keine Vorstellung, Mrs. Fisher«, erklärte Constanze, »was ich dieses Mannes wegen durchmachen muss. Er ist wie ein Kind! Ich weiß nicht, wie er zurechtkam, bevor wir uns begegneten.«

»Schwer«, warf Mozart lachend ein. »Von Kindesbeinen an wandelte ich am Rand des Abgrunds.«

»Was, meinen Sie«, sagte Constanze, an Anna gewandt, »entdeckte ich, als ich meinen Schlüsselbund hervorzog, um die Geldkassette zu öffnen, weil ich den Kerzenmacher bezahlen wollte?«

Sie hielt den Bund in die Höhe. An der Kette um ihren Hals hingen fünf oder sechs Schlüssel unterschiedlicher Größe und unterschiedlichen Gewichts. An einen davon war ein rotes Seidenband geknüpft. Constanze hielt ihn ihrem Mann vors Gesicht. »Diesen Schlüssel hier, den mit dem roten Band, habe ich mein Lebtag noch nicht gesehen – ich wusste sogleich, dass er eingeschmuggelt worden ist, selbst wenn ihn nicht ein Elf mit einem meiner Haarbänder gekennzeichnet hätte.«

Mozart betrachtete seine Frau mit unverhohlenem Vergnügen.

»Und dann«, sagte sie, »geh ich in das Kinderzimmer, und was finde ich in der Wiege? Eine verschlossene Kiste ähnlich einer Schatztruhe. Aber ich habe sie noch nicht geöffnet, weil ich wollte, dass mein schurkischer Gemahl dabei ist.«

»Du hast sie nicht geöffnet?«, rief Mozart. »Mein neugieriges Weibchen? Nun, wie du willst. Vielleicht passt der Schlüssel ja überhaupt nicht in das Schloss. Vielleicht ist es der Schlüssel für ein ganz anderes Schloss.«

Constanze sah ihn einen Moment lang verblüfft an, dann raffte sie ihre Röcke und lief wieder aus dem Zimmer. Mozart eilte ihr hinterher. Anna suchte ihre Sachen zusammen, und dann folgte sie den beiden langsam.

Im Kinderzimmer erwartete sie eine hübsche häusliche Szene: Constanze auf den Knien neben der Wiege; hinter ihr Mozart, der sich vorbeugte, um die Sachen zu betrachten,

die er für sie in die Truhe gelegt hatte. Vor kurzem erst hatte ihre Familie Zuwachs bekommen, nicht einmal ein Jahr nach dem Tod ihres ersten Kindes. Die Amme saß mit dem kleinen Karl auf dem Arm auf einem Stuhl. In der Kiste befanden sich eine Rassel mit zierlichen Glöckchen und ein großes silbernes Medaillon mit einem eingravierten Liebesschwur, der Constanze Tränen in die Augen trieb. »Es sind Haare von uns darin«, sagte sie Anna. »Meine und die von Wolfgang und unseren beiden Kindern.« Sie wischte sich über die Wangen und sah ihren Gatten an. »Du närrischer Kerl«, sagte sie. »Hast du mir die Haare etwa abgeschnitten, während ich schlief?«

Und Anna dachte an ihr eigenes armes Kind und ihren Gatten und ihr Leben und wünschte sich in diesem Moment ganz weit weg.

Ein Platz in ihrem Herzen

Wer hätte gedacht, dass Fisher alles tun würde, um seine glückliche Lage zu sabotieren, aber im November 1784 wusste jeder, dass er seine Frau schlug.

Seit ihrer Hochzeit trat er kaum mehr auf. Wenn man ihn dazu aufforderte, dann lehnte er ab, weil er entweder die Örtlichkeit oder die Entlohnung unter seiner Würde fand. Er übte nur mehr sporadisch, tage- und wochenlang spielte er überhaupt nicht, dann wieder schloss er sich stundenlang in seinem Studierzimmer ein und spielte fast obsessiv alles, was er kannte. Er trat Annas Hunde mit seinen schweren Stiefeln. Er brüllte herum. Tagelang sprach er kein Wort mit ihr. Er beschimpfte sie als Trampel und fett, als Hure. Mitten in der Nacht nahm er sie gewaltsam, wenn sie schon tief geschlafen hatte, und manchmal schien er sie dabei erwürgen zu wollen. Sie wusste nie, wann ihn die Lust überkam, ihr wehzutun, und das war fast so schlimm wie der Schmerz selbst. Oft geschah es, wenn er zu viel getrunken hatte – aber nicht immer. Manchmal geschah es, wenn er schlecht geschlafen hatte – oder zu gut. Dann wieder, wenn er zu viel Fleisch gegessen hatte oder zu wenig. Kurz gesagt, es ließ sich dahinter keinerlei Logik erkennen.

Die Dienstboten kündigten einer nach dem anderen. Neue

mussten gefunden werden, die weniger empfindlich waren, was eheliche Missklänge anging. Fisher war schlau genug, um Gesicht und Arme seiner Frau zu schonen, wobei ihm ein, zwei blaue Flecken entgingen, nicht jedoch ihren Kollegen am Burgtheater, ebenso bemerkten sie eine neue Steifheit in ihren Bewegungen, die zuvor stets anmutig gewesen waren.

Mitte November war sie im fünften Monat und konnte nicht länger verbergen, dass sie guter Hoffnung war. Sie beschloss, es ihm mitzuteilen. Sie würde sagen, es wären erst drei Monate. Sie würde sagen, sie habe warten wollen, bis sie sich sicher war.

Sie hatten gerade gegessen, und er war guter Dinge. Anna hatte an diesem Abend gesungen, und Mrs. Storace hatte sich früh in ihre Wohnung zurückgezogen, wie es ihre Gewohnheit war, sodass Anna und Fisher allein in Annas großem, schönem Schlafgemach diniert hatten, in dem ein kleiner Tisch mit Sesseln und Sofa stand. Er lächelte und seufzte zufrieden. Dann sagte er ihr, dass sie gut aussehe und sich in letzter Zeit besser zu benehmen gewusst habe. Ihr Benehmen war eines seiner Lieblingsthemen. Er war überzeugt, dass sie anderen Männern schöne Augen machte und sich erniedrigte. Sie hielt dagegen, dass eine Buffa-Sopranistin nicht sauertöpfisch sein dürfe, dass es nichts bedeutete, aber er wollte nichts davon hören. Er sagte, er mache sich Sorgen um ihren Verstand, um ihre Seele. Sie hasste es, wenn er in die Oper kam, weil das hieß, dass er danach mit finsterer Miene und schweigend in ihrer Garderobe herumstand, ihr allenfalls sagte, sie hätte den Abend zuvor besser gesungen oder dass das Orchester wieder eine rechte Katzenmusik gespielt hätte.

Heute Abend war er jedoch gut gelaunt. Er bedachte sie mit zärtlichen Blicken. Sanft berührte er sie und sagte ihr, dass sie schön sei, dass er nichts an ihr auszusetzen habe,

mochte er sich auch noch so sehr bemühen. Und auch sie war beinahe zufrieden. Das Essen hatte geschmeckt, und sie hatte ein Glas Wein getrunken. Das Kind war ruhig und trat sie nicht. Sie war sich beinahe sicher, dass John ahnungslos war, denn immer wenn er ihr beigewohnt hatte, war es dunkel gewesen und sie hatte ein weites Hemd getragen. Eigentlich konnte man es ohnehin bestenfalls ahnen. Ihre Taille war noch immer schlank, und sie kleidete sich mit Bedacht. Sie wirkte höchstens ein wenig runder, mehr nicht, aber das machte sie nur noch anziehender. Auch er sah gut aus im Kerzenschein. Wenn er guter Laune war und nicht im vollen Licht saß, gab er ein stattliches Bild ab.

Sie würde sagen, dass sie drei Monate überfällig sei. Eine bessere Gelegenheit als jetzt würde nicht kommen. Sie musste nur den Mut aufbringen, es ihm zu sagen. Sie schenkte ihnen beiden noch ein wenig Wein nach.

»Ich liebe dich«, sagte er und streichelte ihren Nacken.

Seine Berührung ekelte sie. Unwillkürlich drehte sie sich weg. »Nicht *mich*, John. Du hast nie *mich* geliebt«, entgegnete sie.

Sein Blick wurde hart und er packte fester zu. Der Moment war vorüber. Sie hielt den Kopf gerade und lächelte ihn breit und herausfordernd an. »Nicht *mich*«, wiederholte sie trällernd.

Er ließ sie los, und sie entfloh ihm mit leichtem Schritt. Auf halbem Weg zur Tür holte er sie ein. Sie hätte es ihm vorhin sagen sollen. Jetzt war es zu spät. »Ich liebe dich«, brüllte er. Sie lachte und sagte, dass das nicht stimme.

Er war ihre Welt. Immer dachte sie an ihn, ob sie seine Hand spürte oder nicht, ob sie seine Musik hörte oder nicht. Beinahe rührte es sie, durch die Wände hindurch den Klang seiner Geige zu vernehmen und zu wissen, dass er den Ton

aus seinem Inneren heraus mit seinen Händen formte, denn es ließ auf Sanftmut und Verständnis schließen. Seine Umarmungen erstaunten und befremdeten sie nach wie vor, sie fühlte sich jedes Mal einsam und verloren, und doch konnte sie manchmal nicht sagen, ob sie sich danach sehnte oder sie verabscheute – oder ob sie sich letztlich nur daran gewöhnt hatte, sich zu unterwerfen. Doch wenn die Kerzen noch brannten und sie noch angekleidet war, mit den Insignien ihres Rangs und Erfolgs versehen, mit hoher Frisur, Korsett und Unterröcken, dem samtenen Kropfband mit der einzelnen tropfenförmigen Perle, und wenn sie noch erfüllt war von der abendlichen Musik, dem donnernden Applaus – dann wurde sie unbekümmert, unachtsam und hielt ihren Mann für einen eitlen Gecken und nichts weiter.

»Mich nicht!«, trällerte sie immer wieder. »Du hast mich nie geliebt! Niemand hat mich je geliebt!«

Sie meinte, oder glaubte zu meinen, dass die Frau, die Fisher und alle anderen zu lieben vorgaben, nicht sie selbst war. In ihrem Zustand entbehrte das nicht einer gewissen kruden Logik. Sie hätte zwar nicht sagen können, wer sie war, aber eines stand fest – sie war nicht die Frau, die zu lieben alle vorgaben.

Wieder entkam sie ihm, oder er ließ sie entkommen, sie hätte es nicht sagen können, jedenfalls fing er an, sie durch den Raum zu jagen, und sagte dabei auf Französisch immer wieder, dass er sie liebe: »*Je t'aime, je t'aime*«, bis auch das zum Gesang wurde, eine Drohung, die das Tempo der Jagd bestimmte, während sie kreischte und kicherte und weiterlief und sich dabei verwegen und schwindlig fühlte. Für einen kurzen Moment verspürte sie so etwas wie Angst, aber sie verdrängte sie rasch wieder, verschloss sie in ihrem Herzen, wurde wieder laut und lustig, neckte und floh ihn. Er würde

ihre Mutter wecken, die mit kleinen Wattebäuschen in den Ohren ein Stockwerk unter ihnen schlief.

Und dann erwischte er sie. Der Wein musste ihre Beine schwer und unsicher gemacht haben, sie fühlte sich benommen und ihr war schlecht. Mit einem zufriedenen Grunzen packte er sie und hob sie hoch. Ihre Hände umfassten seinen Nacken, ihre Füße strampelten in der Luft. Schwer atmend beugte er den Kopf, um sie zu küssen.

»Nein«, kreischte sie halb lachend und schlug mit der Hand nach ihm, und sie merkte, dass sie wie ein Kind redete und sich auch so benahm. »Lass mich runter«, rief sie, trommelte gegen seine Schultern und wand sich. »Grobian, hässlicher Grobian, keiner kann dich leiden … lass mich runter … lass mich aus diesem Haus …«

Sie war ins Italienische verfallen, die Sprache Dantes, die Sprache ihres Vaters. Sie trat um sich und zappelte, doch Fisher packte nur noch fester zu, seine Finger bohrten sich in ihr Fleisch. Sie drehte den Kopf und biss ihn in die Schulter, sie grub ihre Nägel in seinen Nacken und schluchzte, er solle sie loslassen.

Zuerst schien er das auch vorgehabt zu haben. Er ging zum Tisch, während sie um sich schlug und mit ihm rang, und hob sie in die Höhe – er hob sie über den Tisch wie über einen Altar –, und dann ließ er sie fallen. Das machte er nicht zum ersten Mal, nur hatte er sie sonst auf das Sofa oder das Bett geworfen. Irgendetwas musste ihm die Idee eingegeben haben, sie wie aus dem Himmel auf den Tisch mit den Resten ihres Essens fallen zu lassen: den kleinen Tisch mit dem halb abgenagten Fasan, Weingläsern und Karaffen, Gabeln und Messern, Obstschalen, Brotkrümeln, Blutwurst, Roastbeef, Kartoffelstücken, Sirup und Kuchenresten, Milchkännchen, Kaffeetassen. Als sie jetzt schrie, war der Schrei echt.

Damit hatte sie nicht rechnen können. Glas zerbrach unter ihr. Die Kupferkaraffe bohrte sich in ihren Rücken. Ihr Kopf krachte über dem Rand des Tisches auf eine Stuhllehne, dann fiel sie auf den Boden, ihr goldenes Kleid voller Wein- und Fettflecken.

Im ersten Schreck konnte sie sich nicht bewegen und auch keinen Ton von sich geben. Fisher stand über ihr. »Das hast du davon«, sagte er. »Das hast du davon.«

Er setzte sich in einen der Sessel und rieb sich mit finsterer Miene den Mund. Anna stützte die Hände auf den Boden und richtete sich auf. Sie strich sich mit der Hand über den Kopf, um festzustellen, ob sie blutete. Nichts. Dann dachte sie an ihr Kind und fing an zu weinen. Bestimmt hatte er es umgebracht. Sie meinte zu spüren, wie es in ihr starb. Das arme, süße, unschuldige Kind, das so lange still und klein geblieben war, damit es sicher war und ihr gehörte, um sie zu lieben und zu brauchen und ihr Freude zu bereiten. Sie war selbst schuld daran. Wenn sie es ihm im rechten Augenblick gesagt hätte, dann hätte er sie nicht auf den Tisch geworfen. Aber sie hatte es ihm nicht gesagt.

Die Tür wurde aufgerissen, und vor ihnen stand Mrs. Storace in Nachthaube und Morgenrock. Sie erbleichte und stürzte zu Anna, dabei herrschte sie Fisher an, er solle einen Arzt holen.

»Es geht mir gut, Mama«, sagte Anna. »Keinen Arzt, nein, bitte keinen Arzt.« Ein Arzt würde Fisher sagen, dass sie im fünften Monat war. »Mir geht es gut. Wir haben gestritten und ich bin gestürzt. Sehen Sie doch! Mir fehlt nichts. Ich habe mich nur erschreckt.« Langsam und vorsichtig stand sie auf, um ihrer Mutter zu zeigen, dass alles in Ordnung war. »Aber mein schönes Kleid! Sie sollten besser das Dienstmädchen rufen, damit es mich entkleidet, und dann werde ich

wohl zu Bett gehen.« Sie nestelte an dem Kropfband, aber ihre Finger waren kraftlos, und sie bekam den Haken nicht auf, doch sie musste es schaffen, damit sie nicht dachten, es ginge ihr schlecht, und nach einem Arzt schickten. Endlich bekam sie den Haken zu fassen. »Über die eigenen Füße zu stolpern, wie dumm, ich weiß gar nicht, wie das passieren konnte, der arme Tisch! Es ist ein Wunder, dass er noch heil ist.« Sie konnte die Tränen nur mit Mühe zurückhalten. »Mama, helfen Sie mir bitte mit dem Halsband? Ich bekomme es nicht auf. Es drückt mir gegen die Kehle, ich bin schon wieder dicker geworden.«

Mrs. Storace öffnete den Haken mit einer raschen Bewegung. Die Farbe war in ihr Gesicht zurückgekehrt. Sie warf Fisher einen kalten Blick zu. »Verzeih mir, mein Kind«, sagte sie zu Anna. »Ich mache mir Sorgen um dich. In deinem Zustand.«

»Welcher Zustand denn?«, fragte Fisher.

Mrs. Storace schürzte die Lippen. »Nun, Mr. Fisher, ich dachte, Sie hätten es bemerkt. Meine Tochter trägt ein Kind unter dem Herzen. Wie es nun einmal so geht. Sie sollten sie achtsamer behandeln. Durch solche Streitereien setzen Sie das Kind höchster Gefahr aus.«

»Davon wusste ich nichts«, stieß Fisher hervor. »Gute Frau, ich schwöre, dass ich davon nichts wusste.«

»Drei Monate, wenn ich richtig gerechnet habe«, sagte Mrs. Storace und sah ihre Tochter an. »Sie wollte es Ihnen erst sagen, wenn sie sicher ist. Das dumme Ding. Du musst vorsichtiger sein, Anna. Über einen Tisch zu fallen!«

Anna sank auf einen Sessel und hielt sich die Hand an den Kopf, damit er nicht mehr so wehtat. Zu guter Letzt hatte also nicht sie es sagen müssen. Nicht sie hatte lügen müssen. Und dann war John Fisher bei ihr und umarmte sie, zog

sie auf seinen Schoß, bedeckte ihre Wangen und ihr Haar mit Küssen, nannte sie sein kleines Täubchen, sein süßes kleines Täubchen. Ihr Rücken schmerzte fürchterlich, genauso wie ihr Kopf, und wahrscheinlich starb das Kind, aber sie war müde und jeder Willenskraft beraubt, und so ließ sie sich gegen seine Brust sinken, als fände sie dort neue Kraft, als würde er ihr etwas von seiner Kraft schenken, statt ihr ihre zu rauben. »Meine Liebste«, murmelte er, seine Lippen und Hände waren überall. »Mein Täubchen, du kleine Närrin, warum hast du es mir nicht gesagt?«

Aber das Kind starb nicht. Es trat sie und störte sie im Schlaf. Sie fing an, frühmorgens, wie eine Magd gekleidet, Spaziergänge zu unternehmen. Wenn sie kräftig ausschritt, war das Kind ruhig, und sie fühlte sich besser. Leise schlich sie sich aus dem Haus. Manchmal erkannte sie jemand, und starrte ihr hinterher. Eine Dame hatte ohne Begleitung nichts auf der Straße zu suchen. Dennoch fühlte sie sich frei auf den geschäftigen Wiener Straßen mit dem Schnee und den Pferden, den Schweinen und den herumrennenden Kindern. Wien war eine der größten Städte der Welt. Sie konnte darin verschwinden. Wenn die Leute sie neugierig ansahen, dann nicht mit den prüfenden, mitleidigen Blicken ihrer Freunde, mit denen sie doch nicht reden konnte. Sie errichtete eine Mauer um sich.

Sie wusste nicht mehr, welche Rolle sie spielte oder für wen. Sie wusste nicht, welches Gesicht und welches Benehmen John Fisher milde stimmen und ihr Frieden schenken würde. Wenn sie manchmal barsch zu ihm war und ärgerlich, dann tanzte er mit ihr durchs Zimmer, bedeckte ihr Gesicht mit Küssen und bat sie, ihn nicht mehr so böse anzusehen, und in diesen Momenten war sie nahe daran, ihn zu

mögen und sich vorzustellen, dass er ein guter Vater werden und das Kind ihn glücklich machen würde, sodass sie am Ende alle glücklich sein würden. Dann lachte sie sogar. Manchmal, wenn sie in sich zusammensank und wie ein kleines Mädchen weinte, wiegte er sie in seinen Armen, sagte, er sei ein Grobian, dass das an seinem irischen Blut liege, seiner Leidenschaft, und dann hörte sie auf zu weinen und verzieh ihm. Manchmal, wenn sie glücklich war und lachte, war er es auch. Aber ebenso oft kam es vor, dass er sie schlug und stieß und zu Boden warf und schüttelte. Als Zuhörer und Kritiker konnte man ihm nicht trauen. Was ihm das eine Mal gefiel, konnte ihn das nächste Mal erzürnen. Alles hatte sich verändert – es war unmöglich zu sagen, wer sie jetzt war und wer sie früher gewesen war und wer sie sein würde und ob es darauf überhaupt ankam.

Obwohl sie jetzt manchmal Schwächen auf der Bühne zeigte, war diese doch der einzige Ort, an dem sie sich ihrer selbst sicher fühlte. Sie kam früher ins Theater als nötig. Sie erzählte niemandem von ihrem Zustand und verbarg ihn unter ihren Kleidern. Wenn jemand Verdacht schöpfte, sagte er nichts.

»Sind Sie wohlauf?«, fragte Michael eines Tages. Er hatte sie abgeholt, um sie zum Mittagessen bei den Mozarts zu begleiten. Mozart und er spielten gerne ein Partie Billard miteinander. Er musterte sie eindringlich. »Ich hoffe, Sie sind nicht wieder krank?«

Sie gab ihm einen Kuss. »Nur ein bisschen müde – ich habe schlecht geschlafen. Mir ging zu viel im Kopf herum, zu viel Musik.«

»Ich habe in diesem Augenblick drei Melodien im Kopf«, sagte Michael. »Gleichzeitig. Kommt Ihr Gemahl nicht?«

Sie zögerte, dann warf sie ihm einen bedauernden Blick

zu. »Er ist heute schlechter Stimmung. Er behauptet, Mozart nicht zu mögen. Ich weiß gar nicht, was in ihn gefahren ist.«

»Er mag Mozart nicht?« Michael hob die Augenbrauen. »Nun ja. Jeder, wie er meint. Jedenfalls bin ich froh, Sie ganz für mich zu haben.«

»Lassen Sie uns zu Fuß gehen«, schlug Anna vor. »Ich möchte in der Sonne sein.«

Er trat einen Schritt zurück und runzelte die Stirn. »Bei der Kälte?«

Sie nickte. »Ich brauche frische Luft.«

»Wenn Sie meinen«, erwiderte er zweifelnd. »Haben Sie Ihren Muff? Ich schicke nur eben meine Kutsche weg. Sind Sie sicher, dass Sie sich nicht den Tod holen werden?«

»Benehmen Sie sich nicht wie meine Mutter«, sagte sie. »Ich gehe kaum mehr einen Schritt – kommt Ihnen das nicht unnatürlich vor? In Italien sind wir immerzu gelaufen.«

»Nur arme Leute laufen. Und das ohne Schuhe.«

»Ich bewege mich zu wenig«, rief sie und breitete die Arme aus. »Ich möchte kalte Luft atmen und stundenlang herumlaufen.«

Sein Gesicht verfinsterte sich. Bestimmt wollte er etwas über Fisher sagen. Falls er sie geradeheraus fragte, wusste sie nicht, was sie antworten würde. Schließlich fragte er: »Sind Sie sicher, dass es Ihnen gut geht? Sie sehen blass aus.«

»Mozart wird mich aufmuntern«, entgegnete sie lächelnd und ohne nachzudenken und log dabei nicht einmal. »Kommen Sie.«

Sie knöpfte ihre Stiefel zu, und dann gingen sie hinaus. Auf der Straße lag Schnee, und die Sonne schien schwach zwischen den Wolken hindurch. Sie schritt weit aus, als wartete ein wunderbarer Schatz hinter der nächsten Straßenecke – sie malte ihn sich sogar aus –, die Luft strömte kalt durch ihre

Kehle, und ihre Augen brannten von dem eisigen Wind. Michael Kelly, bekannt dafür, sich stets bei allem Zeit zu lassen, stellte fest, dass er sich anstrengen musste, um mit ihr Schritt zu halten. Im Haus der Mozarts herrschte eine fröhliche Stimmung, alle waren laut und derb und ein wenig närrisch. Einige seiner Musikerfreunde waren da, ein Flötist und ein Fagottspieler, und sie spielten etwas und alle sangen unflätige Lieder und es wurde getanzt und Mozart schlug Michael beim Billard. Dann rezitierte er ein paar Unsinnsverse, und Anna lachte so heftig, dass ihr die Tränen über die Wangen liefen. Es folgte eine weitere Partie Billard, während sie durch die Bücher in der Bibliothek blätterte – Ovid, Molière.

»Lesen Sie gern?«, fragte Constanze. »Egal wohin Mozart geht, immer schleppt er ein Buch mit sich herum.«

»Früher einmal«, sagte Anna. Sie fuhr sich nervös mit der Hand übers Gesicht. Sie war sicher, dass Constanze ihr ansah, dass sie guter Hoffnung war. »Mittlerweile habe ich zu viel zu tun.«

»Ach, so geht es mir auch«, sagte Constanze. Sie lächelte.

Dann hörten sie Rufe aus dem Billardzimmer und gesellten sich zu den anderen. Anna konnte sich beinahe vorstellen, dass dies ihr Leben war – dass sie hier in diesem fröhlichen Haus lebte, zusammen mit diesen warmherzigen, ausgelassenen Menschen.

Sie fand noch andere Rückzugsorte, die ihr halfen, bei Verstand zu bleiben, die sie daran erinnerten, dass nicht alles verloren war, wenngleich es ihr manchmal so vorkam. An den Abenden, an denen sie nicht sang, ging sie ins Theater und sah sich ein Stück von Shakespeare auf Deutsch an. Manchmal war sie in Begleitung von Fisher, aber meistens allein. Sie liebte die Komödien, weil sie keine Ansprüche an sie stellten. Selbst beim unheilschwangersten Geschehen auf der Bühne

konnte sie die Ruhe bewahren, weil sie wusste, dass das Stück ein gutes Ende nehmen würde. Immer besser verstand sie, warum die Menschen ihre *opera buffa* so sehr liebten, Beruhigung darin fanden, dass sie letztlich immer dieselbe Rolle spielte, dass die Handlung, die Musik immer gleich blieben.

Man brauchte das Gefühl von Ordnung und Verlässlichkeit – die Sicherheit, dass das Vorhergesagte sich auch einstellen würde, dass jene, die lieben sollten, auch tatsächlich liebten, dass jeder bekam, was er verdiente. In der Wiederholung lag Sicherheit, in vertrauten Gesichtern und Klängen, und so war es schon seit der Kindheit. Es war, als würde sie mit ihrer Mutter über den Stephansplatz spazieren, zum Rhythmus der immer gleichen Musik in ihrem Kopf, vorbei an Leuten und Geschäften, die sie jeden Tag sah, wissend, dass der Himmel nicht einstürzen und die Erde nicht ihr Innerstes ausspucken und der junge Soldat auf seinem Pferd sie nicht umstoßen oder ihr einen Schlag auf die Nase versetzen würde, nur weil sie sich auf eine Weise bewegt hatte, die er anstößig fand.

Ein Schwall von Worten

Eines Morgens – viel zu früh, sie hatte nicht schlafen können – erblickte Anna auf einem ihrer Spaziergänge in einer Gasse eine groß gewachsene, vertraute Gestalt, die sich über einen Gemüsestand beugte.

»Lidia«, rief sie.

Die Frau drehte sich überrascht um. »Sie sind es!« Sie drückte Anna fest an sich.

Sie hatten sich schon eine Weile nicht mehr gesehen. Anna war immer so beschäftigt gewesen. »Ich wollte etwas Brot kaufen«, erklärte sie Lidia.

Lidia musterte sie von Kopf bis Fuß. »Haben Sie niemanden, der das für Sie tun kann? Warum sind Sie allein? In Ihrem Zustand?«

»Doch, natürlich habe ich jemanden, aber manchmal holen sie das Falsche, und außerdem wollte ich an die frische Luft. Das Laufen tut mir gut.«

Lidia sagte, dass die Luft in der Stadt nicht so frisch sei wie auf dem Land und dass es sich für sie nicht gehöre, allein herumzulaufen. »Sie haben gestern doch bestimmt bis spät in die Nacht gesungen«, fügte sie hinzu. »Sie sollten im Bett sein.«

»Ich brauche nicht mehr so viel Schlaf wie früher«, sagte

Anna. »Seit der Heirat. Ich hab mich geändert. Es ist erstaunlich. Das solltest du auch probieren, Lidia. Du solltest heiraten.«

»Mich würde nur ein Witwer mit zehn Kindern nehmen.«

»Sag das nicht«, erwiderte Anna. »Seit ich dich das erste Mal gesehen habe, bist du noch reizender geworden, glaube mir.« Sie schlang die Arme um ihren Leib. »Ich bin nur so früh auf, weil ich eine innere Unruhe verspüre.«

»Das kenne ich gar nicht von Ihnen«, sagte Lidia.

»Früher war das auch nicht so, weil ich dich, meine liebe Lidia, bei mir hatte.«

Lidia blickte zu Boden, als wollte sie einen Schmerz verbergen. Und in diesem aufflackernden Schmerz sah Anna die Sorge, die Missbilligung, die Betrübnis, die sie tagtäglich in den Augen ihrer Freunde sah, und ihr wurde klar, dass Lidia Bescheid wusste. Jemand hatte es ihr erzählt, oder es war ihr ein Gerücht zu Ohren gekommen. Madame Fishers schlechter Mann schlug seine Frau.

»Sagen Sie«, fragte Lidia, »soll ich wieder zu Ihnen kommen? Wollen Sie mich wieder an Ihrer Seite haben?«

»Oh«, sagte Anna lachend, und das Lachen war wie ein Mantel, den sie über sich warf, »und mich dem Zorn meiner Mutter aussetzen?«

»Ich glaube nicht, dass sie etwas daran auszusetzen hätte, nun, da Sie verheiratet sind. Wahrscheinlich würde sie mich überhaupt nicht bemerken. Ich wäre unsichtbar wie eine Maus.«

Anna schwankte. Gestern nach ihrem Auftritt hatte ihr jemand eine kleine silberne Uhr geschenkt. Diese Uhr trug sie um den Hals. Unter ihrem Mantel und dem Tuch schmiegte sie sich jetzt warm an ihre Haut, nachdem sie zuerst eiskalt gewesen war. Sie spürte das helle Ticken gegen das Schlagen

ihres Herzens, es unterteilte den Tag, maß ihre Atemzüge. Es musste fast acht sein. Der Himmel, der beim Verlassen des Hauses noch dämmrig gewesen war, war jetzt hell und klar. So viele Sonnenaufgänge waren ihr schon entgangen. Gestern Nacht hatte die Uhr in ihrem weichen Beutel auf ebenjenem Tisch getickt, auf den ihr Gatte sie einige Wochen zuvor hatte fallen lassen.

»Ich müsste John fragen, ob du zurückkommen kannst«, sagte sie.

Lidia legte den Kopf schief. »Mischt er sich in solche Dinge ein?«

Anna griff sich mit der Hand an die Kehle. »Bitte, bemitleide mich nicht. Denn eigentlich kann ich mich glücklich schätzen. Wenn ich über mein Leben nachdenke, über alles, was ich getan habe, alles, was ich geliebt habe, dann staune ich. Ach, ich muss weinen. Immer war ich so schwach und weichherzig.«

»Stark, meinen Sie«, rief Lidia aus.

»Und du darfst nicht … achte nicht auf John. Wenn du ihm widersprichst, wird er dich fortschicken. Er ist sehr launisch. Er hebt mich mit seiner Liebe in den höchsten Himmel und stürzt mich in den finstersten Abgrund. Das liegt nur daran, dass er ein Genie ist – alle Genies sind launisch. Und was ist die Liebe schon ohne Stürme und Gewitter! Aber wenn er guter Dinge ist, dann ist er der beste Gatte der Welt, und etwas Schöneres habe ich nie erfahren oder empfunden, und dem darfst du dich nicht in den Weg stellen, Lidia, sei einfach so, wie du bist, und sei für mich da, mit deiner ruhigen, lieben Gegenwart, sodass ich nicht mehr einsam bin. Denn manchmal bin ich einsam, selbst jetzt, da ich verheiratet bin und so viel zu tun habe. Du warst meine einzige Freundin. Meine einzige wahre Freundin. Wenn ich manch-

mal morgens allein im Bett liege und da ist keine Lidia, die den Vorhang aufzieht und mich weckt, ängstigt mich meine Verlassenheit – die Stille in meinem Kopf. Du weißt nicht, wie das ist!«

Sie gingen ein Stück, Anna stützte sich auf den Arm ihrer Freundin, und sie redete und redete, als könnte sie damit die Zeit der Trennung überbrücken, die Einsamkeit vertreiben, die sie selbst jetzt empfand, da Lidia an ihrer Seite ging und ihr brav zuhörte und gelegentlich etwas einwarf, doch all die Worte, die aus ihr heraussprudelten, halfen nicht, die Stille dieser schrecklichen Morgenstunden zu vertreiben, die Schande, die Einsamkeit.

Liebe Anna,
Dein letzter Brief hat mich in tiefe Sorge gestürzt. Ich wünschte, ich könnte Dich sehen. Das sind nicht die Worte des Mädchens, dessen ich mich erinnere, des mutigen Mädchens, das mein bester Cupido war. Was ist geschehen? Wie kann ich Dir helfen?
Ach, wäre ich doch nicht so weit weg.
Du musst Dich Deiner Traurigkeit nicht schämen, meine Liebe. Denk daran, wie sehr Du geliebt wirst. Du bist die bemerkenswerteste junge Dame, die ich kenne. Du, mit Deiner raschen Auffassungsgabe und Deiner Stärke. Du beflügelst uns alle. Zählt das denn gar nichts? Tut Dir das nicht wohl? Ich glaube an Dich und das, was Du erreichen willst. Du darfst nicht aufgeben. Ich weiß nicht, was dort in Wien geschieht, aber Du darfst den Mut nicht verlieren. Hast Du noch meine Phönix-Nadel? Dann bin ich bei Dir. Du kannst mich in Deiner Tasche herumtragen oder an Deinem Busen. Und nicht nur mich, sondern auch Dich selbst, Deinen Mut, all unsere gemeinsamen Stunden. Das

darfst Du nicht vergessen, meine Anna. Warum, glaubst Du, habe ich sie Dir gegeben?
Du schreibst nur wenig von Deinem Gemahl. Lass Dir sagen, dass es Zeiten im Leben gibt, in denen alles um einen herum in Dunkelheit zu versinken scheint. Wenn der Weg sich im Ungewissen verliert und der Nebel immer noch dichter wird. Dann meint man die kleinsten Dinge nicht mehr bewältigen zu können. Aber es gibt einen Ausweg. Es gibt immer einen Ausweg. Vergiss nicht, wer Du bist. Du bist Anna Storace, und Du hast alles, was Du Dir nur wünschen kannst. Wenn ich bei Dir wäre, würde ich es Dir zeigen. Nun, ich bin ja da, in dieser Nadel. Schreib mir, damit ich weiß, dass es Dir besser geht. Du weißt ja gar nicht, welche Sorgen ich mir mache. Wenn eine junge Frau glücklich sein sollte, dann Du – weniger habe ich Dir nie gewünscht.
Immer Dein,
Venanzio Rauzzini

Eines frühen Morgens, John schlief neben ihr, dachte Anna, dass ihr Mann ebenso gut weit, weit weg sein könnte, noch weiter weg als Stephen, tot wie ihr Vater oder ungeboren wie ihr Kind, so fern fühlte sie sich ihm. Sie setzte sich auf und betrachtete sein breites Gesicht, und ihr kam der Gedanke, dass das eigentlich auf alle zutraf, die sie liebte und kannte, dass es nicht nur daran lag, dass John ihr Ehegatte war oder dass er sie misshandelte. Wenn er gut zu ihr gewesen wäre, wäre sie doch immer noch allein in der Welt gewesen.

Sie stand auf und ging zum Fenster und sah hinaus. Das Fensterglas war dick und schmutzig. Bis auf einige verschwommene Gestalten, die dahinter wie Gespenster aussahen, konnte sie nichts erkennen. Sie hatte das Gefühl, ihren eigenen Tod zu beobachten.

»Was tust du?«, fragte John vom Bett aus.

Sie wandte sich um. »Ich dachte daran, wie allein ich bin.«

Der Ausdruck auf seinem Gesicht war in dem schwachen Licht nicht zu entziffern. »Du bist nicht allein. Ich bin bei dir. Ich mag ein alter Mann sein, aber ich bin da. Komm zurück ins Bett. Du musst heute noch singen.«

Dann drehte er sich um und schlief wieder ein. Hin und wieder sagte er solche Dinge – so als sorgte er sich um ihr Wohlergehen. Anna betrachtete ihn einige Minuten. Dann streifte sie leise ihr Morgenkleid über, das mit den Pfauen und der französischen Spitze, und flocht ihre Haare zu einem losen Zopf. Sie trat an ihren Sekretär und ließ das Geheimfach mit ihren Briefen und kleinen Schätzen aufschnappen. Im grauen Morgenlicht las sie erneut Rauzzinis Brief. Die Stelle, wo er schrieb, dass er an sie glaube, dass sie bemerkenswert sei. Sie nahm die Phönix-Nadel heraus und drehte sie in den Händen, dann presste sie sie an ihre Wange, wie sie es schon hundertmal getan hatte. John Fisher bewegte sich im Schlaf. Morgenlicht erhellte das Zimmer. Anna griff nach einem Blatt Papier und dem Tintenfass und schrieb einen Brief an den Kaiser, dann schickte sie Lidia damit los, bevor ihr Mann aufstand.

Es war so schön, Lidia wieder hier zu haben. Lidia hatte keine Angst vor Fisher, und sie machte Anna Mut.

Misstönend wie verstimmte Glocken

Jeden Vormittag um zehn empfing Joseph II. Bittsteller und schlichtete in Streitfällen. Jede der Audienzen, an denen stets auch einige Schreiber und Minister teilnahmen, dauerte zwischen drei und fünf Minuten. Es gab keine Musik, wenngleich das diese Sitzungen vielleicht etwas angenehmer gemacht hätte.

John Fisher betrat das Audienzzimmer in seinem besten Rock, die Geige unterm Arm, den straff gespannten Bogen in der Hand, als wäre er ein Schwert. Kurz zuvor hatte es geschneit, und seine Stiefel waren nass.

Der Kaiser schnaubte verärgert. »Guter Mann. Ich habe Sie nicht zu einem Konzert hergebeten.«

Fisher sah sich verlegen um. Die Schreiber und Minister wandten den Blick ab. »Ich bitte um Verzeihung, Euer Majestät«, sagte er in seinem sorgfältig akzentuierten Deutsch. »Als ich Euer Majestät Nachricht erhielt, konnte ich mir nicht erklären, warum ... eine solche Ehre ...«

»Mr. Fisher, Sie haben einem meiner wertvollsten Untertanen Schaden zugefügt. Genauer gesagt einer Frau, die meinen Interessen dient. Damit haben Sie mir Schaden zugefügt. Ich nehme an, Sie wissen, von wem ich spreche.«

»Nein, Euer Majestät, das weiß ich nicht«, erwiderte

Fisher gedehnt. »Ich habe niemals jemandem Schaden zugefügt.«

»Dann lügen Sie entweder«, sagte der Kaiser, »oder ich möchte lieber nicht wissen, was Sie sich unter einem Schaden vorstellen. Seit geraumer Zeit kommt mir immer wieder zu Ohren, dass Sie Ihre junge Frau misshandeln, Madame Storace Fisher, das Kronjuwel meiner Operntruppe, für die ich einen schönen Batzen Geld zahle. Bislang zögerte ich einzugreifen, weil man sich nicht in die Angelegenheiten von Eheleuten einmischen soll. Wenn freilich ihre Auftritte darunter leiden – wenn sie nicht mehr so singen kann wie früher und ihre Gesundheit Schaden zu nehmen droht – und wenn diese Frau mir persönlich mit eindringlichen Worten schreibt, dass ihr Unterdrücker sie in den Wahnsinn treibt, dann kann ich nur zu dem Schluss gelangen, dass ich handeln *muss*, wozu mich mein Gewissen seit vielen Monaten drängt, bevor mein Volk rebelliert, bevor die Nachtigall verstümmelt oder gar getötet wird. Verstehen Sie mich? Sie antworten nicht, aber Ihr Blick sagt mir, dass Sie verstehen. Gut. Ich könnte Sie einsperren und vor Gericht stellen, doch das würde nur einen Skandal geben, und daran ist niemandem gelegen. Deshalb fordere ich Sie auf, meine Stadt noch heute Abend zu verlassen und niemals zurückzukehren. Meine Wachen werden Sie begleiten. Ihre Sachen werden in diesem Augenblick gepackt. Gegen ein gewisses Entgelt können Sie bis Augsburg meine Kutsche benutzen. John Abraham Fischer, hiermit verbanne ich Sie aus Wien.«

Auf Josephs Rede folgte ein langes Schweigen. Erstaunlicherweise rührte sich der Mann nicht vom Fleck. Der Kaiser verzog das Gesicht und holte ein Schokoladenbonbon aus der Tasche seines Wamses. Er rollte es in der Hand hin und her, wickelte es jedoch nicht aus. »Verstehen Sie irgendetwas

an dem Wort Verbannung nicht, Mr. Fisher? Ich kann den Wachen auch befehlen, Sie gewaltsam fortzuschaffen.«

Fisher trat von einem Fuß auf den anderen. Er schien sich ausgesprochen unwohl in seiner Haut zu fühlen. Dann räusperte er sich. »Wenn Euer Majestät erlauben. Ich habe niemals für Euer Majestät gespielt.«

Der Kaiser breitete die Arme aus, als wollte er sagen: »*Und?*« John Fisher klemmte sich mit entschuldigender, vielleicht auch kummervoller Miene die Geige unters Kinn und begann zu spielen.

Die Wachen traten einen Schritt vor, doch Joseph gebot ihnen mit einer Geste Einhalt. Bach unterbrach man nicht. Eine erstaunlich intellektuelle Wahl, die John Fisher für diesen Moment seiner öffentlichen Demütigung getroffen hatte, aber natürlich selbst in den unpassendsten Momenten wunderbar altmodisch und wohltuend – Bach eben. Man dachte unwillkürlich an eines dieser alten holländischen Gemälde, auf denen die Frauen spitze Kappen trugen und das Licht und die Farben so hart und spröde waren, dass man meinte, sie würden bei der leisesten Berührung zerbrechen. Einer der Brüder des Kaisers war Herzog in den Österreichischen Niederlanden, Joseph hatte diese Bilder mit eigenen Augen gesehen. Deshalb ließ er Fisher spielen. Mit der inneren Distanz eines Musikers bewunderte er den Mann dafür, dass er bei all seiner Verzweiflung das Tempo nicht steigerte und die Reinheit des Klangs bewahrte, die er sich in vielen Jahren angeeignet hatte. Wenn man diese Musik hörte und dazu sah, wie sich körperliche und geistige Grobheit in Eleganz verwandelten, konnte man beinahe verstehen, warum sich Anna Storace auf eine Ehe mit ihm eingelassen hatte.

Als die Partita zu Ende war, sagte der Kaiser: »Vielleicht hätten Sie so leben sollen, wie Sie spielen.«

Anna wartete im Kreis von Freunden auf die Rückkehr ihres Gatten. Der Kaiser hatte gesagt, er werde eine Eskorte schicken, dennoch wollte sie nicht, dass er sie allein antraf. Sie hatte sich Michael anvertraut, und er war gekommen und hatte Benucci, Lidia, die Bussanis und – ausgerechnet – Aloysia Lange und ihren Schauspielergemahl Joseph mitgebracht. Auf dem Stuhl neben Anna saß mit feuchten Augen Mrs. Storace und unterhielt sich mit Michael. Michael hatte gemeint, es sei besser, Fisher im großen Kreis zu empfangen, vermutlich werde er sich vor Zuschauern eher zusammenreißen. Davon war Anna nicht so überzeugt. Alle hatten ihr geraten, das Haus zu verlassen, sie hatte jedoch erwidert, das genüge ihr nicht – es sei besser für ihren Seelenfrieden, wenn sie sich verabschiedete und zusah, wie er ging.

Als Fisher den Salon betrat und die Versammlung erblickte, blieb er abrupt stehen. Sie hatten ihn die Wohnung betreten gehört und waren in gespannter Erwartung verstummt. Er hatte seinen Geigenkasten in der Hand. Seine Kleider saßen schlecht, weil er während der Anproben keine Geduld mit dem Schneider gehabt hatte. Sein Gesicht war gerötet. Mit verlegener Miene folgten ihm die Wachen.

Wie immer hatte er nur Augen für Anna. »Eine Gesellschaft?«, fragte er. »Dir oder mir zu Ehren?«

»John«, sagte sie. »Ich habe Robert angewiesen, all deine Kleider und anderen Sachen zu packen, und habe etwas Geld dazugelegt.«

»Ich frage mich, warum du mir niemals an meinem Namenstag eine Überraschung bereitet hast, meine Liebe, wo du doch offenbar ein großes Talent für Geheimniskrämerei besitzt.«

»Du magst Überraschungen nicht«, sagte Anna.

»Ach, das weißt du? Nun, eine gute Frau sollte vermutlich

derlei Dinge von ihrem Gatten wissen. Ich frage mich nur, warum du mir so etwas antust.«

»Ganz einfach, Fisher«, sagte Michael. »Sie tut es, weil Sie verabscheuungswürdig sind.«

»Und Sie, Madam?«, wandte Fisher sich an Mrs. Storace. »Verstoßen Sie mich auch?«

»Es war ein Fehler«, sagte Mrs. Storace. Sie griff nach der Hand ihrer Tochter. »Jeder von uns hat sich im anderen getäuscht. Bitte, wollen Sie nicht einfach still und in Frieden gehen?«

Fisher sah sich im Zimmer um. Diejenigen, die kein Englisch sprachen – Benucci, Lidia, die Langes, die Bussanis, die beiden kaiserlichen Wachen – verfolgten das Geschehen mit einer Art verwirrtem Interesse, das Verständnis dieser Zuschauer beschränkte sich auf den Tonfall und die jeweilige Perspektive, es war so ähnlich wie bei der Aufführung einer italienischen Oper vor einem deutschen Publikum. Von allen Anwesenden verstand Lidia am meisten Englisch, zumindest das eine oder andere Wort, während Joseph Lange, der berühmte Mime und Porträtmaler, der im Kampf um Aloysias Gunst Mozart ausgestochen hatte, die Körpersprache lesen konnte, als hätte man sie für ihn in Druckbuchstaben übertragen. Benucci wirkte über die Maßen angespannt. Er beugte sich vor und fragte auf Italienisch, ob es irgendwelche Schwierigkeiten gebe. Anna verneinte.

»Was soll ich den Leuten sagen?«, schnaubte Fisher.

»Was dir beliebt.«

»Von deinem Unterdrücker in den Wahnsinn getrieben. Deinem Unterdrücker! Du warst bereits vor unserer ersten Begegnung dem Wahnsinn anheimgefallen.«

»Sei's drum«, sagte Anna. Es kam ihr vor, als würde ihr die Kehle zugedrückt.

Fisher rieb sich das Kinn. »Und was ist mit meinem Kind?« Sie sah ihn stumm und mit großen Augen an. Er stand vor ihnen, als würde er auf sein Urteil warten. Auf Michaels Vorschlag hin hatten sie sich in eine Reihe gesetzt, sodass sie ihn alle ansahen. Aloysia Lange flüsterte ihrem Mann etwas ins Ohr, und Anna hasste sie dafür. Als sie den Langes vorhin die Tür geöffnet hatte, hätte sie sie am liebsten gar nicht hereingelassen. Sie waren nicht ihre Freunde. Sie waren eher ihre Rivalen. Doch Michael hatte gemeint, Fisher bewundere die Langes, vor allem Joseph, und würde vor ihnen bestimmt keine Szene machen wollen.

»Sehe ich da Frau und Herrn Lange?«, fragte Fisher nun tatsächlich, in ein holpriges, aber energisches Deutsch wechselnd. »Herr Lange ist gekommen, um zu erleben, wie ich davongejagt werde?« Erneut rieb er sich das Kinn und fuhr dann auf Englisch fort: »O ja, ich kann förmlich sehen, wie er sich im Geiste Notizen macht. Sehr gut. Wie rot mein Gesicht ist, wie ich meinen Geigenkasten umklammere, als hinge mein Leben daran. Nun. Dann stelle ich ihn wohl besser ab.«

»Sir«, sagte Michael Kelly, »warum wollen Sie es hinauszögern? Wir alle sind bereit, Ihnen Lebewohl zu sagen und eine gute Reise zu wünschen.«

»Herr Lange ist ein wunderbarer Hamlet«, sagte Fisher. »So wunderbar, wie man es auf Deutsch sein kann. Weißt du noch, Anna, wie wir gemeinsam jene Szene lasen? Das war eines der ersten Dinge, die ich an dir liebte, dass du mit mir laut die großen Tragödien lasest und mich nicht für blutrünstig hieltest. Welch ein Zufluchtsort erschien mir damals diese Wohnung, mit dir darin. Fanden Sie nicht auch, dass wir bei der Lektüre ein gutes Paar abgaben, Madam?«, fragte er Mrs. Storace.

Es machte Anna Angst, dass er sich so höflich gerierte. Er hätte aufgebracht sein müssen. Er hätte versuchen müssen, ihr wehzutun.

Er ging zu einem der Bücherregale. »Komm«, sagte er. »Komm her und lies mit mir. Du weißt, welche Szene ich meine.« Er verzog den Mund zu einem selbstironischen Lächeln und zog das gesuchte Buch heraus. »Ich lese die Ophelia. Nicht dass du denkst, ich wüsste nicht, wer hier wen verbannt.« Niemand widersprach. Dorotea Bussani machte einen gequälten Eindruck. Im Zimmer herrschte eine Atmosphäre hilfloser Ungewissheit und Verlegenheit. Draußen schien es bereits zu dämmern, obwohl es noch früher Nachmittag war. Keiner der Anwesenden hatte zu Mittag gegessen, und einige von ihnen – die Sänger und der Mime – hatten früher aufstehen müssen als gewohnt, um diesem Schauspiel beizuwohnen. Fisher hatte etwas von einem lästigen Gast, ein Gast, der gleichzeitig langweilte und Unbehagen verursachte. Dennoch wagte es niemand, ihn vor die Tür zu setzen. Alle warteten ab, was Anna tat. Und Anna schien nicht geneigt, die Sache zu beenden. Stattdessen legte sie tatsächlich ihre Häkelarbeit zur Seite und trat anmutig und mit gewölbtem Bauch zu Fisher, lieferte sich seinem Spott aus und seinem Buch, der Vorstellung, die er geben wollte.

»Mein Prinz«, sagte Fisher zu Anna, die Worte der holden Ophelia aus dem Gedächtnis rezitierend. »Ich hab von Euch noch Angedenken, die ich schon längst begehrt zurückzugeben.« Er senkte den Blick, griff in seinen Ärmel und zog ein zusammengefaltetes Blatt Papier hervor. Wann hatte er es dort versteckt? Was stand darauf? Mit einem demütigen Lächeln überreichte er es Anna. Es war adressiert *An meine Gemahlin*.

Anna kam es vor, als würde ein Fluch über sie gesprochen. Sie öffnete den Brief und las: *Vergib mir. Ich liebe dich. John.*

Ein Ausdruck des Widerwillens zeigte sich auf ihrem Gesicht. Sie schob den Brief zwischen die Seiten des Buchs. Sie las Hamlets Text, seine Tirade gegen Ophelia, seine Aufforderung »Geh in ein Kloster«. Fisher schwankte. Er war tatsächlich ein hervorragender Schauspieler. Es schien, als empfinge er jedes ihrer Worte wie einen Schlag. Er wollte, dass sie sich wie ein Folterknecht fühlte. Sie sollte wissen, wie es sich angefühlt hatte, sie zu Boden zu stoßen, sie zu packen und festzuhalten, sie hochzuheben und fallen zu lassen. Wie mächtig man sich dabei fühlte und wie grausam. Aber das würde sie niemals erfahren.

Er war auf die Knie gesunken, den Blick nach vorne gerichtet, die Hände an die Brust gepresst. Hamlet war abgegangen und Ophelia war allein. Er blickte auf. »O welch ein edler Geist ist hier zerstört!« Seine Wangen waren nass von Tränen. Die Worte, mit seinem irischen Akzent und mit Falsettstimme gesprochen, waren ebenso schön und anrührend anzuhören, wie sie es auf einer richtigen Bühne gewesen wären, und ebenso jämmerlich. »Das Merkziel der Betrachter: ganz, ganz hin!« Anna stand ungerührt neben ihm. Benucci rutschte nervös auf seinem Stuhl hin und her, als wartete er nur auf den richtigen Augenblick, um aufzuspringen und ihre Ehre zu verteidigen. Alle anderen saßen starr da und wagten kaum zu atmen, auf ihren Gesichtern lag ein Ernst, wie man ihn normalerweise nur an einem Krankenlager sah.

»Hören Sie, Fisher«, sagte Kelly, »das ist mehr als bizarr. Haben Sie ein Einsehen.«

Fisher streckte eine Hand aus. »Und ich«, flüsterte er, »der Fraun elendeste und ärmste, die seiner Schwüre Honig sog,

ich sehe die edle, hochgebietende Vernunft misstönend wie verstimmte Glocken jetzt …«

Der Rest des Monologs schien in der Luft zu verwehen. Es gab keinen Applaus. Fisher nahm seinen Geigenkasten und ging hinaus, wo er wartete, bis der Rest seiner Habseligkeiten in die Kutsche geladen war. Anna zog sich mit Lidia in ihr Zimmer zurück. Die übrigen Gäste, ernst und ermattet, stärkten sich mit Tee, den Mrs. Storace servieren ließ, wobei sie sich für ihr Kommen bedankte und einige Bemerkungen über das Wetter machte.

Stephens Rückkehr

In einer Februarnacht, Anna besuchte gerade eine Gesellschaft, traf Stephen aus London ein. Bei ihrer Heimkehr fiel ihr sofort auf, dass etwas anders war. Die Luft schien zu vibrieren. Ihr Körper begriff es vor ihrem Verstand, und sie lachte und weinte gleichzeitig, noch ehe sie wusste, warum, noch ehe sie die englisch sprechenden Stimmen und die kräftigen, lauten Schritte vernahm, die ihr aus dem Salon entgegenkamen, noch ehe sie die Reisetruhe im Vorraum sah, den darübergeworfenen Mantel und die eingewickelten Päckchen. Und dann stand Stephen vor ihr, groß, mit glänzenden Augen und struppigem Bart, und nahm sie in die Arme, behutsam, weil er bis zu diesem Moment noch nie die Gelegenheit gehabt hatte, eine Frau zu umarmen, die ein Kind erwartete.

Es war unfassbar! Da hatten sie so lange auf ihn gewartet – so viel war geschehen –, und jetzt war er da!

»Ist er nicht gewachsen?«, fragte Mrs. Storace. »Gleicht er nicht aufs Haar seinem Vater? Ich meinte einen Geist zu sehen.«

»Nun sieh einer *dich* an«, sagte Stephen zu Anna und trat einen Schritt zurück, um ihren Bauch zu betrachten.

Sie lächelte verlegen. »Es tut mir leid. Ich habe mich be-

müht, nicht allzu viel zuzunehmen. Wir werden ein gutes Kostüm für mich finden müssen.«

»Du bist wunderschön«, sagte er.

Sie setzten sich in den Salon, und alle drei fühlten sich ein wenig hilflos und unsicher, wo sie nach all der Zeit wieder anknüpfen sollten. Bei Anna war die erste Freude einem schleichenden Unbehagen gewichen. Stephen bat um ein Glas Wein.

»Haben Sie meinen letzten Brief erhalten?«, fragte er schließlich.

»Ja«, erwiderte Mrs. Storace, »aber wir haben nicht darauf geantwortet, weil wir dich ja in ein paar Tagen hier erwarteten.«

»Ach, am liebsten würde ich jetzt zu Papier und Feder greifen«, sagte Anna.

»Was würdest du denn schreiben?«, fragte Stephen, und sein übertrieben aufmunterndes Lächeln sagte ihr, dass sie ziemlich verloren und unbeholfen wirken musste.

»Lass mich überlegen«, sie blickte an die Decke. »Ich würde schreiben, dass mein geliebter Bruder wohlbehalten eingetroffen ist und dass ich die glücklichste Frau in ganz Wien bin, weil er so gut und stark ist und mich selbst in meinem misslichen Zustand umarmt. In meinem Brief würde ich ihn anflehen, sich warm zu halten und Gamaschen zu tragen, wenn er des Nachts unterwegs ist. Ich würde sagen, dass wir keine Neuigkeiten zu vermelden haben.«

»Und hier bin ich!«, rief Stephen aus und sah sich um. »Ich habe bislang zwar nicht viel von Wien gesehen, aber es gefällt mir.«

»Man bringt Anna hier große Bewunderung entgegen«, sagte Mrs. Storace. »Sie kann kaum einen Schritt tun, ohne dass jemand sie anspricht oder ihr seinen Arm anbietet.«

»Umso besser für mich und meine Oper«, sagte Stephen lächelnd.

»Nur ihretwegen hat der Kaiser zugestimmt, deine Oper aufzuführen.«

»Aber Mama«, sagte Anna.

Stephen schüttelte den Kopf. »Lass nur – ich schäme mich dessen nicht.«

»Genauso wenig tue ich es.« Sie nahm seine Hand. »Ich brauche deine Musik. Deine. Nur deine. Alles andere ist so öde, ich kann dir gar nicht sagen, wie öde – es hat nicht das Geringste mit mir zu tun, mit dem Herzen bin ich ganz woanders, es gibt nichts mehr, wofür es sich zu singen …«

»Grundgütiger«, rief Stephen aus. »Wer ist dieser Wechselbalg? Was haben sie mit meiner bezaubernden Schwester gemacht? Wo ist all deine Fröhlichkeit hin?«

»Alles geschah zu meinem eigenen Nutzen«, sagte sie mit einem hilflosen Lächeln. »Und nun fürchte ich, ich werde es verderben – deine *prima buffa* sollte nicht einer Fregatte gleichen.«

»Papperlapapp«, erwiderte er. »Ohne dich ist die Oper nichts. Niemand kennt hier meinen Namen.«

»Noch nicht«, sagte sie.

Er lachte. »Noch nicht! Doch schon bald wird mich die ganze Welt kennen, dank deiner. Habe ich nicht immer gesagt, dass wir mal ein gutes Gespann abgeben werden?«

»John Fisher«, sagte Mrs. Storace unvermittelt. Sie hielt den Blick auf den Boden gerichtet. »Es war John Fisher, der ihr alle Fröhlichkeit genommen hat, und ich war machtlos dagegen. An wie vielen Tagen, in wie vielen Nächten habe ich gewünscht, dass du kämst, Stephen, aber sie wollte dir einfach nicht schreiben.«

»Es gab nichts zu sagen«, rief Anna. »Aber das ist nun al-

les vergangen, und ich will nichts davon hören, dass ich meine Fröhlichkeit verloren habe, was immer das auch heißen mag. Wie könnte ich nicht fröhlich sein, wenn Stephen da ist und wenn der Frühling vor der Tür steht und es eine Storace-Oper gibt, die ich allen präsentieren kann? Noch nie war ich glücklicher. Ich weiß gar nicht, wie ich heute Nacht Schlaf finden soll.«

»Ich auch nicht«, sagte Stephen. »Oh, Anna. Wenn ich mir vorstelle, dass eine Oper von mir aufgeführt wird – auf *dieser* Bühne, mit *solchen* Sängern, mit *dir*! Wenn ich daran denke, dass ich all das um ein Haar aufgegeben hätte.« Er sprang hoch und ging im Zimmer auf und ab, warf im Vorbeigehen einen Blick in den Spiegel über dem Kamin. »Es ist das, wozu ich geboren wurde, so wie Papa sagte. Ich habe gegen den Willen Gottes gehandelt, gegen meine Natur gehandelt. Sogar die Luft ist hier anders. Sie summt. Man kann die Musik spüren, die darin liegt. Aber warte nur, bis du meine Oper hörst. Sie ist anders als alles, was man bisher gehört hat. Ich kann mir nicht helfen, aber ich glaube, ich stehe auf dem Gipfel – jetzt, hier, an dieser Stelle, oder zumindest am Fuß eines Gipfels. Geht es dir nicht auch so? Dieser Moment gehört uns, ganz so, wie Papa es sich vorgestellt hat, wir beide vereint durch die schönste, die vollendetste Kunst der Welt, durch deine Stimme und meine Musik!«

»Stephen«, sagte Anna. »Du darfst dich nicht solch verwegenen Träumen hingeben. Das beunruhigt mich.«

»Einerlei! Du musst nichts weiter tun, als deinen Part vor dem Kaiser zu singen und vor seinem aufgeplusterten Hofstaat und seinen Mätressen. Das allein ist mehr, als ich jemals zu träumen wagte, selbst in den Stunden des größten Rausches.« Er sah sie liebevoll an und tätschelte ihre Hand, als

meinte er, diese Worte würden sie beruhigen, statt ihre Bedenken nur noch zu steigern.

Zwar hatte ihr Gatte Wien verlassen, doch sie war noch nicht wieder ganz sie selbst. Ihrer Stimme fehlte die frühere Frische. Rauzzini wäre die Anspannung in ihrer Stimme nicht entgangen, mit der sie insgeheim kämpfte, ohne zu wissen, was sie dagegen tun konnte.

Schwalben beobachten

Stephen fand seine Schwester stiller vor, als er sie in Erinnerung hatte. Manchmal, wenn sie sich unbeobachtet wähnte, lag ein trauriger Ausdruck auf ihrem Gesicht, und des Kindes wegen bewegte sie sich langsamer als sonst. Ihre Wangen zeigten jedoch eine gesunde Farbe. Ihre Augen glänzten wie eh und je. Sie hatte ihm nach Weihnachten geschrieben, um ihm mitzuteilen, dass man ihren Gatten der Stadt verwiesen habe, weil er kein guter Mensch gewesen sei. Der Gedanke, dass eine junge Frau wie seine Schwester, die Warmherzigkeit und Liebenswürdigkeit in Person, den falschen Mann geheiratet hatte – womöglich sogar eine richtige Kanaille –, war ihm unerträglich. Doch als er am Abend seiner Rückkehr auf seine unbeholfene Art versuchte, sich nach ihrem Befinden zu erkundigen, lächelte sie nur, als würde seine Sorge sie amüsieren, und wechselte zu unverfänglicheren Themen.

»Das ist meine Lidia«, sagte sie. »Sie ist meine Zofe und meine liebe Freundin. Du musst sie gelegentlich einmal dazu überreden, dass sie für dich singt, Stephen. Sie hat eine entzückende Stimme.«

»Es wäre mir ein Vergnügen«, sagte er neugierig und verbeugte sich vor der jungen Frau. Sie war groß und braun gebrannt, und sie hatte ein offenes, ehrliches Gesicht. Ihm

schoss der Gedanke durch den Kopf, dass er sie gern zeichnen würde.

»Sie stammt aus Neapel«, sagte Anna. »Sie ist in einem Mädchenkonservatorium aufgewachsen. Aber genug davon, sonst versinkt sie noch vor Verlegenheit im Boden. Komm, ich zeige dir dein Zimmer.«

Seine Mutter wirkte ebenfalls niedergedrückt. Sie kam ihm vor wie eine Fremde, und er hatte ihr wenig zu sagen.

Einige Tage später machte Anna Stephen mit Mozart bekannt. Sie half, den Tisch für das Mittagessen zu decken, und war ganz aufgeregt, weil Stephen ihren lieben Freund kennenlernen würde. Ihre Mutter und sie verfügten über ein elegantes Speisezimmer mit einem langen Tisch und einer herrlichen Wandvertäfelung. Stephen konnte es kaum fassen, dass sie hier in einer solchen Pracht lebten. Er hatte John Fishers ehemaliges Zimmer bezogen, das neben dem Annas lag, und es verschaffte ihm eine gewisse Befriedigung, die Spuren und den Geruch, die dieser Mann hinterlassen hatte, verschwinden zu lassen. Überall verteilte er seine Habseligkeiten. Er verschob den Schreibtisch und das Bett und hängte einige seiner Aquarelle auf, englische Landschaften.

Er meinte, Anna solle sich nicht mit dem Mittagessen abplagen, doch sie erwiderte mit strahlendem Blick, es sei keine Mühe für sie, zwei der besten Männer, die sie kenne, an einen Tisch zu bringen. Stephen hoffte, dass Mozart ihm Kompositionsunterricht geben würde, und Mozart wiederum wünschte Unterricht in Englisch, damit er eines Tages nach London zurückkehren könnte. Er war bisher nur einmal als Kind dort gewesen, vor Annas und Stephens Geburt, und es sei genau das Richtige für ihn, sagte er. Anna fehlte es an der nötigen Geduld, ihm Englisch beizubringen, sie sagte, sie wüsste nicht, wo sie anfangen sollte.

Mozart umarmte Stephen wie einen Bruder und begrüßte Mrs. Storace herzlich. Er war so aufmerksam und konzentriert, dass er seinem Gegenüber mit seinen großen Augen, glänzend wie geschliffener Achat unter weichen rötlich braunen Augenbrauen, direkt in die Seele zu blicken und sie zu ergreifen schien, dachte Stephen. Gleichzeitig wirkte er jedoch unruhig und schüchtern. Da er vor kurzem krank gewesen war, hatte er sich einen karierten Schal um den Hals geschlungen. Mit offensichtlichem Vergnügen und geradezu heißhungrig machte er sich über das Essen her und ließ sich noch eine zweite Portion geben; er sei seit sechs Uhr auf und habe komponiert, erklärte er, und habe nicht gefrühstückt, lediglich vor einigen Stunden ein Stück Käse gegessen. Seine Oper habe er aufgegeben. Es wolle sowieso niemand mehr eine Oper von ihm hören. Jetzt komponiere er nur noch Klavierkonzerte und Sinfonien, daneben Kammermusik für liebreizende Damen, um seine Rechnungen zu bezahlen. Wie großartig es doch sei, dass eine Oper von Stephen an der Burg aufgeführt werde – er, Mozart, freue sich schon darauf, sie zu hören. Stephen wurde rot und erwiderte, es wäre ihm lieber, wenn es sich um eine von Mozarts Opern handeln würde, und Mozart sagte, das sei Schmarrn. Er könne stolz darauf sein, dass er es mit seinen gerade mal zweiundzwanzig Jahren fertiggebracht habe, eine Uraufführung seiner ersten Oper am Burgtheater zu erleben.

Beim Dessert fragte Mozart Stephen über London und die englische Lebensart aus. In diesen Tagen stand alles Englische hoch im Kurs. Sie sprachen über Politik und Freiheit und Amerika. Mozart war vor kurzem den Freimaurern beigetreten, konnte ihnen aber nichts darüber erzählen, nur dass es phänomenal und etwas völlig Neues war. Er hatte dort einen Freund, einen Logenbruder, der schwarz war, ein echter

Afrikaner, der in den Diensten eines Adligen stand und dafür arbeitete, seine Freiheit zu erlangen. Und, bei Gott, er hatte es beinahe geschafft. Ein famoser Mann, verheiratet mit einer Wienerin. In der Freimaurerei, erklärte Mozart, gehe es um Freiheit und Menschlichkeit, darum, wie man lebte, wie man seinen Geist so lenkte, dass er ein Höchstmaß an Können und Disziplin erreichte. Sie sei eine Bastion der Wissenschaft, der Medizin und sämtlicher Künste.

»Wir haben in London Schwarze gesehen«, sagte Mrs. Storace. »Arme Geschöpfe. Und natürlich findet man in dieser Stadt alle möglichen Türken und Ägypter. Aber noch nie ist mir zu Ohren gekommen, dass jemand so königlich lebt wie Ihr Mann. Ich nehme an, er kann sein Glück kaum fassen.«

Mozart sah sie an. »Nun ja, Madame«, sagte er schließlich. »Ich weiß nicht, ob dem so ist. Vielleicht können Sie ihn das eines Tages selbst fragen.«

Sie erbleichte. »Ich gehe nicht oft aus, Herr Mozart.«

»Sie erinnert mich an meinen Herrn Vater«, sagte Mozart später zu den Geschwistern Storace, nachdem sie sich ins Musikzimmer zurückgezogen hatten.

»Sie auch?«, sagte Stephen und lachte. Sie hatten sich über ihre Kindheit unterhalten, wie jeder von ihnen wegen seines musikalischen Talents der Öffentlichkeit vorgeführt worden war – wobei es sich in Mozarts Fall natürlich um die Öffentlichkeit von ganz Europa gehandelt hatte.

»Stecken Sie sie in ein Paar Hosen«, sagte Mozart, »und ich erkläre sie zu meinesgleichen.«

»Sie hat sehr jung geheiratet«, sagte Anna. »Eigentlich ist sie durchgebrannt. Aber sie ist sehr gebildet. Sie hätte wirklich ein Mann werden sollen.«

»Unser Vater besaß nicht viel Bildung«, erklärte Stephen. »Sie ist diejenige, die uns das Lesen beigebracht hat.«

Neben Mozart fühlte sich Stephen jung und unsicher. Mozart war ein aufgeschlossener, freundlicher Mann, aber von einer derartigen Intensität – diese hervortretenden Augen, die rosig überhauchte Blässe seiner Haut, die dahinter pochenden Adern –, dass er am liebsten an die frische Luft geflüchtet wäre.

Der Kompositionsunterricht war jedoch bereits angesprochen worden, und Mozart schlug vor, sich einige von Stephens Partituren anzusehen, warum nicht jetzt gleich? Vielleicht eine Auswahl aus der neuen Oper? Stephen konnte schlecht ablehnen. Anna fragte, ob sie bleiben und zuhören dürfe. Ihr Bruder, wenngleich er nicht damit gerechnet hatte, dass die erste Stunde bereits heute stattfinden würde, und es vorgezogen hätte, mit Mozart allein zu sein, erwiderte, selbstverständlich dürfe sie das.

Mit einer von Stephens Lieblingsarien aus seiner Oper und der dazugehörigen Orchestrierung nahmen sie am Klavier Platz. Im Verlauf der nächsten Stunde zerriss Mozart sie in der Luft.

Er war dabei nicht unfreundlich, aber genauso verzichtete er auf Schmeicheleien, und zumindest dafür war ihm Stephen dankbar. Mozart sprach mit leiser, sanfter Stimme, so dass nur sie beide verstanden, was er sagte, und machte dazu kurze Anmerkungen auf dem Notenblatt, oder er spielte etwas vor, um seinen Gedankengang zu erläutern. Wenn er etwas lobte, dann war es offenkundig ein aufrichtiges Lob: Er hielt inne, um eine überraschende oder besonders schöne Stelle in einer Zeile oder einem Akkord zu untersuchen, und sinnierte darüber, wie sie ihre Wirkung entfaltete, wie sie sich noch verbessern ließe, sodass man sich merkwürdig beflügelt fühlte, selbst wenn man inmitten der Trümmer all dessen stand, was eintönig und abgedroschen und hässlich

und falsch war. Mozart war von einer nicht nachlassenden unglaublichen Konzentration. Sie hätten von einem Flammenmeer und einstürzenden Wänden umgeben sein können, und er hätte weiter vor sich hin gemurmelt und Noten bis ins Kleinste untersucht. Man hatte den Eindruck, dass er es beim Komponieren genauso machte, nur vermutlich noch rigoroser und akribischer, und auch dafür war man zutiefst dankbar, selbst wenn man gerade das Gefühl hatte, bis auf die Haut entblößt zu werden. Stephen wusste nicht, ob er lachen oder weinen sollte. Es erschien ihm geradezu aberwitzig, dass seine Oper in zwei Monaten Premiere haben sollte.

»Meinen Sie, das können wir wiederholen?«, fragte er Mozart reichlich verzagt, nachdem sie die Partitur durchgegangen waren. »Selbstverständlich bezahle ich dafür. Ich werde tagelang über all das nachdenken müssen, dennoch würde ich den Unterricht gern fortsetzen – es gibt für mich noch so viel zu lernen.«

»Diese hier gefällt mir sehr gut«, sagte Mozart und deutete mit dem Kopf auf die Partitur. Nach einem kurzen Moment fuhr er fort: »Ich frage mich, ob Sie es mir gestatten würden, diese Arie mit Ihrer Schwester zu probieren? Würde es Ihnen etwas ausmachen zu singen, Mademoiselle? Es ist viel zu lange her, dass ich mit Ihnen musiziert habe. Wenn Sie die Arie für mich singen, kann ich Ihrem Bruder zeigen, wie ich mir die Begleitung vorstelle.« Bei diesen Worten lag auf seinem Gesicht ein verträumter Ausdruck, seine Augen hatten die Farbe von Meerwasser angenommen. Lächelnd erhob sich Anna und trat zum Klavier. Mit einem leichten Widerstreben nahm Stephen ihren Platz auf dem Kanapee ein. Ihre Zofe Lidia blieb in der Tür stehen. Sie war so leise ins Zimmer getreten, dass er sie gar nicht bemerkt hatte. Ihr Kinn war spitz wie ein Pfeil, dachte er.

Mozart lächelte Anna zu. Nach einer kaum wahrnehmbaren Pause senkte er den Kopf und begann zu spielen.

Anna kannte die Arie bereits. Sie sang sie gut und ohne Anstrengung. Wenn man sie so sah, konnte man vergessen, dass sie kurz vor der Niederkunft stand. Vielmehr strahlte sie eine mädchenhafte Anmut aus. Ihre Wangen waren gerötet, und ihr Lächeln war ansteckend. Diesen Ausdruck nahm ihr Gesicht häufig an, wenn sie sang, so als fügte sich ihr Leben in diesem Moment zu einem Ganzen, als fände sie darin ihre Erfüllung. Doch heute schien diese Empfindung noch stärker als sonst zu sein. Hätte sie nicht so glücklich ausgesehen, hätte man meinen können, sie werde gleich in Tränen ausbrechen. Vielleicht wühlte das Wiedersehen mit ihrem Bruder sie derart auf, vielleicht war es auch Mutterliebe und Vorfreude auf ihr Kind. Stephen hatte ganz vergessen, wie wunderbar ihre Stimme war und wie unverfälscht und ungekünstelt. Sie klang einfach nur wie sie selbst.

Mozart warf die Begleitung jedoch völlig über den Haufen. Gleichermaßen befremdet wie fasziniert hörte Stephen zu, wie seine Musik unter den Händen eines anderen erklang – nur eben verändert, mitunter auf dramatische Weise verändert, durch das, was dieser wesentlich erfahrenere Komponist mit Harmonie und Melodie und Dynamik anstellte. Ihm war geradezu übel. War er wirklich so brav – so konventionell? Gerade diese Arie hatte er am liebsten gemocht. Für ihn war sie eine der besten Leistungen gewesen, die er in seinem Leben vollbracht hatte. Doch jetzt stellte sich heraus, dass sie nichts taugte.

Seine Schwester war glücklich, mit Mozart zu singen. Stephen war in der Erwartung nach Wien gekommen, sie verzweifelt oder verletzt vorzufinden, und jetzt zeigte sich, dass sie glücklich und wohlauf war. Den beiden zuzusehen war,

als würde man Schwalben am Himmel beobachten. Sie waren in anderen Gefilden, unerreichbar für ihn. Obwohl er diese Musik geschrieben hatte, war das Beste daran das, was sie daraus machten, die Phrasierung, das Tempo, die Fioretten, die Stephen selbst niemals eingefallen wären. Am liebsten wäre er auf die Knie gesunken.

»So ungefähr«, sagte Mozart. »Verstehen Sie? Natürlich war das nur eine kleine Improvisation. Sie sind wirklich ein Juwel, Mademoiselle, wie Sie mir folgen.«

Stephen stöhnte auf. »Sie bereiten mir Kopfschmerzen, Mozart.«

»Wie mein Herr Vater zu sagen pflegte«, erwiderte Mozart und schnitt eine Grimasse. »*Lern oder stirb! Lern oder stirb, mein Sohn!*«

»Ich fand sie vorher schöner«, flüsterte Lidia Stephen zu, nachdem Mozart gegangen war. »Ihre Arie hat mir besser gefallen.«

»Nun«, erwiderte er mit einem schiefen Lächeln. »Da bist du allerdings die Einzige.«

Doch den ganzen restlichen Tag über stärkte ihm Lidias Kompliment den Rücken, und im Lauf der Woche gelangte er immer mehr zu der Überzeugung, dass seine Oper eigentlich gar nicht so übel war, wenn man bedachte, dass Mozart um einiges älter war als er und seit frühester Kindheit komponierte. Nicht zu vergessen, dass sich alle immer beklagten, Mozarts Musik sei zu schwierig. Wahrhaftig, so betrachtet, war *Gli sposi malcontenti* eine außergewöhnliche Oper und würde ein rauschender Erfolg werden – vor allem, wenn Anna sie sang.

Trotzdem freute er sich auf das Wiedersehen mit Mozart und schwor sich, dass er sich das nächste Mal besser behaupten würde. »Er ist einfach brillant«, sagte er zu seiner Schwes-

ter. »Wobei ich nichts anderes erwartet habe – ich wage zu behaupten, dass ich zu seinen ersten Bewunderern zählte. Wie froh wäre ich, hätte ich so viel Talent wie er in seinem kleinen Finger! Doch dafür bin ich vernünftiger als er, ich habe keine Angst davor, mich dem öffentlichen Geschmack zu unterwerfen. Musik muss vor allem angenehm sein. Mozart weiß das, aber er steht sich selbst im Weg. Grundgütiger, und ich dachte, meine Orchestrierung wäre kompliziert! Ich fragte mich, ob ich zu weit gegangen bin! Niemals würde ich wagen, noch weiter zu gehen, und jetzt sieh dir Mozart an, der geht bis ans Ende der Welt. Würde ich ihn nicht so sehr bewundern, müsste ich annehmen, dass ihm nichts an seiner Zukunft oder seiner Familie gelegen ist.«

Gli sposi malcontenti

Während die Premiere von Stephens Oper näher rückte, sprachen die Geschwister Storace oft darüber, wie erstaunt ihr Vater über das Leben gewesen wäre, das sie jetzt führten. Mitzuerleben, wie Anna in einem kaiserlichen Opernhaus die Kompositionen ihres Bruders sang – zu wissen, dass Stephen sie geschrieben hatte –, unglaublich! Bei der Premiere war Anna fast im neunten Monat, wenngleich das nur ihre Mutter und Lidia wussten. Nicht einmal ihr Bruder wusste es. Er hatte eine vage Vorstellung, dass es bis zur Geburt noch einen oder zwei Monate dauern würde. Anna war jedoch ganz ruhig. Sie wusste, dass das Kind warten würde.

Am Premierenabend spiegelte sich auf Stephens Gesicht eine Art gelassener Aufgeregtheit, wie sie Anna selbst schon oft verspürt hatte – das Gefühl, dass alles getan war, was getan werden konnte, dass man es nicht besser hätte tun können und dass ein Traum wahr werden würde. Die Gelassenheit rührte von dem Wissen um die sorgfältige Vorbereitung und einem festen Willen her und die Aufgeregtheit von dem Wissen um die Unwägbarkeiten des Theaters.

Im Publikum befand sich der Herzog von York, der als Gast Josephs II. in der kaiserlichen Loge saß. Der erste Akt löste Heiterkeit aus und erntete Beifall. Stephens Musik war

mitreißend, das Libretto nicht schlechter als andere. Annas Kostüm verbarg ihren Zustand einigermaßen, auch wenn das Kind so viel Platz beanspruchte, dass ihr das Luftholen Schwierigkeiten bereitete. Die anderen Sänger gaben um Annas willen ihr Bestes. Das Orchester spielte wie gewohnt gut und glich Stephens eifriges und mitunter ein wenig sprunghaftes Klavierspiel aus. Er war so gefangen von diesem Moment, von der Glückseligkeit mitzuerleben, wie sein Kunstwerk Form annahm – Publikum, Bühne, Sprache, Musik –, dass man es ihm auch nachgesehen hätte, wenn er seinen eigenen Namen vergessen hätte.

Das, was während Annas Bravourarie am Ende des ersten Aktes geschah, hätte niemand vorhersehen können, am allerwenigsten sie selbst. Es passierte ohne jede Vorwarnung. Alles war wie immer. Auf der Bühne übertraf sie sich stets selbst, war eine bessere, noch mehr geliebte Anna, eine Anna, die von einer Aura aus Geheimnis und Glück und Macht umgeben war.

Das, woran sie sich später erinnern würde, waren die Momente zwischen Ahnungslosigkeit und Begreifen, diese wenigen Sekunden oder vielleicht sogar Minuten, in denen außer ihr noch niemand das Ausmaß ihres Missgeschicks erahnte; in denen die meisten noch nicht einmal mitbekommen hatten, dass es ein Missgeschick gab. Es begann mit einem krampfartigen Schmerz in ihrer Kehle – ein Messer in ihrer Luftröhre –, und gleich darauf schien es, als wäre sie mit Scherben gefüllt. Sie blieb am As hängen, an dem Wort *dolce*. Als sie hustete und sich räusperte und weiterzusingen versuchte, noch immer nichtsahnend, ertönte eine Stimme, die ihr fremd war, nichts als einzelne Krächzer und wie Feuer brennende Atemzüge und ein lächerliches Pfeifen. Das Orchester spielte weiter. Stephen, vor lauter Aufregung, dass sein gro-

ßer Moment gekommen war, praktisch taub für alles andere, bekam nicht mit, dass seine Schwester aufhörte zu singen, und war einer der Letzten, die den Kopf hoben. Doch Anna sah ihn. In seliger Versunkenheit hatte er die Augen halb geschlossen. Es wird ihm das Herz brechen, dachte sie.

Das Orchester spielte weiter – oh, noch viele schmerzhafte Takte lang. Michael Kelly, der mit ihr auf der Bühne stand, fiel aus seiner Rolle und eilte zu ihr.

»Das Kind?«, flüsterte er.

Anna sah ihn stumm an.

»Ist es das Kind, Anna?«

Im Publikum war es inzwischen totenstill geworden. Die Musiker des Orchesters, die ihr Unglück teils mitbekommen hatten, teils nicht, hörten nach und nach auf zu spielen. Jetzt blickte Stephen auf, seine Blicke trafen sich mit denen seiner Schwester, und langsam wich das verzückte Lächeln von seinen Lippen. Er musste denken, dass sie sich einen Scherz erlaubte oder dass sie es mit Absicht tat, weil sie ihn hasste. Und ein selbstsüchtiger Teil ihres Herzens wünschte, es wäre so, denn diesem plötzlichen und unvorstellbaren, diesem unerträglichen Verlust war sie hilflos ausgeliefert. Dort saß der Kaiser in seiner Loge. Dort saß der Herzog von York mit seinen Orden und seiner Enttäuschung. Dort saß ihre Mutter mit der Hand vor dem Mund, und Mozart beugte sich auf seinem Stuhl derart weit vor, als wollte er auf die Bühne springen und die Arie selbst zu Ende singen. Salieri, auf der anderen Seite des Mittelgangs, flüsterte seiner Mätresse etwas zu. Und jetzt begann der ganze Saal zu tuscheln. Die Orchestermitglieder sahen erschrocken zu ihr her. Anna schüttelte den Kopf, und jemand verfügte über so viel Verstand, den Vorhang fallen zu lassen.

Alle bestürmten sie mit Fragen. Sie wollten wissen, was ge-

schehen war und ob es etwas mit dem Kind zu tun hatte und ob sie die Oper trotzdem zu Ende singen konnte. Sie versuchte zu singen, aber es ging nicht. Sie hatte ihre Stimme verloren. Sie hatte etwas ganz Entsetzliches getan, sich gegen ihr himmlisches Geschenk versündigt, das Gleichgewicht zerstört. Von einem Moment auf den anderen waren die Mühen vieler Jahre zunichte.

Man veranlasste sie, sich auf den Boden zu legen, man schickte nach einem Arzt. Stephen kam herbeigeeilt, und man berichtete ihm, was geschehen war.

»Was machen wir jetzt?«, fragte er, wild um sich blickend. »Wer übernimmt ihre Partie?«

Er hatte sich neben sie gekniet und hielt ihre Hand, sah sie jedoch nicht an, er war zutiefst verstört. Noch hatte er das Unglück seiner Schwester nicht in seinem ganzen Ausmaß erkannt. Sie wirkte verzweifelt und gedemütigt, aber ansonsten schien sie bei bester Gesundheit zu sein, wohingegen seine neugeborene Oper, dieses wundersame, zerbrechliche Gebilde aus Geist und Luft, sich im Todeskampf wand. Sie hatten noch zwei Akte vor sich. Eine andere Sopranistin könnte vom Orchester aus singen, während Anna stumm agierte. Mehrmals machte er diesen Vorschlag. Er half Anna, sich aufzusetzen, um allen zu zeigen, dass sie wohlauf war. Er drängte sie aufzustehen – sie weinte und bekam vor lauter Panik kaum Luft –, bis endlich der Leibarzt des Kaisers erschien und sie anwies, sich wieder hinzulegen. Stephen beugte sich über sie, murmelte vor sich hin, man brauche eine Ersatzsängerin, und sah sich hektisch um, aber der Plan, seine Oper auf diese Weise zu retten, war nicht durchführbar. Erstens gab es niemanden, der Annas Part hätte übernehmen können. Zweitens verbot der Arzt, der solche öffentlichen Auftritte genoss, Madame Storace jedwede Anstrengung. Sie müsse zur Ader

gelassen werden, sie müsse Bittersalz trinken, man müsse ihr Wickel um Hals und Brust machen. Und drittens sei eine neue Oper eines unbekannten englischen Komponisten ohne Anna Storace keine Oper, die irgendein Wiener hören wollte. *Gli sposi malcontenti* starb um halb neun an diesem Abend in Wien und ging danach als *die Oper, die eine Lerche zum Verstummen gebracht hatte*, unrühmlich in die Geschichte ein.

Schwarze Galle

Der Arzt sagte, es bestehe keine Gefahr einer zu frühen Geburt, daher rühre Annas Zustand nicht. Das Problem sei vielmehr die schwarze Galle in ihrer Brust und ihrer Kehle, die einen Weg nach draußen finden müsse. Schwarze Galle sei die schlimmste Art von Galle, dick und giftig, dringe sie in alle lebenswichtigen Organe ein. Die schwarze Galle habe sich in ihrem Hals angesammelt, sei während der Bravourarie hervorgebrochen und habe sich in ihre Eingeweide und ihre Lunge ergossen. Wenn es ihnen nicht gelinge, sie freizusetzen, werde sie ihr das Herz abdrücken. Der Arzt verordnete Anna Eisbäder. Er ließ sie Bittersalz trinken, damit sie sich erbrach, was den Schmerz in ihrer Kehle nur noch verstärkte. Er ließ sie zweimal täglich zur Ader, bis sie völlig geschwächt war und delirierte. Lidia war so verzweifelt, dass sie damit drohte, sich das Leben zu nehmen. Der Anblick ihrer ausgemergelten und totenbleichen Tochter veranlasste Mrs. Storace schließlich zu der Erklärung, der Arzt sei ein Mörder, und sie schickte ihn weg.

Mrs. Storace fand eine alte Hebamme, eine stämmige Frau vom Land, die sogleich das Regiment übernahm, Anna mit anständigem Essen und kühlenden Getränken versorgte, sie wusch, frische Luft hereinließ und alles saubermachte. Und

wenngleich Anna nach wie vor keine Stimme hatte, so war doch wenigstens keine Rede mehr von der schwarzen Galle, die sie ausspeien müsse. Die Hebamme glaubte nicht an schwarze Galle. Sie sagte, das Zeug habe sie im Leben noch nicht gesehen. Sie verabreichte Anna einen Kräutertrank, der nicht bitter war, sondern mit Honig gesüßt. Sie sagte, Anna sei eine starke junge Frau, und es sei alles in Ordnung mit ihr. Anna war dankbar für ihre Freundlichkeit und hätte ihr gern geglaubt, doch es gelang ihr nicht. Ihr Hals schmerzte bei jedem Atemzug. Sie konnte kaum sprechen. Sie hatte Angst um ihr Kind, und sie hatte Angst, furchtbare Angst, dass sie bei der Geburt sterben würde. Sie betete, dass es gar nicht erst herauskommen würde, damit sie keine Schmerzen leiden müsste.

Doch die Geburt verlief reibungslos, so wie es die Hebamme vorhergesagt hatte. Anna war stark und tapfer. Sie gab kaum einen Laut von sich, um den Rest, der ihr von ihrer Stimme noch geblieben war, zu schonen. Kurz nach der Geburt wurde Anna jedoch sehr krank.

Das kleine Mädchen hatte Benuccis Augen. Sie gaben es zu einer Amme. Niemand wusste, dass die Amme an einer Krankheit litt, die sie auf das Kind übertrug, und es starb, als es gerade eine Woche alt war. Vor Anna hielten sie seinen Tod zwei Wochen lang geheim, und als sie es ihr schließlich sagten – sie hatte darum gefleht, ihr Kind sehen zu dürfen –, klang ihr leises Wehklagen schauerlich, und danach weigerte sie sich zu essen oder zu sprechen oder auch nur jemandem ein Zeichen zu geben, und lange Zeit fürchteten sie, sie würde sich nicht mehr erholen.

Mesmer

Der Kaiser war ein regelmäßiger Gast im Salon der Gräfin Thun. Er war ebenso in sie verliebt wie alle anderen, und sie behandelte ihn genau so, wie er es sich am sehnlichsten wünschte: wie einen ganz gewöhnlichen Mann.

Ihr Gatte, Graf Thun, war seit Neuestem ein Anhänger von Dr. Franz Mesmer und seinem wundersamen Magnetismus, und zusätzlich zu der besten Musik und den geistreichsten Unterhaltungen in ganz Wien wurde den Gästen des Thunschen Salons nun noch ein neues, aufsehenerregendes Thema geboten. Der Kaiser, der eine Schwäche für alles Moderne hatte, war von dieser neuen Medizin, bei der ein Patient lediglich mit Magnetismus behandelt wurde, ebenfalls fasziniert.

Einige Jahre zuvor hatte Dr. Mesmer Wien in Schimpf und Schande verlassen, nachdem es ihm nicht gelungen war, eine junge erblindete Pianistin zu heilen. Jahrelang hatte der Kaiser zu denen gezählt, die ihn für einen Scharlatan hielten. Aus Paris, wo Mesmer inzwischen praktizierte, waren jedoch vielversprechende Nachrichten nach Wien gedrungen, und Josephs Schwester Marie Antoinette, die Königin von Frankreich, lobte die rasche und schmerzlose Heilbehandlung des Arztes in höchsten Tönen. Graf Thun war zwar nie

von Mesmer persönlich behandelt worden, doch er hatte die Hilfe einiger seiner jungen Adepten in Anspruch genommen und eine nicht unerhebliche Verbesserung an seinem von der Gicht befallenen Fuß feststellen können. An diesem Abend hatte einer dieser Schüler seine Gerätschaften in einem Nebenzimmer aufgebaut, und die Gäste betraten das Heiligtum zu zweit oder dritt, um sich behandeln zu lassen. Der Kaiser lehnte es ab, den jungen Mesmeristen aufzusuchen, verfolgte das Ganze jedoch mit regem Interesse. Alles, was mit Wissenschaft zu tun hatte, interessierte ihn, und in einem musikalischen Salon wie diesem kam einem unweigerlich eine ganz bestimmte Kranke in den Sinn.

»Mir kommt soeben ein Gedanke«, sagte er zur Gräfin. Er trank einen Schluck Wein und aß etwas Konfekt. »Mir kommt soeben der Gedanke, dass es an der Zeit ist, Dr. Mesmer nach Wien zurückzuholen.«

»Tatsächlich, Euer Majestät?«, fragte die Gräfin. »Wie aufregend das wäre – für alle, die an gewissen Beschwerden leiden, Schwächen, denen die gewöhnlichen Ärzte ratlos gegenüberstehen.«

»*Meine* Ärzte nicht«, korrigierte der Kaiser sie mit einem Lächeln. Die Gräfin neigte den Kopf und murmelte einige entschuldigende Worte. »Doch selbst sie«, fuhr der Kaiser fort, »haben nicht die geringste Ahnung, wie zu bewerkstelligen ist, dass Mademoiselle Storace wieder singen kann. Man hat der Ärmsten beinahe den letzten Tropfen Blut abgezapft, sie in Eiswasser und Meerwasser getaucht, sie alle möglichen Pulver schlucken lassen, sie auf den Kopf gestellt und gedrückt und gequetscht, und wofür das alles? Mesmer könnte binnen weniger Wochen hier sein. Womöglich ist er genau der, den die kleine Storace braucht. Er kann gut mit nervösen jungen Damen umgehen.«

»O ja«, erwiderte die Gräfin. »Sie erschien mir stets wie jemand, der von jenem Äther, wie Dr. Mesmer ihn bezeichnet, der durch unseren Atem und unsere Adern fließt, im Übermaß besitzt. Bei jeder Begegnung mit ihr verspürte ich eine erstaunliche Anziehung – einen geradezu körperlichen Sog. Es betrübt mich sehr, dass sie krank ist.«

»Fürwahr«, sagte der Kaiser nachdenklich. »Es geht ein gewisser Sog von ihr aus, wie Sie sagen.«

»Wie bei allen großen Künstlern«, sagte die Gräfin mit einem Lächeln. »Vermutlich veranstalte ich nur deshalb diese Salons, damit ich die großen Geister aus der Nähe sehen kann und etwas von ihrem Strahlen auf mich übergeht – von ihrem Magnetismus.« Sie hielt kurz inne und betrachtete einen flackernden Kerzenleuchter. »Es kann wohl nicht anders sein, als dass dieser Glanz, dieses Strahlen – das helle Leuchten dieses Äthers, den sie in sich tragen und der so viel dichter und heißer ist als der unsere – auch stärker von Verknotungen und Blockaden und Verklumpungen befallen wird. Sie sind in größerer Gefahr, bringen ihre Säfte aus dem Gleichgewicht, setzen sich schutzlos Widrigkeiten und Verzweiflung aus. Meinen Euer Majestät nicht auch? Und die arme Madame Storace musste mehr durchmachen, als selbst der gleichmütigste Mensch ertragen könnte.«

»Mag sein, Madame. Doch ist es wohl ganz gut, dass es starb, bevor sie Gefühle dafür entwickeln konnte. An meinem Hof stellt sich eine alleinstehende Frau ohne ein solches Anhängsel besser. Sehr viel besser. Sie sollte froh sein.«

»Ich weiß nicht, Euer Majestät«, widersprach die Gräfin mit größter Bescheidenheit, »wir Frauen sind doch willensschwächer, als Euer Majestät uns zugestehen. Säuglinge und kleine Kinder lassen unser Herz dahinschmelzen und diejenigen, die wir selbst unter dem Herzen trugen, unser Fleisch

und Blut also – nun, in diesem Fall könnte der animalische Magnetismus nicht stärker sein, Euer Majestät. O nein, sie hat den Tod des Kindes gespürt. Ganz gewiss hat sie ihn gespürt. Ganz gewiss spürt sie ihn auch jetzt. Kein Wunder, dass sie nicht zum Singen aufgelegt ist.«

Kokon

Die Vögel vor ihrem Fenster erinnerten Anna an die Singvögel in der Toskana. Sie jubilierten auf die gleiche Weise und tauchten in den Aprilhimmel mit derselben Heiterkeit, die ihr früheres Leben gehabt hatte. Gern hätte sie gesehen, was für Vögel es waren, doch die Fenster waren fest verschlossen, und auf den Scheiben lag eine dicke Staubschicht.

Es war mitten am Nachmittag, und sie lag noch immer im Bett. Am Vormittag war der neue Arzt da gewesen, hatte sie zur Ader gelassen und ihr erklärt, sie müsse mehr essen, sie solle im Prater spazieren gehen. Sie wäre gern im Prater spazieren gegangen – nichts wünschte sie sich sehnlicher. In diesem Zustand befand sie sich jetzt bereits seit einem Monat. Ihre Glieder und ihre Muskeln schrien förmlich danach, bewegt zu werden. Aber allein das Bett zu verlassen, zu baden, sich anzuziehen und hinaus in die kalte, ungewohnte Luft zu treten, hätte eine entsetzliche Anstrengung bedeutet, die ihr unmöglich war. Manchmal war es schon zu schwer, den Arm zu heben. Es kam vor, dass sie stundenlang auf der linken Seite lag und sich gern auf die rechte Seite gedreht hätte, es aber nicht tat, weil es ihr zu mühsam erschien.

Ohne Vorwarnung quollen Tränen aus ihren Augen, so wie zuvor aus ihren Brüsten Milch gequollen war. Die meiste

Zeit fühlte sie sich jedoch wie ausgetrocknet, in ihrem eigenen Körper gefangen. Sie spürte, wie ihr Herz gegen ihre Rippen schlug. Der erste Arzt hatte erklärt, in ihrer Brust befinde sich schwarze Galle, die ihr das Herz abdrücke. Wenn sie an das Mädchen dachte, das sie einst gewesen war, das Mädchen, das geschimmert und getanzt hatte wie Pappelblätter in der Morgensonne, dessen einziges Bestreben es gewesen war, andere froh zu machen, und das jetzt kaum sprechen konnte und keine Lust hatte, sich zu bewegen, tat sie sich unendlich leid. Noch nie war jemand unglücklicher oder schwächer oder bedauernswerter gewesen als sie. »Ich habe alles richtig gemacht«, flüsterte sie vor sich hin. Sie konnte jetzt wieder sprechen. Aber die Stimme war nicht die ihre. Sie wollte sie nicht hören.

Sie hatte alles richtig gemacht. Sie war fröhlich und gut gewesen. Kein Ungemach hatte sie erschüttert, nicht so wie jetzt. Selbst an Johns Seite war sie noch in der Lage gewesen zu singen.

Stephen machte sich Vorwürfe, weil aus seiner Feder die Arie stammte, die ihr die Kehle zerrissen hatte, eine Arie wie die vergiftete Spindel, die das unschuldige Dornröschen ins Verderben stürzt. Sie hatten beide nicht vergessen, wie Stephen sich an jenem Abend verhalten hatte, als wäre seine Oper wichtiger als sie, was er sich niemals verzeihen werde, wie er sagte.

In den ersten Wochen hatte sie sich den anderen mit Hilfe eines Merkhefts und eines um ihren Hals hängenden Stifts mitgeteilt. Bis dahin war ihr nicht klar gewesen, wie viel sie für gewöhnlich redete. Doch da niemandem viel daran lag, mit einer kritzelnden Stummen zu kommunizieren, und da ihr nicht viel an der Gesellschaft anderer Menschen lag, hatte sie es bald wieder aufgegeben. Und je länger sie das Bett hü-

tete, desto schwerer fiel ihr die Vorstellung, es zu verlassen. Lidia flehte sie an. Sie bettelte, befahl und betete. Sie nahm ihr Stift und Heft weg, sobald klar war, dass Anna sprechen konnte, ohne sich selbst Schaden zuzufügen. Aber noch immer sprach Anna so wenig wie möglich, und wenn, dann war es nur ein schwaches Flüstern. Es tat nach wie vor weh. Ein ferner kleiner Schmerz. Ihre Stimme war wie ein Bleiglasfenster, das jemand mit einem Stein eingeworfen hatte. Um die aus der Einfassung ragenden Scherben pfiff ein rauer Wind.

Wenn sie nicht singen konnte, konnte sie nicht leben. So wie das arme Kind nicht gelebt hatte. Sie hätte es nach der Geburt gern im Arm gehalten, aber sie war nicht in der Lage gewesen, die Arme zu heben, und dann hatten sie es ihr weggenommen, und Anna hatte den Kopf zur Seite gedreht und es geschehen lassen. Und jetzt konnte sie es Benucci erst recht nicht mehr sagen. Das Wachtelei war geplatzt, hatte ihre Kehle vergiftet, ihre Lunge mit Schleim und der zerbrochenen Schale gefüllt.

Es war besser, über all das nicht nachzudenken. Wenn sie nicht singen konnte, brauchte sie nicht zu leben. Ohne den Gesang war sie nichts, hatte sie nichts, keine Persönlichkeit, kein Ziel, kein Wissen, kein Können – nichts, womit sie irgendjemanden glücklich machen konnte. Sie war ohne Nutzen. Und je länger sie ohne Nutzen war, desto länger tat sie nichts, desto bemitleidenswerter wurde sie. Ein Messer an ihrer Kehle und Schleim, der von ihren Rippen tropfte, und das müde Herz, das sich in ihr zu Tode schlug. Das arme, arme Kind. Zwei Wochen lang hatten sie es ihr nicht gesagt. Zwei Wochen lang hatte sie gedacht, dass es lebte, sich vorgestellt, wie es lächelte, seine schwarzen Augen und die weichen Wangen und die zuckenden Händchen. Und dabei war es die ganze Zeit tot gewesen.

Sie lag auf der Seite und starrte wie üblich an die Wand, als von unten Musik zu ihr heraufdrang. Sie drehte den Kopf und runzelte die Stirn. Stephen versuchte wieder einmal, sie mit seinem Klavierspiel aus dem Zimmer zu locken. Sie würde sich jedoch nicht herauslocken lassen. Musik bereitete ihr inzwischen nur noch Schmerz, und das wusste er. Natürlich musste er spielen, um zu komponieren und seine Finger geschmeidig zu halten, aber heute, das ahnte sie, tat er es, um sie aus dem Zimmer zu locken. Hin und wieder unternahm er den Versuch, sie aus ihrer Erstarrung zu holen und sie aufzumuntern, er brachte ihr kleine Geschenke, erzählte ihr Geschichten, schlich auf Zehenspitzen in ihr Zimmer. Unausgesprochen stand zwischen ihnen, dass ihr Leben und ihre Kunst wichtiger waren als seine, dass sie für ihrer aller Lebensunterhalt sorgte, dass die Wiener Bevölkerung mit Ungeduld auf die Nachricht von ihrer Genesung oder ihrem Tod wartete. In ihrem Unglück war sie zu einer Art Legende geworden. Es hieß, sie wolle ihrem Leben ein Ende setzen. Es kursierten Gerüchte, sie habe ihr Kind umgebracht.

Sie war tatsächlich eine andere geworden. Nachdem ihr alles genommen worden war, was ihren Platz in dieser Welt ausgemacht hatte, nachdem ihr Innerstes entblößt worden war, ein, wie sich zeigte, ziemlich unbedeutendes Innerstes, gab es nichts mehr, an dem sie sich hätte festhalten können.

Noch immer mit gerunzelter Stirn drehte sie sich auf den Rücken und schloss die Augen. Doch unwillkürlich lauschte sie der Musik, die so lieblich zu ihr heraufschwebte. Sie konnte sie nicht einfach ignorieren. Abgesehen davon war es still im Haus, und sie hatte nichts zu lesen oder zu schreiben oder sonst irgendetwas zu tun. Deshalb hörte sie zu. Wenn sie dabei lächelte, dann nur über die Einfältigkeit ihres Bruders, der glaubte, er könnte sie damit aus ihrem Zimmer

locken. Wenn ihre Atemzüge tiefer wurden, dann nicht vor Vergnügen, ganz gleich, wie kurzweilig Melodie und Gegenmelodie auch waren – ganz gleich, wie lange es her war, dass sie etwas Ähnliches gehört hatte.

Und dann, ohne dass sie gewusst hätte, wie, war sie auf einmal mit Hilfe eines Fußschemels aus dem Bett geklettert und in ein Morgenkleid und Hausschuhe geschlüpft. Die Haare fielen ihr offen über den Rücken. Sie sah in den Spiegel und kniff sich in die Wangen, um ihnen etwas Farbe zu verleihen. Doch eigentlich war es egal, ob sie bis in alle Ewigkeit derart blass aussah, totenblass, weil sie nie mehr eine Bühne betreten musste, in ihrem ganzen Leben nicht mehr. Die Musik schwebte von unten herauf durch ihr Zimmer, schien den Duft von Jasmin mit sich zu tragen. Man musste ihrem Ruf einfach folgen. Sich an das Geländer klammernd wie ein betrunkener Seemann, stieg sie langsam die Treppe hinunter. Abgesehen von dem Klavierspiel war es im Haus völlig still. Irgendwo musste ihre Mutter mit einer Näharbeit oder ihrer Korrespondenz sitzen, und Lidia und die anderen Dienstboten gingen ihren Beschäftigungen nach oder hielten ein Nickerchen. Seit Anna krank war, waren sie dazu übergegangen, nach eigenem Gutdünken zu schalten und zu walten.

Als sie den schmalen Vorraum erreichte, wurde die Musik lauter und klarer, und in diesem Moment begriff sie, dass sie nicht von ihrem Bruder kam. Stephen konnte nicht so spielen, niemals, selbst wenn er sich noch so anstrengte und übte, konnte er das nicht.

Mozart, natürlich.

Die Tür stand offen. Dahinter lagen der Salon und das Musikzimmer, beide sonnendurchflutet. Noch nie hatte sie so viel Sonne gesehen, nicht in Wien. Sie strömte durch die Fenster herein und ließ die Staubkörnchen auf den Porzel-

lanschäferinnen auf dem Kaminsims glitzern. Sogar die großen schweren Blüten schienen sich in ihren Vasen der Sonne entgegenzurecken und das Schicksal eines langsamen Sterbens Lügen zu strafen. Anna dachte an ihre Magerkeit, ihre aschfahle Haut, ihr ungekämmtes Haar, die Augenringe und blieb an der Tür stehen. Sie konnte sich nicht daran erinnern, wann sie sich das letzte Mal gewaschen hatte. Sonnenlicht und Musik brandeten durch das Zimmer und füllten jeden Winkel aus. Sie konnte sich beinahe dagegenlehnen.

Mozart sah sie mit einem stillen Lächeln an, als wäre sie ein seltenes Nachtgeschöpf, das er an den Rand des Waldes gelockt hatte. Er wirkte, als würde er meditieren, gefangen genommen von dieser Musik, die er nicht niederschrieb, nicht ablas, sondern in die Luft warf wie lose Perlen.

Sie stand in der Tür. Mehr vermochte sie nicht. Nach einer Weile, fünf Minuten, vielleicht auch zehn, begann selbst das Stehen sie zu ermüden, doch zurückziehen mochte sie sich auch nicht, zu groß war der Zauber der Musik. Also ging sie zu der Chaiselongue und legte sich vorsichtig hin, während Mozart einfach immer weiterspielte.

Als er schließlich innehielt – die Hände auf den Tasten verharrend, als werde er sein Spiel gleich fortsetzen –, wandte Anna den Kopf und fragte leise, wo ihr Bruder sei.

Mozart erwiderte, er sei gekommen, um Stephen eine Unterrichtsstunde in Komposition zu geben, Stephen habe jedoch in einer dringenden Angelegenheit außer Haus gemusst und ihm, Mozart, gestattet, während seiner Abwesenheit dieses wunderbare Klavier auszuprobieren. Mozart entschuldigte sich dafür, sie gestört zu haben. Er habe nicht gewusst, dass jemand zu Hause sei.

Das entsprach wohl nicht der Wahrheit. Er musste gewusst haben, dass sie zu Hause war, ans Bett gefesselt. Sie schüt-

telte jedoch den Kopf und legte eine Hand auf ihr Herz, um ihm zu verstehen zu geben, dass sie sich keineswegs gestört fühlte.

Sie war so mit ihrem Elend beschäftigt gewesen, dass sie kaum noch an ihn gedacht hatte. Sein Strahlen, seine Neugier, seine Musik. Mit leiser Stimme bat sie ihn, noch etwas zu spielen. Er lächelte scheu und erwiderte, es gäbe nichts, was er lieber täte, als für sie zu spielen. Und ein paar Minuten lang, sie hätte nicht sagen können, wie lange, erfüllte er ihre Bitte.

Mit geschlossenen Augen ließ sie sich zurücksinken. Wenn sich ein paar Tränen unter ihren Lidern hervorstahlen, dann waren es nicht die bitteren Tränen über ihre Gefangenschaft, sondern weiche, süße Tränen. Tränen der Verwunderung über den Frieden, die Sanftheit, die Klarheit, die sie umgaben. Schließlich endete er, sagte stockend, er habe ihren Gesang vermisst und er finde keine Ruhe und könne nicht komponieren. Er vermisse sie. Er bat sie, zu ihnen zurückzukommen. Sie schüttelte jedoch den Kopf und erwiderte, sie könne nicht singen, sie fürchte, sterben zu müssen.

»Singen Sie für mich«, sagte er, »und ich küsse Ihnen tausendmal die Hände.«

Sie sah ihn verwirrt an. Also deshalb war er hier. Nicht um für sie zu spielen, sondern um sie dazu zu bringen, wieder zu singen. Erneut spürte sie den Schleim, die Schwere. Er war kein Sänger. Er konnte es nicht wissen. Wenn sein Klavier verstimmt war, wenn eine Saite seiner Geige riss, dann konnte er jemanden rufen, den Schaden selbst beheben oder sich ein neues Instrument bauen lassen. Selbst wenn er seine Hände nicht mehr gebrauchen könnte, wäre ein guter Arzt vermutlich rasch in der Lage, die Ursache dafür festzustellen. Bei einer Sängerin, die nicht mehr singen konnte, verhielt es sich anders. Nein, es war unmöglich. Sie protestier-

te leise, aber bestimmt. Der Gedanke, er würde ihre Stimme ächzen und knarren hören wie den Karren eines Lumpensammlers, war ihr unerträglich. Sie würde seiner Bitte nicht nachgeben – sich nicht vor ihm erniedrigen.

Er schüttelte den Kopf. »Halten Sie mich wirklich für einen solchen Dummkopf? Meinen Sie, meine Ohren sind so wenig empfindsam, dass sie vergessen könnten, was Sie waren?«

Waren. Was Sie waren.

»Das geht nicht«, fuhr er fort. »Man darf dem Locken der Vergangenheit nicht nachgeben. Man muss stets nach vorne blicken und furchtbar gut und tapfer sein. Alles andere ist undenkbar. Es passt auch gar nicht zu Ihnen. Sie sind kein Feigling. Sie suhlen sich nicht in Selbstmitleid und Verzweiflung.«

»Oh, Signor, aber genau das tue ich«, presste sie flüsternd hervor, mit einem falschen, selbstgefälligen Lachen. »Das ist mein *métier*. Sie verwechseln mich. Mit einer meiner Rollen.«

Er straffte die Schultern. Die Geste hatte etwas Kindliches, sie war die eines schmächtigen Jungen, der in der Schule von allen übersehen wurde und nun versuchte, den Helden zu spielen. »Ich habe Sie nicht verwechselt. Ich will Sie wiederhaben.«

Sie starrte ihn an, ihr Hals schmerzte und spannte wie eine durchgebogene Gerte. »Signor Mozart«, flüsterte sie. »Mir scheint, Sie sollten in Ihrem Herzen Platz für eine andere Sopranistin schaffen. Mit dieser hier verschwenden Sie nur Ihre Zeit. Sie sollten besser komponieren, statt eine zerrissene Saite dazu bringen zu wollen, die losen Enden wieder miteinander zu verknüpfen. Nicht einmal Gott kann so etwas von einer armseligen kleinen Saite verlangen.«

Es war die längste Rede, die sie seit vielen Wochen gehalten hatte, und sie brachte sie so leise vor, dass Mozart sich anstrengen musste, sie zu verstehen. Sie lächelte wehmütig und zupfte an den Rüschen ihres Morgenkleids.

»Ich sehe alles Mögliche in Ihnen«, sagte er. »Aber gewiss keine armselige kleine Saite.«

»Nun«, erwiderte sie, »das ist Ihnen unbenommen.«

Er blickte enttäuscht auf das Klavier und spielte ein paar Takte einer langsamen Melodie. Es schwang eine schwermütige Süße darin mit, gleich der Dämmerung an einem Wintermorgen – in einer Reihe von melancholischen Klängen schwebte sie empor, als wollte sie die lang anhaltende Dunkelheit durchbrechen.

»Das ist ein herrliches Klavier«, sagte er. »Meines ist auch gut, aber auf andere Art. Wie glücklich darf ich mich schätzen, dass ich zwischen den Instrumenten wechseln kann.«

»Ja«, sagte sie. Seine Bemerkung brachte sie zum Lächeln; sie würde niemals eine andere Stimme haben, so wie sie niemals ein anderes Leben haben würde. Seine Augen blickten sie freundlich an, in diesem Licht wirkten seine Brauen heller als sonst. Seine Haut zeigte eine schimmernde Blässe wie das Innere einer Muschelschale. Er hatte seinen Rock abgelegt und saß in einer schlichten Weste und Hemdsärmeln vor ihr, Hals und Rücken gerade aufgerichtet, die Schultern schmal, doch zugleich kräftig, so wie auch seine Arme und seine Handgelenke kräftig waren vom vielen Klavierspielen.

Schon öfter war ihr ein bestimmtes Lächeln an ihm aufgefallen, ein nach innen gerichtetes Lächeln, das kaum die Mundwinkel erreichte, ein Lächeln voller Zuversicht und Gelassenheit, von dem er vermutlich gar nichts wusste und in dem sich eine verborgene Empfindung widerspiegelte. Dieses Lächeln lag jetzt auf seinem Gesicht, als er sie ebenso

freundlich wie traurig ansah. »Möchten Sie, dass ich gehe?«, fragte er.

Sie schüttelte den Kopf.

Er erhob sich und begann, im Zimmer auf und ab zu gehen. Er musterte die Porzellanschäferinnen, die Blumen. Er schüttelte seine vom Spielen beanspruchten Arme und Handgelenke aus. Seine Füße waren schmal und leicht nach innen gedreht. Die Ärmel seines Hemds reichten ihm bis zu den Fingerknöcheln. Er dehnte seine Finger, streckte die Arme. »Wie können Sie nur derart leben! Wie ertragen Sie das? Wie können Sie sich selbst so etwas antun, wo Sie so jung und hübsch sind und noch so viel vor Ihnen liegt und es so viel zu tun und zu singen gibt? Ich hätte zu Ihnen kommen müssen, als Sie diesen Hundsfott geheiratet haben. Ich war ein Idiot, dass ich es nicht getan habe.«

»Sie haben es versucht«, entgegnete sie. »Sie waren der Einzige, der es versucht hat.«

In großer Erregung schüttelte er den Kopf und sagte rasch: »Ich glaube nicht, dass Sie nicht singen können. Keinen Moment lang glaube ich das. Wenn Sie sprechen können, können Sie auch singen.«

Sie hätte nicht herunterkommen sollen. Sie hätte sich nicht von ihm aus ihrem Zimmer locken lassen sollen.

»Ich weiß, wie es ist, ein Kind zu verlieren«, sagte er. »Ich weiß, was eine Geburt für eine Frau bedeutet.« Er kniete sich neben sie. Seine Augen glänzten. »Singen Sie für mich, Anna«, murmelte er, »und ich küsse Ihnen *hunderttausendmal* die Hände.«

Sie schüttelte den Kopf und flüsterte: »Nein.« Mozart nahm ihre Hand und küsste ihre Handfläche.

Sie rang nach Luft. Das Zimmer war von der hellen Sonne erfüllt. Er lehnte sich gegen die Chaiselongue und berührte

dabei ihre Hüfte. Über ihren Schoß hinweg ergriff er ihre andere Hand und küsste sie ebenfalls. Dann zog er ihr Gesicht zu sich heran und küsste sie auf den Mund. Ihre Haare fielen über sie wie ein Vorhang.

»Sehen Sie«, sagte er leise und musterte sie mit großen, forschenden Augen. »Das waren schon drei. Jetzt müssen Sie es tun, Mademoiselle. Ich habe Ihnen einen Abschlag gegeben.«

Sie ließ sich jedoch nicht umstimmen. Sie konnte nicht. Sie konnte kaum sprechen. Nach einer Weile erhob er sich, und sie dachte schon, er werde gehen, und wappnete sich dagegen, wieder allein zu sein. Stattdessen ging er zum Klavier und spielte ohne Unterbrechung eine weitere halbe Stunde, bis Stephen nach Hause kam. Er spielte, als hätte sie ihm alles gegeben, was er begehrte. So gut, wie sie ihn noch nie gehört hatte – so gut, dass man an nichts anderes denken konnte. Seine Finger verteilten die Küsse auf den Tasten. Ihre Hände lagen in ihrem Schoß, wo er sie hingelegt hatte, als wären sie dort verwelkt.

Äther

Mesmer nahm Annas Behandlung im Musikzimmer vor. Sie war eine besondere Patientin. Der Kaiser kam für alles auf. Mesmer brachte eine Nachbildung seines *baquet* mit, eines magnetisierten eichenen Zubers, den er für Gruppenbehandlungen verwendete. Der Zuber hatte etwa die Größe eines kleinen kreisrunden Beistelltischs und wurde mit einem glänzenden braun lackierten Deckel mit intarsierten Freimaurersymbolen verschlossen. Dieser Deckel war am Rand mit langen gebogenen Eisenstangen versehen, die an Spinnenbeine erinnerten. Wie Mesmer Anna erklärte, steckten diese Stangen im Inneren des Behälters in Glasflaschen, die auf einem Boden aus zerstoßenem Glas, Schwefel und Eisenspänen standen. Der Zuber wurde bis zum Rand mit magnetisiertem Wasser gefüllt. Um ihn zu tragen, brauchte es zwei Männer. Neben dem *baquet* stand die Glasharmonika des Doktors, ein aus runden Glasschalen bestehendes Musikinstrument. Wenn sein Gehilfe die auf einer Achse angebrachten Schalen mittels eines Pedals drehte und sie mit angefeuchteten Fingern oder einem feuchten Tuch berührte, gaben sie hohe, durchdringende Töne von sich. Zu dieser Musik führte Franz Mesmer seine Behandlungen durch.

Er hatte Anna gebeten, nichts weiter als einen weiten

Baumwollkittel anzuziehen, um die wirkungsvolle Übertragung der magnetischen Energie zu gewährleisten. Damit sich Anna während der Behandlung trotzdem halbwegs geschützt fühlte, hatte er um den Zuber herum mehrere Paravents aufgestellt. Lidia und Annas Mutter nahmen außerhalb dieses Paraventkreises Platz.

Mesmer zog sich zurück, um seine Gewänder anzulegen, während Anna in ihrem luftigen Kittel barfuß dastand und auf die Rückkehr des Arztes wartete. Sie war überzeugt, dass er ein rechter Quacksalber war, und hätte der ganzen Sache nicht zugestimmt, wenn nicht Mozart Mesmer gekannt hätte. Mesmer hatte Mozarts erstes Singspiel, *Bastien und Bastienne*, in seinem privaten Gartentheater aufführen lassen, außerdem war er mit Mozarts Vater befreundet und ein Freimaurer. Mozart hatte Anna in einem Brief versichert, dass der Doktor wahre Wunder vollbringen könne. Seit er für sie gespielt hatte, war eine Woche vergangen. Jeden Abend ging sie mit der Erinnerung im Herzen zu Bett. Davon abgesehen schien alles unverändert.

Mesmer kehrte in gelben Pantoffeln und einem langen dunkelroten Mantel zurück. Zwischen seinen weit auseinanderstehenden Augen hatten sich tiefe Falten eingegraben, als hätte er viel Zeit seines Lebens darauf verwendet, sich die Schmerzen und Kümmernisse anderer vorzustellen. Sein Gesicht zeugte von Aufrichtigkeit und großem Mitgefühl und vermochte Glauben, Hingabe und Vertrauen zu wecken. Er ermahnte Lidia und Mrs. Storace, sich still und respektvoll zu verhalten, damit die Übertragung der Energie nicht gestört würde. Für den Fall, dass Anna Hilfe brauchte, sollte sie mit einer Glocke läuten.

»Beginn mit der Musik«, sagte er, und sein Gehilfe drehte die Kurbel und ließ den klaren, ätherischen Klang der Glas-

harmonika ertönen, der sich im Zimmer ausbreitete wie ein Chor aus den Stimmen winziger Kastraten.

»Wohlan«, sagte Mesmer ernst. Er legte seine Hände auf Annas Schultern. Sie fühlten sich wie weiche Gewichte an, waren schwer und einfühlsam, und sie schnappte erschrocken nach Luft und wäre beinahe ohnmächtig geworden. Er blickte ihr in die Augen. »Ich verstehe«, sagte er. »Mein armes Kind, in welch bedauernswertem Zustand befinden Sie sich.« Und zu ihrer Überraschung – und ihrer Erleichterung – nahm er sie in die Arme. Seine Daumen rieben ihren Rücken. Ihr Gesicht lag an seiner Schulter, er roch nach Weihrauch. »Da«, murmelte er und drückte sie noch etwas fester an sich. »Spüren Sie das? Das ist Ihre magnetische Energie, Ihre und meine. Das ist die Kraft, die durch alles fließt, durch jedes Tier und jeden Menschen. Ihre ist schwach und träge, sie fließt nicht, meine dagegen ist ein reißender Strom, ich gebe Ihnen davon ab, so viel Sie wollen. Spüren Sie es?«

»Ich weiß nicht«, flüsterte Anna. Eines ihrer Knie gab nach. Hätte der Doktor sie nicht gehalten, wäre sie zu Boden gestürzt.

»Sehen Sie«, sagte er sanft und richtete sie wieder auf. »Gerade hat sich eine Ihrer Blockaden gelöst. Wir müssen sie alle beseitigen. Sie müssen mir helfen, die astralen Flüsse zu kanalisieren und Ihren Äther in einem schönen, reinen Strom fließen zu lassen.« Er löste sich von ihr und nahm ihre Hände, rieb mit seinen Daumen über ihre Handrücken. »Sie haben sich ganz und gar verschlossen. Ihre Lebenskraft ist wie ein stehendes Gewässer. Wie soll jemand singen, wenn in seinem Inneren ein fauliger Tümpel ist? Das kann er nicht! Die schwärenden Wunden in seinem Inneren schwächen ihn und lassen ihn verstummen!«

Währenddessen entströmte der Glasharmonika weiterhin

ein Wasserfall klagender Töne und hüllte sie ein. »Wo sitzt Ihr Schmerz?«, flüsterte Mesmer.

Anna schloss die Augen. Sie hatte nicht erwartet, dass die Behandlung etwas in ihr bewirken würde. Vielmehr hatte sie angenommen, dass im schlimmsten Fall nach der Behandlung alles genauso sein würde wie vorher, und im besten, dass sie ihr eine Stunde lang Ablenkung verschaffen würde. Doch dieser Doktor machte, dass ihre Beine zitterten und sich ihr Kopf leicht anfühlte, als würde sich ihr Geist immer weiter ausbreiten, bis er nur mehr ein zarter Hauch war. Mit zitternder Hand berührte sie ihre Kehle.

Mesmer nickte. Die Augen in Konzentration halb geschlossen, fuhr er mit den Händen links und rechts an Annas Hals entlang, und erneut hatte sie das Gefühl, ein schweres und zugleich sanftes Gewicht würde sich auf sie legen, heiß und kribbelnd, als die magnetische Energie geweckt wurde und zwischen ihnen zu fließen begann.

»Ich spüre die Hitze«, sagte Mesmer. »Ich spüre die Taubheit … die Leere …, ja, da, da.« Fest und sanft zugleich strichen seine Finger über ihren Hals und drehten dabei ihren Kopf, als würden sie Ton formen. Dann glitten seine Hände über ihre Schlüsselbeine zu ihren Armen, und er ließ sie sich vor das *baquet* knien, um sich dann hinter sie zu kauern und sie beide in seinen Mantel zu hüllen. Mit eindringlicher Stimme sagte er: »Auf meine Anweisung hin fassen Sie mit jeder Hand eine der Stangen. Sie werden eine Erschütterung spüren. Doch Sie dürfen nicht loslassen. Sie müssen die Stangen festhalten. Die Erschütterung wird durch Ihren Körper fahren und ihn in Zuckungen versetzen. Aber nur so können Sie geheilt werden. Haben Sie keine Angst.«

Seine Stimme und der Weihrauchgeruch machten sie schwindlig. »Ich will nicht«, sagte sie matt.

Seine Hände glitten unter ihre Arme, unter ihre Brüste. »Sie müssen«, sagte er.

Wie im Traum sah sie ihre Hände nach den schwarzen Eisenstangen greifen, sah, wie sie sie umschlossen und zu zucken begannen. Im nächsten Moment wurde sie von einer Welle magnetischer Kraft erfasst, die durch ihren Hals schoss, sich an ihrer Schädeldecke brach, an ihrem Rückgrat entlang hinunter in ihren Bauch strömte und weiter bis zu ihren Fußsohlen, und sie stieß einen Schrei aus, ihr ganzer Körper bebte, und dann sank sie gegen Mesmer, der sie auffing und festhielt.

»Geht es ihr gut?«, rief Lidia besorgt.

»Bestens, Madame!«, erwiderte Mesmer mit vor Anstrengung und innerem Aufruhr heiserer Stimme. Er drückte Anna an sich, wärmte sie mit seinem Körper, flüsterte ihr beruhigende Worte ins Ohr, vertrieb all die Blockaden und die Taubheit und Leere, streichelte sie, während sie schluchzte und zitterte. Sie brachten sie zu Bett, und sie schlief wie eine Tote.

Die rote Schärpe

Wie jeden Morgen betrat Lidia leise Annas Zimmer, um die Vorhänge aufzuziehen und zu sehen, ob sie irgendetwas brauchte. Sie schlief nicht mehr bei ihr. Längst war ihre Herrin nicht mehr das süße, bedürftige Ding, das sich nach Francesco Benuccis heimlichen Küssen verzehrt hatte. Ihre Wangen waren eingefallen, ihr Blick nachdenklich nach innen gekehrt. Früher war sie bei jeder Gelegenheit errötet, heute hatte sie eine wächserne Haut. Die Ärzte, fürchtete Lidia, hatten ihr alles Blut abgelassen. Sie war so dünn geworden, dabei war sie einmal rundlich und kräftig gewesen. Lidia ermahnte Anna, wenn sie weiter so schlecht esse, werde sie nicht mehr reiten und tanzen können, doch Anna seufzte nur müde und sagte, das sei ihr egal. Auch ihre Mutter wollte sie nicht sehen.

Lidia hatte Anna an jenem Nachmittag in das Zimmer zu Mozart gehen sehen; sie hatte durch die Wand die Musik und die leisen Gespräche gehört und Anna danach wieder auf ihr Zimmer gebracht. Das alles war nach Plan gelaufen – den Stephen ausgeheckt hatte, um seine Schwester herauszulocken. Mozart wirkte von der Begegnung allerdings erschüttert und sagte, er wisse nicht, ob es zu etwas gut gewesen sei. Er war nicht wiedergekommen. Gestern war dann die

Behandlung des berühmten Dr. Mesmer erfolgt, aber ob die zu etwas gut gewesen war, wusste auch niemand. Alle drängten Lidia, ihren Einfluss zu nutzen, damit Anna sich mehr bewegte und aß und lachte, aber Lidia war mit ihrer Weisheit am Ende. Mrs. Storace wiederum verbrachte lange Stunden wie eine Nonne oder Büßerin mit Bibellektüre und Gebet, da ihre Tochter sie nicht sehen und sie selbst sich nicht aufdrängen wolle, sagte sie. Sie war nicht mehr so harsch wie früher, dachte Lidia. Wobei ihrer Ansicht nach gerade jetzt ein wenig Härte angebracht gewesen wäre. Wenn sie Anna nur mit einem Eiswasserbad aus ihrer Lethargie wecken könnten – wenn sie sie zum Essen zwingen könnten. Das würde ihr helfen, dachte Lidia. Mehr jedenfalls als die geschlossene Tür zum Schlafgemach und die finsteren Gedanken, die sie Tag für Tag im Bett liegend wälzte.

Als Lidia an diesem Morgen leise die Tür aufschob, stellte sie überrascht fest, dass es bereits hell im Zimmer war. Die Vorhänge waren aufgezogen. Das Bett war leer und die Bettdecke unordentlich darübergeworfen, ein Ende hing auf dem Boden.

Anna saß mit zurückgelegtem Kopf auf dem Fenstersitz, das weiße Morgenkleid – das hinten nicht zugeschnürt war – von einer roten Satinschärpe zusammengehalten. Ihre Hände lagen im Schoß, ihre bloßen Füße lagen auf einem samtbezogenen Hocker. Sie sah Lidia mit einem klaren, ruhigen Blick an. »Ich bin so dünn geworden«, sagte sie leise. »Mein Kleid passt nicht mehr richtig. Meinst du, du könntest mir etwas heißen Brei mit Honig und Rosinen und Butter und Sahne bringen? Und vielleicht auch ein Kännchen Kaffee mit Schokolade? Wärst du so gut, liebe Lidia?«

Und obwohl sie Lidia gelassen anblickte, blitzte dahinter doch Stolz auf, als habe sie ein besonderes Kunststück voll-

bracht. Lidia stand einen Moment mit aufgerissenem Mund da, dann drehte sie sich um und eilte die Treppe hinab.

Anna war bei Tagesanbruch aufgestanden. Beim Aufwachen hatte sie plötzlich das Bedürfnis verspürt, aufzustehen und die Vorhänge aufzuziehen, bevor Lidia kam. Das hatte sie auch gemacht, ganz langsam, Schritt für Schritt, und sie war dabei nur ein wenig außer Atem gekommen. Sie hatte zugesehen, wie der Himmel hell wurde und die Leute auf der Straße ihr Tagwerk aufnahmen. Dann hatte sie beschlossen, sich anzukleiden, obwohl sie sich sonst nie selbst ankleidete. Sie hatte die Schranktüren geöffnet und ein passendes Gewand herausgesucht, eines der modernen weiten Kleider mit einem leichten Rock und einem weichen Miederteil, das nicht einengte. Mühsam hatte sie ein sauberes Hemd angezogen und das Kleid darübergestreift. Da sie es nicht selbst schnüren konnte, hielt sie es in der Taille mit einer Schärpe zusammen. Mit den Strümpfen kam sie überhaupt nicht zurecht und hatte Angst, sie zu zerreißen. Sie musste über ihre Schwäche lachen, darüber, wie zittrig und unsicher sie geworden war. Das Anziehen kam ihr wie eine verwegene Unternehmung vor, und sie fürchtete, jemand könnte sie entdecken und ausschimpfen, bevor sie fertig war. Sie kämmte ihre Haare und steckte sie zu einem lockeren Knoten, dann wusch sie sich das Gesicht in der Waschschüssel und nahm, vor Erschöpfung keuchend, auf dem Fenstersitz Platz, kurz bevor Lidia kam, um sie zu wecken. Allein Lidias Miene war all die Anstrengung wert gewesen.

Jeder würde denken, Mesmer hätte sie geheilt. Als sie an diesem Morgen aufgewacht war und beschlossen hatte, die Vorhänge zu öffnen, hatte sie von Musik geträumt – ein köstlicher, beruhigender Traum, dessen Einzelheiten ihr sogleich entfallen waren, auch wenn einen Moment lang die Melodie

ihre Erinnerung zu streifen schien wie ein Hauch. Verwunderung überkam sie, dass ihr Leben mit dieser Musik erfüllt sein könnte. Und während sie über diesen Traum nachsann, wusste sie auf einmal, dass das, was sie tat, nicht dem entsprach, was sie wollte.

Sie meinte, noch nie einen derartigen Hunger verspürt zu haben. Als Lidia mit dem Brei und dem Kaffee kam, hätte sie weinen können, aber sie wollte nicht, dass Lidia glaubte, sie wäre traurig. Sie nahm die Schüssel auf den Schoß, und die Wärme breitete sich in ihren Beinen aus, der Dampf stieg zu ihrem Gesicht auf. Ihre Hand zitterte, als sie den ersten Löffel nahm, mit Sahne, mit schwarzen Rosinen und dickem, goldenem Honig, den Sonne, Bienen und Blumen gemacht hatten. Es gab nichts Köstlicheres, dachte sie, als sie den Brei in den Mund schob, süß und sättigend, und sie spürte, dass ihre umwölkte Seele sich aufhellte und ihre Kehle weich wurde und sich etwas in ihrem Inneren löste und öffnete. Und der Kaffee erst – dieser Nektar der Götter, bitter und warm weckte er ihre Lebensgeister, die in tiefem Schlummer gelegen hatten.

»Könntest du mir mit meinem Kleid helfen?«, fragte sie Lidia. »Ist mein Bruder daheim? Meinst du, er würde mit mir eine Landpartie unternehmen? Ich sehne mich nach frischer Luft. Vielleicht könnten wir einen kurzen Spaziergang machen, wenn er mir seinen Arm gibt.«

Lidia wagte kaum zu sprechen, um den Bann nicht zu brechen, doch dann sagte sie, sie werde sich um alles kümmern; und sie ging nach draußen, um den im Vorraum Wartenden die Neuigkeit zu überbringen.

Der Himmel war von einem dunstigen Blau, als hinge ein Schleier darüber, und die Sonne stand hinter den hohen, ma-

jestätischen Bäumen, durch deren Laubwerk das Licht fiel. Anna war schon lange nicht mehr in der freien Natur gewesen. Immer wieder drehte sie den Kopf in die Richtung, aus der ein Sonnenstrahl kam, ein frischer Geruch, der moosige Duft der Luft, die Bewegung oder der Ruf eines Tieres. Stephen war bester Dinge, nachdenklich ließ er seinen Malerblick schweifen und tat so, als wäre dies ein ganz gewöhnlicher Tag.

Sie hatte ihm vorgeschlagen, sein Skizzenpapier und seine Aquarellfarben mitzunehmen. Als sie ein hübsches Fleckchen am Ufer gefunden hatten, breiteten sie alles aus, und er machte eine Zeichnung von der Donau und dann – gegen ihren Protest – eine von Anna, wie sie sich auf einen ihrer dünnen Arme stützte, mit der roten Schärpe und umspielt vom Frühlingslicht, den Blick auf den breiten Fluss gerichtet, mit großen und kleinen Booten, Anglern, nach Futter suchenden Wasservögeln und Fischen, ihr Strohhut neben ihr auf dem Boden. Sie hatte Lidia nicht gebeten, ihr die Haare zu frisieren. Der Knoten hing nach einer Seite und drohte sich zu lösen, ein, zwei Locken ringelten sich ihren Hals hinunter.

»Stephen«, hob sie an. Sie hatte sich noch nicht wieder ans Sprechen gewöhnt. Ihre Stimme klang zögerlich, aber es war ihre. »Wirst du mich hassen, wenn ich nicht mehr singe?«

Er legte den Pinsel nieder und überlegte. »Ja«, sagte er. »Ich glaube, das werde ich tun. Ich werde dich verstoßen. Du wirst nicht mehr meine Schwester sein.«

Sie drehte sich mit einem Lächeln zu ihm. »Lüg mich nicht an!«, rief sie. »Du musst es mir sagen. Du musst es mir schwören.«

Er berührte sie am Arm. »Meine süße Anna. Ich liebe dich, egal was du tust oder nicht tust.«

»Auch wenn ich deine Oper verdorben habe?«

»Du hast meine Oper nicht verdorben.«

»Gib es zu.«

Er schüttelte den Kopf. »Niemals. Du hast nichts Falsches getan.«

»Das glaube ich dir nicht! Nein«, rief sie, ein leichter, heller Klang, fast wie gesungen, und dann ließ sie sich zurücksinken und wandte den Blick ab, um nicht in Tränen auszubrechen. »Sieh dir den Himmel an. Sieh dir die tanzenden Blätter an.«

»Du darfst dich nicht hinlegen«, sagte er. »Ich bin noch nicht fertig.«

»Aber ich bin müde. Und sieh doch den Himmel«, sagte sie und streckte den Arm aus. »Wie weit er ist. Nichts war jemals so weit.«

»Setz dich wieder auf«, sagte er lachend. »Und blick wieder zum Fluss. Ich bin noch nicht fertig.«

»Na gut«, sagte sie und stemmte sich hoch. Sie wischte sich über die Wangen, und ihre Haare lösten sich. »Der Fluss ist auch weit. Und sieh nur, wie stetig er fließt.«

Ein wenig später fragte sie: »Darf ich einen Blick darauf werfen?«, und er zeigte ihr das Bild. Sie betrachtete es und schob ihre Haare zurück. »Das bin ich«, flüsterte sie. Sie strich mit dem Finger über das Blatt. »Wie geschickt du bist. Stell dir vor, ich könnte ein Kind in den Armen halten.« Als er nicht antwortete, sah sie mit einem traurigen Lächeln zu ihm hoch. »Ich wünschte, du könntest das Kind hineinzeichnen. Dann könnte ich es bei mir behalten, um mich seiner zu erinnern. Hast du die Kleine gesehen? Bevor sie starb? Manchmal frage ich mich, ob ich sie mir nur ausgedacht habe. Sie kam mir stets etwas unwirklich vor, und vielleicht war sie das auch. Aber dann begreife ich nicht, warum ich so traurig bin.«

»Du darfst nicht mehr traurig sein«, sagte er eindringlich. »Das Kind ist im Himmel. Es würde nicht wollen, dass du traurig bist.«

Wieder lächelte sie und sah vor sich hin. »Nein«, sagte sie. »Ich will traurig sein. Ich habe alles falsch gemacht. Alles bis zu diesem Tag, und selbst an diesem Tag bin ich traurig und habe Angst, dass ich wieder alles falsch mache. Ich habe nie an meine Tochter gedacht, Stephen. Ich habe so sehr versucht, mir einzureden, dass sie nicht da ist und nie da sein wird. Und jetzt werde ich mein Leben lang an sie denken. Wie alt sie dann und dann wäre, wie sie aussähe, ob sie sich gerne von mir das Singen hätte beibringen lassen.« Sie hielt kurz inne, dann fügte sie hinzu: »Ich glaube, sie wäre eine gute Sängerin geworden.«

»Ja«, sagte er.

Sie lächelte und senkte den Blick. »Ich glaube, Mama wollte nicht, dass sie lebt. Ich vermutlich auch nicht. Im tiefsten Inneren. Im allertiefsten Inneren. Aber dann müsste ich doch jetzt froh sein und nicht traurig.« Sie wandte sich ihm wieder zu mit ihrem bleichen, hohlwangigen Gesicht, umflossen von den lockigen dunklen Haaren. »Glaubst du, dass wir sie umgebracht haben? Mit unseren Wünschen?«

»Niemals«, sagte er wieder. »Ich glaube auch nicht, dass du dir irgendetwas dieser Art gewünscht hast.«

Sie betrachtete nochmals das Bild. »Das musst du freilich sagen.«

»Sie ist im Himmel«, wiederholte er hilflos.

Anna schüttelte den Kopf. »Ein winziges Kind, ganz allein im Himmel? Wer sorgt sich dort denn um sie?« Sie reichte ihm das Blatt. »Du glaubst ebenso wenig an diesen Himmel wie ich.«

»Vermutlich hast du recht«, gab er beschämt zu.

Sie legte sich wieder hin. »Und auch nicht an die Hölle.«

»Nein, das vermutlich auch nicht.«

»Das ist doch ein Trost.« Sie lachte. »So viel habe ich seit Monaten nicht mehr geredet. Lass mich noch ein wenig hier liegen, und dann gehen wir nach Hause.«

Der Schlüssel ist F

Sie sagte sich, dass es nicht darauf ankam, ob sie sang. Wichtig war es zu leben, so gut sie konnte. Doch als sie sich dann wieder kräftig genug fühlte, dachte sie, sie könnte es ja mal versuchen. Mit einiger Mühe gelang es ihr, ihre Angst zu überwinden und nicht zu viel von sich zu erwarten. Am besten war es, überhaupt nichts zu erwarten.

Sie stand da und stellte sich vor, Rauzzini wäre an ihrer Seite. Seine aufrechte Haltung, seine Stimme, seine blitzenden Ringe. Sie wiederholte leise seine Ratschläge, seine Ermahnungen. Mit seinen Augen betrachtete sie sich im Spiegel, kontrollierte Kopf und Rumpf, während sie Luft holte. Sie erinnerte sich an seine Atemübungen mit derselben Selbstverständlichkeit wie an ihren Namen, und doch kam es ihr vor, als mache sie sie zum ersten Mal. Tagelang tat sie nichts anderes als zu atmen. Dann beschloss sie, dass es an der Zeit sei zu singen.

Sie wählte ein F, nicht zu hoch und nicht zu tief. Als sie es anschlug – das tat sie, obgleich sie wusste, wie ein F klang, wie sie auch wusste, wie ein C und ein A und ein G klangen –, glaubte sie, dass jeder im Haus, jeder in der Stadt es gehört haben musste. Einen Moment musste sie warten, bis die Panik nachgelassen hatte. Dann holte sie tief Luft, schlug

erneut das F an und summte es. Ihre Lippen ruhten aufeinander, und ihre Kehle war offen und der Atem strömte hindurch. Das F vibrierte in ihr. Dann holte sie erneut tief Luft, und bevor sie überlegen konnte, sang sie »*Ah*«, wie Rauzzini es ihr beigebracht hatte, mit einer kleinen *messa di voce*, erst leise, dann laut und dann wieder leise, und ihre Stimme war klar und kräftig und hatte sie nicht verlassen, und Anna brach in Tränen aus und sank zu Boden, als wäre ein bleiernes Gewicht von ihrer Brust genommen worden.

Zunächst sang sie nur zehn Minuten am Stück, dann zwanzig, dann dreißig. Sie sang nach Rauzzinis Methode, eine strikte Abfolge von Tonleitern, Arpeggios, Staccatos und Vokalübungen. Sie war streng mit sich und unnachgiebig. Sie tat so, als würde niemand zuhören, obwohl alle zuhörten. Sollten sie doch.

Sie erinnerte sich an Mozarts Kuss, wie ein Kind, das ein kostbares Spielzeug hervorholte, mit dem es nicht zu viel und nicht zu wild spielen durfte, weil sonst die Farbe abblättern oder der Pelz verfilzen könnte. Keinesfalls würde sie den Fieberträumen nachgeben, wie sie es bei Benucci getan hatte. Sie würde ihre Gedanken zügeln, sie nicht in eine hoffnungsvolle oder sorgenvolle Zukunft schweifen lassen. Sie würde die Erinnerung nur dann hervorholen und sie betrachten, wenn sie sicher und allein war, und sie danach schnell wieder verschwinden lassen. Wie er in ihrem erbarmungswürdigen Zustand für sie gespielt und sie geküsst hatte, als könnte er sich des Verlangens einfach nicht erwehren, wie er ihr Gesicht mit beiden Händen zu sich heruntergezogen hatte. Wenn sie sich dieses Kusses erinnerte, dann stets mit dem Gefühl, dass es sie beide überrascht hatte, und keiner von ihnen hatte aufhören wollen, und dass sie all das in seinem Körper gespürt hatte, die Überraschung und das Verlangen und die Sehn-

sucht. Damals im Schlossgarten war es nicht so gewesen. Das war im Vergleich ein unschuldiges Spiel gewesen. Diese spätere Begegnung hatte sie jedoch bis ins Mark getroffen. Sie hatte sich tatsächlich gewünscht, es würde niemals enden. Sie hatte beinahe das Gefühl gehabt, sich aufzulösen.

Aber sie durfte sich dieses Kusses nicht zu lange erinnern, sonst könnte sie sich bei ihrer nächsten Begegnung nicht ungezwungen verhalten. Sie musste ihre Träume wegschließen.

Anlässlich der Genesung Ofelias

Meine Liebe«, sagte Salieri zu Anna, »Sie wohlauf zu sehen, ist mir eine große Beruhigung. Wir können Ihnen gar nicht sagen, in welcher Sorge wir waren.« Seine Mundwinkel verzogen sich kurz zu einem freundlichen Lächeln und sanken dann wieder herab.

»Madame«, sagte Lorenzo Da Ponte leise und drückte Annas Hand.

»Abbate«, sagte Anna. »Haben Sie vielen Dank für Ihr Gedicht.«

»Das Schreiben stellt keine Mühe dar«, sagte er und beugte den Kopf traulich zu ihr, »wenn es jemandem von Ihrem Liebreiz gilt. Wie sehr wir Sie vermisst haben, meine Liebe. Sie haben allen einen solchen Schrecken eingejagt.«

Da Ponte, der Hofdichter, war unter anderem Namen als Jude in Venedig geboren worden und in seiner Kindheit konvertiert, da er sonst nie einen Gönner gefunden hätte. Damit nicht genug, ließ er sich später sogar noch zum Priester ordinieren. Als solcher war er unter dem Namen Abbate bekannt, was ein wenig lächerlich war, da er den groben Vers mehr schätzte als die Heilige Schrift, sich dem Glücksspiel hingab und Mätressen hatte, Affären mit den Gattinnen seiner Gönner pflegte und mehr als jeder andere in der Welt des Thea-

ters zu Hause war. Er hatte ein langes Kinn und große, klare Augen. Wenn er sprach, dann leise und abgehackt, mit einem leichten Lispeln, einem breiten venezianischen Akzent und einem sanften Tonfall, der von Warmherzigkeit und Sinnlichkeit zeugte und einen scharfen Verstand verbarg.

Da Ponte hatte das Libretto für eine neue Solokantate für Anna geschrieben, *Per la ricuperata salute di Ofelia*, die sie anlässlich ihrer Genesung und des Beginns der neuen Saison am Burgtheater singen wollte. Salieri, Mozart und Stephen hatten gemeinsam die Musik dazu verfasst. Den Titel hatte Da Ponte nicht als Referenz auf *Hamlet* gewählt, sondern auf eine Figur aus Salieris komischer Oper *La Grotto do Trofonio*, die im Oktober im Burgtheater uraufgeführt werden sollte. Der Name Ofelia ließ jedoch jeden sofort an die Ophelia in Shakespeares Tragödie denken, und darin erkannte Anna, noch bevor sie den Text gelesen hatte, das Genie von Da Ponte. Denn manchmal war es ihr so vorgekommen, als wäre sie verrückt geworden und ertrunken und ins Leben zurückgeholt worden.

»Wo ist Mozart?«, fragte Salieri. »Kommt er? Der Mann verspätet sich doch immer. Da denkt man, man hat ihn am Schlafittchen, und dann entwindet er sich wieder.«

»Ich nannte ihm Ort und Zeit«, erklärte Stephen. »Vielleicht hat er die Tage verwechselt.«

»Er wird kommen«, sagte Anna. »Es hat noch nicht einmal zwei geschlagen.«

Seit dem Verlust ihrer Stimme hatte sie für niemanden mehr gesungen. Stephen hatte sie durch die Wand gehört, aber die anderen wussten nicht, was sie erwartete. Sie hatte Angst zu versagen. Sie befürchtete, sie würden sich von ihr abwenden. Und doch verspürte sie in sich die eiserne Härte Rauzzinis. Sie vertraute auf ihre Technik. Sie hatte die Übungen gemacht. Die Stimme war da und sie gehorchte ihr. Eine

Stimme hing nicht von Hexerei und Wundern ab. Wenn keine dauerhafte Verletzung vorlag, ergaben sich Können und Schönheit aus der Übung, wie es auch für einen Tänzer oder Reiter galt. Doch sie hatte Angst davor, wieder auf der Bühne zu stehen, auf der es passiert war. Sie würde Benucci gegenübertreten müssen.

»Wo bleibt er?«, fragte Salieri. »Er weiß genau, dass ich um drei aufbrechen muss. Sie werden ohne ihn singen müssen. Im Grunde ist es ohnehin nur eine Formsache. Wir alle wissen, dass Sie wunderbar sein werden.«

Aber das wusste er natürlich nicht und würde es erst wissen, wenn er sie gehört hatte. Ein seltsamer Gedanke war ihr gekommen, nämlich dass sie ohne das Singen nicht leben könnte. Dass sie vielleicht nicht mehr war als das: am Klavier stehen vor ein paar lächelnden Herren, von denen sie hoffte, sie für sich einzunehmen. Aber offensichtlich konnte sie leben. Als kleines Kind hatte sie gelebt. Als sie an diesem Morgen aufgewacht war, den Vorhang zurückgeschoben und durch die trüben Fenster den anbrechenden Tag betrachtet hatte, dann ihr Kleid angezogen und sich die Haare hochgesteckt hatte, da hatte sie gelebt. Sie hatte ihr fremdes Gesicht im Spiegel betrachtet und geflüstert: »Du musst nicht«, und sie hatte eine merkwürdige Zuneigung zu der dunkeläugigen Frau verspürt, die keine Sopranistin mehr war, sondern eigentlich ein Nichts, und die dennoch lebte.

Jetzt war es Herbst. »Haben wir eigentlich schon entschieden, wer bei dem Konzert Klavier spielt?«, fragte Salieri. »Ich sicher nicht, ich spiele nicht mehr. Ich habe mittlerweile zwei linke Hände.«

»Selbstverständlich muss Mozart spielen«, sagte Stephen im selben Moment, in dem Anna sagte: »Ich dachte, Stephen.«

»Nun, ich jedenfalls nicht«, sagte Salieri, »und Mozart ist

nicht hier, dann ist es also an Ihnen, Storace. Es sei denn, Sie wollen jemanden dazu anstellen, aber dafür ist es eigentlich zu spät.«

»Meine Schwester singt lieber mit Mozart«, sagte Stephen mit einem Blick zu ihr.

»Unsinn«, sagte sie. »Am liebsten singe ich mit dir.« Sie spürte, wie ihr bei diesen Worten die Röte ins Gesicht stieg. Die Uhr zeigte zwanzig nach zwei. Da Ponte gähnte und nahm ein Buch zur Hand.

Stephen lachte. »Ich kann unmöglich eine Komposition Mozarts spielen, wenn er im Publikum sitzt. Das wäre, als würde ich ein Meisterwerk übermalen.«

»Es ist auch deine Komposition«, sagte sie.

»Und meine«, warf Salieri ein. »Es macht Ihnen also nichts aus, meine Musik zu spielen, wenn ich im Publikum sitze, Storace?«

»Selbstverständlich, Sir. Aber Sie sagten selbst, dass Sie nicht spielen wollen, und Mozart ist nun einmal der beste Pianist weit und breit.«

»*Sie* spielen«, sagte Salieri. »Sie sind ein würdiger Ersatz. Ich kenne Mozart. Er wird alle möglichen Noten und Harmonien dazuerfinden, wenn ihn keiner davon abhält, und wenn er erst einmal nach Gutdünken schalten und walten kann, werde ich mein eigenes Werk nicht wiedererkennen. Er wird einfach alles ändern, sobald er es in die Klauen bekommt, darauf kann man wetten. Er kann sich nicht zügeln. Aber ich mag es nicht, wenn er mir eine Nase dreht. Man reicht ihm den kleinen Finger, und er nimmt die ganze Hand.«

»Sie reden da einen rechten Unsinn zusammen«, bemerkte Da Ponte gutmütig.

»Es ist halb drei«, erwiderte Salieri. »Eine halbe Stunde über die Zeit.«

»Ich füge mich«, sagte Stephen und ging zum Klavier.

»Sehr gut«, rief Anna und verbarg ihre Enttäuschung.

Sie fingen mit der Kantate an. Sogleich bemerkte Anna, dass Salieri und Da Ponte sich entspannten und sich ihre Mienen aufhellten. Nur ein paar Noten und sie wussten, dass sie wieder bei Kräften war.

Die erste Arie der Kantate stammte von Stephen: leicht, charmant, englisch. Die letzte war von Salieri und zitierte geschickt aus *La Grotto do Trofonio.* Von beiden hob sich die zweite deutlich ab. Sie war zugleich fröhlich und traurig. Die Traurigkeit war von Freude durchzogen und die Fröhlichkeit von Spannung und Unruhe. Der Text war dunkel, und doch schien immer wieder Licht in ihm auf. Die durchkomponierte und schmerzhaft dissonante Gesangsstimme verweilte schmachtend, dann stürmte sie davon, nur um wieder zu schmachten, während das Klavier darunter schäumte und wütete, bis schließlich die Stimme viermal leise aufschrie – »*Ah! … Ah! … Ah! … Ah!*« – und mitten im Takt verstummte. Vielleicht war es morbid, den Moment wiederaufleben zu lassen, in dem Annas Stimme sie im Stich ließ, aber das war letztlich der Sinn des Theaters: Kontrolle zu schaffen, indem man das Chaos des Lebens in eine wohlgeordnete Geschichte lenkte, die einen Anfang und ein Ende hatte und einem anderen widerfuhr.

Anna bemühte sich, heiter zu wirken, aber sie war gereizt, von plötzlichem *ennui* erfüllt. Alles war so mühselig und unbedeutend. Keiner dieser Männer hörte ihr zu, nicht richtig. Sie hatte erwartet, Freude zu empfinden. Das hier war derart belanglos.

Er war nicht gekommen. Er würde sie nicht hören. Sie hatte die Erinnerung einmal zu oft hervorgeholt.

Sie war derart beschäftigt mit ihrer Enttäuschung, dass sie dachte, es wäre Lidia oder ihre Mutter oder irgendein Be-

diensteter, als sich die Tür zu Beginn der zweiten Arie, der Mozart'schen, einen Spaltbreit öffnete. Dazu lenkte Stephen sie ab, der sich ständig bei den Vorzeichen vertat. Er verschleppte das Tempo. Sie ärgerte sich, dass Stephen spielte und nicht Mozart und dass Stephen auch beim Konzert spielen würde. Dennoch, es war eine geradezu schmerzhaft schöne Musik. Vermutlich, dachte sie, kennzeichnete das eine gute Komposition, dass sie schön blieb, selbst wenn sie unzulänglich und lustlos aufgeführt wurde.

Der Eindringling steckte seinen Kopf durch die Tür – Mozart, wer sonst – und sah Anna mit einem derart schüchternen und reumütigen Gesicht an, dass sie beinahe in lautes Lachen ausgebrochen wäre. Der Dielenboden knarrte, und er verschwand wieder aus ihrem Blickfeld, ohne die Tür zu schließen. Weder Da Ponte noch Salieri schienen ihn bemerkt zu haben. Da Ponte lächelte verträumt und schloss seine langen Finger um seinen Stock. Salieri starrte unablässig auf die Uhr. Und Stephen kannte die Noten nicht gut genug, um die Augen davon zu lösen.

Bei der nächsten Phrase sah sie, wie sich eine von weißer Spitze bedeckte Hand durch die hohe, dunkle Tür schob und eine ausholende Bewegung machte. Kurz zögerte sie in der Luft wie ein Vogel im Flug. Dann vollführte sie eine Art Seufzer und begann mit großer Geste zu dirigieren. Stephen sah die Hand nicht und konnte deshalb den von ihr vorgegebenen Takt gar nicht halten, was die Hand wiederum wütend machte, sodass sie sich ballte und schüttelte.

Irgendwie schaffte Anna es weiterzusingen. Das war nicht einfach, denn beinahe hätte es sie vor Lachen zerrissen. Es war eine große, fähige, ausdrucksstarke Hand, ein wenig plump vielleicht, mit Muskeln und Fett gepolstert. Sie wollte ihren Blick abwenden, doch irgendwie konnte sie sich die-

ses heitere kleine Schauspiel nicht entgehen lassen. Die Hand war derart ausdrucksvoll, ihr Tanz so gewitzt, dass sie ganz einfach hinsehen musste.

Die zweite Arie endete. Die Hand verschwand hinter der Tür. Salieri war ungeduldig und wollte eine weitere Verzögerung nicht erlauben, und daher fuhren sie sogleich mit dem Rezitativ fort, mit dem die dritte Arie begann.

Während der beiden ersten Teile dieser Arie, ein Rondo mit Versen und Refrain, rührte sich die Hand nicht. Anna dachte, dass er vielleicht gegangen sei. Sie hörte auf, auf der Hut zu sein. Die letzte Arie war ohnehin leicht – es kam nicht darauf an, dass ihre Augen glitzerten, ihre Stimme fröhlich klang. Sie glaubte also, es könnte nichts mehr passieren. Dann aber, exakt zu den letzten vier Takten, wurden nacheinander vier Karten hinter der Tür vorgeschoben, auf denen in großen, eleganten Buchstaben geschrieben stand:

~Ich~

~bin~

~ein~

~Arsch~

Es sollte heißen: *Verzeiht mir, ich bin ein Esel.* Sie brach in Lachen aus, das sie als Hustenanfall zu kaschieren versuchte. Vor Schreck verschwand die ARSCH-Karte.

»Ist Ihnen nicht gut?«, rief Salieri und erhob sich.

Im Vorraum war kein Mozart. Auch nirgendwo sonst im Haus. Stephen fragte Anna, wonach sie suche, was so lustig sei, und sie sagte, sie meinte etwas gehört zu haben, und sie sei so froh, wieder singen zu können, und dann wirbelte sie ihn tanzend durch den Raum.

Die verheilte Wunde

Francesco Benucci war außerordentlich überrascht, Anna nach Monaten der Krankheit das erste Mal wiederzusehen. Sie war reizend. Niemals hatte er sie reizender gefunden. Sie war nicht mehr das leichtfüßige kleine Mädchen mit den Apfelbäckchen, das mit ihm getanzt und im Dunkeln seine Hand unter sein Mieder geschoben hatte. Sie war auch nicht mehr die junge Frau, deren Eheschließung mit John Fisher er beigewohnt hatte, bei der sie geradezu benommen gewirkt hatte. Sie war stets jemand gewesen, der einem entglitt. Wenn sie ihn jetzt ansah, tat sie es fest und sicher. Sie tänzelte nicht mehr herum. Ihr Gesicht hatte Kanten bekommen. Ihr Blick konnte jetzt beinahe hart sein. Ihre hübschen, vollen Lippen waren strenger geworden. Das schmale Gesicht ließ ihre Augen größer und dunkler erscheinen, und als sie ihn jetzt ansah, schien ihr Blick geradezu in ihn einzudringen. Sie lachte zwar und war heiter und verhielt sich auch sonst wie früher, dieser seltsame, durchdringende Blick jedoch, den sie ab und an auf ihn richtete, diese plötzliche Härte, verwandelte sie in etwas, das sie nicht gewesen war.

Ihre Stimme aber war Mailand. Sie klang wieder wie mit sechzehn. Die süße, unvergleichliche Anna. Sie alle hatten sich Sorgen gemacht. John Fisher hatte ihr die Geschmeidig-

keit geraubt, ihr die Luft abgeschnürt, ihren Klang verflacht. Das Publikum hatte das womöglich nicht bemerkt, weil Anna Storace es überspielen konnte, aber für geschulte Sänger wie Benucci und die anderen hatte es einen deutlichen Unterschied nach ihrer Heirat gegeben. Sie hatten es in der eigenen Brust gespürt, hatten sich verstohlen bestürzte Blicke zugeworfen. Der Abend, an dem sie ihre Stimme verloren hatte, hatte sie alle so sehr erschüttert, als wäre ihnen selbst dieses Unglück widerfahren, als wären es ihre Trauer und ihr Entsetzen. Sie alle hatten Angst gehabt, dass dieses Instrument sich nicht mehr wiederherstellen lassen würde. Diese süße junge Frau, der keiner von ihnen geholfen hatte. Es war, als hätten sie dabei zugesehen, wie das Licht aus ihren Augen verschwand.

Aber jetzt klang sie wieder wie mit sechzehn. Die Wunde war verheilt. Ihre Stimme schwang und war frisch, und es steckte wieder all die Süße darin, die Wahrhaftigkeit und Wärme, die Offenheit, die sie so einzigartig machten. Heiße Tränen stiegen ihm in die Augen, als er sie hörte. Der echte, warme Klang, eine Stimme, die er unter Tausenden erkannt hätte, eine Stimme, die seiner ebenbürtig war.

Doch dann richtete sie diese Augen auf ihn, die Härte, die scharfen Züge, und er erkannte sie nicht wieder.

Anna bemühte sich nach Kräften, sich etwas vorzumachen. Es war doch nur ein Konzert. Ein Saal wie jeder andere. Aber als sie mit Stephen auf die Bühne trat – die vertrauten Bretter unter ihren Füßen, und die Stuhlreihen sah, die hohen Fenster, alles elegant, weiß, schlicht, ganz und gar wienerisch – als sie den einzigartigen Geruch wahrnahm, den Geruch nach Holzspänen und Rosen, und dort stand, wo sie einst geliebt und triumphiert hatte, wo sie von Angst und Scham erfüllt

gewesen war, da wünschte sie, es käme jemand, der ihr die Verantwortung abnahm. Nachdem sie sich verbeugt hatten, setzte sich Stephen ans Klavier, und sie wandte sich ihm zu und flüsterte: »Ich glaube, ich kann das nicht.«

Stephen sah gut aus an diesem Abend, war entspannt. Er erinnerte sich nur ungern daran, wie er sich verhalten hatte, als seine Oper durchgefallen war. Heute wirkte er ruhig und gelassen, als amüsierte er sich ein wenig über sich selbst. Er hob eine Augenbraue und flüsterte zurück: »Das werden wir gleich sehen.« Dann begann er mit der Introduktion.

Sie versuchte, sich nur auf die Worte zu konzentrieren. Es kam ihr vor, als müsse sie über einen schmalen Grat gehen, und wenn sie nach unten blickte, würde sie fallen. Sie musste sich in jedes Wort hineinversetzen, ganz daran glauben, an nichts als dieses Wort denken. Sie war nicht sie selbst. Sie war eine junge Frau, die *Felice*, *Tradito*, *Piange* sang. Am Ende der zweiten Arie, als sie vorgab, ihre Stimme zu verlieren, verspürte sie erneut den Schrecken von damals, und dennoch war es der Schrecken einer anderen, und in ihr herrschte nach wie vor die kühle Gleichmut von Rauzzini.

Es ist egal, sagte sie sich. Es kann nicht mehr schlimmer kommen, als es schon geschehen ist. Aber das war kein Trost. Es gab immer Schlimmeres. Als sie Fisher geheiratet hatte, war ihr das als das Schlimmste erschienen, und dann war Schlimmeres gefolgt. Aber sie hatte es durchgestanden, und vielleicht war dies das Entscheidende. Es hatte sie gezeichnet, sie hatte sich dadurch verändert. Bei alldem hatte sie jedoch ihren Mut nicht verloren. Nein. Sie lachte und spielte und saß in der Sonne, und das tat sie alles, ohne jemandem etwas vorzumachen, sie tat es aus sich heraus. Und ihre Freude an den Dingen war tiefer geworden. Sie empfand sie stärker und

gleichzeitig zögernder, da sie wusste, dass sie von einem Moment auf den anderen ohne jede Vorwarnung verschwinden konnte. In ihrem Wesen blieb sie unverändert. Sie hoffte, nie diese Gewissheit zu verlieren, wie wunderbar das Singen war. Dass sie genau das tun sollte – dass sie eine zweite Chance verdiente …

Wie früher schon konnte sie auch jetzt nicht einschätzen, wie sie klang. Das konnte sie nur aus dem Beifall ableiten, der wie Donnerschlag einsetzte, unvermittelt und tosend, und dem Ausdruck des Triumphs auf Stephens Gesicht. Sie verbeugten sich und winkten die anderen Sänger zurück auf die Bühne, ihre Kollegen, die vor ihnen ihren Part absolviert hatten, und sie war so glücklich und erleichtert, doch dann erhob sich auf einmal ein Mann auf einem der oberen Ränge und brüllte so laut, dass er sogar den Applaus übertönte: »Sie hat ihr Kind umgebracht! Die Kindsmörderin!«, bis er ausgebuht wurde und eilig den Saal verließ.

Sag nichts

Nach dem Konzert gab es einen Empfang, aber Anna war verschwunden. Benucci ging hinunter und klopfte an die Tür ihrer Garderobe.

Sie rief »Herein!« und drehte sich mit tränennassen Augen und einem hoffnungsvollen Lächeln um, und da wusste er, dass sie jemand anderen erwartet hatte.

Er schloss die Tür. »Wie geht es Ihnen?«

Sie legte die Hand an den Mund. »Ich musste allein sein. Es tut mir leid. Ich konnte ihnen nicht gegenübertreten. Sie waren alle so gut zu mir. Wir alle haben uns so viel Mühe gegeben.«

»Niemand schert sich um einen Verrückten.«

Sie erhob sich und fächelte sich etwas Luft mit ihrem Fächer zu. »Es ist furchtbar«, sagte sie leise. »Ich weiß, was man von mir denkt.« Ihre Stimme brach. Es kursierten Flugschriften, in denen die grausame Anklage erhoben wurde, sie hätte ihr Kind getötet, und schauerliche Karikaturen, die sie mit dem Kaiser und irgendwelchen Frauen bei der Unzucht zeigten.

Sie hatte die Arme um ihren Leib geschlungen und starrte mit leerem Blick vor sich hin. Es war kaum zu glauben, dass sie noch vor einer halben Stunde auf der Bühne geglänzt

hatte, ein Mädchen von sechzehn, unvergleichlich charmant, eindrucksvoll, souverän. Anna Storace konnte allein durch die Art, wie sie ihre Hände bewegte, einen Saal in Bann ziehen. Doch das war eine bloße Maske gewesen. Das wusste Benucci ebenso wie alle anderen.

»Anna«, sagte er. »Ist es wahr?«

Sie sah ihn mit blinden Augen an. »O nein. Francesco, wie können Sie das fragen?«

»Es tut mir leid«, sagte er, aber es klang wie eine Provokation. Seine Stimme war für manche Räume einfach zu laut und schien sein Gegenüber herauszufordern.

Sie sah ihn fassungslos an. »Nein«, flüsterte sie. »Es ist nicht wahr, Francesco.«

Er legte seine Hand auf die Türklinke. Keiner von ihnen sagte etwas. Reglos sah sie ihn an. Wie eine Statue stand sie da. Er hätte in aller Ruhe einen Pfeil auf ihr Herz richten können. »Es war meines«, sagte er, »nicht wahr?«

Sie zuckte zusammen und schloss die Augen. Der Pfeil hatte sein Ziel getroffen und steckte zitternd in ihrer Brust. Mit leiser, aber ruhiger, melodiöser, klarer Stimme sagte sie: »Ja.«

Er klammerte sich an die Tür und sah sie vor sich, wie sie in ihrer Seidenrobe den Iren heiratete, sah ihre Mutter, die sich wie eine Königin weigerte, mit ihm zu sprechen. Dann hörte er sich sagen: »Wir bleiben Freunde, das ist das Wichtigste«, und sah wieder und wieder, wie sie ihren Kopf abwandte und »Ja« sagte. Er sah sie, wie sie, ein etwas molliges, süßes, stürmisches junges Mädchen, ihn in ebendiesem Raum umarmte und küsste und vor Liebe weinte, und er sah sich selbst, wie er sie in schändlicher Leidenschaft nahm, ihr Schmerz zufügte, ohne dass er sich darum bekümmerte, einzig besorgt darum, dass sie still war und bekam, was sie zu wollen glaubte, und darum, seine Lust zu befriedigen, wofür er sich hasste,

nichtsdestoweniger empfand er diese Lust aber. Wieder und wieder sah er sie in ihrer Robe, wie sie den Iren heiratete, wie sie sich von ihm abwandte und »Ja« sagte. Sah sie, wie sie das ganze Jahr über mit ihm sang, lächelte, hinter die Bühne verschwand und dort mit ihrem mächtigen Bauch zusammenbrach, während ihr idiotischer Bruder auf sie einredete. Er sah, wie der Ire sie schlug und alle so taten, als wäre nichts.

»Mein Gott«, keuchte er. »Wie konnten Sie nur? Wie konnten Sie mir ins Gesicht sehen?« Sie erbleichte und schwieg. Verzweifelt wandte er den Blick ab. »Für welche Art Mann halten Sie mich eigentlich?«

»Sie liebten mich nicht«, sagte sie. Sie schluckte. »Sie liebten Aloysia.«

Er starrte sie an. Dann sagte er mit scharfer Stimme: »Aloysia? Aloysia Lange? Keinen Pfifferling geb ich auf Aloysia Lange!«

»Sie sagte, Sie würden sie lieben. Sie sagte, Sie würden ihr Liebesbriefe schrieben.«

»Wann habe ich jemals einer Frau einen Liebesbrief geschrieben? Wann sollte Francesco Benucci Zeit für Liebesbriefe aufbringen?«

Sie zuckte zusammen, als hätte er sie geschlagen. »Oh«, sagte sie mit leiser Stimme. »Selbstverständlich haben Sie so etwas nicht getan.«

»Hätten Sie mich das Kind auf den Knien schaukeln lassen?«, sagte er. »Hätten Sie immer weiter gelogen? All die Zeit haben Sie nie ein Wort gesagt …«

»Meinen Sie, ich wüsste das nicht?«, rief sie verzweifelt. »Meinen Sie, ich hätte nicht bei jedem Atemzug daran gedacht?« Sie legte die Hände an die Wangen, als hätte sie Angst, ihr Kopf würde zerspringen. »O Gott! Es war schrecklich! O Gott!«

Er starrte sie an und trat ein paar Schritte zurück. »Ich habe Sie nie gekannt«, sagte er. »Ich kenne Sie auch jetzt nicht. Weniger noch als eine beliebige Fremde. Sie haben mir nie etwas davon gesagt. Nie. Sie haben ihn geheiratet, ohne mir jemals etwas zu sagen.«

Sie ließ die Hände sinken und blickte verloren vor sich hin, Tränen zitterten auf ihren Wangen, als warteten sie geduldig darauf, dass sie sie abwischte.

Er seufzte hilflos und strich sich über die Stirn. »Ich habe Ihnen Unrecht getan«, sagte er unvermittelt. »Vergeben Sie mir … bitte, vergeben Sie mir.« Damit drehte er sich um und verließ den Raum.

Im Spiegelsaal oben war der Empfang noch in vollem Gange. »Meine edlen Freunde!«, rief jemand in gebrochenem Englisch. Es war Mozart, rotgesichtig, mit Perücke, die Hand auf dem Arm seiner Frau. »Ihnen allen einen wunderbarsten Abend.«

»Guten Abend, Mozart«, sagte Stephen. »Üben Sie Ihr Englisch?«

»Wenn ich nicht übe«, erwiderte Mozart und sprach jede Silbe betont langsam aus, »dann komme ich nicht voran.«

»Das haben Sie gut gesagt!«, sagte Stephen lachend. »Und wenn Sie nicht vorankommen, werden Sie es niemals nach London schaffen. Guten Abend«, sagte er, an Constanze gewandt, auf Deutsch.

Sie nickte und sagte zu Anna: »Es freut mich, Sie wieder bei Kräften zu sehen.«

»Danke«, antwortete Anna und spürte leichte Panik in sich aufsteigen. Kein Lampenfieber, das sicher nicht. Zehn Minuten nachdem Benucci sie verlassen hatte, war sie zu dem Empfang gegangen. Niemand machte eine Bemerkung über ihre Abwesenheit oder ihre geröteten Augen. Alle waren

überaus freundlich zu ihr. Keiner erwähnte den Verrückten oder die Gerüchte.

Stephen hatte ein paar Gläser Wein getrunken und war bester Stimmung. Er hatte heute Abend gut gespielt. »Mein lieber Mozart«, fuhr er immer noch auf Deutsch fort, »ich freue mich, dass Sie uns die Ehre erweisen. Wir haben Sie auf der Probe zu Annas Kantate vermisst.«

»Aber ich war krank an dem Tag«, protestierte Mozart. »Ich hatte mir den Magen verdorben. War es nicht so, meine Liebe? Ich schrieb Mademoiselle Storace und sie entschuldigte mich.«

Bei diesen Worten zog er Anna zu sich heran und flüsterte ihr – fast wie in einer Komödie – schnell etwas ins Ohr. »Ich bin ein Arsch. Sagen Sie nichts. Sie haben wunderbar gesungen, ganz wunderbar …« Dabei hielt er ihren Arm fest umklammert, und seine Lippen streiften ihr Ohrläppchen.

»Pass doch auf«, rief Constanze lachend und zog ihn weg. »Du bringst ihre Frisur durcheinander.« Sie sah die anderen entschuldigend an. »Mein Gemahl hat zu viel Wein getrunken.«

»Das habe ich nicht«, rief Mozart.

»Er war an besagtem Tag tatsächlich krank«, fuhr Constanze fort. »So krank war er schon seit Ewigkeiten nicht mehr. Aber er ließ nicht zu, dass ich Ihnen schrieb, weil er die Probe keinesfalls versäumen wollte. Immerzu sagte er wie im Fieber: ›Ich muss hingehen, ich muss sie singen hören‹, doch als er dann endlich ging, war es zu spät, und er kehrte gleich wieder nach Hause zurück. Was für ein Aufstand für nichts und wieder nichts, wo er doch so krank war.«

»Das ist nicht wahr«, sagte Mozart. »Ich war nicht krank, ich war lediglich ein wenig matt. Meine Frau will mich nur in Schutz nehmen. Ich war kein bisschen krank.«

»Du warst krank«, sagte Constanze mit ernster Miene. »Ich war in höchstem Maße beunruhigt. Ich wollte nicht, dass du das Haus verlässt. Aber du hast darauf bestanden.«

»Haben Sie etwa den ganzen Weg bis zu unserem Haus auf sich genommen?«, fragte Stephen. »Warum zum Teufel haben Sie uns dann nicht begrüßt?«

Mozart sah zu Anna und zuckte die Achseln. »Es war zu spät. Mir war in meinem Zustand gar nicht klar gewesen, wie spät es war.«

»Wie dem auch sei«, sagte Stephen. »Ich bin eigentlich froh, dass Sie nicht da waren. Ich habe an diesem Tag ganz armselig gespielt. Heute Abend habe ich mich wackerer geschlagen.«

»Sie waren wunderbar«, sagte Constanze. Sie lächelte und tätschelte Annas Arm. »Sie beide waren wunderbar. Alle sind glücklich und zufrieden.«

Mozart zu Pferd

Mozart saß bequem auf seinem Pferd, summte leise vor sich hin, sagte gelegentlich etwas zu dem Tier oder tätschelte seinen Hals. Es lag ein besonderer Reiz darin, als kleiner Mann auf einem edlen Pferd zu thronen. Man konnte die Welt aus der Höhe betrachten. Man lenkte das Tier und wurde von ihm getragen. Die Ohren drehten sich hierhin und dahin, die Hufe klapperten, man hörte es laut schnaufen und gelegentlich leise wiehern, so als antwortete es einem. Man hielt sich in eleganter und leicht gespannter Haltung, alles geschah aus sich heraus, wie wenn man eine besondere Form der Konzentration erreichte, bei der die Noten fast von selbst in die Tasten und aus der Feder flossen und man Angst hatte aufzustehen, um zu essen oder zu schlafen oder zu pinkeln, weil man dann aus dieser Höhe wieder ins Alltägliche hinabstürzen könnte, wo man nachdenken und sich schinden musste wie der arme Kerl neben einem, der zu Fuß unterwegs war.

Es war gut, ein Pferd zu besitzen. Er hoffte, er würde es nicht verkaufen müssen. Das Pferd verkaufen und vor die Tore jenseits des Praters ziehen, wo die Mieten günstig waren. Mit einem Pferd überblickte man alles und erreichte schnell und unabhängig jeden Ort, und dabei sah man auch

noch nach etwas aus, groß, vornehm, mächtig. Allein für sich betrachtet war er klein und schüchtern. Immer gab er irgendwelchen Unsinn von sich. Nie konnte er schlicht sagen, was er meinte. Beim Anblick seines eigenen Gesichts im Spiegel musste er lachen, die vorspringende Nase, die narbige Haut, die Froschaugen. Als ihm Aloysia Lange das Herz gebrochen hatte, hatte er traurig sein Gesicht angestarrt. Das machte er nicht mehr, jetzt lachte er nur noch. Sein Vater war ein ungemein gut aussehender Mann. Wolfgang jedoch sah seiner Mutter ähnlich. Sie war während ihres gemeinsamen Aufenthalts in Paris gestorben, der schlimmste Tag seines Lebens. Sein Vater hatte ihm die Schuld gegeben. Nichts konnte ihn mehr nach Paris bringen. Nicht alle Pferde dieser Welt.

Er hatte vor, im Haus seines besten Freundes Gottfried Station zu machen, um mit ihm zu Mittag zu essen, dann eine Stunde zu geben, sich mit Da Ponte zu treffen, seinen neuen Rock abzuholen, den in Weiß und Gold, ein paar einfache Klavierstücke für eine Prinzessin abzuliefern und anschließend eine Englischstunde bei Georg Kronauer, seinem Logenbruder, zu nehmen. Stephen Storace war als Englischlehrer nicht zu gebrauchen, und Anna – nun, mit Anna konnte er nicht Englisch sprechen, es wollte ihm einfach nicht über die Lippen kommen, denn immer wenn sie munter drauflosschwatzte, konnte er sie nur mit offenem Mund anstarren und über seine Blödheit blödeln, bis sie beide einen Lachanfall bekamen.

Nie hatte er genug Geld und nie genug Zeit. Tagtäglich dachte er an seinen Tod, aber nicht etwa, weil er sich danach sehnte oder im Gegenteil Angst davor hatte, sondern um stets gewahr zu sein, dass der Tod kommen würde. Er verschwendete so viel Zeit. Erst heute Morgen hatte er verschlafen, und dann musste er mehrere Briefe schreiben, und

schon würde er zu spät zum Mittagessen bei Gottfried kommen, und er hatte nicht eine Note geschrieben. Sollte er heute sterben, dann würde er seine Familie in Armut zurücklassen, und seine besten Werke – er spürte, wie sie in seinem Herzen schlummerten – blieben ungeschrieben. Daher, bitte lieber Gott, wäre es besser, wenn er nicht gerade heute stürbe. Seit er bei den Freimaurern war, hatte er seinen Frieden mit dem Tod geschlossen, der ihn stets geängstigt und zornig gemacht hatte, aber da waren noch all die Dinge, die in seinem Herzen darauf warteten, geschrieben zu werden, sobald er genügend Geld und Zeit und Muße und Konzentration besaß. Wenn er nicht verschlafen hätte, hätte er sie heute schreiben können. Diese Klavierstücke für die Prinzessin waren bloßes Gesabber, Schmarrn, schlimmer als jedes dieser affektierten oder ängstlichen Machwerke seiner Kollegen. Aber sie konnten nicht anders sein, sonst würde sie sie nicht spielen können und er würde sein Honorar nicht bekommen und die Miete nicht zahlen können. Und er brauchte diesen weiß-goldenen Rock einfach für seine Auftritte. Er musste reicher wirken, als er war. Eine elegante, kostspielige Ausstattung war ebenso wichtig wie ein gutes Pferd – sogar noch wichtiger. Wenn er einen hervorragenden Rock trug, sah er gut aus. Oder wenigstens beeindruckend. Aber nur, wenn er gut saß und der Stoff schwer und kostbar war, die Knöpfe wie Perlen und der Kragen hoch und alles perfekt und alles glatt und makellos und fesch. Ja, er war ein eitler Geck, aber er wollte einfach nicht darauf verzichten. Dann war er zufrieden mit sich, dann trug er den Kopf oben, spielte schön und neckte die Gräfinnen und war nicht mehr nervös und schüchtern. Die meiste Zeit merkte man ihm seine Nervosität und Schüchternheit nicht an. Bereits früh hatte er gelernt, sein Inneres hinter einem lärmenden Auftreten zu verstecken.

Die entzückende, anmutige, lustige Anna. Er hatte vom ersten Moment an das Gefühl gehabt, er würde sie schon ewig kennen. Und doch war er nie jemandem wie ihr begegnet. Die kleine englisch-italienische Sopranistin. Er könnte ihre Taille bequem mit seinen Händen umspannen. Ihr Haar war dunkel und weich; noch weicher waren allerdings ihre Lippen und Wangen. Wie viele Stunden hatte er von dieser Wange geträumt, wie sie auf seiner nackten Brust lag, während er ihre flaumige Schläfe streichelte.

Er liebte seine Frau. Sie brachte ihn zum Lachen. Sie kümmerte sich um ihn. Wenn er beim Komponieren nicht weiterkam, verließ er sein Zimmer und plauderte mit ihr, oder er spielte mit seinem Sohn, das erfrischte ihn. Er liebte ihre Brüste und ihren Hintern, liebte es, mit ihr ins Bett zu gehen. Wenn sie andere Männer ansah oder sich schamlos benahm, wurde er eifersüchtig und wütend. Aber sie war einfältig und schlicht von Gemüt, ein Lämmlein. Aus einfachen Verhältnissen, wenig Bildung. Manchmal hatte er Angst, dass sie etwas Dummes sagte, und dann schämte er sich. Das war sein Vater in ihm, sein Vater, der derart stolz und unbeugsam sein konnte. Und Constanze – vielleicht hatte er sich drängen lassen, sie zu heiraten. Er hatte zur Untermiete bei ihnen gewohnt, als er noch in ihre Schwester verliebt gewesen war. Er sehnte sich einfach nur nach einer netten Gesellschaft, nach einer Frau, die er küssen und drücken und mit der er alle möglichen anderen ergötzlichen Dinge tun konnte. Er war damals außerdem noch ein halber Junge gewesen. Ja, tatsächlich, am Tag der Verlobung hatte ihn Constanzes Mutter dazu gezwungen, unter Zeugen einen Kontrakt zu unterzeichnen, mit dem er sich verpflichtete, ihr, der Mutter, bis an ihr Lebensende eine unerhört hohe jährliche Leibrente zu zahlen, wenn er Constanze nicht heiratete. Aber das

war ihm egal gewesen, weil er Constanze unbedingt heiraten wollte. Er hätte alles unterzeichnet. Und als Constanze von dem Kontrakt erfahren hatte, hatte sie so lange getobt, bis sie ihn zerrissen hatten. Aber dennoch. Es hatte ihn gegeben. Womöglich hatte er sich drängen lassen. Und damals hatte er nicht gewusst, wie sehr er sich ändern würde.

An dem Abend, an dem er Annas Pantoffel gestohlen hatte, war er der Welt böse gewesen und ruhelos. Die Tage zuvor hatte er sich beinahe zu Tode geschuftet. Er hatte sich danach gesehnt, seine Pflichten eine Weile zu vergessen, sich zu vergnügen. Als er dann die Aufführung von Salieris Oper mit der neuen italienischen Truppe gesehen hatte, hatte er sogleich Feuer gefangen. Hundert Ideen auf einmal waren auf ihn eingestürmt. Und mittendrin die hübsche Sopranistin, eine Meisterin ihres Fachs, die genau wusste, was sie tun musste, und deren Worte und Gesten doch alle spontan und frisch wirkten. Ihre Stimme fesselte ihn. Es lagen Schlichtheit und Schönheit darin und etwas Unmittelbares, Reines, Unverbrämtes. Sie konnte alle möglichen Farben und Stimmungen erzeugen, wie eine dieser Akrobatinnen, deren starke und geschmeidige Körper sich über das Menschenmögliche hinwegsetzten – und doch war die Stimme in ihrem Kern klar, wahrhaftig, ganz und gar ihre. Sie erreichte eine solche Klangfülle und Feinheit des Tons und war zu einer solchen Bandbreite an Dynamik und Gefühl imstande, dass Mozart es beinahe körperlich zu spüren meinte. Sie hielt perfekt den Ton. Ihre Stimme traf ihn bis ins Mark. Wenn er ihr zuhörte, wusste er wieder, was er mit seiner Musik anstrebte. Die menschliche Stimme war in ihrer Schönheit einzigartig und unerreichbar. Da konnte keine der anderen Künste mithalten. Das Weinen eines Säuglings, die Liebesschwüre eines Paares, ein Schluchzen berührten das Herz mehr, als es

jedes Instrument vermochte. Wenn Anna sang, dann konnte er sich nicht bewegen, nicht denken oder sonst etwas tun. Beinahe hätte er aufgeheult wie ein Tier. Er hatte sie besitzen wollen. Dabei hatte er doch seine Frau neben sich gehabt!

Aber auch das, seine rücksichtslose Lust, zeugte von der Größe von Annas Stimme und ihrem Können, und er lachte über sich selbst, als wäre er eine Figur in einer zotigen Geschichte. Er schwor sich, etwas für diese bemerkenswerte Stimme zu schreiben. Seine Musik der Stimme so perfekt anzupassen, dass die Sängerin zur Vollkommenheit gelangte.

Was er an diesem Abend fühlte, als er sie das erste Mal hörte, war das Ergebnis einer überreizten Einbildungskraft gewesen. Er hatte nichts über sie gewusst. Sein Begehren und seine Wut waren womöglich daraus entstanden, dass diese neue Truppe in der Stadt war und Salieri für sie schreiben durfte, vermutlich hätte das jeder gedurft, der Italiener war und nicht Mozart hieß – der kleine Deutsche, in dem man für alle Zeiten den siebenjährigen Jungen sah. Mozart durfte nicht für die Kompanie schreiben. Mozart musste dumpf brütend im Publikum sitzen und sich nach dieser hervorragenden, unvergleichlichen Sopranistin verzehren … aber er liebte seine Frau …

Auf dem anschließenden Empfang musste er mit diesem Schwätzer Herrn Gosta reden und mit hundert anderen Schwätzern, die keine Ahnung hatten von dem, was er machte, die kein Leben und keine Seele in sich hatten, die all ihr Sinnen und Trachten auf die unbedeutendsten Dinge richteten. Er floh in den Garten, wo nichts und niemand war, keine Angst, keine Lust, keine Gattin, nur er und seine Wut und die Bäume und die Dunkelheit. Dann drehte er sich um und erblickte sie auf der Bank, die Frau, nach der er sich den ganzen Abend verzehrt hatte. Sie war nach ihm nach draußen gegan-

gen und hatte ihn noch nicht entdeckt. Er beobachtete, wie sie ihre Pantoffeln abstreifte. Er sagte sich, dass er nicht zu leben verdiente, wenn er sich diese Gelegenheit entgehen ließ.

Er hatte erwartet, dass sie ihm den Kuss verweigern würde. Wie sie miteinander redeten und sich gerierten, kam es ihm vor, als wären sie Figuren in einem Liebesroman. Damals konnte sie noch kein Deutsch, aber ihr Italienisch war wunderbar und ihre Sprechstimme melodiöser, als er sich hätte vorstellen können. Zuerst hatte sie in seinen Armen gezögert und dann nachgegeben.

Nachdem sie zu der Gesellschaft zurückgekehrt waren und er seine gute Frau erblickt hatte – er liebte seine Frau –, hätte er sich gerne für das, was er getan hatte, geschämt, aber er hatte sich nicht geschämt. Alles schien nichts weiter als ein Spiel zu sein, in dem er den Sieg davongetragen hatte. Salieri hätte niemals etwas derart Verwegenes getan. Salieri war viel zu behäbig. Ihm fehlte die nötige Unbekümmertheit.

Mozart hätte längst Kapellmeister sein müssen und so reich wie Gluck. Das wussten alle. Er war beinahe dreißig und besaß nichts. Wie viel mehr Zeit er zum Komponieren hätte, wenn er nicht hundert anderen Verpflichtungen nachkommen müsste … Dachten sie etwa, er bliebe für alle Zeiten? Von wegen, er würde nach London gehen, und dann würden sie ihn nie wieder zu Gesicht bekommen, egal wie sehr sie bettelten und flehten.

Selbst in seinen Träumen vernahm er Annas Stimme. Manchmal stellte er sich ein anderes Leben vor, in dem sie zusammen in London lebten und er sie im Nebenzimmer hören und, wann immer ihn die Lust dazu überkam, mit ihr reden und ihr erzählen konnte, was ihm widerfahren war oder was ihn interessierte, mit ihr lachen und sein Gesicht an ihre Schulter lehnen konnte. Wenn er mit ihr zusammen war,

dann war er glücklich und fühlte sich lebendig, und die Zeit verging wie im Flug, so war es auch, wenn er gerade etwas komponierte, das ihm gefiel.

Bis zu dem Tag, an dem er für sie gespielt hatte, als sie krank darniederlag, hatte er sich in Sicherheit gewiegt. Er hatte sich Sorgen um sie gemacht und sich geängstigt, aber er hatte sich nicht erlaubt, sie zu lieben.

An diesem Tag saß er an Stephens großartigem Klavier und stellte sich vor, wie sie oben in dem Bett lag, das er noch nie gesehen hatte. Er konnte sich vormachen, dass sie beide allein im Haus waren, wie er es sich immer mit London vorgestellt hatte. Er verdrängte den Gedanken, dass sie dort oben auf den Tod wartete. Das Klavier stand im rechten Winkel zur Tür. An der Wand standen eine Chaiselongue und verschiedene Beistelltische und Stühle. Bücher lagen herum, und Blumen welkten in den Vasen auf dem Kaminsims vor sich hin. Die Sonne fiel ins Zimmer, es war heiß. Mozart musste seine Jacke ausziehen.

Ein gutes Klavier auszuprobieren, ohne Ziel und Intention, gehörte zu seinen größten Vergnügen. Jede Sorge fiel dann von ihm ab. Er war in die Musik vertieft und gleichzeitig so geistesabwesend, dass er keinen Gedanken an die Vergangenheit oder die Zukunft verschwendete. Er fühlte sich befreit, ruhig. Es war, als würde er sich aus der Ferne zusehen und seine Hände und Finger bewundern und sich fragen, wie sie das machten und was als Nächstes kommen könnte. Die musikalischen Konventionen ließen manche Wendungen voraussehbar erscheinen, geradezu zwingend, aber selbst dann blieb stets ein Element des Zufalls und Spiels. Er beobachtete sich dabei, wie er sich auf eine bestimmte Ecke zubewegte und im allerletzten Moment in die entgegengesetzte Richtung abbog. Oder er begab sich an einen gefährlichen,

unbekannten Ort, nur um zu sehen, ob er wieder von dort zurückfand.

Er fand stets zurück. Niemals fühlte er sich so mächtig wie am Klavier. So stark, ruhig, fähig, vollständig. Sobald er an einem Tag Zeit zum Üben und Komponieren fand, ging es ihm gut, hatte das Leben Sinn und befand sich im Gleichgewicht. Daher war er fast immer glücklich und hatte sein Leben fast immer einen Sinn. Daran dachte er jetzt, als er für Anna spielte, da sie den Sinn ihres Lebens verloren hatte.

Nach einer Weile erschien sie in der Tür, er sah sie aus dem Augenwinkel, und er musste sich zurückhalten, um nicht auf sie zuzueilen. Er hatte sie eine Ewigkeit nicht mehr gesehen. Aber er durfte sie nicht erschrecken, sie sollte nicht denken, dass sein Kommen einen besonderen Grund hatte. Daher lächelte er und tat ein wenig gelangweilt. Sie trug ein schimmerndes Kleid, blau und grün und golden. Ihre Haare hingen offen herab. Ihre Stirn glänzte feucht von Schweiß. Sie stand in der Tür, und er spielte weiter, als wäre sie gar nicht da, aber seine Nerven nahmen jede ihrer Regungen auf.

Schließlich trat sie ins Zimmer und schloss die Tür. Das Kleid umfloss sie wie Wasser, ihr Gesicht war hohlwangig und bleich, die Augen schwarze Seen der Sehnsucht und Trauer. Bis zu diesem Tag war er sich seiner sicher gewesen.

Orangerie

Der Sieger heißt Salieri!«, rief der Richter, und der Saal brach in höflichen Beifall aus. Man hatte sich in der Orangerie des Lustschlosses des Kaisers in Schönbrunn versammelt, die zu diesem Anlass in ein Theater respektive einen Bankettsaal verwandelt worden war. Es war ein öder, kalter Februartag, und der Bruder des Kaisers war aus den Niederlanden zu Besuch. Der Kaiser hatte beschlossen, ihn mit dem Sommer zu begrüßen. Die feuchte Luft roch intensiv nach den Blumen aus dem Gewächshaus. Die Gäste hatten ihre Hüte und Pelze abgelegt und Platz an einer langen Tafel genommen, die sich unter den Speisen förmlich bog. Das gewölbte Glasdach über ihnen schien bis zu den Sternen hinaufzureichen. Hinter ihnen standen Orangenbäume und gaben ihnen das Gefühl, sich in einem Märchenhain zu befinden. Der Schnee war in weite Ferne gerückt.

An jedem Saalende war eine kleine, beleuchtete Bühne aufgebaut worden, und auf diesen Bühnen war an diesem Abend ein Schaukampf zwischen dem deutschen Singspiel und der italienischen *opera buffa* ausgetragen worden, zwischen Mozart und Salieri. Jeder Komponist hatte eine einaktige Oper geschrieben, die sein jeweiliges Genre auf die Schippe nahm. Und Salieri hatte gesiegt.

»Das ist nicht gerecht!«, rief Aloysia Lange. Gemeinsam mit der neuen deutschen Kompanie aus dem Kärtnertortheater hatte sie in Mozarts Singspiel mit dem Titel *Der Schauspieldirektor* gesungen. Die italienische Kompanie aus dem Burgtheater, mit Anna, Benucci und all den anderen, hatte Salieris *Prima la musica e poi le parole* dargebracht. Beides waren Komödien über die Streitereien hinter den Kulissen einer Opernbühne. Mozarts Musik war der von Salieri überlegen, aber Salieri schlug ihn dennoch, er war schließlich Italiener, und er hatte die besseren Sänger.

»Nun«, sagte Mozart leise und warf Aloysia ein rasches Lächeln zu, während er mit den anderen applaudierte, »das war nicht anders zu erwarten.«

Aloysia sah, wie sich die italienische Kompanie freute, ohne wenigstens den Anstand zu besitzen, überrascht zu tun. Sie hatte gut gesungen. Sie war keine so gute Schauspielerin wie Anna Storace, hatte jedoch gut gesungen und sich auch nicht davor gescheut, sich selbst zur Witzfigur zu machen. Aber sie war eben nicht Anna. Anna mit ihrem perfekten Busen, den betörenden Augen und den samtenen tiefen Tönen. Anna mit ihrem unerschütterlichem *legato*, ihrer Natürlichkeit, ihrem Charme.

»Sau«, rief Mozart Salieri freundlich zu. »Was ist der Preis? Wieder einmal eine Uhr?«

»Mozart, mein Junge!«, erwiderte Salieri lachend und schlug ihm auf den Rücken. »Mein Kind! Einen Moment lang haben Sie mich wirklich in Unruhe versetzt.«

Mozart stöhnte auf und rieb sich die Schulter. »Eine nette Oper«, sagte er. »Sie erinnert mich an all die anderen Opern von Ihnen.«

»Während Ihre«, gluckste Salieri, »so viele Noten hatte, dass sie mich an keine erinnerte.« Er tätschelte Mozarts

Wange. »Und erst die Worte! Dem Himmel sei Dank, dass Sie denken, jeder könnte Deutsch singen, ohne Schaum vor dem Mund zu haben.«

Mozart lächelte verkniffen. Er trat schon seit Langem dafür ein, dass für ein deutsches Publikum deutsch gesungen werden sollte, und sein größter Bühnenerfolg war bis dato ein anderes Singspiel gewesen, *Die Entführung aus dem Serail.* Aber gegen die italienische Oper kam man nach wie vor nicht an. Vielleicht wollte der Adel die eigene Sprache einfach nicht hören.

Er ging zu Anna. Er konnte einfach nicht anders. Und warum auch nicht? Er hatte schließlich einen Grund.

Seit dem Ofelia-Konzert, mit dem sie ihre Rückkehr ans Burgtheater gefeiert hatte, waren Monate vergangen. Seither hatten sie einander häufig gesehen, bei Diners und in Salons et cetera, und jedes Mal hatte Mozart festgestellt, dass er noch nervöser war, noch weniger mit ihr sprechen konnte, obwohl er sich stets mehr freute. Er komponierte zusammen mit Da Ponte eine Oper für sie, die auf dem zweiten Theaterstück von Beaumarchais beruhte, *Die Hochzeit des Figaro.* Das Stück war eigentlich verboten worden, weil es angeblich subversiv war, aber Da Ponte kürzte alles Politische heraus, sodass nur die Komödie übrig blieb, und auf diese Weise konnten keine Einwände dagegen erhoben werden. Mozart und Da Ponte hatten für die Rolle der Gräfin Rosina die neue Sopranistin Luisa Laschi vorgesehen. Luisa war stattlicher als Anna. Allerdings war Anna berühmt für ihre Rosina aus dem *Barbier von Sevilla* – vielleicht wäre sie also verärgert, würde denken, die Rolle der Susanna sei der von Rosina nachgeordnet. Dabei war es eigentlich Susannas Oper. Das würden sie ihr begreiflich machen. Sie hätte *Die Hochzeit der Susanna* heißen sollen.

Wenn er sich morgens zum Komponieren an seinen Schreibtisch setzte, kam es ihm so vor, als wäre er zum Tanz mit Anna verabredet. Und immer wenn er sie dann in Fleisch und Blut sah, war sie anders, als er sich ihrer erinnerte, zugleich gewöhnlicher und schöner, weil sie real war.

Spontan drückte sie seinen Arm und rief: »Ach, ich wünschte, Sie hätten gesiegt! Das ist nicht gerecht.«

»Das sagt meine Schwägerin auch«, erwiderte er und sah sie lächelnd an. »Es freut mich, dass Sie gewonnen haben. Sie haben bezaubernd gesungen.«

Sie schüttelte den Kopf. »Ich wollte eigentlich mein Schlechtestes geben, damit Sie gewinnen. Aber dann habe ich es nicht fertiggebracht.«

»Ich bin froh, dass Sie sich eines anderen besonnen haben. Der Sieger stand ohnehin schon fest.«

Sie blickte ihn an. In ihren Augen lag noch immer ein Schatten jener Trauer, derentwegen er sie liebte, verborgen unter dem funkelnden Humor, dessentwegen er sie noch mehr liebte. Sie gab ihm einen Kuss auf die Wange und ging weiter, um sich mit ein paar anderen Gästen zu unterhalten. Lachend blickte er ihr nach.

»Worüber haben Sie mit Frau Storace geredet?«, fragte Aloysia, die unvermittelt an Mozart herangetreten war. »Ich fürchte, wir werden Sie an unsere Feinde verlieren.«

Er lächelte, ohne den Blick von Anna abzuwenden. »Ach, wir haben über dies und das geplaudert.«

»Ich hatte gerade ein Tête-à-tête mit Benucci«, sagte Aloysia in gleichgültigem Ton. »Er ist verrückt vor Liebe zu ihr.«

Einen Moment lang schwieg Mozart, dann räusperte er sich und fragte: »Ach tatsächlich?«

»O ja, und wie. Und sie liebt ihn. Sie geben ein schönes Paar ab, finden Sie nicht? Sie sind beide so gut aussehend. Ich

wage zu behaupten, dass Benucci der größte Herr in diesem Saal ist. Er fragte mich, was er tun solle, der Arme. Am liebsten würde er sie heiraten, aber sie ist ja bereits verheiratet. Und sie, die Arme, bittet ihn, mit ihr ein Leben in Sünde zu führen. Sie sagt, sie habe schon zu lange im Unglück gelebt. Sie will nichts weiter als ihren Seelenfrieden und Liebe. Auf ihre Ehre gibt sie nichts.«

Anna und Benucci sprachen in diesem Augenblick mit dem Kaiser, sie lachten und scherzten. Mozart beobachtete sie. Sein Gesicht war rot angelaufen. »Was haben Sie ihm geantwortet?«, fragte er Aloysia.

Sie seufzte mitleidsvoll. »Ich sagte ihm, er solle es tun. Ich sagte, sie sei nur vor dem Gesetz nicht frei, sonst in jeder Hinsicht – selbst vor Gott. Ich sagte, dass man eine solche große Liebe nicht opfern dürfe – dass unser Leben dafür zu schnell vergehe.«

Es erschien ihm seltsam, dass er Aloysia Lange einmal geliebt hatte. Sie konnte kein bisschen schauspielern. »Ich glaube Ihnen kein Wort«, sagte er. Er blickte wieder zu Anna hinüber. »Dazu besitzt Mademoiselle Storace zu viel Würde.«

»Es ist die Wahrheit, ich schwöre es«, rief Aloysia.

Er schüttelte den Kopf. »Es mag ja sein, dass Benucci sie liebt«, sagte er, »aber sie, meine liebe Schwägerin, liebt Benucci nicht.«

Beim Verlassen der Orangerie erreichten Anna und Aloysia gleichzeitig den Ausgang. Ihre Röcke stießen aneinander, und sie fächelten sich beide mit ihren Fächern Luft zu. Mozart und Salieri folgten ihnen.

»Nach Ihnen, meine Liebe«, sagte Aloysia und verneigte sich höflich.

»Aber nein«, sagte Anna ihrerseits mit einem anmutigen Knicks. »Nach Ihnen.«

»Sie sind die Siegerin«, zischte Aloysia zwischen den Zähnen hervor und neigte hoheitsvoll den Kopf.

Anna lachte und deutete mit dem Fächer zur Tür. »Aber Sie sind die Ältere.«

Aloysias Kinnlade klappte herunter. »Ha!«, rief sie aus. Sie schürzte ihre Röcke. »Die Spitze hat gesessen.« Mit einem erstarrten Lächeln schwebte sie durch die Tür. Anna folgte ihr.

»Die krieg ich«, sagte Mozart Salieri ins Ohr und packte ihn am Arm. »Wehe, wenn Sie mir zuvorkommen …«

Salieri lachte amüsiert. »Nur zu«, entgegnete er, »meinetwegen. Für kein Geld der Welt würde ich mich an den beiden vergreifen. Die Rosen mit den Dornen überlasse ich lieber Ihnen, Mozart. Meine Weiber sollen so sein wie meine Musik, süß und gefügig.«

Mozart gab ihm einen Stoß. »Das meinte ich nicht. Ich meinte die Szene. Ihre Stimmen – dieses Lächeln.«

»Ich weiß, was Sie meinten«, sagte Salieri mit einem heiteren Lächeln. »Greifen Sie nur zu, mein Bester. Ich wüsste ohnehin nicht, was ich damit anstellen sollte.«

Mozart starrte ihn an, und dann lachte er. »Wohl wahr. Das wüssten Sie nicht. Vergeben Sie mir, Salieri. Manchmal vergesse ich einfach, dass Sie nicht so gewitzt sind wie ich.«

»Vergessen Sie das tatsächlich manchmal?«, fragte Salieri trocken. »Das ist das schönste Kompliment, das ich heute bekommen habe, Mozart, mein Junge. Das werde ich sicher niemals vergessen.«

Die Hinrichtung Franz Zahlheims

An ihrem ersten gemeinsamen Probentag, zwei Monate nach Annas Konzert, wechselten Anna und Benucci kaum ein Wort miteinander, nicht solange alle um sie herum waren, dafür lächelten sie sich an, zaghaft zuerst, und aus diesem Lächeln sprach Erleichterung. Vielleicht hatte er Zeit gehabt, sich von seiner Erschütterung zu erholen. Schließlich fand sie die Gelegenheit, ihn zur Seite zu nehmen und ihm zu sagen, wie leid es ihr tat, und er legte seine Hand auf ihre Schulter und erwiderte: »Nein, nein, es ist meine Schuld, ich bin es, der um Verzeihung bitten muss«, und er nahm sie fest in die Arme, und die Innigkeit ihrer Umarmung berührte sie beide tief. Wenngleich nichts mehr sein konnte, wie es einmal gewesen war, konnten sie einen Neuanfang wagen. Das erste Mal seit Wochen wurde sie nachts nicht von Alpträumen gequält.

John Fisher schickte ihr weiterhin Briefe. Sie schreckte davor zurück, sie zu lesen, spürte, wie die Schatten der Vergangenheit sie wieder umdrängten. Er war in Frankreich. Er sagte, sie sei nach wie vor seine Frau. Und das stimmte. Er erklärte, er wolle sie nicht wiedersehen. Er wollte nur Geld. Selbst seine gewundenen Formulierungen ertrug sie nicht mehr. Sie gab Lidia die Briefe, damit sie sie verräumte. Dann

beschloss sie, der Hinrichtung von Franz Zahlheim beizuwohnen.

Franz Zahlheim hatte mit äußerster Brutalität seine junge Frau ermordet, und er war zu einem derart schrecklichen öffentlichen Tod verurteilt worden, wie man ihn in Wien seit vierzig Jahren nicht mehr gesehen hatte. Seine Frau war so schön gewesen und der Mord so grausam, so völlig grundlos, dass die Öffentlichkeit lautstark eine dem Verbrechen entsprechende Strafe einforderte. Seine Hinrichtung wurde auf den 10. März 1786 angesetzt, dem siebenunddreißigsten Geburtstag Da Pontes.

Angewidert verzichtete Da Ponte auf jede Feier.

Michael Kelly wollte nicht hingehen, aber Anna bestand darauf. Sie hatte Michael Geld geliehen, damit er seine Spielschulden begleichen konnte, daher konnte er ihr schlecht eine Bitte abschlagen, mochte sie auch eine Bedrohung für seinen inneren Frieden sein. Michael war ein sanftmütiger, den Annehmlichkeiten des Lebens zugeneigter Mann. Er hatte nichts übrig für Blut und Geschrei, verspürte wenig Lust, von der aufgebrachten Menge hin und her gestoßen zu werden. Anna erklärte ihm jedoch, sie würde sich für Männer interessieren, die ihre Frauen umgebracht hatten.

»Haben Sie jemals einer Hinrichtung beigewohnt?«, fragte Michael aufgebracht. »Wo ein Mensch mit glühenden Kohlen traktiert und aufs Rad geflochten wird?«

Anna sah ihn sanft an. »Hin und wieder dachte ich, dass John mich umbringen würde. Mit irgendetwas hatte ich ihn erbost, und ich war sicher, dass es um mich geschehen wäre. Das wäre ein rechter Skandal gewesen, wenn er mich umgebracht hätte, nicht wahr?«

»Kein Skandal«, sagte Michael. Er rieb sich die Stirn. »Eine gottverdammte Tragödie.«

»Natürlich *wollte* ich nicht sterben. Fragen Sie Lidia, noch heute habe ich Alpträume. Eine Zeitlang war ich nur noch von Angst beherrscht, ich konnte nicht mehr denken, ich meinte daran zu ersticken. Dann wieder wollte ich, dass er es tut. Tatsächlich, Michael. Ich wollte es, damit er es nicht mehr zurücknehmen konnte. Ich wollte, dass er gequält wird. Ich wollte, dass es in den Zeitungen steht. Jeder wäre entsetzt gewesen und traurig … Aber er brachte mich nicht um und niemand wusste davon und es stand nicht in den Zeitungen und alles ging weiter wie bisher.«

»Einige von uns wussten es.«

»Nein, wie es wirklich war, wusste keiner«, sagte sie.

Michael nickte verständnisvoll. »Sie sollten dem Schmerz widerstehen, nicht ihn einladen. Das alles kennen Sie doch nur zu gut.«

»Ich will sehen, ob er John gleicht.«

»Das tut er gewiss nicht.«

»Seine Augen.«

»Seine Augen werden Sie nicht sehen können.«

»Wenn wir nahe genug herankommen, kann ich sie sehen.«

»Wir werden nicht so nahe herankommen. Ich will nicht, dass Sie ohnmächtig neben mir zusammensinken und das Blut über uns spritzt. Ich müsste mich übergeben.«

»Ich verdiene es«, sagte Anna und spürte, wie eine merkwürdige Ruhe sie überkam.

»Was verdienen Sie? Seinen Schmerz?« Sie zuckte die Achseln und antwortete nicht. Michael packte sie an den Schultern, sah ihr mit aufgewühlter Miene in die Augen. »Das verdienen Sie nicht. Nein.«

»Es ist nicht mein Schmerz, Michael – es ist meine Freude.«

»Hören Sie sich eigentlich selbst zu?«, rief er und sah sich um, als stünde dort jemand, der ihm beipflichtete.

»Und Sie? Sind Sie sicher, dass Sie nicht nach Irland zurückkehren und dort Priester werden wollen?«

»Machen Sie sich nicht lustig über mich«, sagte er.

»Bitte«, sagte sie. »Als mein Freund – mein liebster Freund.«

Er seufzte müde. »Gut. Aber nur, weil ich Ihnen Geld schulde. Und wenn wir nicht zu nah hingehen.«

»Nah genug, damit ich seine Augen sehen kann«, sagte sie und lächelte ihn an.

Sie trug ihren schwarzen Schleier in der Hoffnung, dass niemand sie erkennen würde, und hängte sich bei Michael ein. Er schwieg mit zusammengekniffenen Lippen.

Lidia und ein kräftiger Diener bahnten ihnen einen Weg durch die dicht gedrängte Menge. Es stank fürchterlich. Sie konnten nicht verhindern, ständig mit irgendwelchen Männern zusammenzustoßen – die meisten Zuschauer waren Männer, quer durch alle Stände. Auf den Straßen und Wegen, aus den Läden und Kutschen richteten sich aller Augen auf den Platz, wo das Schafott und die Flaggen und barbarischen Gerätschaften standen, davor eine Reihe Soldaten. Anna war über die vielen Kinder überrascht. Einige Zeit darauf brachten Soldaten Franz Zahlheim – ein magerer Mann in verdreckter Kleidung und mit kahlrasiertem Schädel – und banden ihn aufs Rad, während er sich weinend und mit erlahmenden Kräften zu wehren versuchte. Er war zwanzig, dreißig Meter entfernt von ihnen. Der Lärm der Menge schien jeden Gedanken auszulöschen, jede Kraft, jede Seelenruhe. Aber als der Knüppel gehoben wurde, um Zahlheims ersten, hilflos zappelnden Fuß zu brechen, senkte sich plötzlich Stille über den Platz. Der Knüppel fuhr durch die Luft, es krachte, und dann waren ein grauenvoller Schrei zu hören und die Jubelrufe der Menge. Anna hatte ihr Lebtag noch keinen

solchen Lärm wie den dieser riesigen, wütenden Menge gehört. Davor schützte auch kein Schleier.

Sie hatte sich John Fishers Gesicht anstelle des Gesichts von Zahlheim vorstellen wollen. Sie glaubte, wenn sie ihn leiden sähe – unter Todesqualen sterben sähe –, dann würde sie das erlösen, ihr ein Gefühl von Vergeltung schenken, ein Ende herbeiführen. Aber es gab keine Erlösung. Sie wollte diesen Mann nicht leiden sehen. Sie wollte nicht sehen, wie er gefoltert und umgebracht wurde. Sie war selbst gefoltert worden. Zahlheims Frau blieb tot. Und diese Menge überschlug sich beinahe vor Begeisterung, die Leute lachten laut, freuten sich überschwänglich zu sehen, wie der Mörder gepeinigt und getötet wurde. Sie glaubte zu ersticken. Die Zuschauer erschreckten sie mindestens so sehr wie das Spektakel selbst. Es kam ihr so vor, als wüssten diese Menschen nichts über Schmerz. Sie hielt sich die Ohren zu, aber der Lärm war stärker. Schließlich sank sie gegen Michael, der sich ein Taschentuch vor den Mund und die tränenden Augen hielt, und bat ihn, sie nach Hause zu bringen, sie kamen jedoch nur langsam voran, und der Scharfrichter war schnell, sodass Zahlheims Körper zerschmettert und gebrandmarkt war, bevor sie den Platz verlassen konnten.

Ihre Mutter saß zu Hause, über eine Handarbeit gebeugt. Die Hunde lagen schlafend zu ihren Füßen.

»Wie war die Hinrichtung?«, fragte Mrs. Storace. Anna beugte sich zu Bonbon hinunter, ohne eine Antwort zu geben. »Als Kind wohnte ich einigen Hinrichtungen bei. Diebe und solches Volk. Arme Menschen.«

Eine Zeitlang sagte keine von ihnen etwas. Dann fragte Anna: »Mama, hatten Sie Angst vor meinem Mann? Vor John?« Ihre Kehle war ausgedorrt. Sie streichelte das weiche Fell des träumenden Hundes.

Mrs. Storace stichelte schweigend weiter, sodass Anna einen Moment lang glaubte, sie hätte ihre Frage nicht gehört. Doch schließlich seufzte sie und sagte: »Jeden Tag verfluche ich mich dafür, dass ich diesen Mann in mein Haus eingeladen habe.«

Traurigkeit erfüllte Annas Herz, ein allzu vertrautes Gefühl, und sie legte die Wange an die Lehne des Sessels ihrer Mutter und sah zu, wie die Nadel den Faden durch den Stoff zog, wieder und wieder, ohne Anfang, ohne Ende. Während ihre Augen der Nadel folgten, musste sie nicht an den Hingerichteten und all das Unrecht denken. Sie dachte nur an die Nadel, die von den zartgliedrigen Händen ihrer Mutter durch den Stoff geschoben wurde.

Alles, was recht ist

Mozart war zu Hause und wartete auf Anna. Sie hatte erklärt, sie werde die Susanna nur singen, wenn er ihre letzte Arie, *Deh, vieni, non tardar*, als Bravourstück in Form eines Rondos schrieb. So etwas konnte er gut. Er baute Rondos gern in seine Klavierkonzerte ein. Sie waren lang und temperamentvoll, mit Vers und Refrain, und erforderten ein großes technisches Können. Annas Arie sollte Koloraturen und andere Verzierungen haben, hohe Töne und tiefe, sie sollte zeigen, wozu sie fähig war. Sie würde die Handlung verzögern, dafür aber keinen Zweifel daran lassen, welche Sopranistin die *prima buffa* des Burgtheaters war.

Jetzt war sie auf dem Weg zu ihm, um es einzuüben. Sein Rondo. Er hatte alle anderen Nachmittagsverabredungen abgesagt. Die übrige Zeit würde er dem *Figaro* widmen. Der *Figaro* kam jetzt an erster Stelle, alles andere musste zurückstehen, soweit es möglich war.

Beim Mittagessen hatte Constanze bemerkt, er würde herumzappeln. Das tat er immer, wenn er nervös war. Seit ihrer Krankheit war er nicht mehr mit Anna allein gewesen.

Er versuchte zu spielen, aber es klang grauenhaft, seine Hände zitterten wie Espenlaub. Sie verspätete sich. Vielleicht würde sie überhaupt nicht kommen. Vielleicht wäre das besser.

Und dann war sie da, heiter und mit einem Lächeln in den glänzenden dunklen Augen, und auch sie schien ein wenig nervös zu sein bei der Erinnerung an das letzte Mal, als sie allein gewesen waren. Es war schon so lange her. Mit der Fertigstellung seiner Oper hatte er sich völlig verausgabt. Er konnte an nichts anderes mehr denken. Er wollte nicht essen und nicht schlafen – er wollte nur seine Oper zu Ende bringen, sie als das vollkommene Ganze sehen, als das er sie sich vorstellte. Er vergaß, sich zu waschen, vernachlässigte häusliche Angelegenheiten und gesellschaftliche Verpflichtungen und sein Äußeres. Nichts von alldem fand Raum in seinem Denken. Nur der *Figaro* – nur Susanna.

Seine Gattin war mit Karl ausgegangen, um ihre Mutter zu besuchen. Das taten sie jeden Mittwochnachmittag. Mozart konnte seine Schwiegermutter nicht leiden. Immerzu verlangte sie nach Geld und schmatzte mit den Lippen. Abergläubisch war sie außerdem. Aber sie war gut zu Karl, und sie liebte ihre Tochter.

Man schrieb Ende März. Der Frühling stand vor der Tür. Seit seiner letzten Begegnung mit Anna war er zu der Überzeugung gelangt, dass Aloysia wohl recht gehabt hatte, was Anna und Benucci anging. Immerhin waren ihre Figuren in seiner Oper das ideale Liebespaar. Und es war besser so. Benucci war groß und ungebunden. Mozart war klein und an Constanze gebunden. Er hatte keine Zeit für Schwärmereien. Es wäre viel besser, wenn Annas Herz Benucci gehörte. Er würde die Sache fördern. Er wollte nichts weiter, als dass sie glücklich war, und bei ihm konnte sie kein Glück finden.

Vorsichtig nahm sie ihren Hut ab. Sie wirkte munter und gelassen. Sie sprach von einem Jahrmarkt, den sie an diesem Morgen besucht hatte, von einem Schmuckstück, das sie gekauft hatte.

»Es ist schön, hier zu sein«, sagte sie lächelnd. »Ich fühle mich so wohl bei Ihnen.«

Das freute ihn ungemein. Er wühlte in seinen Notenblättern. *Benucci*, sagte er sich vor. *Sie liebt Benucci.* Aber er glaubte es nicht. »Da habe ich es«, sagte er, und er schaffte es nicht, ihr dabei in die Augen zu sehen. »Ein *grandissimo* Rondo. Sie haben sich als die Gräfin verkleidet, und Benucci versteckt sich im Gebüsch und denkt, Sie hätten ein Rendezvous mit Almaviva. Aber in Wirklichkeit lieben Sie Benucci, und Sie *wissen*, dass er sich versteckt, deshalb spielen Sie ihm einen Streich und tun so, als würden Sie ein Liebeslied für den verabscheuten Almaviva singen, um sich über den Mann, den Sie wirklich lieben, lustig zu machen und ihm gleichzeitig ein Ständchen zu bringen, Benucci also, der zuhört. Ebendieses Liebeslied.«

»Figaro«, murmelte sie und studierte die Noten.

»Was?«, fragte er.

»Sie meinen, ich liebe Figaro. Susanna liebt Figaro.«

»Ja, richtig, Figaro. Wie Sie sehen, ist es wirklich pfiffig. Doppeldeutig. Sie macht ihn wahnsinnig vor Eifersucht, aber in ihrem Herzen weiß sie, dass sie nur für ihn singt. Für Figaro. Es sind also zwei Dinge gleichzeitig, verstehen Sie?«

»Ja«, sagte sie. »Es ist wunderbar.«

»Es tut mir leid. Das wissen Sie ja alles schon. Ich bin ein Esel.«

»Aber nicht doch.«

Es folgte ein kurzes Schweigen. »Nun denn«, sagte Mozart und wandte sich dem Klavier zu. »Sind Sie bereit?« Sie nickte und er begann zu spielen.

Natürlich war es jämmerlich. Ganz und gar falsch. Anna war eine atemberaubende Sängerin, aber in diesem Punkt hatte sie sich geirrt. Ihm war klar gewesen, dass hier ein gro-

ßes Rondo fehl am Platz war. Deshalb hatte er es in der falschen Tonart geschrieben. Ha! Er war ausgesprochen schlau vorgegangen. Er hatte das Rondo in Es geschrieben. Ein völlig falscher Grundton. Und Benuccis Arie war ebenfalls in Es. Zweimal Es hintereinander ging nicht. *Deh, vieni* musste in F sein. Doch es konnte nicht in F sein und gleichzeitig ein glanzvolles Rondo. Das war schlichtweg unmöglich, einfach lächerlich. Deshalb hatte er eine zweite Arie in F geschrieben, deren Noten auf dem Klavier lagen und warteten, ein reizendes kleines Ding, beinahe so schlicht wie ein Volkslied, ein Lied, wie es ein Mädchen wie Susanna an einem heißen Sommerabend ihrem Liebsten vorsingen würde, um ihn zu verzaubern.

Anna würde die Arie in Es nicht gefallen. Er kannte sie. Deshalb hatte er die andere Arie in petto, die in F.

Es wäre ihm leichter gefallen zu spielen, wenn sie nicht so nahe bei ihm gestanden hätte. Die Arie war jämmerlich, aber ihr Gesang war exzellent. Er konnte sehen, wie sich ihr Busen bei jedem Atemzug hob und senkte.

»So«, sagte er finster, nachdem sie geendet hatte. Um ein Haar hätte er auf die Noten gespuckt. »Das ist also Ihr Rondo.«

»Sie mögen es nicht«, sagte sie.

»Was?«, sagte er. »Warum sollte ich denn etwas schreiben, das ich nicht mag?«

Sie zögerte und fuhr sich mit der Zunge über die Lippen. Gott stehe ihm bei, diese Augen … »Um mir eine Lektion zu erteilen«, setzte sie an. »Um mich von meiner Eitelkeit zu kurieren.«

Verlegen wandte er den Blick ab und sah auf die Tasten. *Ich habe Constanze geheiratet*, sagte er sich vor. *Ich liebe Constanze.* »Es ist doch so«, sagte er hastig und beinahe ein we-

nig gereizt. »Es ist mitten in der Nacht. Sie wartet auf ihren Geliebten. Sie verzehrt sich vor Sehnsucht nach ihm. An diesem Ort wimmelt es von Feinden, doch ungeachtet der Gefahr ist sie entschlossen, für ihn zu singen. Der Höhepunkt steht kurz bevor, die Auflösung, ein gewaltiger Tumult, aber in diesem Moment ist sie allein mit ihm. In diesem Hain. In Spanien. In einer Sommernacht.« Er holte tief Luft. »Meinen Sie, sie will ihm ihre *fioratura* vorführen? Wie hoch sie singen kann? Er gehört ihr doch bereits. Alles, was recht ist, sie sind bereits verheiratet. Die Arie muss wie eine Liebkosung sein, ein Atemhauch, ein zartes Ziehen im Herzen. Alles andere ist Effekthascherei.«

Anna sagte lange nichts. Er konnte ihr Gesicht nicht sehen. Er wusste nicht, was sie dachte. Er konnte sie lediglich atmen hören, den Atem, der durch ihre Kehle, ihre Nase, über ihre Lippen strömte, ihren Busen hob und senkte. Schließlich fragte sie leise: »Hatten Sie etwas anderes im Sinn?«

Er schluckte den Kloß in seiner Kehle hinunter. Er erinnerte sich an die Küsse im Schlossgarten, an ihr Seufzen, ihren Schweiß und ihr Parfüm, die Seide ihres Kleides, daran, wie sie sich von ihm die Strümpfe hatte hochziehen lassen und er beinahe noch weiter gegangen wäre. Er griff nach dem zweiten Notenblatt. »Ja.« Er war selbst erstaunt, wie natürlich seine Stimme klang. »Wie es der Zufall will, habe ich hier etwas. Möchten Sie es probieren?«

»Selbstverständlich«, erwiderte sie.

»Es könnte genau das Richtige sein. Sehen Sie, hier gibt es diese Stelle, wo ich den Wind singen lasse, ein ganz besonderer Effekt, ungemein verführerisch. Ich glaube, das ist genau das Richtige, um Benucci verrückt zu machen.«

»Figaro«, verbesserte sie ihn leise.

»Figaro«, sagte er. Er wagte es nicht, sie anzusehen. Er

schaffte es, einigermaßen normal zu sprechen, aber er konnte sie nicht ansehen. Sein Atem ging rasch, in einem nervösen Rhythmus – nervös, sagte er sich, aus Angst, die Arie könnte ihr nicht gefallen, er selbst mochte diese Arie nämlich sehr, war stolz auf sein Werk. Es *musste* diese Arie sein, in F, mit dem kosenden Wind.

Sie begannen mit dem Rezitativ, dem dialogähnlichen Sprechgesang, der zur eigentlichen Arie hinführte. »*Endlich*«, sang sie auf Italienisch, »*ist der Augenblick gekommen, in dem ich mich voll Freude in die Arme meines Liebsten schmiegen kann.*« Und er spürte, wie sie dabei ihre Hand auf seine linke Schulter legte.

Ihre linke Hand. Er schloss die Augen. Sie sang: »*Kleinmütige Angst, weiche aus meiner Brust! Weiche und störe mein Entzücken nicht*« und ließ dabei ihre Hand dreimal zart um seine Schulter kreisen.

Seine Finger flogen über die Tasten, mit ihrer Hand auf seiner Schulter, seinem ganzen Leben in seiner Schulter spielte er das Interludium, und beim letzten Akkord drehte er den Kopf, rieb seine Wange an ihrer Hand und küsste die Spitze ihres Zeigefingers. Der Finger hob sich, um über seine Lippen zu streichen, und von seinem Begehren übermannt, fuhr er herum und vergrub sein Gesicht zwischen ihren Brüsten.

»O nein«, stieß sie zwischen seinen Küssen hervor – ihr Hals, nie mehr wollte er von ihm lassen –, »man wird es merken, ich muss weitersingen oder man wird es merken«, deshalb zog er sie auf seinen Schoß und spielte die nächsten Akkorde, während seine Lippen ihren Nacken liebkosten, ihr Haar, die samtweiche Haut in ihrer Halsbeuge. Lachend, ihn mit ihrem Atem streichelnd, schaffte sie es, mit dem Rezitativ fortzufahren, besang den lieblichen spanischen Hain, die Erde, den Himmel, die Nacht, die ihr Verlangen weckten

und darauf antworteten, und dann drehte sie sich um und küsste ihn wie eine Verdurstende.

Sie legte ihre Stirn an seine und sah ihm mit einem Lächeln tief in die Augen. »Die Arie«, flüsterte sie. »Jetzt die Arie.«

Gott sei Dank konnte er sie auswendig.

Er spielte die Introduktion, so langsam er nur konnte – langsamer, als sie jemals sein sollte, und mit hanebüchenen Fehlern –, während sie ihn küsste und streichelte und sich an seiner Hose zu schaffen machte. Sie verpasste ihren Einsatz.

»Es tut mir leid«, rief sie, ein wenig heiser, aber auch außerhalb des Zimmers deutlich zu hören. »Ich habe einen Frosch im Hals. Könnten Sie noch einmal von vorne beginnen, Maestro?« Und während sie das sagte, fanden ihre Hände eine Öffnung in seiner Hose, und er stöhnte kaum hörbar auf. Er spielte die Introduktion ein zweites Mal. Sie drehte sich auf seinem Knie herum, einen Arm um seinen Hals gelegt, die andere Hand in seinem Schritt, und sang die erste Phrase. Dann hielt sie inne und ließ sich gegen ihn sinken, und er umarmte sie, wie er noch nie eine Frau umarmt hatte, und sie lachten lautlos und außer Atem. Er schob ihre Röcke nach oben, strich über ihren glatten, weichen Oberschenkel, berührte zum ersten Mal ihren kräftigen, wohlgeformten Hintern.

»Was für lange Phrasen!«, keuchte sie. Sie presste ihr Gesicht an seinen Hals und drehte sich erneut, sodass sie ihm jetzt den Rücken zuwandte. Er streichelte ihre Taille, ihre Brüste, sog selig ihren kräftigen, köstlichen Duft ein. »Ich fürchte, wir müssen sie noch einmal probieren«, sagte sie und klang dabei erstaunlich nüchtern. »Mir fehlt heute der Atem, um ihr gerecht zu werden.«

»Sie machen das sehr gut«, erklärte er. Er knabberte zart an ihrem Ohr. »Es ist ein Wagnis. Etwas ganz Neues.«

»Ja«, seufzte sie, ein Seufzer, als zögerte sie ihre Lust ein wenig hinaus, und lehnte sich auf seinem Schemel an ihn. »Und so ungeheuer exponiert.«

»Sie beherrschen das Legato wie keine andere«, sagte er und ließ seine Hand an der Innenseite ihres Oberschenkels nach oben gleiten. Sie rang nach Luft, bedankte sich anmutig für das Kompliment und wand sich dabei wie ein Fisch.

Die Tür war nicht abgeschlossen. Die Wohnung war voller Menschen. Es konnte jederzeit jemand hereinkommen, ohne vorher anzuklopfen.

»Sind Sie sicher?«, flüsterte er.

»O ja«, sagte sie und rutschte ein wenig hin und her. »Lassen Sie uns noch einmal von vorne beginnen. Wir wollen sehen ... ich meine ... o ja ... ich meine, wir wollen sehen, ob mein Atem reicht.« Sie blätterte zurück zum Anfang, zum Rezitativ, und dann war er in ihr.

Es war ungeheuerlich, frevelhaft, dass er unter diesen Umständen, bei dem, was sie taten und empfanden, weiter spielen konnte und sie weiter singen. Dennoch schafften sie es irgendwie. Sie hielten inne und begannen erneut, lachten, erklärten wortreich ihr Bedauern und entschuldigten sich. Der Klang ihrer Stimme war vielleicht nicht so kräftig wie sonst. Eine seiner Hände war gelegentlich mit anderen Dingen beschäftigt. Manchmal hielt sie die Melodie nicht, weil sie nicht genau hinsah, und er musste sie ihr mit seiner weichen Tenorstimme vorsingen, während er sich im Takt dazu in ihr bewegte, ihren Körper wie ein Orchester dirigierte. Zweimal biss er sie in die Schulter – einmal hörte sie ganz auf zu singen. Und alles in einem perfekten F. Noch nie war etwas so richtig oder so vollkommen oder so gut gewesen.

Frühling in Wien

Wenn Musik trunken machte, dann wollte Anna nie wieder nüchtern werden. In ihrem Kopf erklangen unablässig Melodien. Wenn sie sich des Nachts zur Ruhe gelegt hatte, ging sie die musikalischen Themen durch, die darin herumschwirrten, und wählte eines davon als Schlummerlied aus.

Sie und Mozart trafen sich jeden Mittwoch, und wenn es nur für ein paar Minuten war. Sie lebte allein für diese Mittwochnachmittage. Manchmal leistete sie ihm Gesellschaft, während er komponierte. Hin und wieder fragte er sie nach ihrer Meinung – ob ihr dieses oder jenes besser gefiel; ob es mit diesem Tempo, dieser Artikulation oder mit einer anderen besser klang. Jedes Mal war er von ihrer Antwort entzückt, selbst wenn er ihre Ansicht nicht teilte.

Solange sie mit ihm zusammen war, war sie von vollkommener Zufriedenheit erfüllt. Doch sobald sie sich verabschiedet hatten, war sie ruhelos und nervös. Sie war eifersüchtig auf seine Frau, sogar auf seinen kleinen Sohn. Fühlte sie sich einsam oder erschöpft, musste sie nur an Mozart denken, und sofort ging es ihr wieder besser, nur war dieses Gefühl leider nicht von Dauer.

Sie sprachen nicht über die Zukunft. Die Proben für den *Figaro* hatten begonnen, und sie wurden beide sehr davon in

Anspruch genommen. Mozart wollte die ersten Aufführungen selbst dirigieren. Er schrieb noch an der Musik für die letzten Akte.

»Du kommst mir recht dünn vor, Anna«, bemerkte Stephen. »Bekommst du nicht genug Schlaf?«

»Das liegt an meiner Susanna«, erwiderte sie. »Sie frisst mich auf.«

»Dein Part ist zu lang«, erklärte Stephen. »Da Ponte lässt dich ununterbrochen auf der Bühne stehen.«

»Aber was sollten wir kürzen? Da gibt es nichts. Alles fügt sich ineinander.«

»Man kann sich darauf verlassen, dass Mozart keine losen Fäden übrig lässt«, erwiderte Stephen und lachte. Er schrieb an einer neuen Oper, angelehnt an *Die Komödie der Irrungen*, die er im Herbst auf die Bühne zu bringen hoffte. Der Kaiser war vielleicht bereit, ihm eine zweite Chance zu geben, und Mozart – auch um in Annas Nähe zu sein – hatte Stephen Kompositionsunterricht erteilt.

Wenn es nach Mozart und Da Ponte gegangen wäre, hätte der *Figaro* zu Beginn des Winters fertig sein sollen, es war jedoch zu verschiedenen Verzögerungen gekommen, und nun würde die Premiere erst Anfang Mai stattfinden, am Ende der Saison. Doch selbst mit diesem Aufschub konnte Mozart nicht schnell genug schreiben. Kam Anna zu einer Leseprobe mit dem Ensemble zu ihm in die Wohnung oder in die eines seiner Gönner, begrüßte Mozart sie fahrig, machte geistesabwesend seine üblichen Scherze und teilte die neuen Noten aus. Seine Finger waren schwarz von Tinte und schienen jedes Mal, wenn sie ihn sah, noch schwärzer zu sein. Wenn eine Hand müde vom Schreiben war, wechselte er zur anderen. Wenn er nicht gerade für den *Figaro* komponierte, gab er Konzerte und unterrichtete Schüler.

Die neue Mozart-Oper hatte die Truppe in zwei Lager gespalten. Zu denjenigen, denen sie nicht gefiel, zählten Stefano Mandini, seine Frau Maria und Luisa Laschi. Die Bussanis hängten ihr Mäntelchen nach dem Wind, für gewöhnlich schlugen sie sich aber auf die Seite der Mandini-Laschi-Fraktion, sodass nur Anna und Michael Kelly übrig blieben, um für die Oper einzutreten. Benucci weigerte sich, Partei zu ergreifen.

Im Grunde lag es an Trägheit und Überheblichkeit, hinzu kam ein gewisses Widerstreben, sich auf etwas Unbekanntes einzulassen. Mozart, mochte er sich auch noch so sehr bemühen, auf eine italienische Art zu komponieren, war und blieb nun mal Österreicher, und das behagte einigen von ihnen nicht. Seine Oper war außergewöhnlich lang und kompliziert. Sie waren es gewohnt, einfache Rezitative zu singen, die ihnen so leicht fielen wie das Sprechen, schlichte Duette und Trios und einfache Arien. Doch Mozart fügte alles ineinander, sodass ein Stück nahtlos in das nächste überging. Nicht nur verlangte er von ihnen, dass sie Duette oder Quartette sangen: Er verlangte *Sextette.* Diese ausgefeilten Kompositionen zu singen war so ähnlich, als wären sie die Leibköche des Königs und müssten unter Androhung des Todes ein neues Gericht für ihn kochen, wobei keine der erforderlichen Zutaten zur Verfügung stand und jeder nur einen Teil des Rezepts kannte. Alles musste auswendig gelernt und zeitlich perfekt aufeinander abgestimmt werden.

»Warum muss bei ihm immer alles so mühevoll sein?«, fragte Mandini. »Er ist ein hervorragender Pianist, und ich genieße jedes seiner Konzerte. Aber eine Oper ist kein Konzert. Mozart hat geniale Züge. Soll er doch dabei bleiben. Wie will er einen italienischen Text arrangieren? Woher will er das Gespür dafür haben? Die Musik ist zu schwer. Sie geht

an ihrem eigenen Gewicht unter. Und wir sind diejenigen, die dafür büßen.«

»Ach, kommen Sie«, sagte Michael. »Von uns allen muss Anna am meisten singen, und hören Sie, dass sie sich beklagt?«

»Das würde sie niemals tun. Sie hat Wolfgang Mozart in der Tasche.«

»Das ist nicht wahr«, rief sie. »Signor Mandini, ich bin erschüttert. Sie wissen doch, dass ich keine Taschen habe.«

Mandini grinste. »Dann haben Sie ihn eben irgendwo anders.«

»Unterstehen Sie sich«, rief sie drohend und stürzte sich gleichzeitig lachend auf ihn. Er stieß einen Schrei aus und zog den Kopf ein. Das alles war natürlich scherzhaft gemeint – zumindest schien es so. Ganz gewiss wusste Mandini nichts. Ganz gewiss wusste keiner von ihnen etwas. Unter Musikern war derlei Gerede und Geplänkel üblich. Dennoch raste ihr Herz.

»Genug«, sagte Michael. »Man wartet auf uns.«

Mozart und der Inspizient befanden sich im Salon des Burgtheaters, einem ansprechenden offenen Saal. Jemand hatte Platz geschaffen und die Stühle an den Wänden aufgereiht. Die gesamte Truppe war anwesend. Sie wollten zum ersten Mal miteinander das fulminante Finale des zweiten Aktes proben.

Mozart erhob sich, er wirkte etwas nervös, und sagte: »Ich freue mich schon sehr darauf, Sie zu hören – Sie alle zusammen. Es ist kolossal. Ich habe davon geträumt.«

Die Handlung der *Hochzeit des Figaro* spielte an einem einzigen Tag. Graf Almaviva wollte von seinem *droit de seigneur*, dem Recht der ersten Nacht, Gebrauch machen und Susanna, die Kammerzofe seiner Frau, am Abend ihrer Hochzeit mit

Figaro in sein Bett holen. Darin eingeflochten war eine Nebenhandlung um den Pagen Cherubino, von Dorotea dargestellt, der die Gräfin liebte. In dem Teil der Oper, den sie jetzt probten, hatte der eifersüchtige Graf soeben entdeckt, dass Cherubino im Schrank seiner Frau versteckt war, mehr oder weniger unbekleidet. Danach traten in rascher Folge verschiedene Figuren auf und wieder ab, und am Ende sangen alle zusammen geradezu ekstatisch. Das Finale dauerte ohne Unterbrechung eine halbe Stunde, und wenn irgendein Element wegbrach, dann würde der Rest umgehend folgen.

»Nun ja«, sagte Mozart nach dem ersten Durchlauf. Es war desaströs gewesen. Er sah Anna an und lächelte. Obwohl alles danebengegangen war, war sie guter Dinge und empfand die Erschöpfung nicht als unangenehm, was allein daher rührte, dass sie eine halbe Stunde lang die Musik des Mannes, den sie liebte, hatte singen können. »Es könnte schlimmer sein.«

»Es ist so schnell«, sagte Bussani. »Man hat kaum Zeit zum Atmen.«

»Nun seien Sie doch nicht so verdrießlich!«, sagte Michael Kelly. »Sie klingen wie Zeus höchstpersönlich, wenn ich Sie höre, fange ich an zu zittern. Es war allenfalls zu langsam für Sie.«

»Es muss *mindestens* so schnell sein«, sagte Mozart.

»Sonst kommen wir erst im Morgengrauen nach Hause«, sagte Mandini.

»Wenn Sie gestatten«, sagte Bussani, »das kurze Duett zwischen meiner Frau und Signora Storace ist einfach bezaubernd.«

»Klingt es nicht eher wie ein Jaulen?«, fragte Dorotea. Sie legte die Hände an den Kopf. »Wenn ich nur meine Zunge dazu bringen könnte, meinem Verstand zu gehorchen.«

»Maestro«, sagte Mandini mit ernstem Gesicht, an Mozart gewandt. Er erhob sich und machte ein paar Schritte. »Wir werden den ganzen Nachmittag mit diesem Finale verbringen. Und es ist noch nicht einmal das Finale der Oper – nur das des zweiten Aktes. Noch sind wir weit davon entfernt, es zu beherrschen. Ich vermute, dass Ihre Oper mindestens fünf Stunden dauern wird – vielleicht sogar fünfeinhalb. Wie sollen wir das bis Anfang Mai alles können?«

Im Saal war es ganz still geworden. »Viereinhalb Stunden, denke ich«, entgegnete Mozart schließlich. »Höchstens.«

»Sie rechnen die Zugaben nicht mit.«

Mozart ließ seinen Blick über die Truppe wandern und schließlich bei Anna verweilen. »Dessen bin ich mir bewusst«, sagte er. Er wandte sich wieder Mandini zu. »Meine Oper ist so lang, weil sie nicht kürzer sein kann. Sie hat genau die Länge, die sie braucht. Ich würde mich ja erbieten, die Arie des Grafen zu kürzen, aber Sie singen sie so wunderbar …«

»Sie ist ungemein schwierig«, warf Mandini ein.

»… und Sie haben mir gesagt, dass sie Ihnen gefällt und zu Ihnen passt.«

»Und das tut sie, bei Gott«, sagte Michael.

»Unbestreitbar«, sagte Benucci lächelnd.

»Ich will damit nicht sagen, dass Sie meine Arie kürzen sollen«, sagte Mandini.

»Dann vielleicht die Ihrer holden Gattin?«, sagte Mozart. »Die ihre ist womöglich am unwichtigsten für die Handlung, Madame«, fuhr er, an Maria Mandini gewandt, fort, »aber ich möchte nicht, dass Sie ohne eigene Arie abgehen.«

»Die muss auch bleiben«, sagte Mandini. Er hüstelte. »Es geht auch gar nicht um die Arien.«

»Sondern?«

Mandini öffnete den Mund, zögerte und schloss ihn wieder. »Das Ganze.«

»Das Ganze?«

»Einige von uns«, erneut zögerte er, »fragen sich, ob Sie sich möglicherweise übernommen haben.«

»Ah«, sagte Mozart lächelnd und lehnte sich zurück. »Vielleicht habe ich das. Ich nehme an, das werden wir dann am ersten Mai feststellen.«

Mandini seufzte und senkte den Kopf. »Ja, das werden wir wohl.«

»Sie müssen zugeben, dass es ein herausragendes Finale ist«, sagte Michael zu Mandini, als sie gingen. »Natürlich nur, solange wir es zuwege bringen.«

»Aber das schaffen wir nicht. Wir haben zu wenig Zeit. Ich kann nicht sehen, wie dabei etwas Gutes herauskommen soll, im Gegenteil: Es bringt Schaden.«

»Schaden? Es ist eine Oper, Mandini. Wir ziehen nicht in den Krieg.«

»Ihr Part ist unbedeutend. Wenn wir versagen, bin ich es, den man mit Eiern bewirft, ich und Benucci und die Primadonnen.«

»Die Oper ist grandios«, erklärte Benucci. Er legte kurz die Hand auf Annas Rücken, und sie sah ihn überrascht und dankbar an. »Das Beste, was ich jemals gesungen habe. Es wird unvergesslich werden. Warten Sie nur, bis Sie meine Arie im zweiten Akt hören, Mandini. Der Mann lässt mich wie einen Gott klingen.«

»Sie klingen doch immer wie ein Gott«, sagte Michael fröhlich.

Mandini schnaubte. »Wo bleibt Ihre Loyalität, Benucci?«

»Bei der Musik, Sie Esel. Wenn die Musik gut ist, schert mich alles andere nicht.«

»Zecke«, sagte Mandini mit einem Grinsen. Er versetzte Benucci einen Knuff. »Das nützt uns alles überhaupt nichts, wenn wir es nicht singen können.«

»Wir können es singen.«

Nur allzu bald war der erste Mai gekommen, der Tag der Premiere. Unter den Sängern herrschte eine ungewohnte nervöse Anspannung, als sie sich zur *Hochzeit des Figaro* im vertrauten Rund des Burgtheaters versammelten. Sie hatten Schwierigkeiten bei der Vokalisation und beim Memorieren. Die Orchestermusiker waren überfordert. Mozart hatte das Opernorchester so eingesetzt, wie er es bei seinen Symphonien und Konzerten tat, aber die Musiker des Burgtheaters hatten noch nie eine Symphonie von ihm gespielt. Die Instrumente sollten in einen Dialog mit den Sängern treten, ihnen nahezu ebenbürtig sein, ihre Handlungen kommentierten, aber zu viele der Musiker hatten ihren Part nicht gründlich genug einstudiert. Sie atmeten noch nicht im gleichen Rhythmus, im gleichen Geist. Jeder fühlte sich unbehaglich und unsicher.

Anna stand Hand in Hand mit Benucci auf der dunklen Hinterbühne. Sie hatte nach seiner Hand gegriffen, weil sie Angst hatte, und er hatte sie wortlos gewähren lassen. Von ihnen allen war er am wenigsten aufgeregt. Anna merkte jedoch, dass er sich bemühte, gleichmäßig zu atmen, um ruhig zu bleiben. So war es vor jeder Premiere. Man war nicht gut genug vorbereitet. Man konnte nicht vorhersagen, wie die Aufführung werden würde.

Nach einer Weile löste sie ihre Hand aus seiner, schob sie in seine Armbeuge und lehnte sich an ihn. Sie trug Susannas Hochzeitshaube auf dem Kopf. Ihre Schuhe waren rosa. Die beiden hörten die Zuschauer miteinander plaudern, das

Orchester sich einstimmen. Draußen war es noch hell – bis zum Einbruch der Dämmerung würde es noch ein, zwei Stunden dauern.

»Warum tun wir uns so etwas an?«, fragte sie Benucci leise. »Hielten Sie mich nicht, würde ich ohnmächtig zu Boden sinken.«

»Wir tun es«, murmelte er, »weil wir bislang nichts gefunden haben, das wir lieber tun würden.«

Sie hatte das Gefühl, auf dem rechten Ohr nichts mehr zu hören. Ihr Gesichtsfeld war an den Rändern verschwommen. Aber es war zu spät. Die Ouvertüre hatte bereits begonnen. In der Dunkelheit nahmen sie und Benucci ihre Positionen hinter dem Vorhang ein, er würde in seiner Rolle gleich den Platz für ihr Hochzeitsbett ausmessen, und sie würde ihre hübsche Haube bewundern. Dann ging der Vorhang hoch, und warmes Licht ergoss sich über sie, und aus dem Augenwinkel sah sie, wie die Zuschauer auf ihren Sitzen hin und her rutschten, sah die Köpfe der Orchestermitglieder mit Mozart am Klavier in der Mitte, ruhig und konzentriert wie schon bei den Proben, und ihr Herz flog ihm zu, gleichzeitig hätte sie kaum aufgeregter sein können, weil es von allergrößter Bedeutung war, dass sie Figaro von dem, was er gerade tat, ablenkte, damit er die kleine Haube bewunderte, die sie eigens für ihren Hochzeitstag angefertigt hatte.

In den nächsten Stunden kam es ihr so vor, als würde sie wie ein Zirkusbär einen Ball auf der Nase balancieren. Dass er trotz all ihrer Drehungen und Wendungen nicht hinunterfiel, erschien ihr wie ein Wunder. Hin und wieder hatte sie das Gefühl, sich selbst zuzusehen. Doch sie durfte sich nicht zu lange beobachten, sonst lief sie Gefahr, den Anschluss zu verlieren und müsste sehen, wie sie ihn wiederfand. Sie musste versuchen, sich nicht zu stark zu konzentrieren – und auf

diese Weise *konzentrierter* sein –, um ihren Verstand ruhig zu halten, der all ihre Handlungen kommentieren wollte, statt sich voll und ganz auf sie einzulassen, wie es notwendig war. Sie fürchtete, dass sie an diesem Abend dem Scheitern weitaus näher war als dem Gelingen. Das Publikum war unruhig und geschwätzig. Einige Störenfriede im obersten Rang – zweifellos von Mozarts Kritikern angeheuert – hatten mit Buhrufen begonnen, die sie ablenkten und verunsicherten. Da Ponte hatte sein Bestes getan, um das Libretto an die französische Komödie anzupassen, doch sie mussten sich eng an die Handlung halten, sonst ergab alles keinen Sinn mehr, leider schienen sie nichts anderes zu tun, als sich immer wieder davon zu entfernen. Die Sänger verpassten ihre Einsätze und verwirrten das Publikum. Als Anna den Cherubino bei seiner zweiten Arie – ein Lied in der Oper, das Cherubino für die Gräfin geschrieben hatte – auf der Gitarre begleitete, schien es, als würde zum ersten Mal an diesem Abend Ruhe im Theater einkehren. Die unvoreingenommenen unter den Zuschauern spendeten ihnen reichlich Beifall, aber offenbar genügte das nicht. Das Finale am Ende des zweiten Aktes wäre um ein Haar schiefgegangen. Alle verließen die Bühne in gedrückter Stimmung. Sie hatten nicht genug geprobt. Mozart hatte ihre Fähigkeiten überschätzt.

»Kopf hoch, meine Vögelchen!«, rief Dorotea Bussani, außer Atem von ihrem Sprung aus dem Fenster, mit dem sie dem Zorn des Grafen Almaviva zu entfliehen versucht hatte. Sie wischte sich über die Stirn, schürzte die Lippen und riss den Mund auf wie ein Löwe. In den hohen Stiefeln und der engsitzenden Hose herumzustolzieren machte ihr Spaß. Sie hatte Anna anvertraut, dass sie nicht übel Lust hätte, auf einem Pferd davonzugaloppieren. Ihr Gatte schnitt für sie einen Apfel in Scheiben. »Das Schlimmste haben wir über-

standen. Niemand erinnert sich hinterher an den mittleren Teil. Den können sie in der Pause im Libretto nachlesen. Nur noch zwei Akte, meine Täubchen! Die beiden leichtesten!«

»Die Orchestermusiker sind aus dem Takt und die Instrumente verstimmt«, sagte ihr Gatte.

»Nun, ich fand unser Duett vortrefflich gelungen«, sagte Dorotea zu Anna. Das Duett zwischen Susanna und Cherubino, ein furchtsames Gewisper zwischen den beiden jungen Dienstboten, war ein Meisterwerk voller Komik und im Nu vorbei.

»Ja«, sagte Anna geistesabwesend. Sie hatte gehofft, dass Mozart in der Pause hinter die Bühne kommen würde, aber er ließ sich nicht blicken. Aus irgendeinem Grund glaubte sie, es wäre ihre Schuld, wenn die Oper heute Abend durchfiel.

»Mandini wird mit seiner Arie alles geradebiegen«, erklärte Benucci und gab dem Bariton einen Klaps auf den Hinterkopf. »Niemand kann das besser. Eleganz, Posse, alles da.«

»Genug«, sagte Mandini. Er richtete seine Perücke. »Wir werden sehen.« Dann fügte er noch hinzu: »Der dritte Akt gefällt mir recht gut.«

Luisa Laschi, die die Gräfin spielte, umarmte Anna. In den vergangenen Wochen hatte sich Anna mit der hübschen jungen Frau angefreundet. Im dritten Akt sangen sie ein Duett, in dem die Gräfin einen Brief diktierte und Susanna das Geschriebene wiederholte. Ungeachtet des ironischen Gehalts, vermischten sich Annas und Luisas Stimmen und umflossen einander wie Seide in einer leichten Brise. Dieses Duett war einer der Höhepunkte der Oper und zeigte, wie Benucci angemerkt hatte, Wolfgang Mozarts tiefes und geradezu unheimliches Verständnis für Frauen. Mozart hatte gelacht und erwidert, das komme daher, dass er eine Schwester habe.

»Sie haben wundervoll gesungen«, sagte Anna zu Luisa. »Ich habe bei Ihrer Arie genau zugehört.«

Luisa schüttelte den Kopf. »Ich war sicher, dass mir die Luft ausgehen würde.« Sie sah Anna freundlich an. »Es tut mir leid, dass ich an der Oper gezweifelt habe. Sie hatten recht. Sie ist ein Wunderwerk. Aber ich fürchte, wir werden ihr nicht gerecht.«

»Doch, das tun wir«, sagte Anna.

»Hoffentlich«, sagte Luisa. Sie nickte und ging weg, ihren Text vor sich hin murmelnd. Im ersten Teil hatte sie einige Hänger gehabt.

»Wie geht es Ihnen?«, fragte Michael und fasste Anna am Arm. Er trug sein Richterkostüm.

Sie ließ sich theatralisch gegen ihn sinken. »Ich bin so müde«, rief sie aus. »Für einen Abend habe ich genug gesungen, vielen Dank. Ich glaube, ich gehe lieber nach Hause.«

»Sie schaffen es«, sagte Michael. »Haben Sie keine Angst.«

»Sie sind wirklich ein stattlicher Richter«, sagte sie mit einem bewundernden Blick auf sein Kostüm. Dann zog Benucci sie von Michael weg, weil es weiterging, und hob sie in die Luft, und sie ließ sich wieder von ihrer Aufregung davontragen, weil die Oper bei allen Schwierigkeiten einfach wundervoll war und sie bei aller Angst in diesem Moment an keinem anderen Ort hätte sein wollen als in einem Opernhaus, genauso wie damals, als sie dreizehn gewesen war.

Den dritten Akt sangen sie so gut wie noch nie. Als er zu Ende war und der letzte Akt begann, fühlte sie sich, obschon sie bereits ungewöhnlich viel gesungen hatte, mit einem Mal von neuer Kraft erfüllt, als näherte sie sich dem Ende einer langen Fastenzeit.

Im vierten Akt ging es um Verwechslungen, die Begegnungen Liebender an Sommerabenden. Die Bühne lag im

Halbdunkel. Das kleine Mädchen, das die Barbarina spielte, betrat allein die Bühne, um die verlorene Nadel zu suchen, und sang dazu eine herzzerreißend traurige Melodie. Das Kind erinnerte Anna an sie selbst, als sie im gleichen Alter gewesen war. Dann folgte Maria Mandinis Arie, dann die Benuccis, und schließlich war es an der Zeit für *Deh, vieni*, Annas letzte Arie, die Arie in F.

Sie ging hinaus, verkleidet als Gräfin, und fühlte sich auf einmal so allein wie den ganzen Abend nicht. Figaro verbarg sich hinter einem Baum. Anna hob ihren Schleier, um die süße Abendluft zu atmen, und sah Mozart im Orchester, in Weiß und Gold gekleidet, mit einem goldenen Orden auf der Brust. Und in diesem Moment wusste sie, dass sie nicht versagt hatte. Sie las es seinem Gesicht ab. Die paar Fehler kümmerten ihn nicht.

Für das Rezitativ schwebte sie über die Bühne, und danach kniete sie sich für die Arie in ein imaginiertes Moosbett, inmitten duftender Nachtgewächse.

Sie konnte sie nie singen, ohne rot zu werden.

Jetzt, an diesem Abend, zum ersten Mal nach fast vier Stunden Spiel, ließ sie die Maske fallen und legte ihr Herz offen. Die Arie war sanft und beruhigend, von einer anrührenden Verletzlichkeit und gleichzeitig einer geradezu schmerzhaften Sinnlichkeit. Der Tonumfang war begrenzt wie bei einem Volkslied. Mehr tiefe Töne als hohe. Eine Serenade. Doch keine junge Anfängerin hätte sie so singen können wie Anna. Was sie derart schwierig machte, war gerade die vermeintliche Leichtigkeit, wie es bei Mozarts Musik häufig der Fall war. Eine Anfängerin hätte nicht den Atem dafür gehabt, sie hätte gezittert und gestockt, einen Halbton zu tief oder zu hoch gesungen. Damit die Arie so klang, wie sie klingen sollte – schlicht, unschuldig, mit einem Hauch von Verlan-

gen –, musste Anna alles aufbieten, um die Tonart zu halten, sicherzustellen, dass der silberne Ball im Gleichgewicht blieb. Und dieses Mal strauchelte sie nicht.

Dann kam der Schluss, der Teil, der die Natur transzendierte, der Teil, in dem sie ihren Liebsten anflehte, zu ihr zu kommen, in diesen dunklen Hain, in dem die Blumen lächelten – komm, komm, »*Vieni, vieni*«, damit sie seine Stirn mit Rosen bekränzen konnte. Mozart beobachtete sie vom Klavier aus, dachte an ihren Frevel. Sie sang für ihn.

Der teuerste Freund

Sie gaben im Mai drei weitere Vorstellungen des *Figaro,* und im selben Maß, in dem Zuhörer und Sänger vertrauter mit der Oper wurden, traten ihre Vorzüge zutage. Von dem kleinen Duett zwischen Susanna und Cherubino wurden unzählige Zugaben verlangt. Der Kaiser orderte für den Sommer eine Sondervorstellung des *Figaro* in seinem Lustschloss in Laxenburg, und Mozart war zuversichtlich, dass im Herbst viele weitere Aufführungen folgen würden. Nach anfänglichem Zögern hatte auch die Presse die Oper zu einem Meisterwerk erklärt.

Und den ganzen Sommer über waren Anna und Mozart ein Liebespaar. So gut es eben ging. Nach der Premiere der Oper und dann wieder, nachdem sie abgespielt war, gab es keinen Vorwand mehr für sie, miteinander allein zu sein, zumal sie genug am Burgtheater zu tun hatte und Mozart Konzerte gab und ohne Unterlass komponierte. Er war ständig müde. Er hatte ein schlechtes Gewissen und fürchtete, Constanze könnte etwas ahnen. Er meinte, Anna nicht alles geben zu können, was sie brauchte. Er sprach davon, an den Stadtrand zu ziehen, wo die Mieten billiger waren. Nach einem Umzug würde Anna ihn noch seltener sehen.

Frieden fand sie jetzt nur noch in seinen Konzerten. Dann

konnte sie still dasitzen und ihn nach Herzenslust betrachten. Er lebte für und durch seine Musik, seine Musik hatte sie als Erstes an ihm geliebt. Und wenn sie eines seiner Konzerte besuchte, wusste sie immer, immer, dass er für sie spielte. Dass er seit jeher für sie gespielt hatte. Er hatte es ihr gesagt. Aber sie hätte es auch gewusst, wenn er es nicht gesagt hätte.

Die Berührung seiner Hände rief Empfindungen in ihr hervor, wie noch kein Mann sie hervorgerufen hatte. Er war unendlich zärtlich. Seine Hände waren nicht fordernd. Nie waren sie grob, stets zärtlich. Für die Erinnerung an eine einzige Liebkosung hätte sie ihr Leben hingegeben. Wenn sie ihn spielen sah, musste sie ein Lächeln unterdrücken, da er die Tasten auf die gleiche Weise berührte wie sie.

Es schien, als wäre die Welt ein Traum, in dem nichts außer ihnen wirklich war. Manchmal fing sie quer durch den Raum seinen Blick auf, und nur sie wussten es, niemand sonst, und es erschien ihr unerträglich, dass sie nicht zu ihm gehen, nicht zu allen von ihrer Liebe sprechen konnte, von ihrer Freude, die wie eine offene Wunde war. Denn sie konnte nicht von Dauer sein. Selbst das – das Beobachten und von ihm beobachtet Werden inmitten einer Menschenmenge, umgeben von belanglosen Gesprächen, die gestohlenen Küsse und Umarmungen, wann immer es ihnen sicher erschien, was kaum jemals der Fall war, eigentlich nie – konnte nicht von Dauer sein. Sie fürchtete, es könnte ihm Schaden zufügen. Ständig wurde er von Krankheiten heimgesucht, und er litt an chronischem Geldmangel. Er borgte sich Geld von anderen, weigerte sich jedoch, etwas von Anna anzunehmen, mochte sie ihn noch so sehr anflehen. Auf seinem Gesicht zeichnete sich Erschöpfung ab. Manchmal, wenn er sie ansah, stand hinter der Fröhlichkeit, hinter den Scherzen und den Neckereien Verzweiflung in seinen Augen. Und welches

Recht hatte sie, ihm das anzutun, ihn von seiner Musik abzuhalten? Was hatte das alles für einen Sinn, wenn sie doch niemals allein sein konnten? Sollten sie etwa auf die nächste Oper warten? Sollten sie so lange leiden und die Geheimnistuerei fortsetzen? Er war bereits verheiratet. Sie waren glücklich gewesen, er und seine Gattin – sie könnten es immer noch sein. Anna war nur eine einsame junge Frau, deren Kind gestorben war, deren Mann sie geschlagen hatte. Sie hatte kein Recht. Sie versuchte, ihm das zu sagen, und er wollte nichts davon hören. Er sagte, er liebe sie, basta. Er sagte, es mache ihn schon glücklich, sie zu sehen, ihr einen Kuss auf die Wange zu geben, sie singen zu hören.

Er würde seine Frau nicht verlassen. Und Anna konnte ihn nicht darum bitten. Manchmal ertappte sie sich bei dem Wunsch, Constanze möge ein Unheil zustoßen, und dieser Wunsch machte ihr mehr Angst als alles andere. Diese Heimlichkeiten, diese Furcht, dieses eigensüchtige Verlangen, so weit war es mit ihr gekommen.

Man konnte nicht ewig in einem Traum leben. Träume hatten niemals das ersehnte Ende.

Ende August führten sie *Die Hochzeit des Figaro* in Schloss Schönbrunn auf. Die Sänger verbrachten dort eine Woche in schwelgerischem Luxus. Mozart kam nach Schönbrunn, um die letzten beiden Aufführungen zu dirigieren, und für den Abend zuvor hatten er und Anna ein Rendezvous im Schlosspark vereinbart. Sie waren nahezu zwei Wochen nicht mehr allein gewesen.

Sie hatte sich verspätet. Als sie auf ihren Treffpunkt zueilte, einem kleinen Pavillon am Ende eines langgestreckten Rasenstücks, sah sie, dass er an einem der Pfosten lehnte und ihr entgegenblickte. Tagsüber war es sehr heiß gewesen, aber

gegen Abend war ein kurzer Regenschauer niedergegangen, und jetzt roch die Luft feucht und frisch, und es wehte ein angenehmer, leichter Wind. Es war nach Mitternacht. Einige Gäste des Kaisers hielten sich noch außerhalb des Schlosses auf und tranken und tanzten unter freiem Himmel – deshalb hatte sich Anna auch verspätet –, aber niemand würde bis zu diesem Pavillon gehen.

»Da sind Sie ja«, sagte er, und sie sank mit einem Seufzer in seine Arme. Mitunter vergaß sie, wie lieb er ihr war. Wenn sie sich dann wieder daran erinnerte, erfasste sie eine übermächtige Angst, ihn zu verlieren.

Eine Weile standen sie einfach so da, im Schutz der Dunkelheit, dem Wald zugewandt. Der Wind spielte in den Baumkronen und ließ die Blätter rascheln.

»Anna«, sagte er. Er nahm ihre Hand. Sie versuchte, an etwas anderes zu denken, an die Bäume und den Himmel. Die Bäume waren lebendig, doch ohne Gedächtnis, sie wussten nichts und alles zugleich. Es war eine sternenklare Nacht. An der Art, wie er ihren Namen gesagt hatte, erkannte sie jedoch, was als Nächstes kommen würde. Francesco Benucci hatte genauso geklungen an dem Tag, an dem er ihr gesagt hatte, er liebe sie nicht.

Mozart eröffnete ihr, dass seine Frau im Herbst wieder ein Kind bekommen werde. Sein Verrat an ihr und die Sorge brächten ihn um. Er sei nicht mehr er selbst. Er könne nicht arbeiten noch schlafen. Er fürchte, wenn sie so weitermachten, würden sie alles zerstören, und er werde Anna hassen. Sie dürften es nicht fortsetzen, nicht in Wien und nicht jetzt.

Seine Stimme klang hoch und forciert. Er nahm ihre Hand, ließ sie wieder los. Sie wischte ihre Tränen mit dem Ärmel ab. Dann sagte sie: »Ich weiß, ich weiß, Wolfgang«, und er drehte sich zu ihr und nahm sie in die Arme, und so standen sie

lange, während vom Schloss die Geräusche der Gesellschaft zu ihnen herüberwehten und der Wind in die Baumkronen fuhr, als wären sie große Segel.

Als sie sich schließlich voneinander lösten, sagte sie leise: »Stephen möchte, dass wir zurück nach London gehen, wenn mein Kontrakt im nächsten Frühling endet. Er ist der Meinung, dass seine Opern dort gut ankämen, und ich könnte im King's Theatre singen oder in der Drury Lane.« Sie holte tief Luft. »Er meint, wenn wir erst einmal in London sind, könnten wir Ihnen eine Kommission verschaffen. Das ist so gut wie sicher.«

»Im nächsten Frühling«, sagte er. Er blickte stumm zum Wald hinüber.

»Vielleicht wäre es das Beste. Sie würden nicht … Ich würde Sie nicht weiter quälen, wenn ich fort wäre.«

»Und für wie lange?«, fragte er wie ein Kind.

Sie lächelte unter Tränen. »Oh! Ein Jahr. Nur ein Jahr. Dann kommen wir zurück. Oder Sie kommen nach London. Und bis dahin haben wir uns in die Trennung gefunden. Wir werden einander vergessen haben. Sie haben dann zwei hübsche Kinder. In London werden wir einfach Freunde sein, die allerbesten Freunde.«

Statt einer Antwort nahm er sie erneut in die Arme. Sie presste ihr Gesicht an seine Schulter, versuchte sich jede Kleinigkeit einzuprägen und in Erinnerung zu behalten. Er hatte nicht ja gesagt, aber er hatte sie auch nicht gebeten zu bleiben.

Una cosa rara

Ende Oktober gab Anna eine Gesellschaft zu ihrem einundzwanzigsten Geburtstag. Sie mietete einen Saal, es gab ein Diner und anschließend wurde getanzt. Benucci und Bussani hoben Anna auf ihre Schultern und marschierten mit ihr einmal um den Saal, und sie kreischte und wäre um ein Haar gegen einen Kronleuchter gestoßen. Alle Gäste mussten einen Papierhut tragen. Man führte ein Pony herum, auf dem ein engelsgleiches kleines Mädchen saß und Geschenke an die Gäste verteilte.

»Wen stellst du denn dar?«, fragte die Gräfin Thun und beugte sich vor – mit einer Hand ihren Papierhut festhaltend –, um aus der Hand des Mädchens ein Bettelarmband entgegenzunehmen.

»Ich bin Cupido«, erwiderte die Kleine mit heller Stimme. »Ich komme vom Himmel, um Ihr Herz zu durchbohren, und dann verlieben Sie sich.«

»Tatsächlich?«, sagte die Gräfin. »Dann sollte ich mich wohl besser vor dir hüten. Aber du bist so hübsch. Gibst du mir einen Kuss auf die Wange?«

Die Kleine nickte und spitzte folgsam die Lippen, und in einer Wolke aus raschelnder Seide schloss die Gräfin sie kurz in die Arme. Als sie sich wieder aufrichtete, glitzerte ihr Ge-

sicht von dem Goldpuder, mit dem man das Kind geschminkt hatte. Das Pony ließ seine Glöckchen klingeln, und die kleine Prozession zog weiter zum nächsten Gast.

Mozart war ohne Gattin gekommen, da sie kurz vor der Niederkunft stand. Anna hatte gegen erhebliche Kosten einen Billardtisch aufstellen lassen, um ihm eine Freude zu machen, und mit sichtlichem Vergnügen erleichterte er Mandini um einige Florin. Mit Anna hatte er den ganzen Abend über kaum ein Wort gewechselt.

Nun bahnte sie sich einen Weg zum Billardtisch und stellte sich neben ihn. Prompt verschoss er seine Kugel, und Mandini war an der Reihe.

»Wie ich höre, reisen Sie bald ab«, sagte er.

Sie schüttelte den Kopf und nestelte nervös an einer Rose, die Michael ihr ans Mieder gesteckt hatte.

»Wann? Falls sich die Gelegenheit ergibt, den *Figaro* wiederaufzunehmen, muss ich sicher sein, dass ich eine Susanna habe.«

»Nach der Fastenzeit, wenn mein Kontrakt erfüllt ist. Ende Februar.«

»Ah«, sagte er.

Nun war wieder er an der Reihe. Mit der Rose spielend, lächelte Anna ihren Gratulanten zu. Mozart war jetzt ruhiger, konzentrierte sich auf das Billardspiel und gewann. Mandini lehnte eine weitere Partie ab.

»Möchten Sie spielen?«, fragte Mozart Anna. Er war wie immer. Nur mit Mühe gelang es ihr, die Tränen zu unterdrücken.

»Ich weiß nicht, wie es geht.«

»Warum haben Sie dann einen Tisch?«

»Ich habe ihn für Sie aufstellen lassen.«

Er legte den Kopf schief. »Für mich? Sie sollten mit Ihrem Geld etwas Sinnvolleres anstellen.«

»Ich habe Geburtstag. Ich kann tun, was mir beliebt.«

Er sah sie an und schüttelte den Kopf. Sie seufzte, fasste ihn am Arm und lehnte sich gegen ihn. Sie spürte, dass er sich entspannte. »Sie können immer tun, was Ihnen beliebt«, murmelte er.

»Nicht immer. Nicht jetzt.«

»Wir müssen Ihnen das Billardspielen beibringen.«

»Billard ist kein Spiel für eine Dame. Ich könnte den Stock gar nicht richtig halten. Mein Mieder ist zu eng. Ich könnte die Arme nicht heben. Und wenn ich mich vornüberbeugte, wären alle empört.«

»Dann sollten wir spielen, wenn wir ganz allein sind und Sie sich frei bewegen können.«

»Wenn Sie mir zeigen, wie.«

»Ich glaube, Sie wären eine gelehrige Schülerin.«

»Bald sehen wir uns wieder«, sagte sie. »Es ist nicht lange – nur ein Jahr. Stephen und ich werden Sie nach London holen. Bin ich erst einmal dort, wird es ein Leichtes sein, Einfluss zu gewinnen und Ihnen eine Einladung zu verschaffen. Die Londoner dürsten nach Musik, und jemanden wie Sie haben sie noch nie gehört. Sie sind nicht so behäbig wie die Wiener. Alles wird sich zum Besten fügen. Wir werden den *Figaro* wiederaufnehmen, bevor ich abreise. Oder Sie finden eine andere Sopranistin.«

»Für eine andere Sopranistin müsste ich die letzte Arie umschreiben.«

Sie lächelte. »Das ist gut. Ich möchte nicht, dass jemand meine Arie singt.«

Mit schmerzlich verzogenem Gesicht schüttelte er den Kopf. »Ich werde Sie vermissen. Wie sehr, wird mir erst in diesem Moment klar.«

Geführt von Lidia, kam das als Cupido verkleidete kleine

Mädchen jetzt zu ihnen. Um des Hals des Ponys hing ein Kranz aus Gewächshausblumen. Die Kleine hielt sich am Sattelknauf fest und wiegte sich glücklich hin und her. An ihrem Kostüm waren Flügel aus Gänsefedern befestigt, und die blonden Locken waren mit einem goldenen Band zurückgebunden. An ihrer Seite baumelten Pfeil und Bogen.

»Möchten Sie ein Geschenk?«, fragte sie Mozart mit lauter Stimme. Er lächelte und erwiderte, ja, er hätte sehr gerne eins.

»Bei meinem ersten Auftritt in einer Oper war ich Cupido«, sagte Anna.

»Waren Sie damals auch so jung wie die Kleine hier? Sie ist nicht viel älter als mein Karl.«

»Ich war dreizehn – um einiges älter. Ich kam mir schon recht erwachsen vor.«

Lidia half dem Mädchen, das Geschenk herauszusuchen, das für Mozart bestimmt war, eine Porzellanpfeife in Form eines Vogels. »Nun hör sich das einer an«, rief er entzückt, nachdem er das Spielzeug ausgepackt und hineingeblasen hatte. »Zu guter Letzt pfeift Wolfgang Mozart doch noch!« Es war ein beliebter Scherz zwischen ihm und Anna, dass er nicht pfeifen könnte. Er beugte sich zu dem kleinen Mädchen und bedankte sich herzlich.

»Bitte sehr, mein Herr«, sagte die Kleine, die man gut vorbereitet hatte. Sie wandte sich den nächsten Gästen zu.

»Saßen Sie auch auf einem Pony?«, fragte Mozart Anna.

»O nein, aber die Kleine hat darauf bestanden. Sonst hätten wir sie niemals dazu überreden können. Am liebsten würde ich sie mitnehmen. Sie kann alle herumkommandieren.«

»Mit zehn war ich in Paris«, sagte er, den Blick auf das kleine Mädchen gerichtet. »Später bin ich noch einmal mit meiner Mutter dorthin gereist, und sie ist gestorben, deshalb

macht mich die Erinnerung an Paris jedes Mal traurig. Dennoch habe ich nie eine schönere Stadt gesehen. Sie müssen auf Ihrer Heimreise dort haltmachen. Sie gehören an einen solchen Ort.«

»Einen traurigen?«

»Nein, einen schönen.«

Da Ponte gesellte sich zu ihnen. »Mein lieber Mozart«, sagte er, »hat Ihnen unsere Muse schon berichtet, dass sie uns verlässt? Ich habe vor, ihr zu folgen. Ich weiß nicht, wie ich ohne Mademoiselle Storace leben soll.«

»Sie hat es mir soeben berichtet«, erwiderte Mozart. Er breitete die Arme aus. »Ich bin am Boden zerstört.«

»Wir werden uns wiedersehen«, rief Anna. »Sie tun ja gerade so, als würde ich in ein Kloster eintreten.«

»In einem Kloster kann ich Sie mir nicht vorstellen«, sagte Da Ponte. »Meine Vorstellung von Nonnen erfüllen Sie in keiner Weise. Und ich bin immerhin ein ordinierter Priester.«

»Ein pietätloser Priester.«

»Wie dem auch sei.«

»Wie sind sie denn, Ihre Nonnen?«

»Oh – grob, steif, unbeholfen.«

»Ich bin grob!«, rief Anna. Sie wandte sich Mozart zu. »Bin ich etwa nicht grob?«

»Äußerst grob.«

»Warum tanzen Sie nicht?«, fragte Da Ponte.

Sie sah Mozart an. »Niemand hat mich aufgefordert.«

»Darf ich bitten?«, fragte Da Ponte und bot ihr seinen Arm. »Ich bin ein beinahe ebenso guter Tänzer wie Dichter.« Er blickte wohlwollend auf sie hinab. »Und ich werde wohl nicht mehr oft die Gelegenheit haben, mit Ihnen zu tanzen.«

Es widerstrebte ihr, den Billardtisch zu verlassen, aber sie konnte Da Ponte schlecht einen Korb geben, und außerdem

war es vielleicht besser, wenn man sie nicht allzu häufig in Mozarts Gesellschaft sah. Sie und Da Ponte tanzten. Vicente Martín y Soler, der neue spanische Komponist, tanzte in ihrer Gruppe, und Anna tanzte eine Figur mit ihm. »Ah, meine Lilla«, sagte er, »wie erfrischend Ihr seid. Ich meine Maienluft zu atmen.«

»Schmeichler«, rief Anna ihm über die Schulter zu, während sie sich drehte. Martín y Soler war im vergangenen Frühling in die Stadt gekommen. Jeder, der ihm begegnete, war von ihm entzückt. Bereits jetzt nannte man ihn in Wien den Gott der Melodie. Die Lilla war Annas Rolle in seiner neuen Oper, *Una cosa rara*, die noch in diesem Monat Premiere haben sollte. Da Ponte hatte für Martín ein Libretto geschrieben, das in der Handlung dem *Figaro* ähnelte, aber schlichter und kürzer war, passend zu den der spanischen Volksmusik entlehnten einfachen und eingängigen Melodien, die Martín so meisterhaft beherrschte.

Anna war bewusst, dass Mozart sie vom Billardtisch aus beim Tanzen beobachtete. Sie hatte sich für diesen Tag nichts weiter gewünscht, als glücklich und fröhlich zu sein und dafür zu sorgen, dass ihre Freunde es ebenfalls waren. Aus diesem Grund hatte sie all diese Menschen um sich versammelt, aus diesem Grund hatte sie all die Kosten auf sich genommen. Sie war jedoch gescheitert – und zwar auf ganzer Linie.

Una cosa rara war die erfolgreichste Oper aller Zeiten. Hätte man Anna nicht vorher schon gefeiert, jetzt tat man es gewiss. Frauen erröteten in ihrer Gegenwart und ahmten beflissen Lillas Kostüm, ihre Frisur und ihre Gesten nach. Männer traten ihr auf der Straße in den Weg, um ihr ihre Bewunderung auszusprechen. Jeden Abend standen auf der Straße vor dem Theater vierhundert enttäuschte Zuschauer, die kein

Billett mehr bekommen hatten. Und das waren nur diejenigen, die sich ein Billett leisten konnten. Man kam kaum noch in das von den Massen belagerte Theater hinein oder heraus. Die Musik der Oper erreichte alle Stände. An jeder Ecke, in jedem Haushalt, ob arm oder reich, im einfachen Wirtshaus wie im eleganten Salon war die Luft von den klangvollen Melodien des Spaniers erfüllt.

Nichts war kompliziert, niemand war unsicher oder ängstlich. Von Anfang an hatte die Truppe das Gefühl, alles richtig zu machen. Die Anstrengung blieb dem Publikum verborgen, die Ausstattung war nur als gelungen zu bezeichnen, und selbst dem zerstreutesten Zuschauer bereitete es nicht die geringste Mühe, die Schönheit dieser Oper zu begreifen. Wenn Anna Martíns Melodien sang, ging einem das Herz auf. Da Pontes Libretto unterhielt den Geist, unternahm jedoch keinen Versuch, ihn zu fordern. Der Gang der Handlung war noch in den überraschenden Wendungen vorhersehbar und deshalb ebenfalls gut und richtig. Die Zuschauer verließen das Theater in der Gewissheit, dass kein Zweifel an der Tugendhaftigkeit und Ehrbarkeit der Heldin Lilla bestehen konnte und sie zu Recht triumphierte. *Una cosa rara* war in aller Munde. Man sprach beim Essen darüber, las Berichte in den Zeitungen, hoffte auf eine Gelegenheit, die Oper ein weiteres Mal hören zu können, so oft wie möglich, um den süßen ersten Eindruck zu wiederholen und zu festigen: das Gefühl, in diesem Moment, im Kreise so vieler Zeitgenossen, Zeuge eines großartigen Ereignisses zu sein.

Es war keine Rede mehr davon, Mozarts *Figaro* vor Ende der Fastenzeit wiederaufzunehmen. Anna hatte Mozart nach der Premiere nicht gesehen, obwohl sie wusste, dass er dagewesen war. Der kleine Junge, den Constanze im Oktober zur Welt gebracht hatte, war zwei Tage zuvor, am 15. November,

gestorben; Mozart verspürte wenig Neigung, sich unter die Leute zu mischen. Anna stellte sich vor, wie er ganz still dasaß und zusah, wie ihm vor seinen Augen seine Freunde diese ungeheure Niederlage bereiteten. Später sandte er ihr eine Nachricht, in der stand, ihre Darbietung habe ihm gefallen und einige der Melodien seien sehr hübsch gewesen.

Des Kaisers Schokolade

Joseph II. empfing Anna in seinem Studierzimmer, wo er das Frühstück zu sich nahm. Er wirkte abgespannt und gereizt. »Was soll das?«, fragte er und schwenkte ihren Brief. »Sie wollen Wien im Augenblick Ihres größten Erfolgs verlassen? Mitten während der Aufführungen der meistgefeierten Oper, die man jemals gesehen hat?«

Er drehte den Kopf und sah Anna, wie es ihr schien, mit tiefer Verachtung an. »Jetzt verstehe ich, wie sich Ihr Gatte gefühlt haben muss«, sagte er.

Anna hielt ihren Blick auf die Intarsien an seinem Schreibtisch gerichtet, die einen Stern in Rot, Hellbraun und Schwarz bildeten. »Mein Bruder hat für uns beide einen Kontrakt in London geschlossen. Ich bin schon zu lange von zu Hause fort.«

»Zu Hause!«, rief der Kaiser. »Wollen Sie mir jetzt etwa mit diesem nationalistischen Humbug kommen? Meinen Sie, ich habe nichts Besseres zu tun, als meiner besten Sopranistin bei ihrem eitlen Geschwätz zuzuhören? Wollen Sie, dass ich Ihr Salär erhöhe, ist es das?«

»Mein Bruder braucht mich in London«, sagte Anna. »Ich kann ihm helfen, sich als Komponist einen Namen zu machen.«

»Wenn Sie gehen«, sagte der Kaiser, »werden Sie nie wieder in einer meiner Städte singen – in meinem gesamten Reich nicht. Sie werden in Frankreich, im Burgund, in Italien, überall, wo ich über Einfluss verfüge, auf Ablehnung stoßen. Haben Sie eine Vorstellung, wie viele Kinder meine Mutter hatte? Meine Brüder und Schwestern herrschen über die Welt. Ich nehme derlei Dinge nicht einfach hin. Und sie tun es auch nicht.«

Auf seinen Wangen hatten sich rote Flecke gebildet, ansonsten war sein Gesicht jedoch so bleich wie ein Laken.

»Ich werde in England singen«, sagte Anna.

»Und niemals zurückkehren? England niemals mehr verlassen? Was für eine Narretei ist das? Und das alles für Ihren Bruder. Was hat er für Sie getan, das ein Kaiser nicht tun kann?«

Anna wandte den Blick ab. Sie war nicht mehr die unsichere junge Frau, die Schokolade aus der Tasse des Kaisers getrunken hatte. Es kümmerte sie nicht, was er dachte. Sie würde nicht länger in Wien leben. »Mich geliebt – für mich gesorgt.«

»Das fechte ich an«, schrie Joseph, als hätte er beim Whist gerade jemanden beim Falschspielen ertappt. Er packte ihre Handgelenke und zog sie zu sich heran. »Was ist mit Ihren Schulden bei mir?«

»Schulden, Eure Majestät?«

»Ihr Gatte verbannt, Ihr Bruder mit seiner vermurksten Oper. Ach was, zwei Opern! Er bringt ja erneut eine auf die Bühne! In *meinem* Theater!«

»Mein Bruder konnte nichts dafür – an der verunglückten Oper war ich schuld.«

Joseph beugte sich dicht zu ihr. Sie wich zurück. »Ich verstehe«, sagte er unvermittelt und ließ sie los. »Dann sind Sie

also uns beiden etwas schuldig, Ihrem Bruder und mir, und Blutsbande zählen offenbar mehr als die Gnade oder Ungnade eines der großmütigsten und wichtigsten Männer auf der Welt, des freisinnigsten und großzügigsten Gönners, den Sie und Ihresgleichen jemals finden werden. Ich verstehe.«

Anna rang sich ein schwaches Lächeln ab. »Es gibt Zeiten«, sagte sie vorsichtig, »in denen die Liebe mehr zählt als die Vernunft.«

»Unfug«, sagte Joseph. Er griff mit der Hand in die Tasche seines Wamses und zog sie leer wieder heraus. »Liebe ist nichts weiter als Wollust.«

Sie hielt seinem Blick stand und machte einen kleinen Knicks. »Ich bitte um Vergebung, aber nichts, was Euer Majestät sagen, kann mich umstimmen.«

»Geschwätz!«, rief der Kaiser und riss geräuschvoll eine Schublade auf. »Sie sind genau wie alle anderen. Sie warten nur darauf, dass ich klein beigebe.«

»Klein beigeben, Euer Majestät?«

»Ihnen ein Angebot mache. Sie bitte, Sie anflehe zu bleiben. Sage, dass ich Ihnen mehr zahle, dass ich nichts als Gegenleistung erwarte, keine Geste, keinen Blick – keinen Fuß, keinen Zeh in einem rosa Schuh, der mir hingestreckt wird, damit ich ihn streichle.«

Während er das sagte, riss er mit einer Erregung, wie Anna sie noch nicht an ihm erlebt hatte, eine nach der anderen die Schubladen seines Schreibtischs auf, wühlte darin herum und schob sie mit einem Knall wieder zu.

Anna trat einen kleinen Schritt zurück. »Ich warte auf gar nichts, Euer Majestät.« Die Schuhe, die sie heute trug, waren gelb und cremefarben. Sie trug fast nie rosa Schuhe, nicht mehr seit dem *Figaro*.

»Das wollen Sie mich glauben machen«, sagte der Kaiser

und warf ihr einen kurzen Blick zu. Er läutete mit der Glocke auf seinem Schreibtisch, und ein Diener trat ein. »Gregor«, sagte er scharf, »warum muss ich feststellen, dass man mich ohne Schokolade lässt? Hat sich eine Staatskrise ereignet? Eine Revolution? Ist der Himmel eingestürzt? Sind wir bankrott?«

Gregor wurde blass, murmelte etwas davon, sich einen Strick zu suchen, und eilte hinaus.

»Nichtsnutziger Kerl!«, rief ihm der Kaiser hinterher. Dann wandte er sich wieder Anna zu. »Nun, ich kann Ihnen nicht mehr bezahlen. Sie kosten mich so schon zu viel. Mit dem Salär, das Sie in zwei Jahren bekommen, könnte ich vierzig Soldaten bezahlen. Offen gestanden wäre ich recht froh gewesen, Sie loszuwerden, während Sie krank waren, doch schien es mir ein wenig grausam zu sein und mich in den Augen der Leute schlecht dastehen zu lassen. Zudem stellte ich zu meiner Überraschung fest« – er senkte ein wenig die Stimme –, »dass ich Sie vermisste. Ich war ebenso froh wie der einfältigste meiner Untertanen, Sie wiederzuhaben. Und nun das … Betrug! Das ist zu viel!«

Die letzten Worte schrie er wieder. Während des langen Schweigens, das darauf folgte, brachte Gregor ein Tablett mit einem Berg Schokoladenbonbons. Der Kaiser stopfte sich mehrere davon in den Mund. »Nun?«, sagte er.

Nur John Fisher hatte sie derart angeschrien. »Ich liebe einen bestimmten Mann«, sagte Anna mit zornerstickter Stimme, »einen Mann, der mich nicht will. Wenn ich diese Stadt nicht verlasse, Euer Majestät, werde ich mir das Leben nehmen.«

Der Kaiser starrte sie fassungslos an. »Mein liebes Kind. Das Leben ist keine Oper. Warten Sie ein paar Monate, dann ist alles wieder vorbei.«

»Ich habe bereits gewartet.«

»Wenn Sie jetzt gehen, gestatte ich nicht, dass Sie jemals zurückkommen. Sie glauben, ich werde es gestatten, aber ich tue es nicht. Einen Betrug vergesse ich niemals.«

»Ich weiß«, erwiderte sie. »Es ändert jedoch nichts.«

Er schnaubte und wedelte mit der Hand. »Wohlan. Gute Reise. Wer immer dieser Bursche ist – verflucht soll er sein.«

Die Schule der Liebenden

An einem kalten, klaren Dezembertag, zweieinhalb Monate vor Annas geplanter Abreise aus Wien, suchte Mozart sie an ihrem freien Nachmittag auf. Er war zu Pferd gekommen, und seine Nase und seine Wangen waren von der Kälte gerötet.

Anna hatte in ihrem Zimmer gesessen und gelesen. Stephen war mit Da Ponte ausgegangen, und ihre Mutter war in der Messe.

Sie umarmten sich, nur für einen kurzen Moment, obwohl sie sich gegenseitig versprochen hatten, es nicht zu tun, dann traten sie beide einen Schritt zurück. Er wirkte erschöpft und fahrig. Er war gekommen, um ihr zu berichten, dass seine Oper im Januar in Prag aufgeführt werden sollte und er sich dorthin begeben würde, um sie zu dirigieren und um zu konzertieren. Man vergötterte ihn in Böhmen.

»Unseren *Figaro*?«, fragte sie.

»Eine glückliche Fügung. Eine Weile von hier fort zu sein.« Er ging in einem schmalen Streifen blassen Wintersonnenlichts auf und ab. Im Kamin brannte ein knisterndes Feuer. »Wo ich geh und steh, höre ich *Una cosa rara*. Sogar meine Frau summt es im Schlaf.«

»Wie lange werden Sie dort sein?«

»Gegen Ende der Fastenzeit, zum Karneval, bin ich wie-

der da – rechtzeitig zu Ihrem Abschied. Constanze begleitet mich.«

»Oh«, entfuhr es ihr. Ein tiefer, brennender Schmerz fuhr ihr durch die Brust, so als würde ein Stück glühende Kohle ihr nacktes Herz berühren, leicht, aber unerbittlich. »Dann bleibt uns nur noch wenig Zeit.«

Er legte die Hand auf den kühlen Fenstersims. Gebrochen durch den Raureif und die Bleieinfassungen, blickte ihm sein Spiegelbild entgegen.

»Ich habe mich nicht gleich an Sie verloren, als ich Sie das erste Mal sah«, sagte er. »Auch nicht, als ich Sie im Schlossgarten geküsst habe.« Er schluckte. »Sondern als Sie so krank waren und zu mir in das Musikzimmer kamen. Sie waren so zart wie ein Hauch. Ich konnte nichts weiter tun, als einfach nur dasitzen – wäre ich ein Mann gewesen, hätte ich Sie in den Armen gewiegt.«

Bei der Erinnerung daran musste sie lächeln. »Deshalb spielten Sie.«

»Ja.« Er räusperte sich und zuckte leicht die Achseln. »Mit mehr Hingabe habe ich wohl noch nie gespielt. Ich habe mich nur auf Sie konzentriert, auf das Wiegen. Auf die Art, wie Sie zuhörten.«

»Ich konnte nicht anders.« Trocken fügte sie hinzu: »Ich habe es versucht.«

Abrupt drehte er sich um, ging zum Kartentisch und setzte sich. Die Uhr schlug. »Als ich als kleiner Bub in Holland war«, sagte er leise, »wurden meine Schwester und ich sehr krank. Ich war im Delirium – ich hatte derart absonderliche Fieberträume, dass ich heute noch zittere, wenn ich daran denke. Ich wusste, dass ich sterben würde. Ich erkannte es an der Art, wie sie um mich herum redeten. Ich war wütend auf mich selbst. Ich dachte, ich hätte versagt. Wir befanden uns

mitten auf einer Konzertreise, und es war ungeheuer wichtig, dass ich gesund war, andernfalls würden alle Konzerte abgesagt werden, alle Besuche, das ganze Geld wäre futsch.« Er rieb sich die Augen. »Ich erinnere mich, dass ich meine mit Flecken übersäten Arme und Hände betrachtete und mich fragte, ob sie jemals wieder zu gebrauchen sein würden. Andernfalls könnte ich keine Musik mehr machen, es sei denn, ich würde mit der Nase spielen oder etwas anderem. Und es wäre meine Schuld.«

Er klappte das Backgammonbrett auf und spielte mit den roten und schwarzen Steinen, ließ sie leise klackernd wie Kiesel durch die Finger gleiten, sortierte sie nach Farben, stapelte sie zu dreien und vieren übereinander, ließ sie von einer Hand in die andere rollen. »Dann hatte ich es überstanden. Meine Schwester auch. Zur Erinnerung blieben uns einige Narben – hier, auf den Wangen und an den Händen. Manchmal betrachte ich die an meinen Händen, und ich weiß nicht mehr, warum sie da sind. Sie sind blasser geworden, seit damals. Ich war nur wenig älter als mein Karl heute. Sechs oder sieben. Aber ich kam mir vor wie ein Mann.« Er lächelte und stapelte die Steine zu noch höheren Türmen übereinander. Sie setzte sich neben ihn und lehnte ihre Wange an seine Schulter, sog seinen süßen, warmen Geruch ein. Er hatte seine Pfeife geraucht. Es gefiel ihr, seine Hände zu beobachten. Stets waren sie in Bewegung, stets mit dem einen oder anderen Gegenstand beschäftigt. Die Narben waren kaum noch zu erkennen. »Daran liegt es wohl, dass ich so halsstarrig bin. Ihre italienischen Freunde nennen mich arrogant. Mein Vater hat allen Leuten erzählt, ich hätte ein Geschenk von Gott erhalten. Immer wurde so viel von mir erwartet. Sogar auf dem Klosett. Ich musste diese von Gott gegebenen Scheißhaufen produzieren.«

Anna lachte. Er nahm eine ihrer Hände, seine Daumen trafen sich an ihrem Handgelenk, seine Finger drückten sich sanft gegen die Wölbung ihrer Handfläche. »Wissen Sie«, sagte er lächelnd, »wenn Sie einen Raum betreten, dann kommt es mir stets vor, als brächten Sie den Sonnenschein mit. Selbst als Sie krank waren, kam es mir so vor. Nicht anders ist es, wenn Sie auf der Bühne stehen. Ich glaube, deshalb sehen wir Ihnen zu. Wir entblößen unsere Brust vor Ihnen, und Sie schenken uns Ihre Wärme und Ihr Licht.«

Sie bewegte sich leicht. »Ohne Ihre Musik bin ich nichts.«

Er drückte ihre Hand. »Mein kleiner Spatz ist gestorben«, sagte er. »Habe ich Ihnen das erzählt? Es hat mich über die Maßen erschüttert. Ich habe ein Begräbnisgedicht für ihn geschrieben. Ich werde es Ihnen schicken. Was für ein harter Winter – unser armer kleiner Junge.« Eine Weile blickte er starr zum Fenster, dann schüttelte er den Kopf. »Ich bin froh, dass ich nach Prag reise. Die Luft in Prag ist zwar nicht wärmer, aber ich denke, die Menschen sind es.«

»Und danach kommen Sie nach London«, sagte sie und weinte.

Er richtete sich auf und küsste ihr umständlich die Tränen von den Wangen. »Mir kam die Idee«, sagte er, »dass ich eine Arie für Ihr Abschiedskonzert schreiben könnte. Den Text habe ich schon. Ein Rondo, das ich letztes Jahr für meinen *Idomeneo* geschrieben habe.«

»Ein richtiges Rondo?«, fragte sie und bemühte sich, etwas munterer zu klingen, nicht daran zu denken, wie lange er weg sein würde, wie lange es nach seiner Rückkehr dauern würde, bis sie ihn wiedersah.

»Ja«, sagte er. Er drückte ihre Hand. »Ein richtiges Rondo. Das Rondo, das ich Ihnen im *Figaro* vorenthalten habe. In E. Für mich selbst werde ich einen Klavierpart komponie-

ren, wie für ein Konzert. Nur dass Sie mich mit Ihrem Gesang begleiten und ich Sie auf dem Klavier und wir beide das Orchester. Ein Duett. Der phänomenalste Abschied, den es jemals gegeben hat.«

»Wie lautet der Text?«

»*Non temer, amato bene, per te sempre il cor sarà.*« Er sah sie betrübt an und zog sie an sich. »Etwas in der Art. Er ist von Varesco. Er ist kein Da Ponte, aber es passt vorzüglich. Sie teilen damit den Wienern mit, dass Sie uns nicht verlassen, dass wir in Ihrem Herzen immer die erste Stelle einnehmen werden, dass Sie wiederkommen et cetera.«

Sie zwang sich dazu, ihn mit einem fröhlichen Lächeln anzusehen, um ihn aufzuheitern. »Und Sie spielen mit dem Orchester?«

»Ja«, sagte er und streichelte ihr Knie. »Es ist für mich und für Sie.«

Dann mussten sie sich voneinander lösen, weil Lidia hereinkam, um die Lampen anzuzünden. Bevor sie eintrat, klopfte sie an die Tür und wartete einen Moment.

»Gute Frau«, sagte Mozart zu Lidia, »Sie kommen genau im richtigen Moment. Wir wollten gerade eine Partie Backgammon spielen und können kaum die Würfel sehen.«

»Freilich«, sagte Lidia, »die Sonne ist ja schon fast untergegangen.«

»Sie sagen es.« Rasch legte er die Backgammonsteine zurecht, zugleich heiter und konzentriert musterte er sie, als wären die kleinen schwarzen und roten Steine die interessanteste Sammlung von Gegenständen, die ihm jemals unter die Augen gekommen war. »Wissen Sie, dass es Jahre her ist, seit ich das letzte Mal gespielt habe? Aber ich kenne noch alle Regeln. Ich fand es immer sehr lustig, wie die Steine klackern, wenn sie über das Brett geschoben werden.«

»Ach, Lidia«, sagte Anna wie nebenher, als die junge Frau etwas später das Zimmer verlassen wollte. »Sorgst du bitte dafür, dass wir nicht gestört werden? Wir brauchen sonst nichts mehr. Auch keinen Wein.«

»Jawohl.«

Sie spielten eine Partie, und Anna schlug Mozart mit Leichtigkeit. »Ah«, sagte er. »Der Sieg macht Sie wunderschön. Sieh sich einer diese schwarzen Augen an, wie sie versuchen, ihren Triumph zu verbergen – diese roten Wangen. So sehen Sie auch aus, wenn Sie gerade etwas Wunderbares gesungen haben. Auf meinem Schoß. In Ihren Unterkleidern.«

»Ich verliere nicht gern. Sie haben törichte Fehler gemacht.«

»Ich habe zu viele Schandflecke gelassen. Nächstes Mal mache ich es besser. Im Augenblick genieße ich es, verloren zu haben, wenn Mademoiselle Storace dann solche Augen bekommt.«

»Verzeihen Sie«, sagte sie und lachte. »Ich sollte mich etwas gesitteter benehmen.«

Eine Weile schwiegen sie. Schließlich sagte er: »Es ist schon spät«, und erhob sich. Und dann war es so weit: ihr Abschied. »Constanze wird meinen, ich wäre Räubern in die Hände gefallen.«

»Bleiben Sie«, flüsterte Anna und erhob sich ebenfalls. »Bitte gehen Sie noch nicht. Bleiben Sie noch ein wenig.«

»Ein wenig«, murmelte er. Er legte sein Kinn auf ihre Schulter, als wollte er an dieser Stelle mit ihr verschmelzen.

»Sie weiß, dass Sie hier sind. Sie wird glauben, dass wir Ihre Musik einstudieren.«

»Es gibt nichts einzustudieren. Das weiß sie sehr wohl.«

Anna löste sich von ihm, die Stirn in Falten gelegt und mit Tränen in den Augen. Mozart betrachtete sie schweigend.

Sie schlüpfte aus ihren Pantoffeln. Sie zog ihre Strümpfe aus und steckte sie in ihr Mieder. Dann stand sie zitternd vor ihm.

»Geben Sie mir meine Stiefel zurück«, flüsterte sie auf Deutsch. »Bitte. Bitte, Wolfgang.«

Er hob die Hand und fuhr die Linie ihrer Wange so zärtlich nach, dass sie meinte, sterben zu müssen. »Niemals«, sagte er. »Bis an mein Lebensende nicht. Sie werden sie niemals zurückbekommen.«

»Geben Sie sie zurück«, flüsterte sie unter Tränen. Sie folgte mit dem Kopf der Bewegung seiner Finger. Er küsste sie in die Halsbeuge.

»Niemals, Anna.«

»Und Ihre Schulden bei mir«, schluchzte sie und rieb ihre Nase an seinem Hemd, hielt seinen schmalen, atmenden, geliebten Rücken umfangen. »Die Küsse …«

»Welche Schulden?«, flüsterte er. »Welche Küsse?«

Sie versuchte zu lachen, so zu tun, als wäre das alles nicht von Bedeutung, doch stattdessen flossen ihre Tränen nur umso heftiger. »*Singen Sie für mich, Anna, und ich küsse Ihnen hunderttausendmal die Hände.*«

»Oh«, murmelte er. Er beugte den Kopf und küsste ihr Schlüsselbein, die Stelle zwischen ihren Brüsten. »Vergeben Sie mir«, flüsterte er. »Ich hatte es vergessen. Das sind schon mal zwei. Das sind drei. Ich liebe Sie. Ich liebe Sie.«

Der junge Lord

»Mein Deutsch ist erbärmlich«, sagte Stephen. Er geleitete Anna die Treppe hinauf. Es war Januar, und sie waren auf dem Weg zu einer Gesellschaft bei den Thuns. Die Mozarts weilten in Prag. »Es ist peinlich. Du musst es mir sagen, wenn ich einen Fauxpas begehe.«

Auf Stephens Gesicht lag ein Lächeln, und er war bester Dinge. Die Aufführung seiner neuen Oper war ein Erfolg gewesen, er hatte sich damit voll und ganz rehabilitiert und blickte nun voller Vorfreude der Rückkehr nach London entgegen. Er hatte vor, englische Operetten und Pasticcios nach dem Vorbild der italienischen *opera buffa* zu schreiben.

Sie wurden von Gräfin Thun empfangen, die mit der ihr eigenen Eleganz das Armband trug, das sie im vergangenen Jahr auf Annas Geburtstagsgesellschaft als Geschenk erhalten hatte. »Hier ist jemand, der es kaum erwarten kann, Sie wiederzusehen, meine Liebe«, sagte sie zu Anna.

Der besagte Herr drängte sich kurzerhand vor. »Oh«, entfuhr es Anna. »Lord Barnard.«

»Miss Storace erinnert sich an meinen Namen«, sagte der junge Mann mit leiser, verzückter Stimme und schloss die Augen.

»Aber, Lord Barnard«, sagte Anna mit einem Blick zu ihrer

Gastgeberin. »In einer gemischten Gesellschaft dürfen Sie doch nicht Englisch sprechen. Wenn Sie unbedingt so unhöflich sein wollen, sollten Sie sich mit Stephen in eine Ecke zurückziehen und sich mit ihm unter vier Augen unterhalten.«

Der junge Mann schüttelte den Kopf und erklärte in reichlich holprigem Deutsch, er würde jede beliebige Sprache sprechen, um in Miss Storaces Nähe bleiben zu können.

»Du meine Güte«, flüsterte Anna der Gräfin ins Ohr. »Entweder weiß er nicht, was er sagt, oder er ist ein Narr.«

Die Gräfin schenkte dem jungen Herrn ein freundliches Lächeln. »Nun«, erwiderte sie leise, »jedem Tierchen sein Pläsierchen, solange er es sich leisten kann.«

Barnard war ein junger englischer Lord von dreiundzwanzig Jahren auf seiner Grand Tour durch Europa. Er hatte rotblonde Haare, große, wässrige Augen und eine dröhnende Stimme, und wäre er weniger vermögend und dafür etwas kultivierter gewesen, hätte er womöglich keinen üblen Sänger abgegeben. Auf die von Wohlstand und Wohlgenährtheit zeugende Art seines Standes war er recht ansehnlich. Lord Barnard bekam, was er wollte, und seine Jugend steigerte sein Selbstvertrauen nur noch. In Anna war er schlichtweg vernarrt.

Er war ihrem Zauber im vergangenen Mai erlegen, als er die Premiere des *Figaro* besucht und Anna mit solch betörender Sinnlichkeit »*Deh, vieni*« singen gehört hatte. Barnard verstand zwar kaum ein Wort Italienisch, aber er hatte eine romantische Ader, und an diesem Abend hatte er sich bis über beide Ohren in Anna verliebt, was ihm seiner Meinung nach das Recht gab, ihr auf jede erdenkliche Art, die sie zuließ, den Hof zu machen. Er war jung, klug und reich. Er hatte nicht den geringsten Zweifel daran, dass dies seine Wirkung tun würde.

Anna war an diesem Abend nicht in der Stimmung gewesen, ihn zu empfangen, deshalb hatte er so lange die nachfolgenden Vorstellungen besucht, bis sie es tat. Dann hatte er Wien verlassen, um seine Grand Tour fortzusetzen. Gestern Abend war er zurückgekehrt.

»An sich hatte ich die Absicht, noch länger in Rom zu bleiben«, sagte er, »aber etwas zog mich nach Wien zurück.« Er blickte ihr tief in die Augen und verfiel erneut ins Englische, zu dürftig war sein Deutsch. »Sie, Mademoiselle, wenn ich so kühn sein darf, riefen mich an diesen Ort, in diese in meiner Erinnerung so bezaubernde Stadt, nicht ihrer Kirchturmspitzen und Ausblicke wegen, sondern einer Person wegen, eines Augenpaars wegen, Mademoiselle, so verführerisch weich wie Samt. Lippen, Wangen wegen, so rosig wie frisch erblühte Rosen. Einer Stimme wegen, so überirdisch, dass ich auf meinen Platz im Himmel verzichten würde.«

»Teurer Lord Barnard«, sagte Anna lachend auf Deutsch, »Sie verfügen über so viele Worte und so wenig Gelegenheit, sie auszusprechen. Das muss schwer für Sie sein.« Dann nahm sie Stephens Arm und ließ ihn stehen.

Nach dieser Begegnung suchte er sie fast täglich auf. Manchmal war sie nicht zu Hause. In diesem Fall hinterließ er irgendetwas – eine Blume, ein hübsches Band, einen Spitzenfächer, einen Tiegel mit duftender Salbe. Hin und wieder war auch eine Kuriosität aus dem Orient darunter, ein Kamm aus geschnitztem Elfenbein, exotische Ohrringe, Seide.

»Er meint, er könnte mich kaufen«, sagte Anna zu Lidia.

»Dann ist er ein Esel«, erwiderte Lidia. Anna warf die Ohrringe in eine Schublade.

Ein richtiges Rondo

Aus Prag traf ein Paket mit der Arie ein, die Mozart für Annas Abschiedskonzert geschrieben hatte. Es lag ein Brief bei, den sie während des Frühstücks im Speisezimmer las. Eisblumen glitzerten an den Fenstern. Es war Ende Januar. Mozart war seit einem Monat fort. Seinen einunddreißigsten Geburtstag würde er in Prag verleben. Er entschuldigte sich für seine schlampige Schrift und Orthographie. Er schrieb, sie feierten große Erfolge. Er könne seine Befriedigung darüber gar nicht in Worte fassen. Bestimmt werde ihr die Arie gefallen, er sehne sich nach ihrer Stimme. Die Prager Susanna sei nichts im Vergleich zu Anna. Sie brauche also nicht eifersüchtig zu sein. Die Prager Susanna sei steif wie ein Brett. Wie oft habe er schon zu den anderen gesagt, wenn sie nur Mademoiselle Storace die Susanna singen hören könnten …

Die Noten der Arie waren in seiner Handschrift, er hatte sie ordentlich, aber offenbar in Eile kopiert. Er hatte eine eigenwillige, nachlässige Schrift. Darüber hatte er geschrieben: »Für Mlle Storace und mich.«

»Das berühmte Rondo?«, fragte Stephen. Er riss ihr das Paket aus der Hand und ging damit in das Musikzimmer, wo er sich ans Klavier setzte. Sie lief ihm nach, aber zu spät, er hatte bereits angefangen zu spielen.

»Was schreibt er?«, fragte Stephen.

»Hm?«

Er sah sie an. »In dem langen Brief, den du so eilig gelesen hast, um dann zu erröten.«

Die Musik lenkte sie ab. Stephen spielte vom Blatt, noch nicht ganz wach, und er spielte kraftlos und unpräzise, und doch war es wunderschön, geradezu perfekt.

»Ich bin doch nicht errötet«, sagte sie. »Mir war nur vom Kaffee warm.«

Stephen lachte. »Lüg nicht. Er hat dich mit irgendetwas aufgezogen, der Teufel.« Er stützte das Kinn in die Hand und blätterte durch die Noten. »Das ist ausgezeichnet. Daran kann ich nur scheitern. Man sieht genau, dass er sich selbst vor Augen hatte, als er den Klavierpart schrieb.«

Anna erhob sich und legte sich bäuchlings auf den Teppich, den Kopf auf einem Arm, die Beine an den Fesseln überkreuzt. Stephen warf ihr einen forschenden Blick zu und fing wieder an zu spielen. »Geht's dir gut?«, fragte er. Sie antwortete nicht. Er spielte weiter. Sie hörte das Klicken der mechanischen Teile und spürte das leichte Klopfen seines Fußes auf dem Parkett. Auf dem Teppich lagen Hundehaare, braun und weiß. Die Luft hier unten war kühler. Sie spürte, wie ihre Brust auf den Boden drückte, spürte ihren Atem darin. Wenn sie die Augen schloss, konnte sie eines der Dienstmädchen im Nebenzimmer eine Melodie aus *Una cosa rara* singen hören. Stephen summte die Mozart'sche Arie mit. Wann immer er zu einer besonders schwierigen oder interessanten Passage kam, spielte er sie langsam, unterteilte sie in einzelne Abschnitte und gab sich dabei selbst leise Anweisungen. Anna lauschte, atmete ruhig gegen den Boden. Einer der Hunde erhob sich und trottete zu ihr, und sie kraulte seinen Bauch. Als Stephen schließlich eine Pause machte, stand sie auf, ging

zu der Anrichte im Speisezimmer und holte sich eine weitere Tasse Kaffee.

»Ein richtiges Rondo«, rief sie zu ihm hinüber und zwang sich, heiter zu klingen, zu lächeln.

»Wie er es versprochen hat«, sagte Stephen.

Lidia trat ein und meldete Lord Barnard und Michael Kelly.

»So früh?«, fragte Anna. Sie wickelte ihren Morgenrock um sich. »Weiß denn Lord B. nicht, dass ich nicht vor Mittag zu sprechen bin?«

Lidia warf Stephen einen Blick zu und lächelte. »Es ist nach Mittag.«

Überrascht sah Anna zur Uhr. »Tatsächlich. Nun ja, sie sind Freunde. Führ sie herein, Lidia.«

Barnards Haare waren zu einer Art aufgebauschter Welle frisiert, was ihm nicht stand, aber den Eindruck vermittelte, dass große Mühen und Kosten auf dieses Gebilde verwendet worden waren. Beim Eintreten hielt er eine silberne Schnupftabakdose an seine Nase und nahm diskret eine Prise. Michael folgte ihm auf dem Fuße, guter Dinge, mit rotem Gesicht, in seinem üblichen Staat und küsste Anna dreimal auf die Wangen. »Noch im Morgenrock?«

»Und doch sind Sie schon da«, sagte Anna. Lord Barnard strich mit seinen weichen Lippen über ihre Fingerknöchel.

»Sie sollten angekleidet sein«, sagte Michael. »Es ist fast eins.«

Mrs. Storace trat ins Zimmer und begrüßte die Besucher. »Noch nicht angekleidet?«

»Ich habe gerade erst mein Frühstück beendet.«

»Sehen Sie nur, Mama«, sagte Stephen. »Wir haben ein Paket von Mozart erhalten – die Arie für Annas Abschiedskonzert.«

»Ach, tatsächlich? Wie schön«, sagte Mrs. Storace. Sie strich ihre Schürze glatt. »Und nach dem Konzert kehren wir nach London zurück.«

»Dann wollen wir die Arie einmal hören«, sagte Michael. »Wir wollen das Lebewohl hören.«

»Es ist kein Lebewohl, es ist ein Auf Wiedersehen.«

Barnard lächelte sie strahlend an. »Liebe Miss Storace, bitte singen Sie für uns. Nichts liebe ich mehr als Ihren Gesang, und Sie wissen, wie sehr ich die Musik von Wolfgang Mozart bewundere.«

Benommenheit machte sich in ihr breit. »Ich kann nicht«, sagte sie. »Ich habe heute noch nicht gesungen.«

»Nur ein paar Takte«, bat Barnard. Seine Frisur hüpfte auf und ab, und er breitete die Arme aus. »Nur um uns, Ihren guten Freunden, einen kleinen Eindruck zu verschaffen.«

»Warum sollte ich das tun?«, rief Anna. Sie setzte sich zu ihrer Mutter. »Ich habe genug von Ihnen allen. So früh hier hereinzuschneien und mich wie ein Hündchen zu behandeln, das Kunststücke vorführen soll.«

»Dann singe ich es eben, Barnard«, sagte Michael.

»Das tun Sie nicht!«, rief Anna.

Michael betrachtete sie mit leichter Verwunderung. »Meine Liebe, wem soll es denn schaden? So können Sie Ihre Stimme schonen, und Barnard hört die Melodie. Wir sind doch alle Freunde.«

»Ohne Sie beleidigen zu wollen, muss ich allerdings sagen, Kelly, dass Ihre Stimme nicht eben in meinen Träumen erklingt«, sagte Barnard.

»Sie können mich nicht beleidigen, Sir. Ein guter Schauspieler waren Sie noch nie. Ich möchte allerdings zu bedenken geben, dass Sie mich bislang nur in komischen Rollen gehört haben. Warten Sie nur ab.« Michael trat zu Stephen,

der durch die Noten blätterte. »Mein Freund, wollen wir es versuchen?«

»Das können wir«, sagte Stephen zweifelnd, »aber ich fürchte, ich werde die eine oder andere Note weglassen. Sie müssen wissen, er hat es für sich komponiert.«

»Michael«, sagte Anna leise. »Bitte.«

»Wir würden uns alle freuen, Sie zu hören«, sagte Mrs. Storace zu Michael. »Sie haben einen solch schönen irischen Tenor.«

»Ich danke Ihnen, Madam.«

Ohne Übung vermochte Stephen die Solopassagen kaum zu spielen, aber Michael konnte gut vom Blatt singen und tat sich selbst alle Ehre. Gelegentlich verhaspelten sie sich und kamen ins Straucheln, dann lachten sie über sich, oder sie machten Bemerkungen über die Wehmut dieser Stelle und die Heiterkeit jener. Anna dagegen blieb still. Sie reagierte nicht auf Barnards Tändeleien und lächelte auch nicht über Michaels Scherze. Die Arie war wunderschön. Sie war wunderschön und gar nicht traurig. Vielmehr war sie eine Art Frohlocken. *Hab keine Angst, mein Herz: Ich werde dich nie verlassen, ich werde immer bei dir sein.*

Für Mlle Storace und mich.

Zarathustra

Schließlich kehrte Mozart in die Stadt zurück. Anna hatte die Tage gezählt. Ungeduldig erwartete sie die Stunde des Wiedersehens, und doch hatte er während seiner Abwesenheit jede von müßigen Gedanken erfüllte Minute in ein sanftes Licht getaucht. Vor Sonnenaufgang wachte sie auf und lag im Dunkeln unter der warmen Decke, die Augen geschlossen, hörte die Uhr auf dem Kamin ticken und dachte mit solcher Innigkeit an ihn, dass ihr Herz beinahe zu schmerzen begann. Wenn sie nicht länger so tun konnte, als würde sie schlafen, schob sie den Vorhang zurück, sah zu, wie die Dämmerung über die Stadt zog, violett und grau, und flüsterte: *Ich liebe dich. Ich liebe dich.*

Ihr erstes Wiedersehen fand auf dem Faschingsfest der Gräfin Thun statt. Ganz Wien war gekommen. Die Leute drängten sich in sämtlichen Zimmern, alle waren maskiert, tanzten, plauderten und sangen. Anna erkannte Mozarts geraden Rücken, die schmalen Schultern. Er war als Zarathustra verkleidet und stellte den anderen Gästen amüsante philosophische Rätsel. Ihre eigene Maske stammte noch aus ihrer Zeit in Venedig, sie war golden und hatte einen Stern im Augenwinkel. Ihre schwarz-rote Robe war neu.

Sie berührte seine Schulter. »Verzeihen Sie, Sir«, sagte sie auf Englisch. »Ich habe niemanden, der mit mir tanzt.«

Seine Augen leuchteten auf. Er verbeugte sich, die Federn seines Turbans wippten auf und ab, und er führte sie in den Tanzsaal. Er hielt ihre Hand und streichelte mit dem Daumen ihren Handrücken. Während des Tanzes gab es nur ihre Hände, die sich berührten und losließen, zunächst spielerisch und dann immer fordernder, bis es fast wehtat, wie ein Stich ins Herz, und sie sagten sich mit der einzigen Berührung, die ihnen erlaubt war und die ihnen niemand zum Vorwurf machen konnte, welch leidenschaftliche Gefühle sie füreinander hegten, wie sehr sie einander bewunderten.

Die stummen Wächterinnen

Es war schön und schrecklich zugleich, sich wieder in der Mozart'schen Wohnung zu befinden, die Hausherrin zu begrüßen und den pummeligen kleinen Jungen, der inzwischen ein gutes Stück gewachsen war. Diesen Ort, an dem sie so glücklich gewesen war, in aller Heimlichkeit, der ihr gehörte und ihr nicht gehörte, sie würde ihn niemals wiedersehen. Sie musste tief einatmen, damit sie sich später möglichst genau an alles erinnern konnte. Von zu vielen Orten war sie achtlos weggegangen.

In der Wohnung der Mozarts war es wärmer als bei Anna – sie war angenehmer, heller, erfüllt vom Duft von frisch gebackenem Kuchen, Holzfeuer und Kräutern, von Stimmen und Menschen. Ein Heim, in dem gelebt und geliebt wurde, ein Heim, das die Mittel seiner Bewohner überstieg, doch in jeder anderen Hinsicht ganz und gar das ihre. Anna und Constanze saßen in dem großen Salon, in dem Mozart von Zeit zu Zeit Kammerkonzerte gab. Die Stühle standen kreuz und quer, und überall lag Papier. Neben dem Kamin stand ein Nähkorb, und auf dem Fußboden war Karls Spielzeug verstreut. Der Kaffee, den Constanze Mozart servierte, war mit Zimt gewürzt. Sie entschuldigte sich für die Unordnung, die daher rühre, dass sie so spät aus Prag zurückgekehrt seien

und dass sie selbst und ihre Bediensteten solche Schwatzbasen seien. Sie küsste Anna auf die Wangen. Der kleine Junge sah ihr sehr ähnlich. Immer wieder kam er zu Anna getrottet und brachte ihr irgendetwas, das sie bewundern sollte: einen Löffel, einen Knopf, ein Stück rotes Band.

»Danke sehr«, sagte Anna dann jedes Mal. Sie wusste nicht, wie man mit Kindern umging. Constanze Mozart packte ihn und ließ ihn kopfüber in der Luft baumeln, und er quietschte vor Vergnügen. Sobald sie ihn wieder abgesetzt hatte, hob er eine Rassel vom Boden auf, um sie Anna zu geben. Sie schüttelte sie, und er nahm sie ihr strahlend wieder ab, als hätte sie einen verblüffenden Zaubertrick vollbracht.

Mozart war ausgegangen, um einen Schüler zu unterrichten, wurde jedoch in Kürze zurückerwartet. Er hatte ihr vorgeschlagen, die Abschiedsarie in seiner Wohnung einzustudieren, weil hier sein Klavier stand, ein Pedalklavier – von Anton Walter, dem berühmten Klavierbauer, eigens für ihn angefertigt.

Constanze Mozart hatte große Hände, die sie immerzu ineinander verschränkte, als wollte sie sie auf diese Weise zierlicher aussehen lassen. »Mein Gatte wird Sie sehr vermissen«, sagte sie. »Es ist schwierig, gute Sängerinnen zu finden. Er ist wählerisch. Gewiss, er schreibt für jeden, wie man es von ihm verlangt, doch er würde es vorziehen, für jemanden wie Sie zu schreiben. Sie sind so musikalisch. Es ist sehr freundlich von Ihnen, ihn an Ihrem Konzert teilhaben zu lassen.«

Die Unterhaltung geriet ins Stocken. Anna lächelte dem kleinen Jungen zu, und Constanze erhob sich, um die Stühle zurechtzurücken. Anna bot ihre Hilfe an. Constanze lehnte höflich ab. Sonst schienen sie sich nichts zu sagen zu haben.

Mozart war davon überzeugt, dass Constanze keine Ahnung hatte.

Schließlich hörten sie ihn im Vorraum.

»Ist Mademoiselle Storace schon da?«, rief er. »Ich bin gerade meiner Schwägerin über den Weg gelaufen, sie würde gerne unsere Arie hören. Sie sagt, du hast sie zum Tee eingeladen, Constanze.«

»Schrei nicht durch alle Zimmer, mein Lieber«, sagte Constanze und ging zur Tür.

»Ist sie da?«, brüllte er.

»Ja, sie sitzt hier und hört sich geduldig mein Geschwätz an.«

Mit hochrotem Gesicht kam er ins Zimmer gestürmt und gab seiner Frau und seinem Sohn einen Kuss. Die Haare standen ihm vom Kopf ab, und seine Schuhe waren an den Spitzen nass. Annas Herz zog sich zusammen. »Konntest du deine Hausschuhe nicht finden?«, fragte Constanze stirnrunzelnd und ging hinaus, um sie zu holen und den kleinen Karl seiner Kinderfrau zu übergeben.

Anna erhob sich. Mozart blieb vor ihr stehen. »Sie sind da«, sagte er. Er hielt inne und betrachtete sie. »Darauf habe mich den ganzen Vormittag gefreut.«

»So wie ich«, sagte Aloysia Lange und eilte mit raschelnden Röcken auf Anna zu, um sie zu begrüßen. »Wie schön, Sie wiederzusehen. Wie geht es Ihnen? Wir sind alle unendlich betrübt, dass Sie uns verlassen wollen. Das ist wirklich zu schade. Es stört Sie doch nicht allzu sehr, wenn ich zuhöre? Ich wollte meine Schwester besuchen und würde Sie so gerne singen hören. Wie elegant Sie sind, meine Liebe. Was für ein reizendes Kleid! Fast wie eine Rose. Ach, ich wünschte, ich hätte Ihre Jugend. Meine Familie ist wohlauf, danke der Nachfrage, die Kinder sind gesund, Gott sei's gedankt. Wie hübsch Sie sind. Ist sie nicht hübsch, Schwager? Es muss Monate her sein, dass ich Sie das letzte Mal gesehen habe.

Constanze, sieht Fräulein Storace nicht gut aus? Wie wir sie vermissen werden.«

»Hoffentlich müssen wir sie nicht allzu lange entbehren«, sagte Constanze, die in diesem Augenblick mit Mozarts Hausschuhen zurückkam. Sie half ihm beim Anziehen.

Anna stand da. Er war hier. Ihr Freund. Sie musste sich daran erinnern, Luft zu holen. Ihr übervolles Herz war in ihren Bauch gesunken und lag dort grotesk groß und dumpf. Zu lächeln, eine höfliche Bemerkung zu machen, fiel ihr so schwer, als müsste sie ein bleiernes Gewicht durch einen hohen, reißenden Fluss ziehen. Sie spürte nichts mehr, außer dem Druck des Wassers und einer betäubenden Kälte. Es bereitete ihr Mühe, dem Gespräch zu folgen, und dennoch hob sich jeder Moment kristallklar vom anderen ab. Sie war sich ihrer selbst bewusst, sie war sich jeder Geste Mozarts bewusst. Er stand vor ihr im hellen Tageslicht, neben seiner Frau und seiner Schwägerin. Er war so liebenswert und gut, doch sie konnte nicht zu ihm gehen. Es stand ihr nicht zu. Sie spürte die Schwere, das Wasser, das jetzt ihr Kinn erreicht hatte, und das kalte Winterlicht erinnerte sie daran, wie possenhaft, unbedeutend, unabänderlich alles war.

Sie gingen in Mozarts Musikzimmer. Die beiden Schwestern, die eine hübscher, die andere glücklicher, setzten sich nebeneinander ans ferne Ende des Raums, ihre Röcke stießen aneinander, und sie hielten sich an den Händen.

Anna kümmerte es nicht, ihren Blicken ausgesetzt zu sein. Um der Glückseligkeit willen, wieder mit ihm zusammen zu singen, hätte sie viel größere Unannehmlichkeiten auf sich genommen. Die Arie bereitete ihr Freude, genau so, wie er es beabsichtigt hatte. Ein größeres Geschenk gab es nicht. Nachdem sie geendigt hatte, konnte sie einfach nicht anders, sie wandte sich ihm zu und lachte laut vor Entzücken.

»Sie gefällt Ihnen?«, fragte er erfreut.

»Sie ist göttlich.« Sie ließ sich auf sein Klavier sinken und legte den Kopf auf den Arm, als würden ihr die Sinne schwinden.

Er lächelte. »Machen Sie nichts kaputt.«

»Ich bin sehr behutsam«, murmelte sie.

»Ist sie wohlauf?«, erkundigte sich Constanze. Sie und Aloysia saßen einige Schritte vom Klavier entfernt.

»Ich glaube, mein Schwager hat seine Lieblingssopranistin in Ohnmacht fallen lassen«, sagte Aloysia. »Aber sie wird sich sicher rasch wieder erholen, falls sie nicht zu tief gefallen ist.«

»Ach, du hast uns alle drei schwindelig gemacht, mein Lieber«, sagte Constanze. »Du kennst deine Kräfte nicht.«

Anna richtete sich wieder auf. »O doch«, sagte sie zu Mozart. »Sie kennen sie sehr wohl.«

Er zuckte die Achseln. »Es ist ein richtiges Rondo.«

»Wie versprochen.«

»Für Sie tue ich alles«, sagte er auf Italienisch. Sie warf ihm einen scharfen Blick zu.

»Ich glaube, sie sprechen über uns«, bemerkte Aloysia zu Constanze.

»Sie sprechen über die Musik.«

»Ich wünschte, er würde eine solche Musik für mich schreiben.«

»Das hat er – erinnerst du dich nicht?«

»Keine solche, Schwester«, sagte Aloysia.

»Nun ja, du gibst auch kein Abschiedskonzert.«

»Vielleicht sollte ich das tun.«

»Aber wo würdest du denn hinwollen?«, fragte Constanze verständnislos.

Aloysia schnaubte und betupfte ihre Nase mit einem Taschentuch. »Ach, nirgendwohin. Aber das ist es ja. Mein

Schwager möchte nicht, dass Mademoiselle Storace fortgeht, deshalb schreibt er diese Arie für sie. Er weiß, dass ich niemals irgendwohin gehen werde, deshalb schreibt er für mich nichts.«

»Still. Wir stören sie.«

Anna drehte sich zu den beiden Damen und verneigte sich zierlich. »Verzeihen Sie mir. Herrn Mozarts Spiel hat mich überwältigt.«

»Wie uns alle«, sagte Aloysia. »So war es seit jeher.«

»Die Arie ist wundervoll, Wolfgang«, sagte Constanze.

»Und der Text ist so anrührend«, fügte Aloysia hinzu. »Ich habe nahezu jedes Wort verstanden. Ewige Treue und so fort. Obgleich sie sich trennen, wird sie ihm immer treu bleiben. Dem *amato bene.* Dem Vielgeliebten, Constanze. Verstehst du? Und damit meint sie natürlich uns alle, dass sie alle Wiener liebt. Im Saal wird kein Auge trocken bleiben, wie man so sagt.«

»Meines gewiss nicht«, sagte Anna. »Ich bin froh, wenn ich die Arie zu Ende singen kann, ohne zu weinen.«

»Ach, das schaffen Sie schon«, sagte Aloysia spitz. »Das tun Sie doch immer.«

Anna senkte den Blick.

Mozart lachte verlegen. »Drei meiner Herzensdamen zusammen in einem Zimmer, und alle drei schmeicheln sie mir. Es wird mir zu Kopf steigen.«

»Zu spät«, sagte Aloysia.

»Wäre doch nur meine Schwester hier«, sagte Mozart. »Dann wären Sie zu viert.«

»Was würde sie sagen?«, fragte Anna.

»Sie würde wohl selbst spielen wollen.«

»Nun, in diesem Fall ist es mir lieber, dass sie nicht hier ist.«

Er sah sie freundlich an. »Wenn Sie sie einmal hören könnten, würden Sie Ihre Meinung ändern. Sie spielt besser als ich.«

»Ich kann mir nicht vorstellen, dass jemand besser ist als Sie«, entgegnete Anna.

»Wie naiv«, rief Aloysia. »La, Madame! Sie werden keinen Weg zum Herzen meines Schwagers finden, indem Sie sein Spiel loben. Er wird für sein Spiel gelobt, seit er so alt war wie Karl jetzt.«

»Wie soll ich es dann anstellen?«, fragte Anna leichthin.

»Mit List und Tücke«, entgegnete Aloysia. »So wie meine Schwester.«

»Aloysia«, rief Constanze. »Sei nicht so grob.«

»Ach, teuerste Schwester, du weißt doch, dass ich nur scherze. Es war nicht Tücke, sondern dein liebes, sanftes Wesen, deine Einfalt, deine Anmut. Nehmen Sie sich ein Beispiel daran, Mademoiselle Storace.«

»Das tue ich«, sagte Anna und bedachte die beiden Schwestern mit einem kurzen Lächeln. »Wann immer ich Madame Mozart begegne, wünschte ich, ich könnte mehr wie sie sein.«

»Aber wir können nun einmal nur wir selbst sein«, erwiderte Aloysia. »Das ist die Tragödie unseres Lebens.« Sie blickte ihre Schwester an und betupfte sich erneut die Nase.

Den Rest der Probe verfolgten die beiden Damen höchst aufmerksam und ernst. Wenn Anna und Mozart die Arie das nächste Mal probten, würde das Orchester dabei sein.

Sie würden sie nicht mit ihm allein lassen. Nie mehr würde sie mit ihm allein sein.

Ungeachtet ihrer wachsamen Blicke beharrten die beiden Damen darauf, dass Anna und Mozart so proben sollten, als würde ihnen niemand dabei zusehen. Nach dem ersten Schwall an Komplimenten saßen sie stumm und unbewegt da

wie Topiari-Figuren, in menschliche Form geschnittene Büsche, lediglich ihre Körper wiegten sich sachte hin und her, und ihre Spitzen und Bänder erzitterten sanft in der Luft.

Dennoch vermochten Anna und Mozart, ein vertrauliches Gespräch zu führen – hier und da ein paar leise Worte auf Italienisch, eine Sprache, die keine der Schwestern verstand, während sie über ihre Musik sprachen. Es fielen keine Worte von größerer Bedeutung, aber sie gehörten allein ihnen.

»Ich würde sagen, hier ein wenig langsamer.«

»An dieser Stelle sah ich Sie als Soldat vor mir, als Revolutionär.«

»Mann oder Frau?«

»Mann. Aber nur die paar Takte, und Sie dürfen es nicht dem Kaiser verraten.«

»Ich heiße den Tod willkommen.«

»Ja – ein Held.«

»Und hier, an dieser Stelle, muss ein deutlicher Wechsel erfolgen.«

»Das ist Liebe.«

Immer wieder trafen sich ihre Blicke, während ihre stummen Wächterinnen sie leise bebend beobachteten.

»Sehen Sie? Hier schwinden uns die Sinne und hier noch einmal.«

»O ja … O ja …«

»Aus dieser Klimax können wir mehr machen, Mademoiselle.«

»Woher rührt nur die Kraft in Ihrer linken Hand?«

»Übung.«

»Noch einmal, noch einmal.«

»Sehen Sie hier, das liegt über dem Orchester.«

»Diese Stelle gefällt mir besonders gut«, sagte sie. »Wo uns die Sinne schwinden.«

Er lachte. »Die Worte lassen Sie erröten.«

»Daran sehen Sie, dass es die Wahrheit ist.«

»Könnte ich jemals etwas Geringeres für Sie schreiben?«

»Still, mein Herz.«

»Die Welt soll es ruhig hören. Könnte ich etwas Geringeres für Sie schreiben, Anna?«

»Nennen Sie mich nicht beim Vornamen. Die Welt darf Sie ihn nicht sagen hören.«

»Und doch nennen Sie mich Ihr Herz.«

»Nein, das war die Musik.« Sie schüttelte den Kopf. »Lassen Sie mich diesen Teil noch einmal singen. Den Teil, wo mir die Sinne schwinden und Sie mich davontragen.«

»Er muss schöner sein. Ich werde um Sie herum improvisieren.«

»Lieber in mir.«

»Wie soll ich das anstellen?«, murmelte er.

Sie lachte, erinnerte sich an seine Berührungen, die sie nun nie mehr spüren würde. Er sagte: »Singen Sie – singen Sie, und ich werde Sie finden.«

Als Anna sich verabschiedete, fasste Constanze sie bei den Händen und sagte: »Sie sind so liebenswürdig, Mademoiselle, und so gut zu uns. Ich habe mich bemüht, ganz still zu sein. Das Konzert wird Ihnen und meinem Gemahl viel Ruhm einbringen.«

Festgehalten von Constanze Mozarts Blick, von ihren kräftigen, breiten Händen, verschlug es Anna beinahe die Sprache. Da war es wieder, das Gewöhnliche, die Wahrheit, das bleischwere Gewicht in ihrem Bauch, der reißende Fluss.

»Wir werden uns wiedersehen«, sagte Constanze. »Seien Sie nicht traurig. Es gibt keinen Grund, traurig zu sein.«

Lord Barnard öffnete ihr die Tür im Morgenrock, die feinen weizenblonden Haare fielen ihm offen auf die Schultern. Es war vier Uhr am Nachmittag. »Meine liebe Miss Storace«, rief er aus, »Sie ertappen mich *dishabillé.*«

»Habe ich Sie geweckt?«, fragte Anna. Sie brachte kein Lächeln zustande. Nach dem Besuch bei den Mozarts war sie schon fast wieder zu Hause gewesen, als sie es sich anders überlegt und den Kutscher angewiesen hatte, sie hierher zu fahren. Sie raffte ihre Röcke und betrat den kleinen Salon, der spärlich möbliert und unbeheizt war, ein Zeichen dafür, dass er sich selten hier aufhielt. Durch die offene Tür konnte sie sein zerwühltes Bett sehen. In die Straße, in der er wohnte, fiel wenig Sonne, und das Zimmer lag nach Norden. Es war bereits dunkel. Er hatte keine Kerzen angezündet. In der Luft hing ein abgestandener, säuerlicher Geruch.

Gähnend ließ er sich auf einen Stuhl fallen. Anna legte Hut und Handschuhe zu ihrem Mantel.

»Ich habe bis zum Morgengrauen getanzt«, sagte Barnard. »Und noch länger.« Er hob einen Fuß. »Sehen Sie die Blasen? Die Strafe des Himmels. Ich musste meine Schuhe ausziehen und in Strümpfen weitertanzen. Es heißt, eine Gruppe von Engländern habe sämtliche Laternen im Graben zerbrochen, aber damit hatte ich nichts zu tun, ich bin ja nicht einmal Engländer. Ich habe nur die ganze Zeit getanzt.« Er legte den Kopf zurück und schloss die Augen.

Anna stand schweigend in der Mitte des Zimmers, während es immer dunkler wurde.

Schließlich drehte sie sich um, als wollte sie gehen. Er öffnete die Augen und stieß einen langen Seufzer aus, und im nächsten Moment war er aufgesprungen und schloss sie in die Arme. Ein großer Mann. Wenn sie ihre Wange an seine Brust legte, hörte sie sein Herz schlagen.

»Meine kleine Taube«, sagte er träge. John Fisher hatte sie immer so genannt. Seine Finger strichen über ihren Nacken. »Welchem Umstand verdanke ich diese Ehre?«

Sie lehnte sich gegen ihn. Er hielt sie mühelos. Der Geruch war verflogen. »Einsamkeit«, sagte sie schließlich. Sie versuchte zu lachen. Aber sie war zu traurig.

»Süße Miss Storace«, sagte er. »Von allen Damen sollten gerade Sie niemals einsam sein.«

»Ich habe nur eine Stunde.«

»Ein umso größeres Vergnügen ist es mir.«

Der große Gleichmacher

Während Annas letzter Woche in Wien wich Lord Barnard, Henry, der zukünftige Earl of Darlington, nicht von ihrer Seite. Er schien sie als eine Art Trophäe zu betrachten, die ihm und seiner Reputation als Schwerenöter zur Ehre gereichte. Anna, die schon seit Wochen vor Verzweiflung den Verstand zu verlieren glaubte, betrachtete die Affäre als ihren endgültigen Niedergang, dennoch ließ sie sich davon durch die Tage und Nächte bringen. Sich Barnard anheimzugeben – seinem Trinken, seiner Lust – hieß, nicht mehr gegen die Wahrheit aufzubegehren. Sie warf die Last der Sehnsucht und Einsamkeit ab und ließ sich willenlos dahintreiben. Offenkundig war das ihr Schicksal, und sie lebte eben das Leben, das man ihr schon immer unterstellt hatte. Das Leben eines losen Frauenzimmers, ein ihrem Reichtum und ihrer Profession entsprechendes Leben. Wenn sie schon nicht glücklich sein konnte, dann konnte sie wenigstens Trost suchen, gleich in welcher Form und in welcher Person er sich ihr bot. Wien hatte sein Vergnügen an ihr gehabt, da konnte sie in dieser letzten Woche gut ihr Vergnügen an Wien haben.

Nur einmal sah sie Mozart, und zwar bei der Kostümprobe für ihr gemeinsames Konzert. Sie waren von Leuten umgeben. Stephen unterhielt sich eine ganze Weile mit Mozart

über die Attraktionen Londons. Bei Todesstrafe hatte sie Stephen verboten, auch nur ein Wort über Lord Barnard fallen zu lassen.

Jede Minute wollte sie wach bleiben und mit allen Sinnen aufnehmen. Doch das war selbstverständlich nicht möglich. Die meiste Zeit, die sie mit Barnard verbrachte, schlief sie, tief und fest und auch traumlos wie nie, und das war ein Trost. Dieses Wort wiederholte sie beständig in ihrem Kopf – Trost. Alles andere verlor an Bedeutung.

Einige Abende vor ihrer Abreise besuchten Anna, Barnard, Stephen und Lidia einen Maskenball, die Redoute. Bis in den Morgen tanzte sie und hatte kaum einmal Zeit, Luft zu schöpfen oder einen Schluck von dem klaren, perlenden Apfelwein zu nehmen, der um die Tanzfläche herum in silbernen Bowleschüsseln angeboten wurde. Der Saal war erfüllt von goldenem Kerzenschein, vom Rascheln der Röcke und Schleifen der Füße, von sanft lächelnden Gesichtern. Die Hitze der Leiber an diesem Februarabend trug bei zur heiteren, ausgelassenen Stimmung des Festes. Nichts liebten die Wiener mehr als das Tanzen. Es war schön, sich mit spontanen und geordneten Schritten zu bewegen, anmutig von Hand zu Hand gereicht zu werden, nicht an die Zukunft und nicht an die Vergangenheit zu denken. Annas Karnevalsmaske konnte weder ihren Akzent noch ihr Lächeln verbergen, aber ihre Tanzpartner zeigten sich höflicherweise nicht von ihrem Ruhm beeindruckt – abgesehen davon vielleicht, dass sie ein Wort des Bedauerns murmelten, wenn Anna sie nach dem Tanz stehen ließ.

Ihre Gliedmaßen fühlten sich frei und locker an vom Tanzen. Unentwegt spielten die Streicher auf der Galerie, und da diese nicht ermüdeten, ermüdeten auch Annas Füße nicht. Ihr Bruder stand mit ein paar Landsleuten, die sich seit ei-

ner Woche in der Stadt aufhielten, in einer Ecke. Der Wein war ihm zu Kopf gestiegen. Lidia tanzte nicht, sie fand sich zu groß und unbeholfen und blieb im Nebenzimmer, wo sie mit einigen älteren Herren und Matronen Whist spielte. Annas Füße hüpften und drehten sich wie von selbst, und obgleich sie kaum vom Apfelwein getrunken hatte, verspürte sie keinen Durst. Als sie von Hand zu Hand schritt, konnte sie nicht an Mozart denken, nicht einmal an Barnard, selbst wenn sie wie jetzt mit ihm tanzte. Hinter seiner roten Maske mit dem großen Schnabel war Barnard nicht zu erkennen und daher leichter zu ertragen. Plötzlich drängte sich ein betrunkener Offizier in ihre Gruppe, sagte, Anna hätte ihm diesen Tanz versprochen, nur konnte sich diese keineswegs an ein solches Versprechen erinnern. Plötzlich griff er nach ihr, um sie in die Arme zu nehmen. In ihrem Schreck geriet sie mit den Füßen aus dem Takt, und sie strauchelte.

Anna wachte wie aus einem Traum auf. Sie hatte Durst und war müde. Ihre Maske hatte sich verschoben. Und sie wusste im tiefsten Inneren, wenn sie Wien verließ, würde sie ihren teuersten Freund verlieren.

Für den betrunkenen Stephen sah es aus der Ferne so aus, als wäre seine Schwester von dem Offizier gestoßen worden. Mit einem Aufschrei drängte er sich durch den Ballsaal und fing an, auf den Offizier einzuprügeln. Dessen Nase begann zu bluten. Es kam zu einem Tumult. Der Offizier war ein angesehener Mann mit untadeligem Ruf, und alle bezeugten, dass er die Dame nicht gestoßen habe. Es dauerte nicht lange, und man hatte Stephen überwältigt, und es gab Order, ihn ins Gefängnis zu schaffen.

»Er darf nicht ins Gefängnis«, protestierte Anna. »Wir reisen in zwei Tagen ab.«

Aber vergeblich. Stephen warf seiner Schwester einen Kuss

zu und wurde, im festen Griff der Wachen laut *Rule Britannia* grölend, hinausgeschleift. Der Offizier, ein Taschentuch gegen die Nase gepresst, zog sich ins Nebenzimmer mit den Whist-Tischen zurück, während Lidia ihm von der Tür her einen finsteren Blick zuwarf. Nach einem Moment des Zögerns wandten sich die Tänzer wieder ihren Vergnügungen zu.

Barnard wollte partout nicht gehen, aber Anna überredete ihn, sie und Lidia mit seiner Kutsche zum Gefängnis zu fahren. Lidia wollte mit ihnen nach London kommen und hatte mit Stephen Englisch geübt, und so war sie angesichts seines Arrests verzweifelt. Immerzu sagte sie, wenn sie bei Anna gewesen wäre, dann hätte sie ihn aufhalten können.

Der Tag brach an. Nebel trübte das Licht der Straßenlaternen, und die Nachtschwärze war einem violetten Blau gewichen. Links von ihnen murmelte leise die Donau, und von irgendwoher hörte man den ersten Vogel singen. Die feuchte Luft war beinahe warm. Der Frühling kam, Frühling in Wien. Letztes Jahr hatte sie zu der Zeit Mozarts *Figaro* gesungen; dieses Jahr würde sie sich in Paris aufhalten. Die Luft war still. Selbst die Leute, die ihr Tagwerk begannen, schienen in sich gekehrt zu sein, ihre Schritte vorsichtiger als bei hellem Tageslicht.

Lidia sprang als Erste aus der Kutsche und eilte sofort in das Gefängnis. Als Anna ausstieg, rutschte sie auf den nassen Kieseln aus, und Barnard musste sie am Ellbogen stützen. Die Schlüpfrigkeit der Steine und der Schreck, der ihr in die Glieder gefahren war, ließen sie schlagartig nüchtern werden. Reglos stand sie da.

»Kommen Sie?«, fragte Barnard leicht gereizt. »Geht es Ihnen gut?«

Blinzelnd und ohne den Kopf zu drehen, richtete sie ihre

Augen auf den Fluss. Man konnte zusehen, so rasch ging die Sonne auf. Gerade eben noch war es Nacht gewesen, und jetzt war es beinahe Tag. Ja, tatsächlich, es war beinahe Tag. Hier stand sie mit ihrem Begleiter vor einem Gefängnis. Die Pferde schnaubten, und ihr Geschirr klirrte leise. Noch war die Luft feucht. Der Frühling kam nach Wien. Es war schon heller. Unaufhaltsam rückte näher, was sie all die Tage und Nächte mit Barnard und den anderen zu leugnen versucht hatte. Sie hatte gedacht, sie hätte sich der Wahrheit unterworfen, aber sie hatte sich nur immer weiter vor ihr zurückgezogen. Warum sie sonst zu dieser Morgenstunde nicht außer Haus war, hatte einen Grund. Erbarmungsloses, rasch heller werdendes Licht, das die Welt wie seit Anbeginn der Zeiten verwandelte. Reglos sah sie zur Seite, spürte ihren schnellen, flachen Atem, die Hand an ihrem Ellbogen.

»Zwei Tage, Henry«, sagte sie. »Ich habe zwei Tage.«

»Aber nein, Sie irren sich, Sie haben noch sehr viel mehr Tage als zwei, meine Liebe. Aber wenn Sie nicht hineingehen möchten …«

Sie schüttelte den Kopf. »Doch, doch.«

Sie entdeckten Stephen auf einer Pritsche in einer Zelle. Lidia war schon da und redete leise mit ihm. Er hielt durch die Gitterstäbe ihre Hand. Offenbar mochten sie einander. Während Annas Krankheit hatten sie sich gemeinsam um sie gekümmert und sich beraten, und gelegentlich unternahmen sie einen Spaziergang zusammen. Eines Nachmittags war Anna ahnungslos in den Salon gekommen, wo die beiden miteinander musizierten, und hatte sich rasch wieder zurückgezogen, bevor sie sie bemerkten.

Stephen entsprach in seinem ramponierten festlichen Rock der Karikatur des verlotterten jungen Edelmanns, auch wenn er nichts dergleichen war. Er schien geschlafen zu haben.

Barnard stand abseits und hielt sich ein Taschentuch vor die Nase. Anna kniete sich neben Lidia.

»Du solltest im Bett sein«, sagte Stephen auf Italienisch. »Meine liebe Lidia, wie hat deine Herrin dich nur an einen solchen Ort bringen können?«

»Ich wäre allein gekommen, aber sie wollte nichts davon hören.«

»Allein!« Er stützte die Stirn in die Hand. »Ihr solltet beide nicht hier sein. Das ist kein Ort für euch.«

»Lord Barnard beschützt uns«, sagte Anna.

Er warf Barnard einen Blick zu und wechselte ins Englische: »Wenn ich einen Fetzen Papier hier hätte, dann könnte ich meine Zellengenossen zeichnen. Seht ihr den Mann dort, der sich auf seinem zusammengerollten Umhang gegen die taubengraue Wand lehnt? Das gäbe ein gutes Bild ab. Erinnerst du dich, wie ich früher immer mit einem Stock Kreise auf den Boden gezogen habe?« Er ließ Lidias Hand los. »Lasst es mich versuchen. Barnard, kommen Sie, und sehen Sie sich das an. Ist es nicht ein vollkommener Kreis?«

»In der Tat, mein Guter, der beste Kreis, den ich jemals in den Dreck eines Gefängnisbodens gezeichnet gesehen habe.«

»Dieser Dreck, das ist das Leben. Ich habe immer gesagt, dass ich eine Wiener Gefängniszelle von innen sehen möchte, bevor ich sterbe. Und wenn ich es nicht gesagt habe, dann hätte ich es tun sollen. Nun, vielleicht wollten sie mir ja einen würdigen Abschied bereiten. Oder aber sie versuchen im Gegenteil, mich damit hierzuhalten. Nun, daraus wird wohl nichts – ich werde nicht wanken in meinem Entschluss.«

Sein Blick fiel auf Anna, und sogleich veränderte sich sein Gesichtsausdruck und er beugte sich vor. »Bist du wohlauf, Schwester? Du siehst aus, als wärest du erneut deiner Stimme verlustig gegangen. Aber das ist nicht wahr, oder? Du bist

doch nicht etwa krank? Das Konzert am Freitag muss stattfinden – mit etwas Glück wird es uns mehrere Tausend Florin einbringen. Vermutlich werde ich es nicht versäumen, in ein, zwei Tagen wollen sie mich nämlich entlassen.«

Anna lächelte. »Du dummer Kerl, einen Offizier zu schlagen.«

»Gott«, stöhnte er auf, »dieser Hund. Mit seinen gewichsten Stiefeln.« Er lehnte den Kopf gegen die Mauer. »Ich dachte, er hätte dir wehgetan. Den Gedanken, dass dich einer verletzen könnte, ertrage ich nicht, Anna.«

»Das war sehr schneidig«, sagte sie. »Geradezu tapfer. Stimmt es nicht, Lidia?«

»Nein«, sagte Lidia auf Italienisch und sah Stephen ernst an. »Er war töricht.«

Er zuckte die Achseln. »Nun, jedenfalls bin ich jetzt hier gelandet«, erwiderte er auf Italienisch, »um über den Dreck zu sinnieren.«

»Was haben Sie entdeckt?«, fragte Lidia.

Er lachte und rieb sich die Augen. »Schlimm ist es eigentlich nicht. Der Unterschied zwischen uns, die wir in Ketten liegen, und euch vor den Gitterstäben ist nicht so groß. Ich bin ein Mensch wie ihr, nicht wahr? Mit demselben Herzen, derselben Lunge. Und doch sind da diese grauenvollen Gitterstäbe, die mich von dir, von der ganzen Welt scheiden. Denn die Gitterstäbe sind letztlich immer da, nicht wahr? Das ist nur eine Frage des Bewusstseins.« Er fuhr mit den Fingern daran entlang. »Die Musik bringt sie allerdings zum Verschwinden, Musik ist der große Gleichmacher, genau wie der Tod.« Er warf seiner Schwester einen Blick zu und sagte auf Englisch. »Bitte, sorge dafür, dass ich hier bald herauskomme. Merkwürdig, wie schnell man das Gefühl hat, verrückt zu werden.«

»Das liegt am Wein«, sagte sie beruhigend. »Und geschlafen hast du auch nicht.«

»Und du«, sagte er zu Lidia auf Italienisch, »du nennst mich töricht. Dabei hättest du den Hund auch geschlagen.«

Lidia hob ihr Kinn. »Ja.«

»Seine Nase zum Bluten gebracht.«

»Gewiss.«

Er lachte. »Gut. Nun will ich schlafen. Auf Wiedersehen, Schwester. Auf Wiedersehen, Barnard.«

»Ihr Bruder braucht eine Gattin und eine Profession«, sagte Barnard, als sie gingen. »Sie sind doch alles, was er hat, und das ist wahrhaftig nicht gut.«

Anna sah weg. »Er ist auch alles, was ich habe.« Sie wollte nicht hier sein, mit diesem fremden Mann an ihrer Seite.

»Nein«, sagte Barnard und gab ihr einen vorsichtigen Kuss. »Das stimmt nicht. Sie haben alles, was Sie sich nur wünschen können.«

»Ist dir mein Bruder lieb, Lidia?«, fragte Anna später, als sie allein waren.

Einen Moment lang schwieg Lidia. »Gewiss. Er ist so, wie ein Mann sein sollte.«

Anna lachte. »Ich dachte immer, deine Liebe gelte mir.«

Lidia lächelte ruhig und legte den Arm um Annas Schultern. Ihr Gesicht war glatt und leuchtete warm wie poliertes Holz. »Das tut sie auch. Sie sind beide, wie Sie sein sollten.«

Amato Bene

Am Tag von Annas Wohltätigkeitskonzert und ihrem Abschied von Wien rüstete sich die Stadt wie zu einer bedeutenden öffentlichen Feier – so als fände eine Fürstenhochzeit, eine Inthronisierung, ein Staatsbegräbnis statt –, und das allein für sie. Egal wie viel Geld man bot oder welche Begünstigungen man versprach, man bekam kein Billett mehr. Jetzt, wo sie ging, wurde sie mehr geliebt denn je. Die Aufmerksamkeit und Dankbarkeit sämtlicher Einwohner der Stadt richteten sich auf sie.

Stephen war gerade rechtzeitig zu ihrem Abschiedskonzert aus dem Gefängnis entlassen worden, und nach einem dringend nötigen Bad schlief er die erlittenen Qualen weg. Anna hatte Barnard mitgeteilt, dass sie ihn nicht vor dem Abend sehen wolle. Danach konnte sie ihm nicht mehr aus dem Weg gehen, da sie gemeinsam reisten. Sein Aufenthalt auf dem europäischen Kontinent neigte sich seinem Ende zu, und er wurde nach England zurückbeordert. Ohne Barnard zu reisen wäre unsinnig gewesen, so wenig ihr das auch passen mochte. Alles war geplant. Auch Michael würde sie begleiten, weil er seine Familie in Irland besuchen wollte. Aber eigentlich verschwendete Anna keinen Gedanken an Barnard oder Michael, sie dachte nur an das Konzert. Sie würde ihre

populärsten Lieder singen, ein paar Duette und die Arie mit Mozart am Klavier. Es würde eine Rückschau auf alles sein, was sie für Wien bedeutet hatte.

Als die Zeit für ihren Auftritt gekommen war, drohten auf einmal ihre Beine unter ihr nachzugeben, und ihre Hände zitterten. Sie strich über ihre Röcke, versuchte aber nicht, das Zittern zu unterdrücken. Einer solchen Furcht konnte man nur begegnen, indem man den Widerstand dagegen aufgab, die Unsicherheit zuließ und all die Schrecken und Katastrophen, die die Einbildungskraft heimsuchten. Indem man seinen Schutzschild sinken ließ, sich den Ängsten stellte, nicht vor ihnen weglief. Dann kehrte die Kraft in ihre Beine zurück, und ihre Lunge weitete sich und füllte sich mit der Luft, die alles Leben und allen Klang ermöglichte, und ihre sich überstürzenden Gedanken beruhigten sich.

Das Konzert war gut. Nein, es war überragend. Schließlich kam die letzte Arie, Mozarts Arie, ihrer beider Abschied.

Sie verließ die Bühne und fand ihn wartend in der Seitenkulisse. Er trug seinen roten Rock. Der Kragen reichte ihm bis an die Wangen. Licht von der Bühne fiel auf sein Gesicht. Sie umarmte ihn.

»Da sind Sie ja«, sagte er leise. »Sind Sie bereit?«

Das Orchester stimmte sich ein. Am Rand der Bühne inmitten der anderen Musiker stand Mozarts Klavier, der Deckel geöffnet. Er würde sie von der Klavierbank aus dirigieren.

»Ganz und gar nicht«, sagte sie. Sie lächelte tapfer. »Wenn wir erst einmal begonnen haben, ist es vorbei.«

Er streichelte ihre Schulter. »Wenn wir nicht beginnen, haben wir nichts, dessen wir uns erinnern können.«

»Und wenn ich mich überhaupt nicht erinnern will?«

Er schloss sie in die Arme und legte seine Lippen an ihr Ohr. »Dann werden Sie eine Fremde für mich sein.«

»Es wird zu schnell vorübergehen«, flüsterte sie.

»Nein, Anna. Es wird so lange dauern, wie wir wollen.«

»Mein Wunsch ist zu groß, bis er sich erfüllt, sind wir tot.«

»Wir können nicht sterben. Es wird nicht zu Ende gehen.«

Das Orchester war bereit. Man hörte die Musiker sich räuspern. Das Publikum wartete und fing an zu tuscheln.

In der Seitenkulisse des Burgtheaters hielten sich Mozart und Anna an den Händen. »Jetzt«, flüsterte er. »Jetzt fangen wir an.«

Non temer, amato bene; per te sempre il cor sará. »Sorge nicht, o Vielgeliebter, dies Herz ist auf ewig dein.« Sie hätte am liebsten gelacht, als sie es sang, denn es war genau wie das Letzte, was er für sie geschrieben hatte, keine Arie – es war ein Duett, ein Konzert, ein geheimes Rendezvous für sie beide. Er hatte es für Sopran und obligates Klavier geschrieben, und der Klavierpart ging eine derart innige Verbindung mit ihrer Stimme ein, dass er beinahe ihre Stimme zu sein schien, als perlte sie aus seinen Fingern in die Luft, silbrig und leicht, und löste sich in den sanften Windungen seines Ohrs wieder auf. Sie neckten einander und feierten einander. Sie verspannen ihre Hoffnungen zu einer goldenen Kugel, die sie sich gegenseitig zuwarfen. Die Klaviertöne kitzelten ihren Nacken und umschmeichelten ihre Zehen. Die Stimme, die er für sie geschrieben hatte, verwandelte sich in ein Bett für ihn, so weich wie frisches Moos, und auch der Bach gehörte ihnen und die leuchtenden, heiteren Butterblumen und die von Bienen und einem zarten Duft erfüllte Luft. Dies war ein Spiel. Dies war das Spiel ihres Lebens, für alle Zeiten. Als es vorbei war, und bevor nach einer schier endlosen Stille der Beifall einsetzte, hörte sie ihn flüstern: »Brava.«

Es blieb ihnen keine Zeit, sich zu sammeln. Sie mussten zu dem Empfang in den großen Spiegelsaal gehen, wo Gönner und Kollegen und Würdenträger warteten; sie mussten lächeln und für jeden ein freundliches Wort haben, so als wäre dies ein ganz gewöhnlicher Abend. In ein oder zwei Stunden würde Anna Wien jedoch verlassen. Alles war gepackt und bereit. Sie würden die Nacht über fahren und am Morgen Salzburg erreichen.

Benucci küsste sie und versprach, sie in London zu besuchen. Er hatte schon immer einmal nach London gewollt. Auch Da Ponte versprach ihr, sie zu besuchen. Aloysia Lange umarmte Anna und sagte, es sei ein sehr hübsches Konzert gewesen und sie seien alle sehr traurig, sie ziehen lassen zu müssen. Constanze sagte nichts. Dorotea und Luisa brachen in Tränen aus. Mandini küsste sie mit ernster Miene fünf Mal auf die Wangen, packte sie fest an den Schultern und sagte, dass sie ihre Freunde nicht vergessen dürfe.

Graf und Gräfin Thun hatten Geschenke für sie, Gold und Edelsteine. Der Kaiser verströmte gutmütigen Groll, als er ihr eine Schachtel Schokolade und mehrere hundert Florin überreichte. Er hatte tiefe Augenringe, und sein Atem war schlecht. Zu Beginn der Woche hatte er Anna einen Brief gegeben, den sie seiner Schwester Marie Antoinette überbringen sollte, deren Land am Rand des Bankrotts schwebte.

Anna war die ganze Zeit von Leuten umringt, die ihr alles Gute wünschen wollten, und sie musste immerzu Plattitüden von sich geben und ihr müdes Gesicht zu einem anmutigen Lächeln der Dankbarkeit verziehen, sodass sie es keinen Moment entspannen konnte. Kurzum: Sie fühlte sich, als stünde sie unter wohlmeinender Belagerung. Mozart seinerseits unterhielt sich mit anderen, als wäre sie gar nicht da. Sie konnte

nicht zu ihm, genauso wenig wie er zu ihr. Quer durch den Saal fing sie seinen Blick auf, und er lächelte und legte die Finger an die Lippen. Genau in diesem Moment baute sich Lord Barnard vor ihr auf. »Die Kutschen stehen bereit«, sagte er. »Wenn wir nicht gleich aufbrechen, werden wir es nicht schaffen.«

Mozart und seine Frau standen bei Michael und Annas Bruder. »Ist es an der Zeit?«, fragte Stephen.

Ihr Hals war wie zugeschnürt. Es geschah alles viel zu schnell. »Lord Barnard sagt, ja.«

»Nun«, sagte Stephen. »Dann müssen wir uns wohl der furchtbaren Wahrheit stellen.«

Mozart lachte auf. Die Spiegel reflektierten funkelnd das Kerzenlicht.

»Es war sehr bewegend«, sagte Constanze. »Wirklich, ich glaube, allen standen Tränen in den Augen. Das Rondo-Thema, Wolfgang, es war so melodiös, es geht mir gar nicht mehr aus dem Sinn und …«

»*Alme Belle*«, sagte er. Er sah Anna an und übersetzte den Text für seine Frau ins Deutsche. »Freundliche Seelen, die ihr mein Leiden in diesem Augenblick erkennt, sagt, ob ein treues Herz solche Qualen ertragen kann?«

»Das bedeutet der Text?«, fragte Constanze. »Aber die Melodie war doch so hübsch, so leicht, so hoffnungsvoll!«

»Dann habe ich erreicht, was ich wollte«, sagte er, bedachte sie mit einem Lächeln und blickte wieder zu Anna. »Denn das ist die Qual der Liebe – sie ist so leicht, so hoffnungsvoll, und doch muss sie gehen.«

»Aber Sie kommen doch zurück, nicht wahr?«, fragte Constanze und blickte Anna und Stephen freundlich an. »Sonst kommen wir zu Ihnen.«

»Aber ja«, sagte Stephen heiter. »Besuchen Sie uns doch bitte in London.«

Auf diese Weise konnten sie sich nicht verabschieden. Auf keinen Fall. Mozart hatte Tränen in den flehenden Augen, und sie wusste, dass er versuchte, sich ihr Gesicht einzuprägen. Ihre Stimme, ihre Berührung, ihr Lächeln. So wie sie es auch versuchte.

Am Morgen des 23. Februar 1787 um halb drei bestieg Anna Storace die vierspännige mit Pelz und Samt ausgepolsterte Kutsche und nahm Abschied von Wien.

Briefe

Brief von Joseph II. an Anna Storace, August 1788

Sehr verehrte Madame Storace!
Wie Sie vielleicht gehört haben, befinden wir uns im Krieg mit der Türkei. Daher habe ich meine Operntruppe aufgelöst. Wie ich Ihnen bereits mitteilte, Madame, gibt es daher hier kein Engagement mehr für Sie,
Seine Majestät etc.
Joseph Hapsburg

Brief von Francesco Benucci an Anna Storace (Ausschnitt), Oktober 1789

Ja, die Buffo-Truppe wurde wieder zusammengetrommelt und unser Figaro zu neuem Leben erweckt. Da Pontes Mätresse singt Ihre Susanna. Schlampig und ohne jeden Kunstsinn. Mozart musste Ihre Arien neu schreiben. Jetzt sind sie Bravourstückchen. Für mich ist es, als machte ich Liebe mit einem nassen Sack. Und Stephen heiratet Ihr Dienstmädchen? Ich mochte sie immer, auch wenn sie keine gute Meinung von mir hatte. Richten Sie bitte meine Glückwünsche aus.
FB

Brief von Robert May O'Reilly, dem Londoner Impresario, an Anna Storace, November 1790

Madam!
Nachdem mir Ihr Bruder zur Kenntnis brachte, dass Mozart den Wunsch hat, eine Reise nach England zu unternehmen, habe ich ihm den Vorschlag unterbreitet, für die großzügige Gage von dreihundert Pfund zwei Opern für die kommende Saison in London zu schreiben. Ich bedaure, Ihnen mitteilen zu müssen, dass er abgelehnt hat. Seine Frau sei krank, teilte er mir mit. Wir erwägen, im nächsten Jahr noch einmal an ihn heranzutreten.
Robert O'Reilly

Brief der Gräfin Thun und Hohenstein an Anna Storace, Dezember 1791

Meine liebe Freundin,
Sicherlich haben Sie die schlimmen Nachrichten bereits erhalten. Wir alle sind zutiefst bestürzt. Als ich es erfuhr, wollte ich es erst nicht glauben. »Das kann nicht sein«, sagte ich. »Es kann nicht sein, dass ich lebe, ich, die ich von keinem Nutzen für die Welt bin, und Wolfgang Mozart ist tot.« Es ist finster hier, wir sehen keine Sonne mehr, es regnet und schneit, und wir alle wüten gegen den Himmel,und es nützt doch nichts. Die Krankheit warf ihn im November darnieder, aber dass es so weit kommen würde, hätte ich nicht gedacht. Welch ein Verlust, liebe Anna!
Jetzt weinen Sie, und das ist allein meine Schuld. Ich sollte meinen Schmerz meinem Tagebuch anvertrauen, nicht Ihnen, die ihn von uns allen am meisten geliebt hat. Das weiß ich. Ich sagte nichts, aber ich wusste es. Ich kann Sie

nicht trösten. Diese Welt birgt nichts Gutes mehr für mich. Wärmen Sie sich an Ihren Erinnerungen. Singen Sie für ihn, wenn Sie können. Es heißt, er habe gewusst, dass er sterben müsse.
Nun bricht die Sonne am Ende des Tages doch noch hervor und fällt auf meine trostlosen Worte. Am liebsten würde ich dies Blatt zerreißen. Ich bin wie von Sinnen. Ist das tatsächlich meine Hand? Er war von Freunden und seiner kleinen Familie umgeben. Der süße kleine Junge! Ich mag gar nicht daran denken. Warum schreibe ich, wenn ich damit nur Schmerz bereite? Verhasste Sonne – du kommst zu spät –, du bist kalt, verspottest uns, und dann gehst du wieder. Der Schnee häuft sich auf den Straßen.
Eines Tages werden wir in unserem Haus wieder Konzerte geben wie früher. Dann werde ich seine Musik hören und Trost darin finden. Selbst jetzt muss ich an Sie beide denken, welche Freude Sie aneinander fanden. Dann erwachen meine ermatteten Lebensgeister wieder. Möge es Ihnen nicht anders ergehen.
In schwesterlicher Liebe und tiefer Verzweiflung
Maria Wilhelmine Gräfin von Thun und Hohenstein

Epilog

Gegen Ende einer vierjährigen Konzertreise, die sie über den ganzen Kontinent geführt hatte, erreichten der vielversprechende junge englische Tenor John Braham und seine Gefährtin, die Sopranistin Anna Storace, im Juni 1801 Wien. Er hatte sie kennengelernt, als ihr mittlerweile verstorbener Bruder ihn als *primo uomo* für das Drury Lane Theater angeworben hatte, wo Anna sang. Er und Anna hatten bei demselben Lehrer Unterricht gehabt. Sie lebte getrennt von ihrem Mann, der ebenfalls John hieß. Manchmal lachten sie über dieses Zusammentreffen. Braham stand zwar erst am Beginn seiner Laufbahn, und Anna war zehn Jahre älter als er, aber das kümmerte sie nicht.

Sie hatten diese Reise kurz nach dem plötzlichen Tod ihres Bruders im Jahr 1796 angetreten. Anna hatte all die Orte aufsuchen wollen, an denen sie in ihren glücklichen, erfolgreichen Jugendjahren gesungen hatte, damals war sie sogar noch jünger als Braham gewesen. Die Reise würde viele Erinnerungen in ihr wachrufen, sagte sie, und seine Laufbahn befördern. Sie gingen nach Paris und sangen für Hamilton und Napoleon. Viele Monate verbrachten sie in Neapel und Venedig und in jeder anderen großen Stadt unter der Sonne. Dann schließlich erreichten sie Wien.

Es hat sich nicht verändert, sagte sie. Das hatte sie von so gut wie jedem Ort, den sie besuchten, gesagt. Ihre Hand lag starr auf seinem Arm. Braham streichelte sie und sah ihr besorgt ins Gesicht. Wenn sie von nun an über die Vergangenheit sprach, wüsste er, wo sich das Erzählte ereignet hatte, und er könnte sie auf ihren Reisen durch die Erinnerung begleiten. Beinahe vermeinte er die Vergangenheit über ihre Züge streichen zu sehen, als sie jetzt in diesem Wiener Park standen und sich ihm alles in größerer Offenheit und Ausführlichkeit offenbarte, als ihre Geschichten es jemals vermocht hatten. Das Niederschlagen ihrer geliebten braunen Augen, das Zusammenziehen ihrer Augenbrauen sagte ihm alles. Und endlich erschien eine kristallene Träne.

»Du weinst«, sagte er. Er liebte die Beweglichkeit ihres Herzens, ihre Leidenschaft, ihr aufbrausendes, ekstatisches Wesen. Oft schon hatte er gedacht, in einem derart aufgewühlten Zustand sollte jemand sie malen.

Anna wischte sich über die Wange und wandte den Blick ab. Sie sagte, sie wolle sich auf die Bank bei den Fliederbüschen setzen. Eine halbe Stunde nur. Er solle derweil im Park herumspazieren, bis sie sich wieder gefangen habe. Dann würden sie die Thun und Hohensteins besuchen, und er würde für sie singen.

»Du nicht auch, meine Liebe?«

Sie war bleich. Nein, sagte sie. Sie habe etwas im Hals. Sie könne heute nicht singen. Die Gräfin würde gewiss Verständnis dafür haben.

Er ließ sie allein, wie sie es gewünscht hatte, und wanderte über die gepflegten Kieswege des Parks. Prater hieß er. Sie befanden sich an einem abgelegenen Platz, der von Bäumen umgeben war. Sie saß bei den Fliederbüschen. Inmitten einer Wolke von Blüten. Die Bänder ihres Huts wehten im Wind.

Es war ein stürmischer, grauer Tag. Besorgt ließ Braham sie nicht aus den Augen, während er so dahinging, aber sie rührte sich nicht, noch rief sie nach ihm. Er zog seine Uhr hervor und sah, dass nicht einmal zehn Minuten vergangen waren. Eine halbe Stunde, hatte sie gesagt. Noch zweiundzwanzig Minuten. Er war entschlossen, sie nicht zu stören, bis sie so weit war. Er liebte sie. Da konnte er wohl ein halbes Stündchen erübrigen.

Er wandte sich ab, um eine Rose zu betrachten. Dann blickte er wieder zu Anna. Sie hatte ihre Pantoffeln abgestreift. Vielleicht waren ihre Füße müde. Noch sechzehn Minuten. Leise summte er eine Arie, die er später für die berühmten Thun und Hohensteins singen würde. Die Arie stammte von Wolfgang Amadeus Mozart. Annas Freund. Braham hatte eine wundervolle Stimme. Er freute sich darauf, das Entzücken auf ihren Gesichtern zu sehen, wenn sie der Arie lauschten.

Historischer Hintergrund

Als Anna Storace Wien im Jahr 1787 verließ, war sie einundzwanzig Jahre alt, genauso alt wie ich, als ich mit dem Schreiben dieses Romans begann. Über die Zeit sind mir die Figuren so sehr ans Herz gewachsen, dass ich manchmal glaube, alles wäre wahr, was ich über sie geschrieben habe. Die grundlegenden Fakten entsprechen tatsächlich weitgehend der Wahrheit. Ich habe mich so eng wie möglich an den chronologischen Ablauf der historischen Ereignisse gehalten. Mit Ausnahme von Lidia, Herrn Gosta und der anderen Bediensteten haben alle namentlich genannten Personen wirklich gelebt. Vielen Szenen wie dem Konzert in der Orangerie und der Hinrichtung von Franz Zahlheim liegen reale Begebenheiten zugrunde. Die Oper *Una cosa rara* von Martín y Soler war zur Zeit ihrer Uraufführung tatsächlich populärer als *Die Hochzeit des Figaro*.

Anna hatte Gesangsunterricht bei einem Kastraten namens Rauzzini, und sie war mit einem Mann namens John Fisher verheiratet, der sie offenbar misshandelte. Sie sang Stücke von Mozart und war mit ihm befreundet. Es gibt keine Aufzeichnungen darüber, ob Anna und Mozart ein Liebespaar waren, aber die Arien, die er für sie schrieb, insbesondere die Abschiedsarie *Non temer, amato bene*, zu der er das Klaviersolo spielte, lassen zweifellos eine große Zuneigung erkennen.

Die Gedanken, Gespräche, Beweggründe und Briefe der Figuren sind von mir frei erfunden.

Bei der Kantate *Per la ricuperata salute di Ofelia* handelt es sich um eine gemeinsame Komposition von Mozart, Salieri und einem Komponisten namens Cornetti, möglicherweise ein Pseudonym, unter dem Stephen Storace schrieb. Diese Kantate ist verschollen, meine Beschreibung der Musik und des Aufbaus entspringen daher ebenfalls meiner Fantasie.

Wenn ich daran denke, wie vermessen es ist, eine fiktive Geschichte über Mozart zu schreiben, habe ich ein unbehagliches Gefühl. Ich weiß nicht, ob er sich darüber amüsiert oder es als Beleidigung aufgefasst hätte. Zumindest hoffe ich, dass ich auf diese Weise die Lust meiner Leserinnen und Leser an der Musik und den anderen Künsten wecken und beleben kann.

Es hätte den Umfang dieses Romans gesprengt, alle großen Werke Mozarts aufzuführen, und durch sie kann man den Mann dahinter am besten kennenlernen. Diese Möglichkeit bietet die Lektüre der Briefe Mozarts und seiner Familie. Für meinen Roman habe ich mich vor allem auf *Mozart's Letters, Mozart's Life,* herausgegeben und übersetzt von Robert Spaethling, gestützt.

Über das Leben von Anna Storace ist sehr viel weniger bekannt als über das Mozarts. In historischen Werken taucht sie meistens unter ihrem Spitznamen Nancy auf. Von allen Figuren ist sie vielleicht am meisten meine Schöpfung. Ich musste sie zu meinem Geschöpf machen, zu jemandem, der mir nahesteht.

Danksagung

Mein tiefer Dank gilt allen, die mich und meine Mozart-Geschichte in den letzten zehn Jahren begleitet haben.

Ich danke Keith Kibler, Jim Shepard, Margot Livesey und Ethan Canin, die mich zum Schreiben dieses Buchs ermunterten. Meinen großartigen Lektoren Susanna Porter und Dana Isaacson und meiner unvergleichlichen Agentin Ayesha Pande schulde ich Dank für ihre Geduld, ihre Begeisterung und ihr Wissen, durch die ich es zu Ende gebracht habe. Dank an Libby McGuire, Dana Leigh Blanchette, Priyanka Krishnan, Zoë Maslow, Nita Pronovost und alle bei Ballantine Books und Doubleday Canada für ihre Unterstützung bei diesem Projekt.

Für Aufmunterung, Rat, Hilfe und Feedback danke ich Els Anderson, Peter Aronow, Isaiah Bell, Connie Brothers, Anthony Bucci, Deb Bucci, Robert Buckland, Austin Bunn, Soman Chainani, Chris Dixon, Rossen Djagalov, David Durham, Anthony Eleftherion, Jeremy Friedman, Ann Foster, Richard /Giarusso, Kevin A. González, Julia Green, Chad Harbach, Andy Howard, Deborah Copaken Kogan, Kecia Lynn, Paul La Rosa, Mark Leidner, Samuel Levine, Tod Lippy, William T. J. de la Mare, Marvin Moore, Tyler Putnam, Shannon Rabong, Dan Rosenberg, John Sell, Roman Skaskiw, Isaac Sullivan, Anna Weinstein, Julia Whicker und Matt Williamson.

Mein Dank gebührt außerdem den vielen Lehrern, die auf

diesen Roman Einfluss nahmen: Maria Acda, Robert Bell, Deborah Birnbaum, Michael Chance, Lan Samantha Chang, Doris und Richard Cross, Yvonne DeRoller, Tony Eprile, Jill Feldman, Stephen Fix, Jane Hester, Carolyn Kanjuro, Maurice Lammerts van Bueren, Linda Lewis, James Alan MacPherson, Carol MacVey, Randolph Mickelson, Wendy Nielsen, Rachel Joselson, Shari Rhoads, Marilynne Robinson, Alec Tilley, Robin Graeme Thomas und Jennette White.

Meine Liebe und meine Dankbarkeit gehören Amy Blyth, Carol Halpern, Cathy Hubiak, Robin Kibler, Beth Sutton und Laura Wiebe, meinen Großeltern, Robert und Peggy Moe, sowie den Fletchers, Humphreys, Islams, Moes, Ostlings, Riches und Thorntons.

Dank auch an die Iowa Arts Fellowship, die Hubbard Hutchinson Memorial Fellowship, die Sun Valley Writers' Conference und die Writers' Federation of Nova Scotia.

Dank an alle, denen die Kunst am Herzen liegt.

Dank an die Shambhala-Gemeinschaft für die Geborgenheit, die sie mir gibt.

Dank an die wundervolle Welt da draußen: an die Gärten, Parks, Wälder, Bäume, Seen, Meere, Berge und Singvögel, in deren Gesellschaft ein Großteil der *Schule der Liebenden* entstand.

Und schließlich danke ich meiner Schwester Alexis Shotwell, meinem Bruder Gordon Shotwell, meiner Mutter Janet Moe Shotwell und meinem Vater Hudson Burr Shotwell. Ich liebe euch mehr, als ich in Worte fassen kann.